聂震宁 / 总主编
刘硕良 / 主编

火坑
Яма

[俄] 库普林 ——— 著

姜明河 ——— 译

漓江出版社
·桂林·

个"新"字，那么，"锦囊旧书"系列顾名思义，强调的是旧书，突出了一个"旧"字。

不知从何时起，我国读书界忽然就兴起了读旧书的雅趣。我们不妨上网浏览一下，就会发现旧书网、旧书市场网、旧书亚马逊网特别是旧书孔夫子网等热闹得很，已经有不少读者每日徜徉在这些网上。在出版业里，出版旧书也成了一件时兴的业务。早些年清华大学图书馆刘蔷编著的《清华园里读旧书》就引起了学术界特别是文献专业人士的极大关注，紧接着就是民国时期开明书店出版的小学国文课本，莫名就受到图书市场的热捧。更有甚者，英国作家毛姆的长篇小说《月亮与六便士》2018年忽然就大大地热卖了一阵。2018年岁末，我也被出版社拉着去"媚雅"了一下，凑了一回重出旧书的热闹，把我早已绝版了20年的小说集《长乐》拿出来重版，不承想，半年过去，居然也一印再印起来。如此一来，我开始相信总有许多读书人是要找旧书来读的了。

关于读旧书，人们很容易就想到北宋大学士苏东坡的名句："旧书不厌百回读，熟读深思子自知。"苏轼的这两句闲、审美、精粹等需求特点。《旅伴文库》已经面世的"散文精品城际阅读"系列，选了七位散文名家，颇有"七剑下天山"的意趣；每人每本不过 5 万字，显然走的是精品精读的路线。这是出版社此项目主持者的原则，也是编选工作的实际状况。"散文精品城际阅读"第一辑收入刘亮程《半路上的库车》、朱秀海《一个人的车站》、王剑冰《水墨周庄》、徐则臣《去额尔古纳的几种方式》、陈彤《玻璃栈道》、董谦《种稻记》、阿德《北行记》，其中任何一位散文家都是实力派作家，任何一位实力派作家都努力奉献了自己卓具新意的作品集。在邀约散文名家加盟过程中，编选者主张多选新人新作，名人也须新作为主，大有不新不选的原则，因而有了一个好的开头。管中可以窥豹，开局能见气象，从开头推出的七种散文集在文学圈子里引起的兴趣和图书市场上的热烈反响，可以看出《旅伴文库》能够而且正在成为众多旅行者满意的伴侣。

现在，《旅伴文库》的"锦囊旧书"系列又面世了。如果说先前出版的七种散文集强调的是名家新作，突出了一事还是读书",让休闲的状态也有优雅的生活方式,而阅读正是一个人最优雅的生活状态。旅行是一个发现美、欣赏美的历程。"带一本书去旅行",读书可以明理,可以直接帮助我们丰富旅行知识,探寻美的存在,增加旅行的深度和厚度。旅行即意味着暂时摆脱日常世俗生活的纷扰,暂时忘却生活中某些庸俗无聊的烦恼,所谓"偷得浮生半日闲",让身心得到休养;"带一本书去旅行",可以让一本好书帮助我们超凡脱俗,让一本好书优雅的精神气质在旅途上陪伴我们的灵魂,让一次次旅行成为与一本本好书相伴随的精神之旅。

应时而生的《旅伴文库》,其主旨便是倡导"带一本书在路上",让精品图书成为旅行者的精神伴侣,在旅行热潮扑面而来的同时,也要让全民阅读热潮相伴而去,让"读万卷书,行万里路"成为现实。

为了旅途上阅读而设计的《旅伴文库》,自然要更多顾及旅行阅读的特点。旅行阅读当然是各有所好,可专门为旅行者编撰的图书,则要更多体现旅行者阅读的便捷、休行途中读起书来。当然，在旅行途中读书并非为了做样子给国际人士观赏，而是全民阅读之树必然开出的日常生活阅读之花。《旅伴文库》正是为了催生这美丽的花朵而做出的努力。所谓"人生漫旅，好书伴你"，是该文库在广义层面的取意。

事实上，开展在旅行途中的阅读生活，对于提高我国旅游事业的质量也是大有裨益的。对于国人的旅行生活，一直都有某些负面的评价，认为盲目、简单、粗糙，缺少文化内涵和审美情趣，其中有一个我们前面已经提及的负面评价：中国人在旅行途中几乎都不读书。这些负面评价已经成为国民文化素质不高的重要证据。知书达理或知书达礼，不爱读书的民族谈何文化内涵和审美情趣！于是，近些年来，就有许多关于改善旅行生活，提高旅行质量的意见提出，其中有一条意见颇具感染力，那就是"带一本书去旅行"。

"带一本书去旅行"，其直接的用意是让人们在旅行途中闲暇时刻不至于无所事事。人在百无聊赖时，"第一等好提倡。漓江出版社策划设计这一文库，既顺应了现代人出行的方便，更是推崇全民阅读，颇具趁旅行热潮助推全民阅读，借全民阅读提升旅行质量的匠心。

相比较已经形成热潮的出行，全民阅读还不够热。尽管国家为促进全民阅读立法，各级政府为全民阅读提供支持，每年"世界读书日"各地开展活动有声有色，"书香中国"活动在全国范围风生水起，家庭阅读、校园阅读、社区阅读、机关阅读渐次开展，然而，平心而论，这些大都还是在外力推动下的阅读，距离"让阅读成为一种生活方式"的目标还有长路要走。那么，如何才有望接近于这一目标呢？我们以为，让阅读与日常生活相伴或许是努力的基本方向。当民众出行热潮形成，包括旅游在内的旅行已经成为普通百姓的一种生活方式，提倡在旅途中阅读乃是顺理成章的事情。国际上曾有过"中国人不爱读书"的负面评价，评价者举证的，正是旅行途中许多欧美人在读书，而许多中国人并不读书的现象。那么，要改变这一国际负面印象，窃以为，最直接的办法就是让更多的中国人在旅

总 序

聂震宁[*]

　　《旅伴文库》乃应时而生的出版项目。当今之世，既是提倡全民阅读之时，又是高铁出行渐成趋势之际，正应了古人"读万卷书，行万里路"的美好向往。究其实，现代交通工具大大方便了百姓的出行，旅行几乎成了普通民众的一种生活常态，令"千里江陵一日还"有了现代意味；而全民阅读则还在国家、社会的提倡中，有识之士一直在呼吁让阅读成为一种生活方式。可是，要达到这一点要求，似乎还比较难；唯其难，故而需要多方设法推动，长期用心

＊　聂震宁，第十、十一、十二届全国政协委员，中国作家协会全国委员会名誉委员。曾任中国出版集团公司总裁，人民文学出版社社长兼总编辑，漓江出版社社长、总编辑，韬奋基金会理事长，中国出版协会副理事长。《旅伴文库》总主编。

刘硕良（1932—2023）

湖南宁乡人。著名出版家，韬奋出版奖获得者，《旅伴文库·锦囊旧书》主编。1980年进入广西人民出版社，并参与漓江出版社的组建，成为漓江出版社主要创始人之一。曾组织出版《获诺贝尔文学奖作家丛书》等多种外国文学作品，在文学界内外产生广泛影响。1993年调广西新闻出版局创办《出版广角》杂志，2001年应聘到云南教育出版社创办《人与自然》杂志及同名文库。2004年在北京开办硕良文化发展有限公司。所策划图书，曾获国家图书奖提名奖、中国图书奖一等奖、全国优秀外国文学图书奖一等奖、桂版优秀图书奖特别奖等突出奖项。

出版说明

《旅伴文库·锦囊旧书》，从改革开放初期的 80 年代，即漓江出版社初创阶段，广西最早走向全国的畅销外国文学名著中遴选书目，旨在重温党的十一届三中全会开创的改革开放新时期的光辉岁月。选题视野开阔，经典意义鲜明，且多属市场稀缺之作，在全国以至海外产生过很大影响，至今仍在市场上具有竞争力。

漓江出版社是改革开放的产物，又是改革开放的见证者、促进者、服务者。在不断深化改革开放的新时代，出版这样一套经典文集，既是对漓江优秀传统出版物的一次有效梳理，更是对改革开放成果的纪念性回顾。

宝物压舱，好货沉底。书虽曰旧，读之弥新。此番重印，装帧设计统一，内文略有校正，并在可能条件下增入译者附言，或相关资料、图片，以期焕发更多新的光彩，为更多的后来读者服务。

在此谨向诸位译著者致以深切的谢意，对业已离世的先贤哲友表示深深的怀念！

刘硕良

诗出自他的七言古风《送安惇秀才失解西归》，全诗如次：

"旧书不厌百回读，熟读深思子自知。他年名宦恐不免，今日栖迟那可追。我昔家居断还往，著书不复窥园葵。揭来东游慕人爵，弃去旧学从儿嬉。狂谋谬算百不遂，惟有霜鬓来如期。故山松柏皆手种，行且拱矣归何时。万事早知皆有命，十年浪走宁非痴。与君未可较得失，临别惟有长嗟咨。"这是苏轼赠给参加贡举考试未中的秀才安惇的诗，旨在劝慰、鼓励安惇莫以中举为念，可是却道出了一个道理，那就是：读书人要去追求知识本身的价值，因为在先贤的典籍中蕴藏着无穷的学问。平心而论，这首诗算不得苏轼诗词的上品，可是起首两句却成了流传至今的名句。

读旧书好，有人喜欢拿老酒的价值来比喻，其实不然。说到旧书，有人就会想到50年的茅台老酒、40年的波尔多陈酿，以为越老越醇厚。其实这二者间除了年代久远有相似之处，内涵是不太一样的。老酒的价值除了比新酒醇厚之外，主要是因其稀少而贵，可是读旧书呢，哪里是因其稀少而贵啊！据说毛姆的书去年一年居然就卖了200万册，分明是读者一伸手就能买到书，为什么还会热卖呢？想一想还是因为读旧书的好处多多。在我看来，读旧书至少有三个好处：一是读旧书可靠，因为凡值得重读的旧书总归是有价值的书，读来让人放心，而现如今不少书并不让人放心；二是读旧书省力，因为不少读者对旧书已经有所了解，读起来要轻松一些，亲切许多；三是"熟读深思子自知"，读旧书往往可以温故知新。

漓江出版社《旅伴文库》的编辑团队显然是对当前出版业和读书界的一些现象有着相当的洞察，这才有了"锦囊旧书"系列的策划。事实上，我并不认为，甚至并不赞成出版社都来做旧书、淘旧书，因为不是每个社都有旧书可淘的，然而漓江出版社却是有的。岂止是有，简直是太有了！从改革开放初期的80年代，漓江出版社还在初创阶段，就出版了一批在全国畅销的好书，特别是出版了一批外国文学名著，口碑很好，颇具经典价值，暌隔多年，不免令人想念。记得当时一本《白夜／别人的妻子、床下的丈夫》（［俄］陀思妥耶夫斯基著，王庚年译），甫一面世，就让文学读者惊艳不已，一印就是四五十万册，且供不应求。现在，他们邀请当时漓江出版社主持外国文学业务的老编辑家刘硕良先生重出江湖，把这些一直留在读者记忆深处的旧书淘了出来，冠以"锦囊旧书"这一优雅的丛书名称，以飨读者，实在是很具匠心的事情。

"带一本书在路上"是《旅伴文库》编撰出版的主旨。这项主旨需要更多好书的支撑。当我们的旅行者远足上路之前，忽然看到 30 年前曾经风靡大学校园的《西方爱情诗选》（莫家祥、高子居编），一度受到众多文学读者追捧的《在撒旦的阳光下》（［法］乔治·贝尔纳诺斯著，李玉民译）和一直令中国读者醉心的《老人与海》（［美］海明威著，董衡巽等译），等等，一定大有旧雨重逢，"似曾相识燕归来"的惊喜。"旧书不厌百回读"，读旧书可靠，读旧书放心，读旧书省力，读旧书或许会温故知新。带上一部旧书去旅行吧，这是一个肯定不会错的主意。

2019 年 6 月 6 日

[俄]亚历山大·伊万诺维奇·库普林

（1870—1938）

↑青年时期的库普林

↑库普林和俄国男低音歌唱家夏里亚宾

一战期间，库普林和妻子

　　姜明河，1935 年生。1952 年上海位育中学毕业后考入同济大学，1960 年毕业于苏联莫斯科建筑学院，高级工程师。主要文学翻译作品有《尤丽雅》《米佳的爱》《涅夫佐罗夫的奇遇》《火坑》《伊凡·杰尼索维奇的一天》《癌症楼》等。

〔俄〕库普林著　姜明河译

火坑

——俄国妓女辛酸史

《火坑》

1986 年 5 月首印 170000 册

责任编辑：刘硕良

装帧设计：刘绍荟

我知道，许多人会认为这部小说是色情的和伤风败俗的，然而我还是诚心诚意地把它献给母亲们和青年们。

　　　　　　　　　　　　亚·库普林

目录 / Contents

新版前记

时光荏苒，转瞬间三十多年过去了，真可谓"弹指一挥间"！上个世纪八十年代初期，漓江出版社乘改革开放的春风，率先推出了一系列经典外国文学丛书，掀起了空前的阅读高潮。俄罗斯著名作家库普林的小说《火坑》中译本就是那一时期出版的，而且是一版再版，印数多达百万册，且供不应求，成为我国"50后""60后""70后"年轻一代有口皆碑的畅销书。如今，时隔三十余年，随着"锦囊旧书"丛书的推出，想来，必会使"80后""90后"，乃至"00后"的新一代读者倍感兴趣，给正在兴起的读书高潮助力和推进。我们怀着喜悦的心情期待着这一时刻的到来。

姜明河

2018 年 5 月于北京

火　坑

第一部

1

　　很久很久以前，那时还没有修筑铁路，在南方一座大城市的近郊，世代住着驿车夫，他们中有官家的，也有个人单干的。由于这一原因，整个这一地区就叫作亚姆斯卡亚镇——"驿车夫镇"，或者就叫亚姆斯卡亚、亚姆卡，或者干脆叫亚玛①。后来，当蒸汽机车取代了马车载客运货时，这剽悍的车夫世家便渐渐失去了豪横的派头和素有的好汉威风，转入其他行业，分崩离析了。然而事隔多年，甚至直到今天，亚玛镇还声名狼藉，人们依然把它看成寻欢作乐、醉汉成群、滋事斗殴和夜间不无危险的地方。

　　不知怎么，事情自然而然就发生了，在那些历史悠久的古老住地的旧址上，在以前那些脸颊绯红、活

---

① 亚玛：俄文原词译音，意为"坑""火坑"。

泼伶俐的士兵妻室和体态丰腴、眉毛漆黑的亚玛镇寡妇们暗地里出售白酒和出卖色情的地方，渐渐发展起公开的妓院。这些妓院都是经当局批准、由政府机构监督和受特定法规严格制约的。到十九世纪末，亚玛镇的两条街——大亚玛街和小亚玛街的两侧，便全被妓院占满了。私人的房屋剩下不过五六幢，即使这些房屋也开设了小饭馆、啤酒店和杂货铺，以满足亚玛镇卖淫生意的需要。

在所有三十多家妓院里，生活方式和风俗习惯几乎全都一样，只是收费高低以及相应的一些表面细节有所不同，如女人的漂亮程度、衣着的讲究、房间的豪华和家具的阔绰等等方面略有差别。

最阔气的一家是"特列佩利亚"妓院，亦即大亚玛街口左侧第一幢楼房。这是一家旧商行。现在的业主完全不是这个姓了，他是市自治会议员，甚至还是参议会成员。这是一幢两层楼房。绿白两色相间，属于那种冒充俄罗斯的、不地道的罗佩特建筑风格①，房脊上有马头形雕饰，门窗框上有刻花的贴

----

① 俄国名建筑师伊·巴·罗佩特（伊·尼·彼得罗夫的假名，1845—1908）所设计的一种古俄罗斯建筑风格。

脸，除此还有公鸡、带花边的木面巾等雕饰；楼梯上
铺着带白色条纹的地毯；前厅里立着熊标本，它那伸
出的爪子托着盛来宾名片用的木盘子；舞厅里镶木地
板，挂着厚实的紫红色绸窗帘和透花纱窗帘；沿墙摆
着镶金的白色椅子，挂着带金框的镜子；有两间小客
房，里面有地毯、沙发和锦缎软凳；卧房里挂着天蓝
色和粉红色的吊灯，床上是绸面被子和洁净的枕头；
妓女们身穿袒胸露肩的用毛皮镶边的舞会服装，或者
化装成骠骑兵、贵胄军官生、渔家姑娘、女中学生等
等。她们中大多数是来自波罗的海东部沿海地区的日
耳曼女人，身材高大、肌肤白皙、乳房发达，颇具姿
色。在特列佩利亚妓院嫖一次收三卢布，嫖通宵是十
卢布。

两卢布的有三家，即索菲娅·瓦西里耶夫娜妓
院、"旧基辅"妓院和安娜·马尔科夫娜妓院，它
们稍为普通和简陋一些。大亚玛街上的其他一些妓
院都是一个卢布的标准，那儿的陈设就更差了。而
光顾小亚玛街上妓院的是一些大兵、小偷、工匠和
一般来说浑浑噩噩的芸芸众生，那儿是五十戈比一
次或者更少，里面脏乱不堪，陈设极少：厅里的地

板翘曲，表面剥蚀、不平滑，窗户上挂的是一块块大红布；卧室恰似牲口棚中的一间间单马栏，用很薄的不到屋顶的隔板相互隔开，床上，在歪扭的草褥子上面胡乱铺着床单和被子，床单揉得皱皱巴巴，因使用很久而发黑，上面破洞和污迹不少，绒布被也是破旧不堪；屋里充满酸臭味儿和烟气，并夹杂着酒味儿和令人作呕的难闻气味儿；那里的女人穿印花布衣服或者水兵服装，大部分人都嗓音嘶哑或带难听的鼻音，鼻子半塌，脸上还留有头一天挨打和被抓伤的痕迹，用蘸上吐沫的红色香烟盒来涂抹脸蛋。

　　一年四季，每天晚上——除了复活节前一礼拜的最后三天和报喜节的前一天，逢这些日子小鸟不筑巢和剪了发的少女不编发辫——刚刚暮色四合，每个妓院门前，挂在四坡顶的刻花大门上面的红灯就点亮了。街上像过复活节一样热闹：所有的窗户里都灯火通明，提琴和钢琴的欢快乐声透过玻璃传了出来，马车来来往往，络绎不绝。妓院的大门无一例外地敞开着，从街上就能看到门里：陡斜的楼梯、楼梯上面狭窄的走廊、白光闪烁的带多面反射镜的挂灯、前厅里挂着瑞士风景画的绿色墙壁。数以千计的男子沿着这些楼梯上上下下，直到第二天早晨为止。这里什么样的人都有：寻找人为刺激的、半衰老的流着口涎的老头儿，几乎还是孩子模样的军校学生和一般中学生，大胡子的家长，可敬的戴金丝边眼镜的社会栋梁，新婚的男子，热恋中的未婚夫，名震遐迩、受人敬重的教授，窃贼，杀人犯，自由主义的律师，严峻的道德维护者——教师，进步作家——雄辩论述男女平等的文章作者，密探，间谍，逃犯，军官，大学生，社会民主党人，无政府主义者，卖身投靠的假爱国主义者；羞怯的和蛮横的，有病的和健康的，初次接近女人的雏儿和由于放荡过度而伤了元气的老淫棍，眼光炯炯的美男子和被大自然凶狠地毁损了容貌的丑八怪，聋哑人，盲人，塌鼻子的人，浑身肥肉、满嘴臭味、走路颤颤巍巍、头已谢顶、满身虱子的大腹便便者，似有痔疾的猢狲模样的人。他们进来很随便，无拘无束，就像步入餐厅或车站一样，他们坐下来，抽烟，喝酒，慌忙装出高兴的样子，跳舞时身体做出一些模仿性行为的下流动作。他们有时仔细而长久地进行挑选，有时草率而匆忙地随便选上一个，他们事先知道，任何时候都不会遭到拒绝。他们急不可耐地预先付钱，随后便在尚留有前一个嫖客余温的公共床铺上，盲目地干起世上最伟大最美妙、孕育着新生命的那件神秘的事情。那些妓女淡漠地做好准备，用千篇一律的话语和素有的机械式的职业动作去满足他们的情欲，以便在同一天晚上，继他们之后，再用同样的话语、媚笑和姿态去接第三个、第四个，乃至第十个客人，那些嫖客往往已在公共大厅里排队等候了。

　　整个夜晚就是这样度过的。快到破晓时亚玛镇才渐渐静寂下来，等明朗的清晨到来时它已空荡无人，沉入了梦乡，家家门户紧闭，护窗板严封。而临近黄昏时妓女们醒来，又做下一夜的接客准备。

　　如此日复一日、年复一年，她们在妓院的客房里过着不正常的、令人难以置信的生活，她们被社会抛弃，受家庭诅咒，这四百名愚蠢、懒惰、歇斯底里和无生育力的女子是社会上强烈性欲的牺牲品，是城市中过剩性欲的排泄口，是家庭名誉的维护者。

2

下午两点。在二等的两卢布标准的安娜·马尔科夫娜妓院里，一切还都沉在梦乡。正方形的客厅里挂着镀金边框的镜子，沿墙整齐地摆着二十多把长毛绒椅子，墙上挂着马科夫斯基的石印油画《贵族宴会》和《沐浴》①，中央挂着水晶玻璃的枝形吊灯——眼下这一切也都在沉睡，在静谧和半明半暗中它们看上去仿佛异乎寻常地严肃、莫名地忧伤和陷入沉思。昨天这里，像每天晚上一样，灯火通明，乐声大作，蓝烟缭绕，一对对男女扭摆着屁股，高甩腿脚在疾速飞舞。一家家大门上的红灯和窗子里透出的灯光把整条街照亮，人声、马车声，喧腾不已，直闹到早晨。

现在街上阒寂无人。在夏日阳光的辉耀下，大街得意扬扬和兴高采烈地闪射着光芒。然而客厅里所有

---

① 康斯坦丁·叶戈罗维奇·马科夫斯基（1839—1915）：俄罗斯画家。这里指他的名画《贵族的婚宴》（1883）和《鱼美人》（1879）。

窗帘都垂挂着，因而显得晦暗阴凉，尤其令人产生一种孤独感，如同白昼置身于空荡荡的剧院、练马场和法院里一样。钢琴那翘曲、乌黑而光滑的侧面闪着微光，使用年久而磨损发黄的、有麻点缺口的琴键发出柔光。凝滞不动的空气里还保留着头一天的气味，能闻出香水味儿、烟味儿、不住人的大房间的酸潮味、不健康和不干净的女人身上的汗味儿、香粉味儿、含硼百里香酚肥皂味儿和头一天打上的黄色地板蜡的尘埃味儿。这些气味里还混杂有异常迷人的枯萎的沼泽地青草味。今天是三一节①。按过去的习俗，妓院侍女趁她们的小姐还在睡觉的时候，一大早就从市场上买回一车苔草，把这又长又粗、踩上去咯吱作响的草撒遍走廊、客房、客厅等各处。她们还在所有圣像之前点上长明灯。按传统习惯妓女们是不许干这事的，免得亵渎圣物。

看管院子的人用两棵砍下的小桦树来装饰俄罗斯风格的雕花大门。其他妓院也都一样，在门廊、栏杆和大门旁，在其外侧装饰着叶儿稀疏凋萎、细长泛白

---

① 指每年夏季在耶稣复活节之后第五十天的节日。

的树干。

整个楼里寂静、空荡和死气沉沉。听得见厨房里为准备午饭做肉饼的剁肉声。一个叫柳布卡①的少女，光着脚，穿一件衬衫，裸露着胳膊走出房间，来到内院，她脸上有雀斑，长得并不好看，但结实、鲜艳。昨晚她只接了六个临时客人，没有人留下过夜，因而她一个人，完全是一个人，在宽敞的床上甜美地睡了一觉。她十点钟便早早起来了，兴冲冲地帮助厨娘擦洗了厨房的地板和桌子。眼下她正用切剩的碎肉头儿和筋肉喂一只用铁链拴着的名叫阿穆拉的狗。这只大狗棕黄色，毛又长又亮，鼻脸是黑的。它时而扬起前爪扑向姑娘挣紧链子，憋得气喘；时而焦躁不安，晃背摇尾，把脑袋弯向地面，皱起鼻梁，露出牙齿像微笑，尖声吠叫，兴奋得连连打喷嚏。而她呢，一面用肉逗弄它，一面佯装严肃地对它喊着：

"喏，你这蠢货！我要收拾你！敢咬我？"

然而她为阿穆拉的激动和亲热，为自己对狗的短时的统治权而感到由衷的高兴，使她高兴的还有夜里

——————————

① 昵称，即柳芭。

没有男人与她过夜，她睡足了觉，还有这三一节，勾起了她对童年朦胧的回忆，还有她很少见到的这阳光灿烂的白天。

夜间客人都已陆续离去。最安静的办公时间已经到了。

房间里女主人们喝着咖啡。这一伙人总共是五个。真正的女主人叫安娜·马尔科夫娜，这妓院就是以她的名字命名的。她年近六旬，个子很矮，却圆乎乎、胖墩墩的。你可以把她设想成从下而上的三个软绵绵的凝成冻儿的球——大的、中的、小的，它们互相挤紧，不留缝隙，这三个球就是她的裙子、上身和脑袋。奇怪的是她的眼眸呈暗淡的浅蓝色，像女孩子甚至像儿童的眼睛，可是嘴显得老相，紫红色的湿润的下嘴唇无力地耷拉下来。她的丈夫伊赛·萨维奇个子也很矮，头发斑白，是个沉默寡言的老头儿。他对老婆唯命是从，早在安娜·马尔科夫娜在这妓院当女管家的时候，他就是这儿的看门人。为了做一个有点用处的人，他便自学拉提琴，如今每到晚上就奏一些舞曲，同样也为那些借酒浇愁的纵情作乐的店员们奏感伤的乐曲。

　　有两个是女管家，一个年纪大些，一个年轻些。年纪大些的叫埃玛·爱德华多夫娜。她身材高大，体态丰满，栗色头发，四十六岁光景，肥大的下巴分成三层。她眼圈发黑，似有痔疾。脸庞由前额往下直到脖颈渐渐扩大，呈梨状，土黄色，眼睛小而黑，鹰钩鼻，嘴唇抿得很紧，脸上一副镇静而威严的表情。妓院里谁都心里明白，过不了一两年安娜·马尔科夫娜就要退休，把这妓院连同全部权力和家具一齐卖给她。对方一部分给现钱，另一部分按期票分期付款。因此姑娘们对她如对老板娘一样尊重，并敬而远之。对犯了过错的人她亲手打，打得很狠。她冷酷而又谨慎，打人时面不改色。姑娘们中总有她特别垂青的红人儿，她以自己那苛求的爱和幻想的嫉妒去折磨她。这要比殴打还厉害得多。

　　另一个叫佐霞。她刚从一般的小姐们中摆脱出来。姑娘们暂且还阿谀和亲昵地称她为"小管家"。她清瘦，性情浮躁，稍稍有点眼斜，面颊绯红，小巧鬈曲的发式，对演员推崇备至，尤其是对胖乎乎的喜剧演员。在埃玛·爱德华多夫娜面前，她唯命是从。

　　最后，第五个是本区的警察分局局长克尔别什。他体壮有如大力士，头发有点秃，一把扇形的棕黄胡须，一对蓝蓝的半睡不醒似的眼睛和有点嘶哑但却悦耳的轻柔的嗓音。众所周知，他以前在侦缉处做事，他那惊人的膂力和审讯的残酷每每使地痞流氓胆战心惊。

他曾干过某些丧尽天良和见不得人的勾当。全城无人不知，他两年前娶了一个有钱的七十岁的老太婆，可去年他把她勒死了，然而这案子不知怎么却悄悄了结了。而其余四个人在自己那五光十色的生活中也有这样那样的丑事。然而，就像往昔好决斗的人想到自己的牺牲者时毫不感到良心有愧那样，这些人把过去的丑闻和血腥勾当视为职业上不可避免的愉快的区区小事。

他们喝着咖啡，咖啡里加进了很浓的炼乳，警察分局局长还喝别尼迪克丁酒①。其实他并没有怎么喝，只是做出一种客客气气的样子罢了。

"究竟怎么样，福马·福米奇？"老板娘讨好地问道，"这点区区小事连个吃空的鸡蛋也不值……要知道，只需要您一句话……"

①　一种法国蜜酒。

克尔别什慢吞吞地把半杯蜜酒吸进嘴里，用舌头把那油亮而辛辣的烈酒沿着上腭微微活动活动，再把它咽下去，不慌不忙地又喝了点咖啡，而后用左手的无名指左右地捋捋小胡子。

"您自己想一想吧，沙伊别斯太太，"他盯着桌子说道，两手一摊，眯起眼睛，"您想一想，这事我要担多大的风险啊！姑娘是被人用欺骗手段拐进这……怎么说呢……喏，一句话，用高雅的说法是，进了这'青楼'。眼下她的父母正通过警察局在搜寻她。好，太太！她从一处落到另一处，从第五处落到第十处……最后找到了您这儿，而主要的是，您想一想，是在我的分区里！我有什么办法呢？"

"克尔别什先生，她可是已经到了成年的岁数呀。"老板娘说。

"她到了成年，"伊赛·萨维奇证实说，"她也签了字，承认是情愿的……"

埃玛·爱德华多夫娜深信无疑地、冷冰冰地说，声音低沉：

"一点不撒谎，这儿把她都当亲生女儿看待了。"

"我说的可不是这个意思，"警察分局局长抱憾地皱起眉头，"您也得考虑一下我的处境……要知道这是公务。上帝啊，即使没有那事，麻烦也够多的啦！"

老板娘蓦地站了起来，向门口走去，鞋子发出啪嗒啪嗒的声响，她那呆板、暗淡的浅蓝色眼睛对警察分局局长使着眼色，一面说：

"克尔别什先生，我请您过来看看我们的间壁。我们想把房间稍许扩大些。"

"啊——！我很乐意……"

十分钟后，他们两个回来了，彼此谁也不看谁。克尔别什的手在口袋里把一张一百卢布的新钞票弄得窸窣响。关于被诱拐的女孩子的话题就此没有再提起。警察分局局长急匆匆地把别尼迪克丁酒喝完，抱怨目前风气的败落：

"就说我那念中学的儿子帕维尔吧，这小子，回到家来就说：'爸爸，同学们骂我，说你是警察，你在亚玛干事，受妓院的贿赂。'嗒，沙伊别斯太太，看在上帝的面上，您说这不是混账吗？"

"唉！……哪有什么贿赂？……我这儿也……"

"我对他说：'滚，你这混账东西，去跟校长说，这类事情不许再发生，不然爸爸就要到边区司令那里去告你们大家。'您想后来怎么样？他又到我这儿来，说道：'我不再是你儿子了，你再去找个儿子吧。'这算什么话！好吧，我就狠狠地揍了他一顿！喔唷！现在他不愿意跟我讲话了。哼，我还得收拾他！"

"唉，别提啦，"安娜·马尔科夫娜叹气说，她那紫红的下嘴唇耷拉了下来，暗淡的眼睛变模糊了，"我们的别尔托奇卡——她在弗莱舍尔中学念书——我们有意识地把她搁在城里一个有教养的家庭里。您知道，终究还是不行。那次她从学校回来讲出的那些话和做出的那种表情，简直使我羞红了脸。"

"一点不撒谎，安娜奇卡真是羞得脸通红。"伊赛·萨维奇证实说。

"羞得脸通红！"警察分局局长热烈地附和着说，"是，是，是啊，我理解您。可是，上帝啊，我们在往哪儿走！究竟在往哪儿走呢？我问您，这些个革命者和各种各样的大学生啊，或者……怎么称他们呢……他们到底要达到个什么目的？让他们去抱怨自己吧！普遍地腐化，道德败坏，不敬重父母。应该把他们统统枪毙。"

"前天我们这儿就出了这么一件事，"佐霞贸然插嘴说，"来了一位胖胖的客人……"

"涅康查伊（别打岔），"埃玛·爱德华多夫娜用妓院里的行话严厉地打断她的话，她正在虔诚地倾听警察分局局长讲话，连连点着微微歪向一边的脑袋，"您还是去给小姐们安排早餐吧。"

"现在对谁也不能指望，"老板娘继续唠叨着，"对仆人也一样，他们有时是坏蛋、骗子。而姑娘们一心想的是自己的情人。她们只想享受，而不想怎样尽自己的职责。"

尴尬的沉默。有人敲门。门外响起细柔的女性声音：

"小管家！请收一下钱，再给我一点印花。彼嘉走了。"

警察分局局长站起身来，整了整军刀。

"好，该去办公了。再见，安娜·马尔科夫娜。再见，伊赛·萨维奇。"

"临走之前是否再来一杯？"视力很弱的伊赛·萨维奇正在忙活着收拾桌子。

"谢谢。不行了。喝足啦。十分荣幸！……"

"谢谢您来跟我们做伴。请常来啊！"

"很荣幸做你们的客人。再见。"

然而走到门口，他停了片刻，意味深长地说：

"我还是建议您：最好想个什么办法把这女孩子打发掉。当然，这是您的事，不过作为知己，我提醒您罢了。"

他走了。等他的脚步声在楼梯上静下来，大门在他身后砰的一声关上后，埃玛·爱德华多夫娜哼了一声，蔑视地说：

"法老①！想在这儿和那儿两面拿钱……"

渐渐地人们都从屋里走掉了。楼里黑漆漆的，散溢着芳香的半枯萎的苔草味。一片寂静。

3

这里晚上六点钟才开中饭，在此之前的这段时间显得漫长、单调，令人难熬。一般来说，白天这段时

---

① 原为古代埃及君主的称谓，此处是革命前警察的绰号。

间是妓院生活中最难挨和最冷清的时刻。这时有点儿像盛大节日里在大学或别的女子寄宿学校中所经历的那种死气沉沉和空落落的时刻一样，女友们都各自回家，留下的人自由自在、无所事事，处于甜蜜快乐的无聊之中。妓女们只穿着衬裙和贴身的白衬衫，裸露着胳臂，有时还赤着脚，漫无目的地从这个屋踱到那个屋。她们也不梳洗，懒洋洋地用食指敲着一架旧钢琴的键，懒洋洋地摊开纸牌算命，懒洋洋地互相吵骂几句，带着难忍的愤恨等待黄昏的来临。

早饭后，柳布卡给阿穆拉带来吃剩的面包和碎火腿块，但是阿穆拉很快就使她厌烦了。她跟纽拉一起买了一些水果糖和葵花子，两人现在正站在妓院围篱外面嗑着瓜子，前面就是大街，瓜子壳儿粘在她们的下巴和前襟上，她们冷漠地议论着街上每个过路行人：给路灯灌煤油的女工，腋下夹着公文的警士，穿过马路跑向小杂货铺去的别家妓院的女管家……

纽拉是个矮小的、眼球鼓出的蓝眼睛姑娘，亚麻色头发，两鬓青筋突出。她的脸上有一种愚笨、幼稚的神情，使人联想起复活节蛋糕上那糖做的小羊羔。

她活泼好奇，老是瞎忙活，无处不钻，什么事都附和，什么新闻都先知道，一旦开口便滔滔不绝，说得很快，以至唾沫飞溅，红红的嘴唇上像小孩一样，满是泡沫。

这时，一个鬈发的、枯瘦的、眼中似有白翳的年轻仆役从对面啤酒馆里跑出来，停留片刻，便进到隔壁的小饭馆里。

"普罗霍尔·伊万诺维奇，嘿，普罗霍尔·伊万诺维奇，"纽拉喊道，"您想吃瓜子吗？我请客。"

"上我们这里来做客吧！"柳芭跟着又说了一句。

纽拉咴咴地笑，一面笑得喘不过气来，一面还补充道：

"顺便来歇会儿吧！"

这时大门启开了，门里出现了严厉冷酷的老管家。

"呸！成什么体统？"她神气十足地喊道，"跟你们说过多少次了，不许大白天跑到街上去，何况，嘿，只穿了一件衬衣。真不明白，你们怎么这么不知羞耻。规矩的女孩子要自尊自重，不应该这样放肆。幸亏你们不是在那种供大兵消遣的窑子里，而是在体面的妓院里。不是在小亚玛街。"

姑娘们回到楼里，钻进厨房，在那儿的凳子上坐了许久，消沉地望着怒冲冲的厨娘普拉斯科维娅。她们晃动着两腿，默默地嗑着瓜子。

在"小"曼卡（还叫作"闹事的"曼卡或"小白"曼卡）的房间里聚集着一大帮人。她和另一个姑娘卓娅坐在床边上玩牌，打"六十六点"。卓娅是个身材苗条的美貌的姑娘，弯弯的细眉，灰色的大眼睛，一张非常典型的俄罗斯妓女的白净而善良的脸。"小"曼卡最亲密的女友叶尼娅抽着烟，仰面躺在她们背后的床上，读着一本破烂不堪的书，那是大仲马的作品《王后的项链》。她是全妓院里唯一爱看书的人，看起书来往往什么也不顾，而且不加选择地看。不过，出乎人们意料的是，大量阅读情节复杂、引人入胜的小说丝毫没有使她变得多愁善感，没有使她从幻想回到现实中来。她最喜欢看小说里构思巧妙、破案机智的曲折而复杂的情节，还有壮观的决斗场面：例如决斗前子爵解开鞋带，以此表示绝不后退一步，又譬如决斗之后，一剑刺穿伯爵的侯爵却抱歉地说，他把对方那漂亮的新坎肩捅了个窟窿；她还喜欢看主人公把一个个盛满金币的钱袋随便往左右乱抛；也喜欢看亨利四世的风流韵事和机智敏锐。总之，她欣赏前几个世纪法国历史上这一切带刺激性的、色情的、令人眼花缭乱的英雄气概。在日常生活中恰恰相反，她头脑清醒、办事精明，好嘲笑人，又心狠手辣到恬不知耻的地步。在与院里其他姑娘的关系上，她的地位如同寄宿学校里的大力士冠军、留级生，或班上首屈一指的美人儿那样，既暴虐却又受人崇拜。她是个身材修长的黑发姑娘，有一双漂亮而又闪闪发光的深棕色的眸子，一张傲慢的小嘴，上唇长着一层细细的茸毛，脸颊上有淡褐色的病态似的红晕。

她嘴里叼着烟卷儿，由于袅袅的青烟而眯起了眼睛，不时用蘸了唾沫的手指去翻书页。她的腿裸到膝头，一双大脚板极不雅观：在那些粗大的脚趾底下明显鼓出一个个尖而难看的不规则硬瘤。

塔玛拉也坐在这儿，腿搭着腿，微微躬着腰，手里拿着刺绣的活儿。她是个娴静文雅、眉清目秀的姑娘，头发微带火红色，并有一种乌亮的光泽，很像冬天狐狸脊背上毛的颜色。她的真名是格利克里娅，或按一般人的叫法，是卢克里娅。然而妓院里久已形成一种习惯，喜欢用一些响亮的、主要是异地情调的名字来代替粗俗的马特廖娜、阿加菲娅、西克利季尼娅等名字。塔玛拉曾经当过修女，也许只是修道院里的见习修女，至今脸上还有苍白、微肿和胆怯的痕迹，以及一般年轻修女所具有的既温雅又狡猾的表情。她在这妓院里独来独往，不与人接近，也没有人知道她的身世。不过，除了出家当修女，想必她还有许多不寻常的经历：在她慢条斯理的谈吐中，从她平伸的长睫毛下那对深金色眼睛射出的暧昧目光中，在她的举止谈笑和貌似谦逊实为淫荡的假仁假义的语调中，掩盖着某种神秘、隐讳和犯罪的事情。有一次，姑娘们听到塔玛拉讲一口流利的法语和德语，这事简直使她们大为惊讶而又对她崇敬不已。在她身上有某种内在的被抑制着的力量。虽然她外表温文尔雅，遇事通情达理，但是妓院里所有的人都对她态度谨慎，带几分敬意，其中包括老板娘、姑娘们、两个管家，甚至那个守门人——妓院里真正的暴君、英雄和人人畏惧的人。

"我压上了，"卓娅说着把纸牌底下背面朝上的一张王牌翻了过来，"我出四十点，黑桃爱司，该你啦，玛涅奇卡①，十点。完了。五十七加十一，六十八。你多少？"

"三十，"曼卡噘着嘴说，声音里带有怨气，"是啊，你倒好，出的牌都记住了。发牌吧……喏，后来怎么啦，塔玛罗奇卡②？"她转向她的女友说："你讲，我听着呢。"

卓娅洗着又旧又黑、满是油污的牌，接着让曼卡错一下牌，再朝手指上吐了吐唾沫，便开始发牌。

塔玛拉此时在跟曼卡悄声讲述着，没有停下手中的刺绣活儿。

"我们用金线绣供桌的桌布、盖圣餐盘的布、主教的法衣……绣上小草、小十字架。冬天，有时你坐在窗边，小窗户一点点大，还带铁栅栏，光线不足，空气里散发着油烟气味，还有神香和柏木的味儿，交谈是禁止的，因为神甫太太很凶。有人出于烦闷就唱起大斋戒的教会序歌……'对天祷告和歌唱啊……'唱得很好，很动听，那么宁静的生活，那样沁人心脾的幽香，还有窗外飘扬的雪花，你看，完全像在梦中

---

① 小名，即曼卡。
② 塔玛拉的小名。

一样……"

叶尼娅把手中那本破书往肚子上一放，将烟卷儿从卓娅的头顶上扔出去，嘲笑地说：

"我们知道你们那宁静的生活，把婴儿往厕所里扔。那魔鬼啊，成天在你们那圣地周围转悠。"

"我宣布：四十。刚才我有四十六呢！赢了！""小"曼卡激动地喊道，连连拍掌。"我摊三张牌。"

塔玛拉微笑地回答叶尼娅的话，她的微笑含而不露，几乎没有拉长嘴唇，只是嘴角旁形成了调皮的、依稀可辨的酒窝儿，完全跟列奥纳多·达·芬奇的肖像画《蒙娜丽莎》一样。

"关于修女啊，人们造了不少谣……那有什么，如果确实犯有罪孽的话……"

"不犯罪那就不忏悔。"卓娅严肃地插嘴说，并把手指放进嘴里蘸一下唾沫。

"坐着绣花呀，绣得眼睛都发花，早晨做祷告已经站得腰酸背痛了，晚上还要做祷告。你去敲几下神甫太太修道室的门：'主啊，我们的圣父，请用祈祷让老天爷宽恕我们吧。'她便从里面声音低沉地回答：'阿门。'"

叶尼娅对她凝视片刻，摇摇头，意味深长地说道：

"你是个古怪的姑娘，塔玛拉。我瞅着你心里就感到奇怪。喏，我知道类似索尼娅这样的一些傻瓜在谈情说爱。她们傻就傻在那上面。可是你呢，似乎有过赴汤蹈火的体验，却也放任自己做出这样的蠢事。你干吗要绣这衬衣呢？"

塔玛拉不慌不忙地用别针把布改别在膝部更方便些的地方，用顶针把针脚压平，而后微斜着脑袋，没有抬起眯缝着的眼睛，说道：

"总该干点什么事呀，否则太寂寞了。玩牌我不会，也不喜欢。"

叶尼娅依然摇着头。

"不，你这姑娘很古怪，确实很古怪。你接客得的钱总是比我们大家都多。傻瓜，你的钱哪能攒得起来，看你都花费在什么上了呢？你买七个卢布一瓶的香水。这有谁需要呢？瞧，现在又买了一件十五卢布的绸衣服。这是给你的先卡①买的，是吗？"

"当然，给谢尼奇卡②的。"

---

①② 谢苗的小名和昵称。

"你也找到宝贝啦。一个不可救药的小偷。坐车来到妓院里，就像个统帅似的，神气十足。至今他还没揍你呢。小偷嘛，他们喜欢这个。还要把你搜刮一空，不是吗？"

"超出我的愿望，我就不给。"塔玛拉温和地回答，接着把线咬断。

"我奇怪的就是这个。如果我有你这样聪慧美貌，我早就把客人迷惑住了，让他把我接出去，做他的姘妇。我就会有自己的马车和钻石首饰。"

"各有所好，叶尼奇卡①。瞧你也是一个惹人喜爱的漂亮姑娘，你大胆泼辣、独立不羁，可是我和你都死待在这安娜·马尔科夫娜妓院里。"

叶尼娅突然感情冲动，带着深沉的痛苦回答说：

"是啊！那还用说！你走运！……你总是接最好的客人，他们都听你的摆布。可我呢，我的客人不是老头儿，就是毛孩子。我太不走运了。有的是乳臭未干的小儿，有的是幼稚天真的孩子。我最不喜欢的是那些男孩子。这种讨厌鬼来了以后，羞羞答答，慌慌

———————————

① 昵称，即叶尼娅。

忙忙，哆哆嗦嗦，而干完事后，羞得眼睛都不知道往哪儿看好。由于厌恶而感到极为难堪，这时我就想打他的嘴巴。在给我钱以前，他在自己口袋里紧紧捏着它，把那张钞票捏得发热，甚至汗湿了。真是乳臭未干的黄口小儿！他妈妈每天给他十戈比买三明治吃，而他节省下来用在女人身上了。前几天我接一个军校学生。我故意气气他，说：'给你，亲爱的，给你这夹心糖在路上吃，回学校去时可以把糖含在嘴里。'他起初生气，可后来还是收下了。我有意站在门廊处偷看，他一走出去就四下张望，立刻把糖放进了嘴里。小脏猪儿！"

"唉，遇到老头儿就更糟了，""小"曼卡柔声柔气地说，并调皮地看着卓娅，"你认为呢，卓因卡①？"

此时，卓娅已打完牌，刚想打个呵欠，这么一来怎么也打不出来了。她不知道自己是想发怒，还是想笑。她有个常客，是个身居高位的老头儿，有着反常的好色癖性。全妓院的人都拿他对她的造访取乐。

卓娅终于打了个呵欠。

---

① 卓娅的小名。

"去你妈的！"她打完呵欠后嗓音嘶哑地说，"该死的老头儿，该受诅咒！"

"可归根到底，卓因卡，"叶尼娅继续议论下去，"比你的那位经理，比我的那个军校学生，比所有的人都糟的是你们的那些情郎。试问这有什么乐趣呢，喝得醉醺醺地来了，装腔作势，冷言挖苦，想装作个了不起的人物，但总也装不像。你说说，简直是个孩子！下流货终究是下流货，肮脏不堪，臭味难闻，挨过毒打，浑身是伤疤，他只有一样东西值得称赞，那就是塔玛尔卡①给他绣的那件丝绸衬衣。这狗崽子，骂娘，打架。呸！不，"突然她兴奋而激昂地喊了起来，"我终生不渝、真情实意爱着的人，就是我的玛涅奇卡，'小白'曼卡，'小'曼卡，我的'闹事的'曼卡。"

她出其不意地搂住玛尼娅②的肩和胸，把她拖到自己跟前，按到床上，使劲地、久久地吻她的头发、眼睛、嘴唇。曼卡好不容易才挣脱出来，她那光亮细柔的头发弄得散乱不堪，她挣扎得满脸通红，两只湿

---

① 塔玛拉的昵称。
② 小名，即曼卡，玛涅奇卡。

润的眼睛由于羞怯和发笑垂了下来。

"放开我，叶尼奇卡，放开！得啦，真的……放了我吧！"

"小"曼卡是全院最温顺娴静的姑娘。她善良、谦让，从不拒绝别人的要求，而大家也不由得对她很客气。她为一点小事就脸红，但在这种时候，她就显得格外妩媚，如同皮肤敏感、异常温柔的金发女郎那样令人神往。然而只要三四杯她很爱喝的别尼迪克丁酒下肚，她就判若两人，闹出事来，直到女管家、守门人，有时甚至警察出来干预为止。她往往毫不费力地打嫖客的耳光，或者把盛满酒的杯子朝客人脸上扔去，把灯推倒，骂老板娘。叶尼娅以某种奇异的亲切感情袒护她，粗鲁地宠爱她。

"小姐们，吃饭啦！吃饭啦，小姐们！"女管家佐霞在走廊里边跑边喊。她跑到玛尼娅的房间跟前，推开门，急匆匆地说：

"吃饭，吃饭啦，小姐们！"

于是大家又向厨房走去，还是光穿着贴身衣服，赤脚穿着便鞋，没有梳洗打扮。端上来的是可口的猪肉皮西红柿红菜汤、煎肉饼和甜点心——奶油卷。可是大家都没有食欲，这是由于成天坐着和睡眠不正常，还由于大多数姑娘，像节日里的贵族女学生那样，白天打发人到小铺去买了酥糖、核桃、养喉糕、腌黄瓜和牛奶软糖，这些东西搞坏了她们的食欲。唯有尼娜除外，她是个瘦小的农村姑娘，鼻子短而翘起，带难听的鼻音，两个月前被一个商品推销员所引诱，卖到妓院里，她一个人顶四个人的饭量。她依然保持着平民百姓的那种旺盛的食欲。

叶尼娅只是嫌恶地抠了一点煎肉饼吃，又吃了半个奶油卷，用假装同情的口吻对她说：

"费克卢莎①，你最好把我的肉饼也吃了吧。吃吧，亲爱的，吃啊，别客气，你应该吃得胖一些。姐妹们，听我说，"她转向她们，"要知道我们的费克卢莎肚子里有绦虫，而有绦虫的人，总是要吃两个人的饭，一半为自己，另一半为绦虫。"

尼娜气得鼻子呼哧呼哧响，以出人意料的与她身量不相称的那种低沉的鼻音回答：

"我根本没有绦虫。您才有绦虫呢，所以您才那

---

① 指尼娜。

么瘦。"

她不动声色地继续吃了起来，饭后她感到犯困，像蟒蛇似的，并大声打嗝儿，喝水，打噎，如果没有人看见，她就按老习惯偷偷地在嘴上画十字。

这时走廊上和房间里已能听到佐霞响亮的声音：

"快穿衣服，小姐们，快穿衣服。不要老坐着啦……快做准备……"

几分钟之后，全院所有的房间都散溢出头发烫焦的味儿，含硼百里香酚肥皂味儿，廉价的花露水味儿。姑娘们在为晚上梳妆打扮。

4

暮色已深，继之而来的是暖融融的黑夜，不过在午夜到来之前，隐隐燃着的绛红色的晚霞迟迟没有消退。妓院守门人西梅翁点亮了大厅里的枝形灯和沿墙所有的灯，以及门廊顶上的那盏红灯。西梅翁是个沉默寡言和严肃的人，他干瘦，背有点驼，宽直的肩膀，黑头发，由于生过天花脸上留下麻斑，眉毛和唇髭上有几小块秃疤，一双蛮横而暗淡的黑眼睛。白天他没事可干，睡觉，但到了夜间他就寸步不离地坐在前厅的反光镜底下，帮客人脱衣穿衣，并准备应付各种不测事故。

　　钢琴师来了，他是个淡黄色头发、态度和蔼的高个子年轻人，右眼上长了一块白翳。趁客人尚未来到，他同伊赛·萨维奇悄声地在一起学奏西班牙舞①，这种舞曲在当时刚开始时兴。每奏一个客人点的舞曲，如果是容易的舞曲，他们可得三十戈比，如果是卡德里尔舞曲，则可得半卢布。然而这钱的一半要给老板娘安娜·马尔科夫娜，另一半则由两个乐师均分。这样一来，钢琴师仅获得总收入的四分之一，这无疑是不公道的，因为伊赛·萨维奇是自学出身的，辨音力很差，钢琴师不得不经常临时教会他一些新的曲子以应付演奏，用响亮的和音来纠正和掩盖他演奏中的错误。姑娘们时常以某种自豪的口吻向客人们讲述有关钢琴师的事，说他在音乐学院念过书，一直是第一

---

①　原文为法语。

名优等生，只因他是犹太人，加上眼睛有了病，也就未能毕业。她们对他关怀备至，表现出一种体贴入微的、近乎肉麻的爱怜之情，这颇符合妓院内部的风气。表面看来，妓院里一个个穿戴考究，行为粗鲁，出言不逊，可在这背后却存在着这样一种令人陶醉的神经质般的感伤情调，就像在女子寄宿学校里和如人所说的服苦役的牢狱里那样。

在安娜·马尔科夫娜妓院里，姑娘们都已穿戴整齐，准备接客，由于等待和无事可做而感到困乏。虽然她们中多数人对男子（自己的情人除外）都十分冷漠，甚至有点儿厌恶，但是每当夜晚来临，她们心中总是萌生着一些朦胧的期望：不知道谁来挑选她们，是否会发生什么不寻常的、可笑的或吸引人的事，是否会来一个慷慨好施、令人吃惊的客人，是否会出现什么奇迹，使整个生活发生根本的转折？在这些预感和期望中伴有某种激动的情绪，颇像老赌徒去赌场前数着自己的现钱时的那种心情。此外，虽然她们已无性别之分，但是她们毕竟没有失去女人最主要的、本能的渴求——讨人喜欢。

事实上，有时也确实有一些非常古怪的人到妓院来，引起各种各样的乱子。往往突如其来地出现警察和便衣密探，逮捕一些貌似体面、无可指摘的绅士，把他们押走。有时打起群架，所有妓院的守门人都跑来帮本院守门人的忙，殴打一伙闹事的醉鬼，打架把窗玻璃和钢琴的盖板打得粉碎，把长毛绒椅子的腿拆下来当武器，血流在客厅的镶木地板上和楼梯上，那些头破血流、伤痕累累的人横卧在大门口的脏地上，叶妮卡①在这期间总是高兴得手舞足蹈，她眼睛闪着光，满意地咯咯笑着，钻到打群架的最里面，拍着屁股，咒骂着，给他们助威，而这时候她的姐妹们则吓得尖声号叫，躲到床底下去了。

有时，某个搬运工或出纳员带了一帮趋附奉迎的食客坐车来到这儿，这种人早已胆大妄为地盗用了巨额公款，成天玩牌赌博，纵酒作乐，挥霍无度，而现在要在自杀或坐到被告席之前，在醉醺醺的怪诞的狂妄中花完最后的余钱。在这种时候，妓院的门窗就统统关严，一连两天两夜持续一种俄罗斯式的狂欢，这种狂欢野蛮可怕、无聊透顶，他们喊叫，落泪，凌辱

---

① 昵称，即叶尼娅。

糟蹋女人的肉体，还安排了"天堂之夜"。男人赤身裸体，微弯着腿，满身汗毛，大腹便便，女人裸露着软弱、松弛、下垂的黄色身子，在音乐的奏鸣下他们怪模怪样地扭摆着，他们像猪一样在床上和地板上大吃大喝，屋里空气闷热，弥漫着酒味，人的呼吸和不干净皮肤蒸发出的气味把空气搞得污浊不堪。

偶尔有个马戏团的大力士来到妓院，在不太高的房间里他给人一种奇特笨重的感觉，就像一匹马被领进房间一样；间或来一个中国人，穿一件蓝上衣，一双白袜子，梳一条辫子；或者来一个在夜酒店里工作的黑人，穿着晚礼服和带方格儿的裤子，纽孔上插一朵花，里面衬一件浆过的衬衣，姑娘们感到很惊奇，他的黑皮肤非但没有把衬衣弄脏，而且使衬衣显得越发耀眼白亮。

这些难得光顾的稀客复苏了妓女们那腻烦了的想象，激起她们业已耗尽的性欲和职业性的好奇心，她们几乎都醉心于他们，紧随其后，互相嫉妒和拌嘴。

有一次，西梅翁把一个小市民打扮的、上了年纪的人引进大厅来。看上去他并无特殊之处，面容清癯、严峻，像瘤子一样凸出的颧骨显出凶狠的样子，前额很低，尖胡子，浓眉毛，一只眼睛明显比另一只高。他进来后，把并在一起的手指举到前额，准备画十字，可是他扫视了一下各个房间，没有找到神像，便毫无睿意地放下手来，啐了一口唾沫，当即一本正经地走到全院最胖的姑娘——卡季卡①跟前。

"我们走吧！"他简短地命令道，并断然地朝房门那边摆了一下头。

当他不在场的时候，无所不知的西梅翁带着神秘的，甚至有点骄傲的神情告诉他当时的情人纽拉，那个小市民姓佳琴科，去年秋天由于刽子手不在，他自告奋勇去执行十一个暴动者的死刑，夜里两点钟他亲手把他们绞死。纽拉毛骨悚然地瞪大着眼睛，把这一秘密悄声告诉了姐妹们。奇怪的是，在这一时刻全院没有一个姑娘不妒忌胖卡季卡的，个个都感到一种恐怖的、酸涩而令人焦急得头晕的好奇心。半小时以后，佳琴科带着庄重和严厉的表情扬长而去，所有的姑娘都瞠目结舌，默不作声地送他到门口，然后从窗户里注视他怎样沿街走去。后来她们一齐拥到卡季卡

———————————

① 昵称，即卡佳。

的房里，卡季卡正在穿衣服，大家纷纷盘问她。她们带着新奇之感，几乎是吃惊地望着她那裸露着的又红又胖的胳臂，望着她那还是皱皱巴巴的床铺，望着那张油渍斑斑的旧钞票，那是卡季卡从袜筒里掏出来给她们看的。卡季卡没有什么可向她们讲述的，只是平静而困惑地说："男人就像男人，跟所有男人一样。"可是当她得知她的客人是何许人物时，她蓦然失声大哭，连自己也不明白是为了什么。

这个被社会抛弃在最底层、简直令人无法想象堕落到何等地步的人，这个自告奋勇的刽子手，对她倒并不粗鲁，然而他那种没有一丝亲热、藐视和木然冷漠的态度，就像他不是对待人，甚至不是对待一只狗或一匹马，也不是对待一把伞、一件大衣或一顶帽子，而是对待某种肮脏的物品一样，暂时不可避免地需要它，而等这需要一过去，它就变得陌生、无用和令人讨厌了。胖卡季卡那肥火鸡似的头脑无法容忍这可怕的念头，因而哭了起来，她自己也觉得仿佛这哭是无缘无故和懵懵懂懂的。

除此之外，还发生过其他一些事情，搅乱过这些贫穷、病态、愚蠢而又不幸的女人的污秽肮脏的生活。有时，蛮横得遏止不住的嫉妒也导致开枪和下毒；有时，机遇难得，在这粪堆上也开出一朵柔媚、炽热和纯洁的爱情之花；有时，有的女人在她所爱的男子的帮助下甚至离开妓院，不过这些人后来几乎全都回来了。有两三次，从妓院里出的女人忽然怀了孕，这种事表面上看来总是可笑而又可耻的，但究其深处却是动人心弦的。

不管怎么样，每天晚上总是给她们带来一种刺激性的、紧张的、撩拨春心的期望，期望出现奇遇，因而在过惯妓院生活以后，再换任何一种生活，这些意志薄弱的懒惰女人都会觉得枯燥乏味。

5

窗子洞开，外面是芳香的夜幕，在不易觉察的微风吹拂下，纱窗帘轻轻地前后飘动。楼前萧森的小花园里散发出挂着露珠的草的清香和隐隐传来的丁香花的气息，三一节装饰在大门口的小桦树那凋萎的叶儿也飘溢出幽香。柳芭穿一件蓝丝绒上衣，领圈开得很低；纽拉打扮得像小娃娃，穿一件粉红的、齐膝长的肥大的衣裳，光亮的头发披散着，前额上簇着几个小发鬈。她们两人搂抱着，倚在窗台上低声哼唱一支妓女们都很熟悉的、轰动一时的关于医院的歌曲。纽拉用鼻音唱女高音，柳芭用低沉的女中音配合：

今天正好礼拜一，

原本该我出院去，

克拉索夫医生却不许……

所有妓院洞开着的窗户里灯火辉煌，家家门前红灯高照。两个姑娘清晰地看到对面索菲娅·瓦西里耶夫娜妓院客厅的内部：光亮的黄色镶木地板，门上挂着用软绳勒住的紫红色帷幔，一架黑色钢琴的一角，镶金框的壁镜，窗户里时隐时现的衣着华美的女人形象及其在镜子里的影像。右面，特列佩利亚妓院雕花的门廊被发蓝的电灯光照得通亮，那电灯光是从一个磨砂玻璃的大球形灯罩里射来的。

傍晚静悄悄、暖融融。在铁路线那一边，在一些黑色房顶和黑色细树干后面的很远很远的什么地方，在晦暗的大地（肉眼看不见却准确感觉到强大绿色春天的色调）上空，低低地有一道窄长的霞光划破灰蓝色的云雾，金光四射。在这遥远而朦胧的光亮里，在令人惬意的空气里，在渐渐降临的夜晚的馨香里，有着某种奥妙、甜蜜和意识到的哀伤，在春夏之交的晚上这哀伤是如此充满柔情。城市的嘈杂声在回响，听得见手风琴缠绵悱恻的沉闷的乐声，还有牛声，谁的鞋底擦地的单调的沙沙声，一根外包铁皮的手杖敲打人行道石板的叮叮声，街头拉散座的四轮马车慢步行驶在亚玛街上发出的懒洋洋的、不规则的辚辚声。这些声音美妙而柔和地交织在傍晚沉思般的昏昏欲睡中。黑暗里，铁路线上亮着红绿灯标记，传来机车低微的、像唱歌般小心翼翼的汽笛声。

瞧，那边护士走过来，

捧着面包和白糖……

捧着面包和白糖，

平均分给大家尝。

"普罗霍尔·伊万诺维奇!"纽拉忽然呼唤啤酒馆的那个鬈发仆役,他那淡淡的黑身影正跑过马路。

"喂,普罗霍尔·伊万诺维奇!"

"去你的!"对方嘶哑地顶了一句,"什么事?"

"你的一位朋友托我问候你。我今天看见他的。"

"哪一个朋友?"

"长得挺不错的哩!讨人喜欢的黑头发男人……不过你最好问我是在哪儿见到他的。"

"在哪儿呢?"普罗霍尔·伊万诺维奇停了一会儿。

"不就在那儿嘛:在一根钉子上,第五层隔板上,在那儿有死狼。①"

"哼!蠢货!"

纽拉尖声地哈哈大笑,笑得连全亚玛都能听见,接着伏在窗台上,她那穿长筒黑袜的两腿不停地踢着。后来,她止住笑,顿时惊愕地瞪大眼睛悄声说:

"姑娘,你知道吗,前年他杀了一个女人,就是这个普罗霍尔。真的。"

"是吗?杀死了吗?"

---

① 此系故意兜圈子打岔的顺口溜。

"不，没杀死。救活了，"纽拉仿佛抱憾似的说，"不过在亚历山德罗夫斯基医院里躺了两个月。医生说，如果刀口再往上一点点，那就完了。完蛋了！"

"究竟为什么要杀她呢？"

"我怎么知道。也许她把钱藏起来不叫他知道，或者是对他变心了。他是她的情人——靠妓女混日子的人。"

"那么为了这事他受到什么惩罚吗？"

"什么惩罚也没有。任何罪证都没有。当时那是一场普遍的纠纷。大约有一百人参与打架。她在警察局也宣称，没有任何嫌疑。但是普罗霍尔自己后来却夸口说：'我啊，这一次没有杀死敦卡，那么改天一定杀死她。'他说，她逃不出他的掌心。她一定会完蛋的！"

柳芭吓得毛骨悚然。

"这些个靠妓女混日子的人，可恶透顶！"她低声地说，声音里带着恐怖。

"多么可怕！你知道，我与我们的西梅翁好了整整一年。真是个残暴、下流的东西！我身上没有一处是好肉，都是青紫斑。完全不为什么，就是无缘无故地折腾人，早上他跟我一起进房间，锁上门，便折磨我。他拧我胳臂，揪我的奶头，掐我的喉咙。不然他就吻我，一个劲儿地吻，一旦把我嘴唇咬破，那血啊，简直就冒了出来……我哭了起来，而他需要的正是这个。他像野兽般向我扑来，甚至浑身哆嗦。他把我的钱全夺走了，分文不剩。连买十支烟卷儿的钱都没有。要知道他很吝啬。这个西梅翁啊，所有的钱都存入银行，送到银行去……他说，等存到一千卢布时，就出家当修士。"

"真的？"

"我不撒谎。你看一看他那间小屋里：神像前面，一天二十四小时，昼夜都点着神灯。他对上帝很虔诚……只不过我想那是他犯了很大罪孽的缘故。他是杀人犯。"

"哪能呢？"

"唉，去他的，别谈他啦，柳芭奇卡。好，让我们唱下去：

　　我要去药房买毒药，

　　自己毒死自己哟——"

　　纽拉用尖细的嗓音唱了起来。

　　叶尼娅在客厅里踱来踱去，双手叉着腰，一面走一面扭着身子，注视着所有镜子里自己的模样。她穿一件很短的橘黄色缎子连衣裙，裙子上的褶又直又深，随着她屁股摆动有节奏地左右飘移。"小"曼卡是个牌迷，可以整天整夜不停歇地打，现在正跟帕莎狂热地打"六十六点"，而且为了发牌方便起见，她俩在她们之间放了一把椅子，把被吃掉的牌放在各人自己那两膝之间抻开的裙子上。曼卡穿一件咖啡色的很素净的连衣裙，戴黑围裙和有褶的黑围嘴。这副装束与她娇小的淡黄发脑袋和矮小身量很般配，使她显得更年轻了，像个离毕业还有一年多的中学生。

　　她的对手帕莎是个非常古怪和不幸的姑娘。她早就不该待在妓院里，而应该住进精神病院，因为她患有一种痛苦的精神病，这种病驱使她发狂般地带着病态的贪婪委身于每个男人，哪怕选中她的是个令人十分厌恶的汉子。由于她有这个毛病，似乎在某种程度上背叛了姑娘们集体性的对男人的敌意，因而她的姐妹们都嘲笑她，有点鄙视她。纽拉学她的喘气、呻吟、喊叫和一些热情的话学得极像，帕莎在神魂颠倒的那一时刻总是不能控制自己，这些声音有时隔两三个房间也能听到。关于帕莎有一种传说，说她进妓院完全不是由于生活所迫，也不是由于受诱骗，而是出于一种骇人的贪而无厌的本能需要，自愿进来的。不过妓院老板娘和两个管家百般娇纵帕莎，助长她那不正常的毛病，因为她有这种毛病，嫖客们争先恐后地要选她，这样一来，帕莎挣的钱要比其他任何姑娘多四五倍，正因如此，每逢生意兴隆的节日，根本就不让她出来接那些"较平庸"的客人，或者推说她有病，因为那些舍得花钱的常客一旦听说他们熟悉的姑娘已经被别人占有时，是会动怒的。这样的常客帕莎有很多，难以计数。有许多人虽然像畜生似的，但却是真心实意地喜欢她，甚至不久以前有两个人几乎同时想把她赎出去：一个是格鲁吉亚人，卡赫齐亚葡萄酒店的伙计；另一个是铁路局代理人，非常骄傲又非常贫穷的贵族，身量较高，袖口上已有毛边，一只眼睛上蒙着用松紧带连着的黑眼罩。帕莎除了自己那无个性的性欲，在一切事情上都是被动的，因而谁叫她走，她就会跟谁走，可是这妓院的管理系统警惕地保护着自己在她身上获得的利益。在她可爱的面容上，在她那含着某种醉酒似的、带点傻气的、温和腼腆和淫荡的微笑的半闭的眼睛里，在她那老是舐个不停的、慵懒的、柔软湿润的嘴唇上，在她那短促悄声的、像白痴似的笑里，已经露出近乎疯狂的蛛丝马迹。但与此同时，她，这个社会上强烈性欲的真正的牺牲品，在日常生活中却非常善良、谦和、毫不贪财，并对自己过度的性欲感到极其羞赧。她对姐妹们很温柔，老是喜欢吻她们，搂抱她们，与她们同睡一张床，不过大家好像多少有点厌恶她。

“玛涅奇卡，我的心肝，亲爱的，”帕莎碰碰玛尼娅的手，阿谀地说，“给我算个命吧，我心爱的宝贝。”

“不，”玛尼娅像小孩似的噘着嘴，“我们再打一会儿牌吧。”

“玛涅奇卡，可爱的，标致的，我的宝贝，心爱的，亲爱的……”

玛尼娅服从了，遂把牌在自己膝头上摆开。出了一张“红桃”，要发一点小财，在“黑桃”家里，朋友不少，“梅花”王就要驾到。

帕莎高兴地拍手道：

"啊，这是我的小列万！是的，他答应今天来。当然，是小列万。"

"是那个格鲁吉亚人吗？"

"是，是的，我的格鲁吉亚人。啊，他真好！我真希望他永远不离开我。你知道上一次他跟我说什么？他说：'如果你还要待在妓院里，那我就不叫你活，自己也不活。'他的眼睛向我闪了一下。"

叶尼娅站在近旁，留心听着她的话，高傲地问道：

"这话是谁说的啊？"

"那是我的格鲁吉亚人列万。是他说的'不叫你活，自己也不活'。"

"傻瓜。他算什么格鲁吉亚人，不过是个亚美尼亚人。你这疯傻瓜。"

"哦，不，是格鲁吉亚人。你可真怪……"

"我跟你说，他是亚美尼亚人，我比你知道。蠢货！"

"你干吗骂人呢，叶尼娅？我可没先张口骂你。"

"你当然不能先骂我。傻瓜！他是什么人，对你还不都一样吗？你爱上了他，是不是？"

"是爱上了他！"

"所以说你是个蠢货。那个帽子上戴着帽徽的独眼龙，你也爱上了吗？"

"那有什么？我很尊敬他。他很庄重。"

"你也爱那账房先生科利卡吗？爱那包工吗？爱那'土豆'安托什卡吗？爱那胖演员吗？咳，你这不要脸的东西！"叶尼娅忽然叫道，"我看见你就恶心透顶。你这母狗！要是我处在你这样不幸的地位，我宁愿去自杀，用紧身衣上的带子去上吊。你这败类！"

帕莎默默地垂下眼睑，泪珠盈眶。玛尼娅设法为她鸣不平。

"你怎么这样呢，叶尼奇卡……你干吗这样对待她……"

"嘿，你们都好！"叶尼娅猛然打断她的话，"没有一点儿自尊心！……来了一个混蛋，把你买下来，像买一块牛肉一样，按规定价格雇用你，像雇个马车夫一样，就为了一小时的恋爱，可你却大动感情：'啊，我的情人儿！啊，令人陶醉的热情！'呸！"

她气愤地掉过身去，背对她们，继续沿着客厅对角线踱来踱去，扭着屁股，在每一面镜子前眯起眼睛，自我欣赏。

在这一时间，钢琴师伊萨克·达维多维奇仍然在跟那个不堪造就的提琴手鼓捣着。

"不是这样，不是这样。伊赛·萨维奇，您稍等一等再拉琴。仔细听一下我的。瞧，是这么个曲调。"

他用一个手指弹着，用一般乐队指挥都具有的那种可怕的山羊嗓音唱了起来，他以前有个时期受过这方面的训练：

"爱司—坦姆，爱司—坦姆，爱司—季阿姆—季阿姆。好，现在您把第一段照我的样子拉一遍……好，一，二……"

卓娅和薇拉聚精会神地注视着他们排练。卓娅灰眼睛、弯眉毛、圆脸盘儿，脸上狠命地抹过廉价的脂粉，她把臂肘支在钢琴顶盖上。薇拉长得柔弱，一张枯瘦的脸，穿一套赛马的骑手服：头上一顶直檐的小圆帽，上身是蓝白条相间的绸短上衣，下身是包得很紧的白色马裤，脚上是带黄色翻口的漆皮靴子。薇拉事实上也的确像个骑手，她瘦长的脸，一对炯炯闪亮的蓝眼睛紧挨着那神经质的、非常好看的鹰钩鼻，额头上垂着密密的刘海。两位乐师经过长时间的努力终于成功了。于是矮个儿的薇拉走到高个儿的卓娅面前，步子细碎不自如，翘着屁股，支起臂肘，只有女人穿上男人服装才这样走步。她随后两手低低地、张得很开地一摊，向卓娅滑稽地、像男人样地鞠了一躬。接着她们兴味盎然地在客厅里飞旋起来。

眼疾手快的纽拉总是第一个宣布所有的新闻，这时她突然从窗台上跳下来，由于着忙和激动气喘吁吁地喊道：

"一辆漂亮马车……驶近……特列佩利亚妓院……有电灯……哎哟，姑娘们……要是我撒谎，就会马上死在这儿……车杆上有电灯。"

除了骄傲的叶尼娅，所有姑娘都从窗户探出头去。在特列佩利亚妓院的大门口果然停着一辆漂亮的马车。崭新考究的四轮马车油漆锃亮，车杆的端部有两个小电灯射出黄色的光，一匹高头大白马不耐烦地摇着它那漂亮的脑袋，它鼻梁下面有一块粉红色秃斑，它不断地在原地倒换着腿，竖着薄薄的耳朵；肥胖的大胡子车夫端坐在驭手座上，像一尊雕像，两只胳臂顺着膝盖抻直着。

"坐它去兜兜风多好！"纽拉尖叫道。"车夫大叔，喂，车夫大叔，"纽拉喊道，身子探出窗台，"带可怜的姑娘兜兜风吧……为了爱情带我们玩玩吧……"

但车夫笑了起来，用手指做了一个几乎觉察不到的动作，那白马就像有准备似的，当即奋起蹄子，快步跑了起来，它优美地向后拐弯儿，以匀整的速度向前驶去，连同马车和车夫的宽背一起渐渐地消融在黑暗中。

"呸！不成体统！"房间里响起埃玛·爱德华多夫娜愤怒的声音，"哪儿见到过规矩的小姐会放任自己钻出窗户满街嚷嚷的。噢，真丢人！又是纽拉，每次都是这坏纽拉！"

她穿一件黑衣服，一张松软的黄黄的脸，眼睛底下有晦暗的眼肚，三层抖动着的下巴耷拉着，显得很威严。姑娘们像犯了过失的寄宿学校学生那样规规矩矩地坐在沿墙一排椅子上，唯叶尼娅例外，她还在所有镜子里打量自己。又有两辆马车驶近对面的索菲娅·瓦西里耶夫娜妓院。亚玛开始活跃起来。最终又有一辆马车辚辚驶来，这声音在安娜·马尔科夫娜妓院门前陡然停住。

守门人西梅翁在前厅帮一个人脱下外衣。叶尼娅两手扶着门框，往那儿瞥了一眼，当即转过身来，边走边耸肩膀，无可奈何地晃着脑袋。

"不认得，完全是个陌生人，"她小声地说，"从来没有到我们这儿来过。一位老爷子，胖胖的，戴金丝边眼镜，穿一身制服。"

埃玛·爱德华多夫娜发出命令，那嗓音有如骑兵队的集合号声：

"小姐们，到客厅来啊！到客厅来，小姐们！"

姑娘们以骄傲的步态鱼贯进入客厅：塔玛拉裸露着白净的胳臂，敞露着的脖颈上戴一串人造珍珠；胖卡季卡长着胖胖的四方脸和低低的额头，她也裸露着颈肩，不过皮肤发红，长有粉刺；新来的尼娜穿一件绿鹦鹉色的衣服，鼻子短而翘起，举止笨拙；另一个是曼卡——大家称她"大"曼卡或者"鳄鱼"曼卡；最后一个是"方向盘"松卡①，她是个犹太姑娘，脸黑而难看，鼻子大得出奇，为此她才得了这个绰号，

---

① 昵称，即索尼娅。

可是一双动人的大眼睛同一时候既温顺又哀伤，既炽烈又湿润，全世界只有犹太女子才有这样的眼睛。

6

那位身着慈善机构制服的上了年纪的客人迈着缓慢迟疑的步子走了进来，每走一步身子微微向前一倾，不时绕圈似的搓着手掌，就像在洗手似的。由于所有的女人像没有觉察到他似的端坐不语，因此他穿过客厅，坐到柳芭旁边的椅子上。柳芭出于礼节，微微提了提裙子，保持着上等妓院姑娘的那种心不在焉和独立不羁的神情。

"您好，小姐。"他说。

"您好。"柳芭嗫嚅地答道。

"您近来怎么样？"

"谢谢，感谢您。请我抽一支烟吧。"

"对不起，我不抽烟。"

"噢，是这样。一个男人竟不抽烟。那么请我喝

加柠檬水的拉斐特酒①吧。加柠檬水的拉斐特酒我喜

欢得不得了。"

他默不作声。

"哦，多么吝啬，老爷子！您在哪儿工作？您是

官员吗？"

"不，我是教员。我教德语。"

"可是我在哪儿见到过您，老爷子。您的面容我

很熟悉。我在哪儿见过您呢？"

"这就不知道了，真的。除非是在街上。"

"或许是在街上……您哪怕请我吃个橘子也好。

可以叫他们拿个橘子来吗？"

他又默默不语，并环视四周。他的脸开始发光，

额头的疖子变红。他慢慢地鉴赏着所有的女人，以便

为自己挑选一个合适的，同时也为自己的沉默而发

窘。没有什么话题可谈，此外，柳芭冷漠的死乞白赖

的纠缠使他恼火。他倒看中了壮似奶牛的胖卡佳，不

过他暗自断定，她跟所有的胖女人一样，在恋爱上想

必是很冷淡的，况且她脸蛋长得不漂亮。薇拉同样使

---

① 法国拉斐特地方产的一种红葡萄酒。

他动心，她外表像个小男孩，白色紧身裤紧裹着结实的大腿，还有"小"曼卡，她多么像个天真的中学生，叶尼娅有一张刚毅、黝黑而标致的脸，她们都使他动心。有一会儿工夫他已完全选定了叶尼娅，可是只在椅子里动了一下，便迟疑起来，因为她看上去大大咧咧，放荡不羁，难以接近，还因为她自始至终没有看过他一眼，他揣测她是这妓院里最受娇宠的姑娘，客人付给她的钱比其他姑娘的多，对此她已习以为常。可是这位老学究是个很节俭的人，家里人口多，负担重，还有一个被他男性的要求摧毁了身子的孱弱的老婆，受多种妇女病的折磨。他在一个女子中学和一座学院里任教，经常生活在一种秘密的色情狂想中，幸亏德国人的自制力，还有他的吝啬和胆怯帮助他控制住自己那经常冲动的淫欲。可是虽然生活极其贫困，一年总有两三回他从自己菲薄的收入中省出五个或十个卢布，宁肯晚上不喝他喜欢的啤酒，也不坐街车，在城里步行一大段路。这些钱他花在女人身上，而且是慢慢地、津津有味地花，尽可能延长这种享受，压低享受的代价。为自己付出的代价他希望捞回很多很多的几乎是不可能的东西：他那德国人的多愁善感的心灵朦胧地渴求纯洁的、胆怯的和那淡黄发的格蕾欣①形象中的诗意，然而作为一个男子，他又梦想、希望和要求他的爱抚能使女人狂喜、心颤、甜蜜而疲惫。

其实所有的男子都是力求做到这个的，甚至最瘦弱、丑陋、佝偻和软弱无力的也不例外，而古老的经验早已教会她们用声音和动作模仿炽烈的情欲，在狂热的时刻保持着最充分的沉着、冷静。

"您至少可以向乐师们点一个波尔卡舞曲，让姑娘们跳跳舞吧。"柳芭以埋怨的口吻请求道。

这倒合他的心意。在音乐声中，在跳舞人群的拥挤中，拿定主意站起身来，把一个姑娘领出客厅，这要比在大家的沉默和拘泥的静坐中干这件事适宜得多。

"这要花多少钱？"他小心翼翼地问道。

"卡德里尔舞曲——半卢布，而这样的普通舞曲——三十戈比。那么行吗？"

"那有什么……好吧……我不吝啬……"他同意

———————————

① 德国作家歌德所著悲剧《浮士德》（1808—1831）中的女主人公。

地说，假装慷慨，"这要跟谁说呢？"

"喏，跟乐师们去说。"

"那好……我去……乐师先生，请奏一个简单点的舞曲。"他说，一面把银币放在钢琴上。

"有何吩咐？"伊赛·萨维奇问道，一面把钱藏到口袋里，"华尔兹，波尔卡，波尔卡－玛祖卡？"

"好……随便来个这样的……"

"华尔兹，华尔兹！"薇拉在座位上叫了起来，她是有名的舞迷。

"不，波尔卡！""华尔兹！""匈牙利舞曲！""华尔兹！"其余的人纷纷要求说。

"就让他们弹波尔卡吧。"柳芭以调皮的语气断然地说。"伊赛·萨维奇，请您奏波尔卡。这是我的丈夫，他是为我点的，"她补充道，一面搂住教员的脖子，"是吗，老爷子？"

可是他从她胳膊下挣脱出来，像乌龟一样把头缩了回去，而她一点儿也不生气，跟纽拉一起去跳舞了。回旋着跳舞的还有另外三对。跳舞时所有姑娘竭力使腰挺直，使头不动，脸上保持十足淡漠的神情，这是构成妓院良好风气的条件之一。在喧闹声中，教员走到"小"曼卡跟前。

"我们走吧?"他说,一面蜷缩着身子把胳臂伸过去。

"我们走吧。"她笑着回答。

她把他领到自己房间,这房间完全按一个中等妓院的卧房格调布置的:里面有一个五斗橱,上面铺着一块编结的桌布,放着一面镜子,一束纸花,几个精美的空糖果盒,一个香粉盒,一张褪了色的淡黄发青年的相片,脸上露出傲慢而惊异的表情,还有几张名片;床上铺着凸纹布的粉红色被子,床上部沿墙钉着一条挂毯,上面绣着土耳其皇帝嘴里含着水烟袋在后宫寻欢作乐的场面;墙上还挂着几张像仆役和演员模样的花花公子似的男子照片;一盏玫瑰色的红灯从天花板上用链子垂挂下来;一张圆桌,上面铺着桌毯,三把维也纳式的椅子,床后屋角有个小凳,上面放着一个搪瓷脸盆和一个搪瓷水罐。

"亲爱的,请我喝加柠檬水的拉斐特酒吧。""小"曼卡按照院里的惯例央求道,一面解开胸衣。

"等一会儿,"教员严厉地回答,"这要看你自己的表现啰。等一会儿再说,难道你们这儿会有上等的拉斐特酒吗？肯定是什么浑浊无味的酒。”

“我们有好的拉斐特酒，”姑娘抱怨地反驳道，“两卢布一瓶。不过您既然如此吝啬，哪怕就买一瓶啤酒也行。好吗？”

“嗯，啤酒，这可以。”

“再给我买柠檬水和橘子，好不好？”

“一瓶柠檬水可以，但橘子——不行。等一会儿，也许我还会请你喝香槟酒呢，这全要看你的表现来定。如果你愿意尽力的话。”

“那么，老爷子，我去要四瓶啤酒和两瓶柠檬水，行吗？您哪怕再给我买块巧克力也好。行吗？嗯？”

“两瓶啤酒，一瓶柠檬水，就这些。我不喜欢人家跟我讨价还价。如果需要，我自己会提出的。”

“我可以邀请一个女伴儿来吗？”

“这不行，不需要任何女仆儿。”

曼卡从门里向走廊探出头去，大声喊道：

“小管家！两瓶啤酒和我的一瓶柠檬水。”

西梅翁端着托盘来了，熟练地快速打开瓶盖。小管家佐霞跟在他后面进来了。

“你瞧，安置得多好。祝贺你们的合法婚姻！”

她贺喜道。

"老爷子，请小管家喝啤酒吧，"曼卡请求道，"喝吧，小管家。"

"好吧，既然这样，那就喝一杯祝您健康，先生。您看上去似乎有点面熟？"

德国人喝着啤酒，吸吮着并舐着上髭，不耐烦地等待小管家离开。可是她放下杯子道谢后，说道：

"先生，请允许我收一下钱。啤酒钱，是多少就收多少，还有房间钱。这样对您更好些，对我们也方便些。"

这样收钱使教员很为厌恶，因为它完全破坏了他打算中的含有感伤意味的那一部分，他生气地说：

"说实在的，这是多么无礼！我又没有打算从这儿溜掉，再说，你们难道不会识别人吗？要知道上你们这儿来的是一个穿制服的上等人，而不是什么无赖汉啊。真惹人讨厌！"

小管家有点让步了：

"您别见怪，先生，当然，您来光顾的钱自然会亲自付给小姐的。我想您不会委屈她，她是我们这儿非常好的姑娘。那么啤酒和柠檬水的钱劳驾先付一下。我也好向老板娘报账。两瓶啤酒，每瓶五十戈比，一瓶柠檬水三十戈比，共计一卢布三十戈比。"

"天哪，一瓶啤酒要五十戈比！"德国人怒不可遏，"我随便到哪家啤酒馆用十二戈比就能买一瓶。"

"那您就到啤酒馆去买吧，如果那儿便宜。"佐霞生气了，"不过您要是到上等妓院去，那么官方价格就是半卢布。我们不多拿一分钱。好，这样就好啦。余下二十戈比找给您吗？"

"是的，一定找给我，"教员坚定地强调说，"我还得请求您别再让人到这儿来了。"

"不，不，不，哪能呢！"佐霞在门旁忙乱起来，"您就随意安排吧，充分享受一番。祝您健康。"

曼卡等她走后用钩扣上门，坐到德国人的膝盖上，用一只裸露的胳臂搂住他。

"你来这儿很久了吗？"他一面呷着啤酒，一面问。他朦胧地感觉到那件即将发生的仿效爱情的事需要一种心灵上的接近，一种比较亲密的结识，因而，尽管他已急不可耐，他还是开始惯常的客套话。这套话几乎所有的男人在和妓女单独相处时都会说的，这种话也迫使她们几乎是机械地编造谎言，她们撒谎既不痛心，也不热情或激愤，只是按照一种极其古老的刻板公式而已。

"不久，总共才两个多月。"

"那你多大啦？"

"十六岁。""小"曼卡谎报着，给自己减掉了五岁。

"喔，这么年轻！"德国人吃惊地说，接着俯下身去，呼哧呼哧脱他的靴子。"你是怎么落到这儿来的呢？"

"一个军官使我失身了，在……在我的家乡。而我的妈妈凶得厉害，如果她知道了，她会亲手把我掐死的。所以我就从家里逃了出来，落到这里……"

"那么你爱那个军官，那第一个？"

"要是不爱他，我也不会去找他。这下流坯，他答应娶我，可后来一旦达到了目的，就把我抛弃了。"

"是这样。那你第一次时怕羞吗？"

"当然怕羞……老爷子，你喜欢要灯还是不要？我把灯稍稍捻暗一点，好不好？"

"也好。你在这儿不觉得寂寞吗？你叫什么名字？"

"玛尼娅。当然很寂寞。我们过的是什么日子哟！"

德国人用力亲了一下她的嘴，又问道：

"你喜欢男人吗？有没有你称心的男人？他们使你得到快乐吗？"

"怎么没有，"曼卡笑了起来，"我尤其喜欢像您这样的讨人喜欢的胖乎乎的男人。"

"喜欢？嗯？为什么喜欢？"

"就是喜欢。您也很讨人喜欢。"

德国人思忖了片刻，一面呷着啤酒。然后他说了那句几乎每个男人在偶尔占有妓女肉体以前常说的话：

"你知道，玛丽亨①，我也很喜欢你。我倒是很乐意把你接出去。"

"您结过婚了。"她反驳道，一面碰碰他的戒指。

"是啊，不过你要知道，我没有跟我老婆在一起，她有病，无法尽她做妻子的责任。"

"她真可怜！要是她知道你，老爷子，上哪儿去，她准会哭的。"

"我们不谈这个了。你知道，玛丽亨，我一直在给自己物色一个像你这样的姑娘，这么温雅和美丽。我是个有钱人，我会为你找一套供伙食的、有照明和

_____

① 即曼卡。

供暖设备的住宅。每月给你四十卢布的零用钱。你愿意去吗？"

"干吗不去，当然愿意。"

他紧紧地吻了她一下，但一种暗暗的担忧迅速掠过他胆怯的心。

"你没病吧？"他用带有敌意的、颤抖的声音问道。

"当然，没病。我们这儿每星期六都有医生来检查。"

五分钟以后，她离开他身边，边走边把挣得的钱往袜子里塞。按照迷信的风俗，她事先往这钱上啐了一口唾沫，就像对第一笔生意挣得的钱那样。关于赎买问题，关于讨人喜欢的话题再也没有提起。德国人对曼卡的冷漠感到不满，吩咐她把管家叫来。

"小管家，我的丈夫要你来一下！"玛尼娅说着便走进客厅，对着镜子整理起头发。

佐霞去了，返回时把帕莎叫到走廊上。不一会儿，她一个人回到客厅。

"你怎么，'小'曼卡，没有满足你的客人？"她笑着问道，"他抱怨你：'这不是个女人，而是块木头，是块冰。'我支使帕莎去他那儿了。"

"嘿，多么讨厌的家伙！"曼卡做了个鬼脸，啐了一口，"说的那些话简直烦人。他问：'我吻你时你感觉到吗？感觉到一种愉快的冲动吗？'死老狗。他还说：'我要把你接出去。'"

"他们都是这么说的。"卓娅冷冷地说。

可是叶尼娅，从早晨开始心情一直很坏，这时忽然大发雷霆。

"咳，他这下流货！十足的混蛋！"她喊道，脸涨得通红，两手神气地叉腰，"要是我呀，扯着他这卑鄙家伙的耳朵，把他领到镜子跟前，让他照照自己的丑脸。怎么样？好看吗？等你嘴里流出口涎，眼睛变斜，开始喘不上气和说话嘶哑，朝女人脸上呼哧地喷气时，那你就会更好看啰。为了你那张该死的卢布，你就要我在你面前粉身碎骨？！要我为了你那秽亵的情爱让眼睛爬到额头吗？！该打他嘴巴，这下流东西，打他嘴巴！打到出血！"

"哦，叶尼娅！住嘴！呸！"一丝不苟的埃玛·爱德华多夫娜呵喝道，她被叶尼娅那粗鲁的声调所激怒。

"我偏要说！"她猛地打断她的话。可是接着她却又不作声了，鼓起鼻孔，一双变黑的漂亮眼睛里燃着怒火，悻悻离去了。

7

客厅里渐渐坐满了人。那个全亚玛久已闻名的"不倒翁"来了，他是一个瘦高个儿的小老头，酒糟鼻子，头发斑白，穿一套林务技术员的制服，足蹬高筒靴，旁边衣袋里的一把木尺老是戳出来。他一天到晚泡在小饭馆的台球房里，老是有点醉醺醺的，常常讲些笑话，插科打诨，或哼一段诗，跟守门人，跟管家和姑娘们毫不拘礼地搭讪。妓院里所有的人，上自老板娘，下至侍女，对他都抱着一种很随便的、带一点蔑视但并无恶意的嘲弄态度。有时他也不是没有用处的：替姑娘们传信给她们的情人啦，为她们跑市场或跑药房啦。由于他那三寸不烂之舌和久已熄灭的自爱之心，他还常常混入陌生的伙伴中，增加他们的花销，而在这种情况下相应取得的钱，他不用到别处，就在这儿花在女人们身上，只给自己剩下一点点买烟卷儿的零钱。因此大家都按习惯好心地忍让他。

"瞧，'不倒翁'来了。"纽拉报告说，这时他已跟守门人西梅翁友好地握过手，站在客厅门口，他个子较高，一顶制帽神气地歪戴着。"好啦，'不倒翁'，快去吧！"

"我很荣幸做一下自我介绍，""不倒翁"当即装腔作势起来，按军人样式把手举到帽檐，"我是本地备受欢迎的妓院的一个秘密的贵客，布特尔金公爵，纳利夫金伯爵，特普鲁京凯维奇-菲尤京科夫斯基男爵。贝多芬先生！肖邦先生！"他招呼两位乐师，"给我随便奏一段歌剧《勇敢而光荣的阿尼西莫夫将军》或《走廊上的纷忙》里的曲子吧。向政务管家佐霞问候。啊哈！只有在复活节您才肯接吻啰？让我们把它记下来。喔，我的塔玛罗奇卡，我的心肝宝贝儿！"

就这样，他走到每一个姑娘跟前，开开玩笑，拉拉扯扯，最终，在胖卡佳旁边坐了下来。卡佳把自己的粗腿搁在他腿上，把臂肘支在自己膝头，用手掌托着下巴冷漠地凝神观看这位土地测量员给他自己卷着纸烟。

"您怎么也不厌烦，'不倒翁'？您老是卷这种漏斗形的纸烟。"

"不倒翁"顿时眉飞色舞地哼起诗来：

> 烟卷儿，我的秘密伙伴儿，
>
> 我不爱你那怎么能行？
>
> 并非由于偶然突发奇想，
>
> 大家一齐跟你相亲。

"'不倒翁'，要知道，你快去见阎王啦。"卡季卡冷淡地说。

"这很简单。"

"'不倒翁'，再给我们念一点滑稽些的诗吧。"韦尔卡[①]恳求道。

他立即顺从地装出一副滑稽的姿态，吟诵起来：

---

① 薇拉的昵称。

明朗的天空布满繁星，

要数清楚却无法数清，

微风悄声说似乎可能，

实际上却数也数不清。

牛蒡花儿一朵朵开放，

鸟儿像雄鸡似的啼鸣。

就这样说说笑笑，"不倒翁"常常整夜地泡在妓院的客厅里。出自某种奇怪的内心的同情，姑娘们几乎把他看作自己人，有时也临时帮他一点儿小忙，甚至掏腰包给他买啤酒和伏特加。

"不倒翁"到后不久，一大帮理发师闯了进来，他们这天没有工作。他们闹哄哄乐呵呵，然而即使在妓院这儿，也没有停止算他们的那些小账，没有停止谈论演过的和正在上演的一些捧场戏，谈论老板、老板娘。这都是一些荒淫无度的人、撒谎的人，他们对未来抱着极大的奢望，比方说，有朝一日当上某个伯爵夫人的姘夫。他们想尽可能广泛地利用他们那好不容易挣来的钱，因而决定对亚玛所有的妓院来个全面巡视，只有特列佩利亚妓院他们没有下决心进去，因为在他们看来，那儿实在太豪华了。在安娜·马尔科夫娜妓院，他们当即点了卡德里尔舞曲，跳了起来，尤其是跳到第五个姿势，男舞伴做出一种单人舞的奇异动作，完全像地道的巴黎人，甚至把拇指放到坎肩的抬肩里。然而他们不想留下来狎妓，答应等巡视完所有的妓院之后再回来。

除他们以外，又有一些人进进出出，其中有某些官员、足蹬漆皮鞋的鬈发的年轻人、几个大学生、几个军官，那些军官非常害怕在妓院老板娘和客人们眼中失去自己的尊严。

客厅里渐渐形成一种声音嘈杂、烟雾腾腾的场面，以至没有人会感到拘束了。"方向盘"松卡的情人来了。他是这儿的常客，几乎每晚必到，一来便几个钟头地坐在他恋人的身边，用懒洋洋的、东方人的眼睛望着她，叹息、发愣，还跟她吵嘴，怪她生活在窑子里，怪她违背犹太人的安息日，怪她吃犹太教禁食的肉，怪她脱离家庭和伟大的犹太教会。

跟往常一样——这是常有的事——管家佐霞在喧闹声中走到他跟前，撇着嘴说：

"喂，先生，干吗老是坐着啊？暖暖您的屁股吧？还是跟姑娘去玩玩吧。"

这两个犹太男女生在戈麦尔①，上帝想必是为了一种热烈而柔蜜的爱才创造了他们，但是种种情况，例如他们城里发生的蹂躏犹太人的暴行、穷困、张皇失措、恐惧，使他两一度分离。然而爱情是如此伟大，以至这一药铺的学徒奈曼费尽心机，备受屈辱，好不容易在本地一家药铺里为自己谋得一个学徒的职位，并找到了他心爱的姑娘。他是一个真正虔信宗教的犹太人，几乎是个宗教狂。他知道松卡被她母亲卖给一个人贩子，知道她许多有失体面、遭受凌辱的事情，知道她怎样从一处被转卖到另一处的详情细节，他那笃信上帝的、嫌恶的、真正犹太人的心灵，一想到这些，便全身痉挛和战栗，不过虽然如此，爱情还是高于一切。他每天晚上都坐在安娜·马尔科夫娜妓院的客厅里。如果他在极度贫困中得以从自己微薄的收入中偶尔省出个把卢布，他就把松卡带到她房间，可是这并不给他和她带来任何欢乐，因为在瞬时的幸福，即彼此占有肉体过后，他们哭哭啼啼，互相责

---

① 白俄罗斯戈麦尔州中心。

备，以犹太人特有的一种做作的姿态吵嘴。在这样的短暂相处之后，"方向盘"松卡总是带着红肿的眼皮回到客厅来。

不过多半时间他是没有钱的，他就整个晚上坐在他情人身边，每当松卡偶尔被客人领走，他就耐心地、含着醋意等着她。等她回来坐到他身旁后，便一个劲儿地责难她，他头没有转向她那一边，尽量不引起众人注目。而在谈话期间，她那动人的、湿润的犹太人眼睛里往往流露出一种苦命人的，但却温顺的表情。

来了一大帮德国人——眼镜店职员，还来了一伙克列什科夫斯基鱼店和美味食品商店的伙计，以及两个闻名亚玛的年轻人。这两个人都是秃顶，秃顶周围有一圈稀疏柔软的头发，妓院里的人称他们俩为"账房先生"科利卡和"歌唱家"米什卡。他们跟眼镜店的卡尔·卡尔洛维奇和鱼店的沃洛季卡一样，也受到亲热的接待——狂喜啊，喊叫啊，接吻啊，这使他们的自尊心得到满足。活泼伶俐的纽尔卡①常常蹦跳

——————————

① 昵称，即纽拉。

着跑到前厅，打听到来人是谁后，便照例兴奋地通报说：

"叶妮卡，你丈夫来了！"

或者：

"'小'曼卡，你情夫来啦！"

"歌唱家"米什卡其实完全不是个歌唱家，而是一家药材批发店的老板，他一进门，立即用颤动的、若断若续的、山羊叫似的嗓音唱了起来：

> 他们感——到了实——情！
> 你原本是霞——光……①

他每次上安娜·马尔科夫娜妓院来总要这样唱。

几乎不间断地奏着卡德里尔、华尔兹、波尔卡等舞曲，不停地跳着。塔玛拉的情人先卡也来了，但他一反常态，并没有大模大样，也没有大叫大骂，没有让伊赛·萨维奇奏送葬曲，也没有请姑娘们吃巧克力糖……不知什么缘故，他愁眉不展，右脚有点瘸，尽

---

① 出自格林卡（1804—1857）同名歌剧《伊凡·苏萨宁》的咏叹调。

量少让人注意自己，大概他职业上的事这一阵不很顺利吧。他一面走一面用头示意塔玛拉走出客厅，跟她到她房间去了。演员埃格蒙特–拉夫列茨基也来了，他胡子刮得很干净，高高的个儿，那猥琐和骄横睥睨的面容酷似宫廷的侍从。

美味食品店的伙计们带着青年人高度的热情跳着舞，同时又表现得彬彬有礼，像格尔曼·戈佩的良好风尚的自修课本介绍的那样。在这方面姑娘们也有意彬彬有礼地回报他们。跳舞时尽量身子不动，两条胳臂垂下，头仰起并微微斜向一侧，现出一种骄傲的，同时又疲乏无力的神情，这样就算是体面的上流社会的风度。在舞曲中间休息时，必须装出无聊烦闷和漫不经心的样子，扇着手帕……总之，他们都装出一副俨然属于最高雅的上流社会的神态，如果她们跳舞，则只是俯就地给予一点儿友谊的效劳。不过虽然如此，他们还是跳得很起劲，克列什科夫斯基鱼店的伙计们跳得汗珠直淌。

其他妓院发生了两三起打架的事。有一个人浑身是血，他的脸在月牙儿那淡淡的银光映照下看上去仿佛由于血污而发黑，他在街上跑来跑去，嘴里骂骂咧咧，毫不理会自己的伤痛，寻找着在打架中丢失的帽子。在小亚玛街，一些参谋部的司书跟一帮水手打了起来。

困倦的钢琴师和乐师们瞌睡懵懂，似在梦中，凭着机械式的习惯奏着舞曲。黑夜将尽。

忽然，完全出乎意料，有七个大学生、一个副教授和一个当地的记者走进了安娜·马尔科夫娜妓院。

8

除了记者，他们所有的人从大清早起，整整一天都跟几个熟悉的小姐在一起欢度"五一"劳动节。他们在第聂伯河上划船；在河对岸那散发着苦涩的浓香的密密柳丛中煮粥；在湍急的温暖的河水中男女轮流洗澡；一起喝家制的果子露；唱嘹亮的小俄罗斯歌曲。回城时天色已晚，晦暗的、湍流不息的、宽阔的河水可怕而快活地拍打着他们小船的船舷，水中嬉戏闪动着星儿的倒影、路灯照耀下的银白色摇摆不定的小路和浮标那点头致意般的灯光。等他们上岸后，每个人的手掌都被船桨摩得发烫，胳臂和腿的筋肉令人惬意地隐隐酸痛，全身感到一种无比幸福、心旷神怡的疲乏。

然后，他们送小姐们回家，在篱笆门前和大门口与她们久久而亲热地依依惜别，笑声连连，握手时把手挥得很高，仿佛在压抽水机似的。

整个一天他们过得很热闹，很愉快，甚至有点儿招摇过市和微微的疲劳，但是保持了年轻人的纯洁，没有酗酒，尤为罕见的是，可以说没有一丁点儿不和睦、妒忌或埋在心底的不快。当然，这种安乐的情绪是由很多因素促成的，诸如阳光，清新的河风，青草和河水的甜蜜的芳香，游泳和划船时对自己强壮而灵巧的身体的愉快感觉，以及他们所熟悉的家庭的这些聪慧、温柔、纯洁和美貌姑娘的那种克制影响等。

然而，几乎不由自主地，他们的情欲——不是想象，而是爱玩的青年男子的一种单纯的、健康的、本能的情欲——燃起来了，这是由于他们的手偶尔碰到女性的手，由于帮助小姐们上船或跳上岸时不得不殷勤友爱地搂抱，由于被太阳晒热的少女的衣服发出沁人心脾的幽香，由于女人们在河上撒娇害怕地发出尖叫，由于女人那天真放纵而又洒脱不拘地半卧在茶炊周围的青草地上的姿态，由于在野餐、郊游和划船过程中惯常和不可避免地表现出的这一切天真的放荡不羁，在这种时候，在男子心灵的无限深处，由于跟土地、青草、河水和阳光的尽情接触，那只古老的、美妙的、自由的，但已变丑和被人吓坏的野兽暗暗苏醒过来了。

正因为如此，夜里两点钟，一家舒适的名叫"麻雀"的学生饭馆刚一打烊，他们八个酒足饭饱，便兴冲冲地从烟雾腾腾的地下室走出来，来到街上，来到甜蜜而令人不安的黑夜中。天空和大地一片诱人的灯光，空气这样温暖、醉人，使人不禁张大鼻孔贪婪地呼吸，从看不见的花园和花坛飘来一阵阵馨香，在这种时刻，他们每个人都头脑发热，心儿由于朦胧的欲望悄悄地、无力地融化了。在休息之后，感觉到全身筋肉又有了新的活力，肺部做着深呼吸，血管里流着有弹力的赤红的血，四肢伸缩自如，啊，那是多么畅快和自傲。于是，无需语言，无需思想，无需意识，在这样的夜晚，令人心驰神往的是赤裸着身子在沉睡的林子里奔跑，在露水晶莹的草地上匆匆嗅着某人的足迹，大声呼唤女性到自己身边来。

然而眼下要分手是很困难的。他们在一起度过了一整天，已结成习惯的紧密团结的一伙。仿佛是，如果有一个人离开这一集体，那么某种业已就绪的平衡就要受到破坏，日后也难以恢复似的。因而他们在靠近饭馆地下室出口处的人行道上踟蹰地停留着，甚至妨碍了偶尔路过的行人通行。他们假惺惺地商量着还到哪儿去度过这余下的夜晚。去"季沃利"花园吧，实在太远，况且还要付门票钱，小卖部里食品的价钱又贵得不像话，节目也早已结束了。沃洛佳·帕夫洛夫提议到他家去，他家里有十多瓶啤酒和一点白兰地。可是大家觉得深更半夜跑到人家里去，踮着脚上楼，老是压低嗓音讲话，很是无聊没趣的。

"你们听着，弟兄们……我们还是找窑姐去吧，这样比较合适。"年岁较大的学生利霍宁坚决地说。他是个高个儿的小伙子，背有点驼，脸色阴沉，留着胡子。按信仰来说，他是个无政府主义理论家，而按天赋来说，他在打台球、赛马和玩牌方面都是一个入迷的能手，他的兴趣非常广泛。前一天他在商人俱乐部玩玛高牌戏①还赢了将近一千卢布，这些钱现在还烫他的手呢。

"那有什么？对啊，"有人附和地说，"走吧，伙伴们?！"

"值得吗？要知道这可是通宵胡闹的事……"另一个人假装明理和假装疲乏地说。

第三个人佯装打着呵欠，说：

"还是各回各的家吧，先生们……噢——噢——该睡觉啦……今天可够了。"

"做梦是做不出什么名堂来的，"利霍宁鄙夷地说，"大教授②先生，您去吗？"

但是亚尔琴科副教授来了犟劲儿，看上去真的被激怒了，虽然他自己或许也不知道他心灵的某个晦暗角落里隐藏着什么。

"别管我，利霍宁。依我看，先生们，你们打算干的那件事，显然是十足的下流行为。看来，这一天我们过得是那么美妙和称心如意，可是不，你们偏要像喝醉了的畜生那样，钻进污水坑去。我可不去。"

---

① 一种赌博游戏。
② 此处是虚称"教授"，逗弄实为副教授的亚尔琴科。

"不过，要是我没有记错的话，"利霍宁镇静地挖苦道，"我记得不过是去年秋天吧，我们跟一位未来的学者蒙森①一起，在什么地方把掺冰的克留霜酒倒进钢琴里，画了一个布里亚特神，跳肚皮舞，还有其他种种丑事，是吗？……"

利霍宁的话的确属实。亚尔琴科在大学学习和后来留校期间过的是狂妄轻佻的生活。所有饭馆、夜酒店和其他娱乐场所都非常熟悉他那矮墩墩的身影，他那跟彩色爱神像一样鼓起的绯红的脸颊和炯亮、湿润、善良的眼睛，都记得他那说得急促而气喘吁吁的讲话和刺耳的笑声。

同学们一直不了解他哪儿来的工夫念书，但是每次考试和平时的作业他都成绩优良，而且从大学一年级起就受到教授们的青睐。现在亚尔琴科开始逐渐疏远旧时的同学和酒友。他跟教授界刚建立了必要的联系，并受请来年讲授罗马史课，在平时谈话中也已常常使用副教授们中间通用的表达方式："我们，学者们！"大学生的不拘形迹，硬要结伴活动，

---

① 特奥多尔·蒙森（1817—1903）：德国历史学家，古罗马研究专家。此
　　处暗指这位副教授。

强制参加一切聚会、抗议和游行——这对他来说已变得不合适了，使他感到困窘，乃至无聊。不过他明了受青年人欢迎的这一价值，因而没有下决心与昔日的小圈子立即一刀两断。可是利霍宁的话刺痛了他。

"唉，我的上帝，我们小时候干的事还少吗？我们偷过糖，弄脏过裤子，撕过甲虫的翅膀，"亚尔琴科心急而气喘吁吁地说了起来，"但是什么事情都有个限度和分寸。先生们，当然，我无权建议你们和教育你们，可是一个人总该始终如一才行。我们大家都同意，卖淫是人类最大的灾难之一，我们也同意，在这灾难中有罪的不是女人，而是我们男人，因为有了需求才产生出供应。因此，如果我喝多了酒，不顾自己的信念，还是要去嫖妓，那么我就犯下了三重罪行：一是对不幸的蠢女人，因为我用肮脏的金钱使她陷于极端受辱的奴役地位；二是对人类，因为我为了自己可恶的淫欲花钱找妓女玩一两个钟头，这就等于认为卖淫行为是正当的，对它支持；最后是对自己的良心和思想，对逻辑也犯下可鄙的罪行。"

"喝——！"利霍宁拉长声音啸叫，声调沮丧，发音很重，一面有节奏地点着偏向一边的头。"我们的哲学家又瞎扯了：'绳索者乃普通绳子也。'"

"当然，没有比忸怩作态更容易的了，"亚尔琴科干巴巴地答道，"可依我看来，在俄罗斯的悲痛生活中，没有比思想的败坏和腐化更令人痛心的现象了。今天我们对自己说：'哎！我去不去妓院，反正都一样，去一次，事情不会变坏，也不会变好。'可是五年以后我们会说：'毫无疑义，受贿是极其可恶的行为，不过，您要知道，为了孩子……为了家庭……'照这样再过十年，我们这些一帆风顺的俄国自由主义者就会为人身自由而叹息，向我们所蔑视的那些混蛋低头哈腰，在他们的前厅里闲待着。我们会嘿嘿地笑着说：'因为，您知道不，跟狼在一起生活，就得学狼嗥。'这话一点不假，难怪有个大臣把俄国大学生叫作未来的科长呢！"

"或者叫作教授。"利霍宁插嘴道。

"不过最主要的，"亚尔琴科对这句挖苦话置若罔闻，继续说下去，"最主要的是，我今天看见你们大家在河上和后来在那儿……在对岸……跟这些可爱而体面的姑娘在一起，你们大家都那么殷勤，那么彬彬有礼，那么甘愿效劳，可是你们刚一与她们分手，就要去找妓女。你们每个人都想一想，如果我们大家在他的姊妹那儿做客，随后立刻就上亚玛去……会怎么样呢？这样做令人舒服吗？"

"是啊，可是也该让社会上的性欲有个出路吧？"鲍里斯·索巴什尼科夫自负地说。这是一个身量高大、有点骄傲和矫揉造作的青年，短短的制服上衣勉强盖住他的胖屁股，穿一条时髦的骑兵样式的裤子，戴一副有黑色宽带的夹鼻眼镜和一顶普鲁士式的制帽，有点花花公子的派头。"难道享受自己侍女的爱抚或跟别人妻子私通就更体面些吗？假若我一定需要女人，那我怎么办呀！"

"嘿，真行啊！"亚尔琴科遗憾地说，微微挥了一下手。

这时，有一个叫拉姆泽斯的大学生插嘴了。此人身材矮小，肤色黑黄，鹰钩鼻子。他那胡子刮得干净的脸看上去像个倒三角形，额头很宽，两边开始往上秃，两颊凹陷，下巴尖尖的。他的生活方式颇为奇特，与一般大学生不尽相同。当他的同学们忙于政治活动，谈恋爱，逛戏院，很少学习的时候，拉姆泽斯却已专心致力于研究各种各样的民事诉讼和要求，研究财产、家庭、土地和其他一些诉讼案的故意刁难的细微之处，对一些被撤销的原判决铭记于心，并做合乎逻辑的分析。他全然出于自愿，压根儿不是为了钱，在一个公证人处当了一年办事员，还在一个调解法官处当了一年文牍员，而去年一年，即临毕业的一年，他在一家地方报社主管市参议会的新闻栏目，还在糖业辛迪加管理局担任助理秘书这样一个小小的职务。当辛迪加对本组织的一个成员巴斯卡科夫上校提出众所周知的起诉，告发他违背契约出售剩余白糖时，拉姆泽斯一开始便预料到会有什么样的判决，并做了极其细致的论证，后来枢密院果然对这一案件做了那样的判决。

尽管他比较年轻，但是一些颇为著名的律师却听取（固然有点不以为然地听取）他的意见。凡熟识拉姆泽斯的人都确信他将来会飞黄腾达，官运亨通，连拉姆泽斯本人也毫不掩饰自己的信心，到了三十五岁光景他单凭律师和民法学家这一项业务就会给自己积攒一百万卢布。同学们常常选他为大会主席和班长，但是拉姆泽斯对这一荣誉总是用自己时间不够为理由来推辞。不过他并不回避参与同学中的仲裁审判，他的论据常常是驳不倒的，合乎逻辑的，具有一种令人惊异的特性，那就是和平了结争端，并使争执双方都感到满意。他跟亚尔琴科一样，深知受青年学生欢迎的价值，因此即使高高在上，有点看不起人，也从来没有动一动他那聪明刚毅的薄嘴唇，把它表露出来。

"加夫里拉·彼得罗维奇，谁也没有一定要拉您去干不道德的事啊，"拉姆泽斯有意和解地说，"事情既然十分简单，干吗要这么激动，这么忧郁？一伙年轻的俄国绅士想要在一起亲亲热热而简简单单地度过这残夜，快活快活啊，唱唱歌啊，喝上几加仑葡萄酒和啤酒。可是现在都打烊了，只有这些妓院。因此嘛①！……"

"因此，我们就要到卖身的女人那儿去寻欢作乐？到娼妓那儿去？到窑子去？"亚尔琴科嘲讽和敌意地打断他的话。

"那又何尝不可？以前有个哲学家，人们为了要

---

① 原文为拉丁语。

凌辱他，就餐时故意安排他坐在乐师们的附近。可是
他一面坐下一面说：'这倒是个好方法，把末席变成了
首席。'最后，我还得重复一遍：假若您的良心不允许
您如您所说的那样去买一个女人，那么您可以到那里
去了以后再离开，保持您那在各方面都不可侵犯和永
葆青春的纯洁。"

"您歪曲了我的话，拉姆泽斯，"亚尔琴科不满地
反驳道，"您使我联想到那些小市民，他们在天还没
亮的时候便聚集一起，好奇地观看枪毙犯人，还说：
这事与我们完全无关，我们反对死刑，这都是检察官
和刽子手干的。"

"说得夸张了，一部分是正确的，加夫里拉·彼
得罗维奇。不过这一比喻对于我们恰恰用不上。你要
知道，不见到病人本人是无法对他的某种严重疾病进
行治疗的。须知我们这些人眼下站在这街上，妨碍行
人过路，可将来有朝一日在自己的工作中会接触到
可怕的娼妓问题，而且还是俄国的娼妓问题！利霍
宁、我、鲍里斯·索巴什尼科夫和帕夫洛夫是学法律
的，彼得罗夫斯基和托尔佩金是学医的。虽然韦尔特
曼学的是数学专业，不过他将来总要当个教员，当青

年人的导师，还有，见鬼，甚至当爸爸吧！而如果真的要用妖精去吓唬人，那么最好还是亲自先去看看她。再说您自己，加夫里拉·彼得罗维奇，是一个死语专家和未来考古学界的巨擘，那么假设拿现代的妓院与庞贝①的某些妓馆或者底比斯②和尼尼微③的神圣妓院做一下比较，这对您难道不重要和没有教益吗？……"

"好，拉姆泽斯，好极了！"利霍宁吼叫起来，"同学们，干吗在这儿老扯个没完？掐着教授的脖子，把他按到马车里去！"

学生们嘻嘻哈哈，推推搡搡，围住了亚尔琴科，抓住他的胳膊，搂住他的腰。他们大家都想去找女人，但没有人敢带这个头，只有利霍宁除外。不过现在整个这一复杂、不愉快和口是心非的事情已美满地化为对那年长同学的一种简单而轻松的玩笑了。亚尔琴科顶着不走，又是生气，又是发笑，试图挣脱。可这时候有个高个儿的、留黑髭的警察走到这伙嬉闹

① 意大利那不勒斯附近的古城，公元 79 年因火山爆发，全城湮没。
② 古希腊主要城市之一。
③ 古代亚述帝国首都，位于底格里斯河东岸，今伊拉克摩苏尔附近。

的学生们跟前，他早已机警和怀有敌意地注视着他们了。

"大学生先生们，请不要集结在一起。这不行！快走开。"

他们成群结伙地向前走去了。亚尔琴科渐渐软下来了。

"先生们，看来我得跟你们一起去了……不过，你们别以为埃及的法老拉姆泽斯的诡辩说服了我……不，我只是不忍心拆散这一集体……但我得提个条件：我们在那儿可以喝酒说笑和其他等等，可是不能干别的事，不能干任何肮脏的事儿……我们，俄国知识分子的精华和宝贝，假若一见女人便全身酥软，流口水，想起来实在太可耻和令人遗憾了。"

"我发誓！"利霍宁举起一只手说。

"我替自己担保。"拉姆泽斯说道。

"我也是！我也是！先生们，对天发誓，我们担保……亚尔琴科说得对。"其他人纷纷表示支持。

他们三三两两地坐上了几辆马车，便出发了。这些马车早已鱼贯地跟随着他们了，车夫们一面跟随，一面还互相揶揄和詈骂。利霍宁为了表示忠诚亲自坐在副教授身旁，搂住他的腰，还让小托尔佩金坐在自己和邻座人的膝头。托尔佩金是个面颊绯红的俊俏的孩子，虽然他已二十三岁，但脸腮上还有孩童般又软又亮的泛白的茸毛。

"上多罗申科！"车开以后，利霍宁喊道。"上多罗申科去。"他掉过身去又重复了一遍。

他们都在多罗申科餐厅门前停了下来，然后走进大厅，聚在柜台旁。这时大家都已酒足饭饱，谁也不想再喝酒或吃东西。然而每个人都暗自心领神会，明白他们马上就要干一件没有必要的可耻事情，准备参加一种紧张的、做作的和全无乐趣可言的娱乐。每个人都企望喝得醉醺醺的，使自己迷迷糊糊，眼花缭乱，以致手脚在干什么，舌头在唠叨什么，头脑全不知道。看来，不光是大学生，凡是到亚玛去的常客和稀客不同程度都体验到这一内心的刺痛，因为多罗申科餐厅只有到天色很晚和夜间才营业，谁也不在那儿久留，而只是顺路进去，它正好在十字路口上。

在大学生们喝着白兰地、啤酒和伏特加的时候，拉姆泽斯一直注视着坐在餐厅最远角落里的两个人：一个是头发蓬松而斑白的大个子老头儿，他对面，背朝柜台，是一个拱着背的壮实绅士，他头发剪得很短，穿一套灰色衣服，两个臂肘搁在桌上，下巴支在两个叠在一起的拳头上。老头儿弹着放在他面前的一把古丝理①，声音嘎哑而悦耳地轻轻唱着：

> 我的山谷，小山谷啊，
> 宽广辽阔的地方。

"对不起，那可是我的一个同事啊。"拉姆泽斯说罢，便前去跟那位穿灰衣服的绅士打招呼。过了一会儿，他把他领到柜台旁，介绍给同伴们。

"先生们，让我向你们介绍一下我报界的战友。谢尔盖·伊万诺维奇·普拉托诺夫。他是报界工作人员中最懒和最有才能的一个。"

大家一一向他介绍自己，含糊不清地嘟哝着自己的姓名。

"为此我们来干一杯。"利霍宁说。

亚尔琴科却以他一贯的极讲究的殷勤态度问道：

---

① 俄国古代的一种弦乐器，类似中国古筝。

"对不起，对不起，虽然我们没见过面，不过我还是多少有点知道您。普里克隆斯基教授在大学里答辩博士论文时，是您在场吧？"

"是我。"记者答道。

"啊，这真令人高兴，"亚尔琴科和悦地微微一笑，也不知为了什么缘故又一次紧紧地握了握普拉托诺夫的手，"事后我读了您那篇报道，写得很真实、详尽和巧妙……能敬您一杯吗？……为您健康干杯！"

"那么让我也回敬您一杯，"普拉托诺夫说道，"奥努夫里·扎哈雷奇，再给我们斟酒……一、二、三、四……九杯白兰地……"

"不，这样可不行……您是我们的客人，同学。"利霍宁不同意地说。

"得啦，我怎么能算是你们同学呢，"记者和颜悦色地笑了起来，"我只念过一年级，而且那也只有半年，是个旁听生。端杯吧，奥努夫里·扎哈雷奇。先生们，请……"

事情的结局是，半小时以后利霍宁和亚尔琴科跟记者难分难舍，便拖他一起到亚玛去。不过记者也未加拒绝。

"如果我不成为你们的累赘的话，那我将十分高兴，"他很随便地说道，"何况今天我有很大一笔款。《第聂伯河之声》报付给了我稿酬，这真是怪事，就像中了二十万卢布的戏院衣帽间出售的彩票似的^①。对不起，我就回来……"

他走到先前与他坐在一起的那个老头儿跟前，往他手里塞了点钱，亲热地与他道别。

"老大爷，我现在要去的地方您不能去，明天还在老地方会面。再见！"

大家全都走出了餐厅。在门口，鲍里斯·索巴什尼科夫，一个老是有点花花公子派头的、无必要地骄傲自大的人，止住利霍宁，把他叫到一边。

"我觉得你很奇怪，利霍宁，"他表示厌恶地说，"我们是亲密团结的一个小集体，可你一定要把这么个流浪汉拉进来。鬼知道他是什么人！"

"别这么说，鲍里斯，"利霍宁友善地回答，"他是个热情的人。"

---

① 此处作者意在讽刺当时的《基辅之声》报社对青年作者不付或者付很少的稿酬。

9

"喂，先生们，这儿可是太脏啦！"亚尔琴科站在安娜·马尔科夫娜妓院门口抱怨道。

"既然来了，那么至少要挑一个体面些的地方，而不是到随便哪个脏窝儿里。真的，先生们，我们还是到旁边的特列佩利亚妓院去吧，那儿不管怎样，终究干净些和亮堂些。"

"请，请，先生，"利霍宁坚持道，一面学宫廷里的样子，彬彬有礼地推开副教授前面的门，俯下身子，把一只手向前一摊，"请进。"

"要知道这儿龌龊……特列佩利亚那儿至少女人长得要漂亮些。"

拉姆泽斯走在后面，嗓音干巴地笑了起来。

"好啦，好啦，好啦，加夫里拉·彼得罗维奇。我们将继续保持那种精神。一个饥饿的小偷从小贩摊上偷了五戈比一个的面包，我们会谴责他，可是如果银行经理挪用他人的百万巨金去买大走马和雪茄烟，那么我们反倒会减轻他的罪过。"

"请原谅，我不明白这个比喻，"亚尔琴科审慎地回答，"照我的意思这都是一样的。进去吧。"

"更重要的，"利霍宁让副教授走在前面，说道，"更重要的是这家妓院保留了许多历史传说。同学们！好多代学生都来过这儿，此外，按一般的规定，儿童和学生在这儿是半价优待，就像参观陈列馆那样。是这样吗，西梅翁公民？"

西梅翁不喜欢成群结伙地来一大帮人，因为这样常常过不多久就会闹事，而对大学生他向来就瞧不起，因为他们讲的话他听不大懂，另外他们爱开轻率的玩笑，还由于他们不信神，而主要的是由于他们总是反抗上司和制度。无怪乎那天在别萨拉布斯基广场上，哥萨克人、肉商、面粉商和鱼贩子们毒打大学生时，西梅翁刚听到风声便跳上一辆过路的漂亮马车，神气地站在上面，俨然是位警察局局长，疾驶出事地点，以便参与这一斗殴。他所尊敬的是一些庄重的、胖胖的、上了年纪的客人，他们往往秘密地单个儿前来，提心吊胆地从前厅往客厅里窥视，生怕碰见熟人，并且很快便匆匆离去，小费也给得大方。这样的人他总是尊称为"大人"。

因而，他一面替亚尔琴科脱下灰色的薄大衣，一面板着脸，对利霍宁的这句笑话意味深长地顶了一句：

"我在这儿不是公民，而是对付闹事者的打手。"

"谨向您祝贺。"利霍宁有礼貌地鞠躬道。

客厅里人很多。那些伙计跳完舞，坐在姑娘们旁边，满脸通红，浑身汗湿，用手绢急促地呼扇着，他们身上散发出浓烈的老山羊毛的膻味。歌唱家米什卡和他的朋友账房先生，两人都秃顶了，在光秃的头顶周围有一圈柔软的细发，眼眸又都发珠母色，浑浊不清，两人都醉眼蒙眬地面对面坐着，臂肘支在大理石桌子上，并且都企图用那种颤抖而跳跃式的嗓音齐唱起来，就像有人屡屡从后面敲他们颈椎骨似的。

他们感——到了实——情……

而埃玛·爱德华多夫娜和佐霞一个劲儿地劝他们别胡闹。"不倒翁"安静地坐在椅子上打盹儿，脑袋耷拉着，一条长长的腿搁在另一条腿上，两手抱着尖尖的膝头。

姑娘们当即认出了大学生中的几位，便跑着迎上前去。

"塔玛罗奇卡，你的丈夫沃洛坚卡①来了。我的丈夫也来了！米什卡！"纽拉尖声叫道，一面跳起来搂住身量高鼻子大的、一本正经的彼得罗夫斯基的脖子。"你好，米申卡②。怎么好久没来了呀？我都想死你啦。"

亚尔琴科羞赧地向四周顾盼。

"我们最好是……你知道……搞个单间的客房，"他对走上前来的埃玛·爱德华多夫娜委婉地说道，"请给我们来点红葡萄酒……再来点咖啡……您自己知道。"

亚尔琴科那漂亮的衣着和谦和的阔少爷派头总是博得仆人和侍者总管们的信任。埃玛·爱德华多夫娜乐意地连连点头，就像马戏团里一匹很肥的老马那样。

---

① 小名，即沃洛佳。
② 小名，即米什卡。

"可以，可以……先生们，上这儿，到客房来。可以，可以……要什么烈酒？我们这儿只有别尼迪克丁酒。那就要别尼迪克丁吧？可以，可以……允许姑娘们进来吗？"

"假如非这样不可。"亚尔琴科两手一摊，叹息道。

于是姑娘们当即鱼贯地走进这间布置着灰色长毛绒家具和天蓝色吊灯的小客房。她们进来后，向每个人依次伸出那不习惯握手的直直的手掌，简短而轻声地报自己的名字：玛尼娅，卡佳，柳芭……她们坐到男人的膝盖上，搂着他们的脖子，按惯例开始缠磨起来：

"大学生，您真漂亮……我可以要几个橘子吗？"

"沃洛坚卡，给我买点糖吃吧！好吗？"

"给我买巧克力糖。"

"胖子！"打扮得像赛马骑手似的薇拉一面爬上副教授的膝头，一面表示亲热地说，"我有个朋友，只不过她有病不能到客房来。我给她送点苹果和巧克力糖去吧，行吗？"

"什么朋友不朋友的，这都是编造的！而主要的是，你别这样甜腻地缠我。好好坐着，像聪明的孩子那样，就坐在旁边这把椅子上，好，就这样。把手放下！"

"哎呀，这样我不行！……"薇拉做着媚眼，撒娇地奉承说，"您长得这么讨人喜欢。"

可是利霍宁对这种职业性的死乞白赖的央求只是傲慢而和蔼地点着头，就跟埃玛·爱德华多夫娜一样，并学着她的德国口音反复地说：

"可以，可以，可以……"

"那么我就告诉茶房给我朋友送点糖果和苹果了？"薇拉刺刺不休。

这种缠磨不休的行为成了她们不公开的职责之一。在姑娘们中间甚至存在一种奇怪的、荒诞的、孩子气的竞争，看谁能使"客人慷慨解囊"，令人费解的是，她们这样做并没有什么好处可得，最多能得到管家的一点赏识和听到老板娘的几句鼓励话罢了。不过在她们那委琐、单调和浪荡惯了的生活中本来就有许多半稚气、半神经质的把戏。

西梅翁端来了一壶咖啡，一些杯子，一矮瓶别尼迪克丁酒，盛着水果和糖的几个高脚玻璃盘，接着啪啪几声，高兴而利落地打开了啤酒和葡萄酒的瓶塞。

"您为什么不喝呢？"亚尔琴科对记者普拉托诺夫说，"对不起……好像您的称呼是谢尔盖·伊万诺维奇？我没搞错吧？"

"是的。"

"让我给您斟一杯咖啡，谢尔盖·伊万诺维奇。这可以提精神。或者，我们来干一杯这个，令人怀疑的拉斐特酒？"

"不，请原谅我。我有自己爱好的酒……西梅翁，给我拿……"

"白兰地！"纽拉急忙喊道。

"再带个梨来！""小白"曼卡也迅速追了一句。

"遵命，谢尔盖·伊万诺维奇，马上就来。"西梅翁不慌不忙地、恭恭敬敬地答道，随后俯下身，呷地叫了一声，响亮地拔下酒瓶塞子。

"我还是第一次听到亚玛供应白兰地酒呢！"利霍宁惊讶地说，"我问过多少次，总是回答说没有。"

"大概，谢尔盖·伊万内奇懂得那种公鸡的语言吧？"拉姆泽斯诙谐地说。

"要不然就是在这儿享有特殊的贵宾的待遇？"

鲍里斯·索巴什尼科夫讽刺地、加重语气地插嘴说。

记者没有掉过头去，无精打采地斜眼向索巴什尼科夫那讲究的短制服的下面一排纽扣瞟了两眼，拉长声音地回答：

"我能像马一样喝酒，而且从来不醉，这没什么可值得称颂的，不过我倒是从来不跟人吵架，不找别人的茬儿。显然，我的这些优点这里的人是熟知的，因而他们信任我。"

"哎哟，您真是好样的！"利霍宁欣喜地叫了起来，他喜欢记者那种特殊的、懒散的、话语不多但却充满自信的漫不经心的态度。"您能让我也喝点白兰地吗？"

"好、好。"普拉托诺夫殷勤地答道，接着突然面带喜悦的、几乎是孩童般的笑容瞧了瞧利霍宁，这一笑容掩盖住了他高颧骨、长相不雅的弱点。"我也一下子喜欢上您了。还是在那儿，在多罗申科餐厅见到您时，我就立刻意识到您全然不像给人感觉的那样粗暴。"

"瞧，我们相互说了一些恭维话，"利霍宁笑了起来，"不过奇怪的是，我们以前在这儿怎么一次也未遇到过。看来，您是常来安娜·马尔科夫娜这里的？"

"可以说是十分经常。"

"谢尔盖·伊万内奇是我们这儿最主要的客人！"纽拉天真地尖声叫道，"谢尔盖·伊万内奇在这儿就像是我们的大哥！"

"傻瓜！"塔玛拉喝住她。

"这真使我奇怪，"利霍宁继续说下去，"我也是常客啊。不管怎样，人们只能羡慕您博得大家的好感。"

"土皇帝！"鲍里斯·索巴什尼科夫撇了撇嘴说道，不过他说的声音很低，普拉托诺夫要是愿意的话，可以装着什么也没听清。这记者早就在鲍里斯的心目中激起一种盲目的刺人的愠怒。然而鲍里斯跟许多大学生（同样还有军官、军校学生和中学生）一样，所习惯的是这样的情况，就是那些偶尔加入纵情作乐的大学生小集团中的局外"普通人"，总是表现出有点依附于人和奴颜婢膝的样子，总是奉承那些青年学生，对他们的大胆表示惊愕，对他们的笑话也陪之以笑声，欣赏他们的自命不凡，带着抑郁的羡慕的叹息回忆自己的大学年代。可是在普拉托诺夫身上，不仅没有这一习见的、在青年人面前摇尾乞怜的情况，而且相反，有一种满不在乎的、泰然自若和彬彬有礼的淡漠。

此外，使索巴什尼科夫生气并产生些许嫉妒的苦恼是，妓院里每个人，从守门人到沉默寡言的胖卡佳，对记者表现出的那种普通而又殷勤的关心。这一关心具体表现在大家都听信他，表现在塔玛拉郑重而谨慎地为他斟酒，表现在"小白"曼卡关切地为他削梨，表现在卓娅向邻座两个聊得出神的人要一支烟未成而敏捷地接住记者隔着桌子向她扔过来的烟盒所流露的喜悦，表现在没有一个姑娘向他讨巧克力糖或水果，还表现在姑娘们十分感激他的效劳和请客。"靠妓女混日子的人！"索巴什尼科夫恶狠狠地低声断言道，不过连他自己也不相信这一结论，因为那记者其貌不扬，衣冠不整，而且行为举止都很持重。

普拉托诺夫又装着没有听见那大学生说的无礼话。他只是神经质地把手中的餐巾揉成一团，轻轻扔到一边。他的眼皮又向鲍里斯·索巴什尼科夫那边眨巴了一下。

"是啊，我在这儿确实是自己人，"他心平气和地接着说，一面将酒杯沿着桌子慢慢绕圈，"你们瞧，我天天在这所妓院里用饭，迄今已整整四个月了。"

"是吗？真的？"亚尔琴科大吃一惊，笑了起来。

"千真万确。顺便说说，这儿的伙食还真不坏。菜肴丰盛可口，尽管油腻了些。"

"那您怎么会这样的呢？……"

"是这样，我给这所好客的妓院的老板娘安娜·马尔科夫娜的亲女儿补习中学的功课。我讲好的条件是，用我部分月薪来抵伙食费。"

"多么古怪的念头！"亚尔琴科说，"这样做是您自愿的吗？还是……请原谅，恕我冒昧……也许这阵子……您很需要钱？……"

"完全不是。安娜·马尔科夫娜向我索取的伙食费比在学生食堂就餐要贵三倍光景。我不过是想在这儿跟大家更靠近些、更密切些生活一个时期，也就是说，隐秘地踏进这个小小的天地。"

"啊——！我似乎有点明白了！"亚尔琴科眉开眼笑地说，"我们的新朋友——恕我略为放肆——看来是在搜集生活素材吧？大概若干年后我们将高兴地拜读……"

"妓院里的悲——剧!"鲍里斯·索巴什尼科夫大声地、像演戏般地插了一句。

趁记者在回答亚尔琴科的工夫,塔玛拉悄悄离开座位,绕过桌子,俯身向索巴什尼科夫低声耳语道:

"亲爱的,好人儿,您最好还是别惹这位先生。对天发誓,这样对您会更好些。"

"怎么?"大学生高傲地瞧了她一眼,一面张开两指整了整自己的夹鼻眼镜,"他是你的情人?你的姘头吗?"

"您要我怎么发誓我都可以,他一生中从没有跟我们当中任何人一块儿过夜。不过,我再说一遍,您不要找他的茬儿。"

"是呀!当然啰!"索巴什尼科夫轻蔑地装腔作势,表示不同意地说,"他有整个妓院作为后盾呢。想必亚玛所有妓馆的打手都是他的挚友和相好哩。"

"不,不是这样,"塔玛拉亲热地低声说,"而是他会抓住您的衣领,把您扔出窗去,像扔狗崽儿那样。这种情景我曾见过一次。但愿不要再发生了。既丢脸又危及健康。"

"滚开,混蛋!"索巴什尼科夫对她扬起臂肘,喊道。

"我走，亲爱的。"塔玛拉温和地答道，踏着轻盈的步子走开了。

霎时，大家一齐向这大学生掉转身来。

"别胡闹，小任果！"利霍宁指着他威吓道。

"好，好，再说下去，"他恳求记者说，"您说的这一切都那么有意思。"

"不，我没有搜集什么素材，"记者沉着而严肃地接着说，"这儿的素材确实很多，简直触目皆是，令人悚然……可怕的全然不是所唱的那些高调，什么关于女人肉体的交易啊，关于白人女奴啊，关于卖淫现象是大都市的腐烂的溃疡啊，等等，这都是大家听腻了的陈词滥调！不，可怕的是这种习以为常的日常生活琐事，这种每天履行公务的营业核算，这种千百年形成的性爱行为的学问，这种历代固定下来的平淡无奇的生活习俗。诸如委屈、凌辱、羞耻等感觉全都溶化在这些不起眼的琐事里了。剩下的只是一种枯燥乏味的职业，一种契约，一种合同，简直就是一种诚实的买卖，跟那种食品杂货生意没有区别。先生们，要知道，整个可怕之处就在于谁也不觉得可怕！市侩的生活——如此而已。还带有寄宿学校的那种天真、粗鲁、感伤和好模仿的味道。"

"说得对。"利霍宁表示同意，而记者若有所思地望着自己的酒杯，接着说：

"我们在政论作品和社论中读到一些无谓奔忙的人的各种哀号。女医生们也在这方面竭力呼吁，这种呼吁委实令人讨厌。'唉，要制定规则①！唉，要废止②！唉，活的商品！农奴的地位！老鸨，这些贪得无厌的坏女人！这些吸吮妓女鲜血的可恨的败类！……'可是这种呼喊吓不倒，也感动不了任何人。您知道，有句俗话：叫得多，产得少。比任何可怕的话语还要可怕百倍的是你突然亲自撞见的某件平淡的小事，但它却深印在你的脑海里。就拿这儿的守门人西梅翁来说吧。照您看来，仿佛没有比他再低贱的人了，妓院的一个打手，一头野兽，简直就是个杀人凶手，他搜刮妓女们的钱财，把她们，按这儿的说法，弄成'黑眼睛'，也就是打得鼻青眼肿。您知道我跟他是在哪儿碰上并交上朋友的？是在教堂里，我

---

① 此处系指对妓院和单身娼妓的医务和警察监督规则。
② 此处系指反对合法卖淫的社会运动。

们都在听主教做祷告，在唱诚实的安德烈——克里特茨基牧师的赞美诗歌，在读圣明的约翰·达马斯金神父的圣书。他信仰宗教，信得出奇！有时我跟他聊到宗教的话题，他便眼里噙着泪珠对我唱道：'来吧，兄弟，我们会给你最后一吻，给那已经安息的……'这是取自平民百姓的葬仪曲。真难以设想，在一个俄国人的心灵中竟能容下这样自相矛盾的东西！"

"是的，这样的人祈祷啊，祈祷啊，然后就杀人，接着洗洗手，在神像面前放一支蜡烛。"拉姆泽斯说。

"就是这样。十分对上帝的虔诚信仰与天生的犯罪倾向竟然集于一身，我没有听说过比这更可怕的事情了。您承认吗？我跟西梅翁常常单独在一起交谈，我们谈得很久，从从容容地，谈几个小时，但每次交谈，我总是感受到一阵阵真正的恐惧。一种迷信的恐惧！就好像在昏暗中我站在一块摇摇晃晃的小板上，弯腰望着下面一口黢黑而发臭的深井，勉强辨别出井底有一些爬虫在蠕动。要知道他是真心地笃信上帝，因而我相信有朝一日他会出家当修士的，成为一个伟大的严格持斋者和祈祷者，而且，鬼知道那种真正的宗教性的神魂颠倒是以怎样怪诞的方式跟亵渎神灵，跟不敬神的行为，跟某种令人厌恶的情欲，跟暴虐及诸如此类的东西在他心中交织一起的。"

"不过您别怜惜您所观察的对象。"亚尔琴科说罢，谨慎地用眼睛示意姑娘们。

"唉，无所谓。现在我跟他疏远了。"

"为什么这样？"沃洛佳听见这一谈话的结尾，便问道。

"就这样……也不值一谈……"记者支吾搪塞地微微一笑，"区区小事……请把您的酒杯递过来，亚尔琴科先生。"

可是那个肚里什么也藏不住的性急的纽拉蓦地像放连珠炮似的说开了：

"因为谢尔盖·伊万内奇打了他一个耳光……是宁卡①的缘故。有个老头儿来找宁卡……他要留下过夜……可是宁卡身上有红旗②……老头儿却一个劲儿地折磨她……宁卡哭了起来，逃走了。"

"别说了，纽拉，无聊。"普拉托诺夫皱着眉说道。

---

① 昵称，即尼娜。
② 意指宁卡恰逢月经期。

"奥杰普涅（住嘴）！"塔玛拉用妓院的行话喝令道。

可是要止住纽拉已开了头的话题是不可能的。

"而宁卡说：'我说什么也不跟他过夜，哪怕把我碎尸万段……'她说：'他用唾沫把我都弄湿了。'当然，老头儿就告到守门人那里，守门人呢，自然就打宁卡。这时候，谢尔盖·伊万内奇正在替我写家信，要寄到省里，一听到宁卡在喊叫……"

"卓娅，捂住他的嘴！"普拉托诺夫说。

"他立刻跳了起来就……阿普！……"纽拉那滔滔的话语顿时被卓娅用手掌堵住了。

全体哄堂大笑，只有鲍里斯·索巴什尼科夫在哗笑声中带着鄙视的神情嘟哝道：

"啊，见义勇为的人！"①

他已喝得很醉了，靠墙站着，两手插在裤兜里，做出一副寻衅的架势，神经质地叨着一支烟。

"宁卡是哪一个呀？"拉姆泽斯好奇地问，"她在这儿吗？"

_____

① 原文为法语。

"不，不在这儿。一个矮小的、翘鼻子的姑娘。天真，脾气很暴躁。"记者忽然出其不意，爽朗地哈哈大笑起来，"请原谅……这是我……在回想，"他边笑边解释道，"我现在还非常清楚地记得这老头儿抓着上衣和鞋，惊慌地在走廊上跑……一个很体面的老人，外表像个圣徒，我甚至知道他在哪儿供职。你们也都认得他。最有趣的是当他最终跑进客厅感到自己很安全的那个时候。你们想，他坐在椅子上穿裤子，但脚怎么也伸不到裤腿里，于是大声叫嚷，让全院都听见：'不像话！可恶的魔窟！我要揭穿你们！……明天夜里十二点钟有你们瞧的！……'你们看，他那束手无策的可怜相加上恐吓的呼喊是那么引人发笑，连板着面孔的西梅翁也笑了起来……那么就顺便再说说西梅翁……我说，生活的这种奇怪的混乱和扑朔迷离简直令人惊愕、茫然。关于那些靠妓女混日子的家伙你可以讲一大通，但这样的一个西梅翁你是怎么也想象不出来的。生活真是形形色色和五花八门！或者再拿这儿的老板娘安娜·马尔科夫娜来说。这个吸血鬼，这只鬣狗，这泼妇……却是一位极其温柔的母亲，这样的母亲是罕见的。她有一个女儿，叫别尔塔①，目前在中学上五年级。假如你们能见到她就好了。安娜·马尔科夫娜为了不让女儿有机会发觉她的职业，对她真是关怀备至，体贴入微。什么都是给别尔托奇卡，什么都是为了别尔托奇卡。而她自己在女儿面前竟不敢讲话，怕漏出老鸨和娼妓的语汇，对她巴结奉承，低三下四，像个老用人，像个愚蠢而忠诚的保姆，像条忠实的老癞皮狗。她早该退休了，因为她已腰缠万贯，这儿的事务又很繁重和麻烦，加上她年事已高。可是不，她还要再挣一千，再挣更多更多——一切为了别尔托奇卡。现在别尔托奇卡有了马，别尔托奇卡有了英国教师，别尔托奇卡每年出国旅行，别尔托奇卡有价值四万卢布的钻石——鬼知道这些钻石是谁的呢！要知道我不仅深信，而且确切知道：为了这个别尔托奇卡的幸福，不，甚至不是为了幸福，而是，比如为了治好别尔托奇卡手指上长出的一个倒刺——请你们想象一下这种事情可能发生的情况吧！——安娜·马尔科夫娜连眼也不眨就会把我们的姐妹和女儿卖去当娼妓，使我们大家和我们的子孙

---

① 即别尔托奇卡。

都染上梅毒。怎么，你们会说她是个恶魔？可是我说，驱使她这样干的是那种伟大的、缺乏理性的、盲目的和自私的爱，正是由于我们的母亲具有这种爱，我们才称她们为神圣的女性。"

"想一想该说什么！"鲍里斯·索巴什尼科夫透过牙缝提醒道。

"请原谅：我并不是拿人与人做比较，而只是概括了感情的来源。我本可以拿动物母性的那种自我牺牲的爱作为例子。但是我意识到谈这些很无聊。还是不谈吧。"

"不，您还是讲完吧，"利霍宁说，"我觉得您有一套完整的思想。"

"是很简单的思想。前几天一位教授问我是不是出于某种写作上的需要在这儿观察生活。我只想说，我会看，但恰恰不会观察。刚才我给你们举了西梅翁和老鸨的例子。我自己也不知道什么缘故，但我感觉到在他们身上隐含着某种骇人听闻的、不可遏止的生活真实，但这种生活真实我既不会讲述，也不会描写——我做不到这一点。这里需要一种高超的本领，抓住某件琐事，某个微不足道的、不屑一顾的细节，从中得出可怕的真理，使读者吓得目瞪口呆。人们从各种言辞、叫喊和姿势中寻找这种可怕的东西。你看，举例说，我读到有的书中描写蹂躏犹太人的暴行，或监狱中的屠杀，或镇压叛乱。当然，描写的是警察这些个专横制度的奴才，这些个在齐膝深的血泊中迈步的现代爪牙，还有……谁知在这类情况下还描写些什么人呢？这无疑是令人愤慨、痛心和厌恶的，但是这一切是理智所感，并非心灵所感。然而有一天早晨，我走在天鹅街上，看到一群人围着一个五岁左右的女孩，原来是她落在母亲后面，迷路了，也可能是母亲把她扔了。一个警察蹲在女孩面前。他询问她叫什么名字，从哪儿来，爸爸叫什么，妈妈叫什么。他汗流满面，一副可怜相，非常卖力，帽子滑到了后脑勺，一张留着小胡子的大脸既和善又显出可怜和束手无策的样子，而他的嗓音却很温柔，非常温柔。末了，你们猜怎么样？由于这女孩刚才焦急万分，哭得声音嘶哑，因而见到大家很不好意思，他，这位'在场的岗警'便伸出两个又黑又粗糙的手指，食指和小指，开始装成山羊给女孩看！'用——角撞，用脚踩！……'就这样，当我瞧着这一动人的场景，心里便想，过半个钟头这个岗警在警察局里就会拳打脚踢地对付一个他从未见过面也全然不知其罪名的人，您知道，想到这里，我感到难以形容的恐惧和忧郁。这不是理智所感，而是心灵所感。生活简直是混乱透顶，不可思议。来干一杯，利霍宁，白兰地？"

"愿意改称'你'吗？"利霍宁蓦地建议说。

"好啊。只是不要接吻，对吗？为你健康干杯，我亲爱的……还可以举个例子。我读过一个法国古典作家描写一个判死刑的人的思想感情①。描写得绘声绘色，可我读着……却无动于衷，既不激动，也不愤慨——唯有乏味的感觉。可是就在前几天我偶然看到一则短闻，报道在法国某地处死了一个杀人犯。检察官在犯人做最后打扮时在场，他看到犯人光脚穿上鞋，便提醒他说：'你那袜子呢？'（你看他傻不傻！）对方朝他望了望，犹豫地说：'有必要吗？'您知道，这短短两句对话好比一块石头砸在我脑袋上！暴力致死的一切恐怖和愚蠢顿时展现在我眼前……再举个有关死亡的例子。我的一个朋友——步兵大尉死了，他

———————————

① 指雨果的中篇小说《死囚的最后一日》（1829）。

是个酒鬼，流浪汉，又是世上无比忠厚的人。不知为什么，我们都叫他'电气大尉'。我当时就在他近处，只好替他穿送终的衣服。我拿起他的军服，给它戴上肩章。您知道，一根小细带得穿过肩章纽扣的眼儿，然后将这小细带的两头塞进衣领下面的两个小洞里，再从里面，即衣服衬里那边，打个结子。我就按这套程序做了，把小细带打个活结，可是，您知道，我怎么也打不起来，不是打得太松，就是带子一头留得太短。我耐心地慢慢干着这件小事，忽然脑子里生出一个简单不过的念头：打个死结不是容易得多和快得多吗，反正没有人再会去解开它。想到这里，我立即整个身心感到了死亡的恐怖。在那以前，我见过大尉呆板无神的眼睛，摸过他冰凉的额头，不知怎么一直没有感觉到死亡的恐怖，可是一想到死结的事，关于我们的一切言行和感觉都要无可挽回和不可避免地消亡，关于整个可见的世界都要毁灭等等的那种简单而痛苦的意识便漫过我的全身，仿佛要把我压进地里似的。像这样的微不足道而又令人震惊的琐事我可以举出上百个……哪怕是人们在战争中的那种感受……不过我想把我的想法归结为一点。我们大家都冷漠地从这些有代表性的琐事旁路过，跟瞎子一样，似乎没有看见它们就横在我们的脚下。要是有个艺术家来到这里，就会看得清楚，把它们收集起来。突然有那么一天，生活的一个小小阴暗面如此淋漓尽致地暴露在光天化日下，以致我们大家都会惊叹不已。'啊，我的上帝！这可是我自己——自己！——亲眼见过的。只不过我没想到要留心地去注意它。'可是我们俄国的语言艺术家——全世界最有良心、最真诚的艺术家——不知为什么至今还回避卖淫和妓院的问题。为什么？的确，这我很难回答。也许由于嫌恶，也许由于胆怯，也许怕被人视为色情作家，最终也许只是由于害怕我们的徇私的评论文章会把作家的艺术作品与他的私生活混为一谈，会去翻他的'脏内衣'。或许由于他们没有时间，缺乏奋不顾身的精神，缺乏自制力去专心致力于研究这一生活，从很近很近的地方暗中观察这种生活，不带偏见，不唱高调，不像绵羊似的只会惋惜，而是深入这一生活的所有极其平凡的事情和日常的实际情况中去。啊，要是能写出来，会是一部多么震撼人心而真实的巨著！"

"他们也写呀！"拉姆泽斯不乐意地说。

"是写呀，"普拉托诺夫用拉姆泽斯的语调厌烦地重复说，"可是这一切不是撒谎，便是为年幼孩子编造的戏剧效果，要不就是奇妙的象征，只有未来的哲人才能理解。而这种生活的本身还无人触及。有一位大作家，一个具有水晶般清澈心灵和杰出写作才能的人，有一次接触到这一题材①，这样，凡是目所能及的外界的一切就都反映在他心灵里，就跟反映在神奇的镜子里一样。但他不想撒谎和吓唬人。他只是看了一阵守门人那狗毛般粗硬的头发，思忖道：'要知道，想必他也是有母亲的。'他用他那聪慧而准确的目光在妓女们的脸上扫过，并把它们刻画出来。不过凡他不熟悉的东西，他不敢描写。使人赞叹的是，这位作家，以自己的正直和诚实引人注目的人，还不止一次地对农民进行仔细观察。然而他觉得他们的语言、思维方式和心灵对他来说都是陌生的和不可理解的……于是他以惊人的分寸感虚心地从旁边绕过这些人的心灵，而透过城市人们的眼睛去反映自己深刻观察到的一切蕴积。我特意提到这一点。您看，我们

———————

① 指契诃夫的短篇小说《发作》（1888）。

这儿有人描写密探、律师、税吏、学究、检察官、警察、军官、荡妇、工程师、歌手，写得真是好极了，生动、细腻，很有才气。可是要知道，这些人全是糟粕，他们的生活谈不上是生活，而是世界文化的某种臆造的、虚幻的、无用的梦呓。然而有两种奇特的现实，它们跟人类一样古老，那就是妓女和农民。我们对他们毫不熟悉，只是在文学作品中有一点甜言蜜语的、猥亵下流的描述。试问：俄国文学从骇人听闻的卖淫现象中榨出了什么？只有一个索涅奇卡·马尔梅拉多娃①。关于农民，除了一些卑鄙下流的、虚伪的、民粹主义的田园诗意的作品，俄国文学还给了我们什么？一部，总共只有一部，但真正是一部世界巨著——一个动人心魄的悲剧，这悲剧的真实性使人心惊胆战，毛骨悚然。您明白我说的是关于……"

"柯戈托克陷于绝境……②"利霍宁轻声提示道。

"是的。"记者答道，以感激的神情亲切地望着这两个大学生。

"不过，提到索涅奇卡，这可是个抽象的人物，"

---

① 陀思妥耶夫斯基的小说《罪与罚》(1866)中的女主人公。
② 指列夫·托尔斯泰的剧本《黑暗势力》(1886)。

亚尔琴科有把握地说，"可以说，是心理学的图解……"

普拉托诺夫在这之前好像不太乐意似的懒洋洋地讲着，此时忽然激动起来：

"这种见解我听过一百次，一百次了！这完全不是事实。在粗卑和猥亵的职业底下，在谩骂声下，在醉醺醺的、不成体统的模样底下——索涅奇卡·马尔梅拉多娃终究还活着！俄国妓女的命运——噢，那是一条怎样悲惨的、可怜的、血腥的、可笑的和愚蠢的道路啊！这里，一切都混杂在一起了：俄国人的上帝，俄国人的豁达大度和开朗乐观，俄国人在堕落中的绝望，俄国人的不文明，俄国人的天真，俄国人的忍耐，俄国人的无耻。要知道她们全体，那些你们带到卧房里去的人——看一看她们，好好地看一看她们——她们都是些孩子啊，她们都才十一岁啊！命运把她们推上了卖淫的生涯，从那时起，她们便过着一种奇特的、梦幻似的、玩物般的生活，智力得不到发展，经验得不到丰富，她们天真烂漫、轻信、调皮任性，不知道半小时之后自己会说什么和干什么——完全像个孩子。这种高兴而可笑的孩子气，我在那些堕落透顶的、像一匹拉车的老马似的疲惫不堪和衰颓老迈的妓女身上还可以见到。这种对人类苦难不起作用的怜悯和徒劳的同情在她们身上永不消尽……比如……"

普拉托诺夫慢慢环视了一下所有在座的人，接着蓦地挥了一下手，用疲惫的声调说：

"不过……去它的吧！我今天讲了足有十年的话……可这些话都没什么用处。"

"不过说真的，谢尔盖·伊万诺维奇，您自己为什么不试一试把这些东西都写出来呢？"亚尔琴科问道，"您对这个问题集中了多大的注意力啊。"

"我试过！"普拉托诺夫带着不愉快的苦笑回答说，"可是毫无成果。我一动笔，立刻就在各种'写什么''写哪一个''写哪件事'上晕头转向了。所用的修饰语都显得俗不可耐。所写的语句在纸上没有生气了。只是一种反刍罢了。您知道，有一次捷列霍夫路过这儿……那个……大名鼎鼎的……我去找他，跟他讲了许许多多关于这儿的生活，这些我都没有对你们说，怕你们不感兴趣。我请求他利用我的素材。他很用心地听我讲，随后照实地说：'您可别生气，普拉托诺夫，我告诉您，我一生中遇到的人中间几乎没有一个不把一些小说的题材塞给我，或者教给我应该写些什么。您刚才告诉我的那个素材按其意义和影响来说确实是无限广大的。可是我要它干什么呢？要写一本像您所想象那样的巨著，光靠别人的话是不够的，哪怕是真实的话也一样，甚至光靠笔记本和铅笔记下来的观察，也是不够的。一定要亲自深入体验这一生活，不卖弄聪明，不哗众取宠。这样才能写出一部惊人的作品。'他的话使我沮丧，但同时又鼓舞了我。从这时起，我相信，不是现在，不是短时间内，而是约五十年后，会出现一位天才的、恰恰是俄国的作家，把这一生活的所有重负和所有秽亵感受都吸收到他自己的心灵中，然后以普通、细腻和永恒火热的形象表现出来。到那时我们大家会说：'这一切我们不是目睹过和了解的吗？可是我们连想都没想，这一切会是如此可怕！'我完完全全相信会有这么一位艺术家的。"

"阿门！"利霍宁严肃地说，"那就为他干杯吧。"

"啊，真的，""小"曼卡忽然接嘴说，"要是有人能把我们在这儿的生活如实写出来就好了……我们这些不幸的人……"

响了几下敲门声，随即进来了叶尼娅，她身穿一件很漂亮的橙黄色连衣裙。

10

她落落大方地、带着一副俨然全院头号名角似的独立不羁的神态向在座的男人一一打招呼，然后在谢尔盖·伊万诺维奇后面的椅子上坐了下来。她刚刚摆脱那个穿慈善机构制服的德国人，那个德国人这天晚上很早就来了，先是选中"小白"曼卡，后来对她不满意，按照管家的建议又换了帕莎。可是叶尼娅那撩拨人心和自命不凡的美丽大概攫住了他那淫荡的心，因为他在一些酒店和饭馆里晃悠了近三个钟头，在那里养精蓄锐，然后又回到安娜·马尔科夫娜妓院，等叶尼娅接完客人——眼镜店的伙计卡尔·卡尔洛维奇后，他便带她进了房间。

对于塔玛拉用眼睛表示的无声询问，叶尼娅做出厌恶的表情，颤动了一下背，肯定地点了点头。

"他走了……唉!……"

普拉托诺夫异常关切地端详着叶尼娅。在姑娘们中间,他特别注意她。可以说,几乎是尊敬她,因为她任性、倔强,并且好粗鲁地嘲笑人。眼下,他有时回过头去,看到她那双美丽发光的眼眸,看到她脸颊上那闪亮的、不均匀和不健康的红晕,她那被咬伤的干裂的嘴唇,他总觉得有一种久已酝酿成熟的巨大仇恨在她心头撞击着,窒息着她。这种时候他便暗想(日后他也常常回忆这一点),他从未见过叶尼娅像这一晚上那样妩媚动人。他还察觉客房里在座的男子,除利霍宁外,都好奇地、带着某种隐秘的欲望望着她,有的毫不掩饰地,有的偷偷地、就像瞥一眼似的。这女人的美貌,加上随时随刻可以易如反掌地跟她亲昵一番的念头,激发着他们的想象力。

"好像你出了什么事,叶尼娅。"普拉托诺夫轻声说。

她亲切地用手指微微抚摩了一下他的胳臂。

"你不用操心。没什么……我们女人家的事……你不会感兴趣的。"

可是她当即转过身来,对塔玛拉热情洋溢地叽里咕噜谈了起来，说的是一种行话，是犹太语、茨冈语和罗马尼亚语的稀奇古怪的大杂烩，还混有窃贼和偷马贼的黑话。

"别说啦，他什么都能听懂。"塔玛拉打断了她的话，笑吟吟地用眼示意记者。

普拉托诺夫确实听懂了。叶尼娅气愤不过地谈到，今天夜里不三不四的客人纷至沓来，可怜的帕莎已被带到房间去不下十次了，而且什么样的男人都有。刚才她的歇斯底里病发作，晕倒了。可是给她灌了一点酒杯里的缬草酊，帕莎刚恢复点知觉，埃玛·爱德华多夫娜便又支使她到客厅去。叶尼娅试着替帕莎说情，但女管家把她骂了一通，还威胁说要处罚她。

"她在说什么？"亚尔琴科高高扬起眉毛，困惑不解地问道。

"不用担心……没什么事……"叶尼娅答道，声调仍很激动，"没什么……我们在瞎扯自己的事……谢尔盖·伊万内奇，可以喝点您的酒吗？"

她给自己斟了半杯白兰地，使劲鼓起薄薄的鼻孔，一饮而尽。

普拉托诺夫默默地站起身来，向门口走去。

"没有必要，谢尔盖·伊万内奇。算了……"叶尼娅阻止他。

"不行，为什么不管呢？"记者不同意地说，"事情很简单，也不会犯什么过错，就把帕莎叫到这里来，假若非要她接客，那么我就替她支付所需费用。让她在这儿沙发上躺一会儿，哪怕稍为休息一下也好……纽拉，快跑去拿个枕头来！"

他那穿灰色衣服的宽阔而笨拙的身子刚走出去，带上了门，鲍里斯·索巴什尼科夫当即带着鄙夷的生硬口吻说了起来：

"先生们，我们干吗要把这么个家伙从街上拉到我们一伙中来？难道有这个必要结交各种废物吗？鬼知道他是什么人，或许是个密探吧？谁敢担保？你老是喜欢这样，利霍宁。"

"鲍里斯，密探对你又有什么危险呢？"利霍宁心平气和地说。

"不是利霍宁，而是我把他介绍给大家的，"拉姆泽斯说，"我知道他是个十分正派的人，而且是个很好的伙伴。"

"哎，胡说！好伙伴喝酒让别人掏钱。难道你们还看不出来，这是妓院里最普通的一种常客，很可能他只是这儿靠妓女混日子的人，他怂恿客人请客喝酒，从中提成获取酬金。"

"住口，鲍里斯。愚蠢。"亚尔琴科以责备的口吻说。

可是鲍里斯煞不住口。他有个毛病：醉酒之后走路和讲话都很正常，但却变得情绪忧郁、心胸狭窄，容易跟人吵架。而普拉托诺夫早已激怒了他，因为他那随便而真诚的、坚定而严肃的口吻跟妓院单间小客房的气氛不太协调。使索巴什尼科夫更为生气的是记者那种表面上的淡漠，对他的那些恶毒插话置若罔闻。

"还有，他在我们这伙人中竟敢用这么一种口吻说话！"索巴什尼科夫仍然怒气冲冲地说，"一种自以为是的、居高临下的、教授般的口吻……卑鄙得一钱不值的下流作家！光吃三明治的穷光蛋！"

叶尼娅愉快而凶狠地忽闪着乌黑闪亮的眼睛，一直凝神注视着那个大学生，这时忽然拍起手来。

"好极了！真棒，大学生！好，好，好哇！……

就这样对他，好好给他点厉害！……确实，这不像话！等他回来，我把这一切讲给他听。"

"请吧！随——便讲多少！"索巴什尼科夫像演戏似的、慢慢腾腾地说，嘴的四周显出高傲而厌恶的皱纹，"我自己把这一切讲给他听。"

"瞧这好样的，凭这一点我就爱你！"叶尼娅一拳打在桌子上，兴奋而凶狠地叫道，"猫头鹰看会不会飞，好汉看是不是哭鼻子咧嘴！"

"小白"玛尼娅和塔玛拉惊奇地看了看叶尼娅，可是当她们觉察到她眼睛里跳动着戏谑的火光时，两人恍然大悟，脸上露出了笑容。

"小白"玛尼娅边笑边责备地摇头。每当叶尼娅那狂暴的心灵意料到自己惹出的乱子即将发作时，她脸上总是露出这样的表情。

"别发脾气，鲍连卡①，"利霍宁说，"在这儿大家都是平等的。"

纽拉抱来了枕头，把它放在沙发上。

"这又干什么？"索巴什尼科夫对她呵斥道，

---

① 鲍里斯的小名。

"走，马上把它拿走。这儿不是接客的地方。"

"得啦，把它留下吧，亲爱的，跟你有什么相干？"叶尼娅用温柔的语调说，把枕头藏到塔玛拉的身后，"等一等，宝贝，我还是跟你一起坐一会儿吧。"

她绕过桌子，迫使鲍里斯坐到椅子上，然后自己坐到他膝头上。她搂着他脖子，嘴唇紧贴在他嘴上，她吻得这样长久，这样使劲，使大学生都透不过气来了。几乎紧贴自己的眼睛，他看到一双大得出奇、乌黑闪亮、暧昧和呆滞的女人眼睛。刹那间，他觉得在这双呆滞的眼睛里仿佛表露出尖刻的、疯狂的仇恨，顿时一阵恐惧的寒气，一种对可怕而不可避免的灾难的朦胧预感掠过这大学生的脑际。他好不容易挣脱了叶尼娅那柔软的臂膀，推开她，脸涨得通红，呼吸短促，笑着说：

"瞧你多热情。咳，你这梅萨莉娜·帕夫努季耶夫娜！……你好像叫叶妮卡吧？一个漂亮的调皮蛋。"

普拉托诺夫带着帕莎回来了。帕莎看上去既可怜又令人生厌。她脸色苍白，因浮肿而微微发青，浑浊的半闭着的眼睛露出淡淡的痴呆的笑容，张开的嘴唇好像两片破烂的、红红的湿抹布，她走路的步子有点胆怯而不稳，就像一步迈得大，另一步迈得小似的。她驯顺地走到沙发跟前，驯顺地把头躺到枕头上，依然保持着淡淡的、痴呆的笑脸。从远处可以看出她有点发冷。

"请原谅，先生们，我要脱衣服了，"利霍宁说罢，脱下上衣，把它盖在那妓女的肩上，"塔玛拉，给她点巧克力糖和酒。"

鲍里斯·索巴什尼科夫又摆出优美的姿态坐在角落里，身子微斜着，一条腿搭在另一条腿上面，向上扬起头。在一片沉默中他忽然用花花公子式的口吻冲着普拉托诺夫说道：

"喂……听着……您叫什么来着……这大概是您的情妇吧，嗯？"他用鞋尖往躺着的帕莎的方向指了指。

"什么——？"普拉托诺夫皱着眉问道，声音拖得很长。

"或者说，您是她的情夫——这反正都一样……这样的职位在你们这儿怎么称呼呢？就是说，女人替他们绣衬衫并分给他们一部分自己的正当收入的那类人。……嗯？……"

普拉托诺夫透过微微眯缝着的眼睛，用深沉而逼人的目光望了望他。

"喂，"他声音嘶哑地低声说，一字一顿地说得很慢，很有分量，"今天这已经不是第一次了，您要跟我吵架。不过，第一，尽管您表面上清醒，但我看出您已经醉得很厉害；第二，看在您同伴们面上，我宽容您。不过我要警告您，如果您还要跟我这样讲话，那么就请您摘下眼镜。"

"胡说什么？"鲍里斯喊道，耸耸肩膀，哼了一声。"什么眼镜？干吗摘眼镜？"说罢却下意识地伸出两个手指正了正鼻梁上的夹鼻眼镜。

"因为我要是揍您，玻璃碎片可能会落到您眼睛里。"记者满不在乎地说。

虽然吵架的气氛出乎意料地有了这样的转变，但是谁也没有笑出声来。只有"小白"曼卡惊讶地叫了一声，拍了一下巴掌。叶尼娅迫不及待地盯着他俩，两个眼珠来回地从一个人转到另一个人身上。

"好吧，就算这样！那我也要亲手还击你，让你高兴不了！"索巴什尼科夫完全像耍小孩脾气似的粗鲁地大声说道，"只不过不值得弄脏手去干那种……"他本想加上一句骂街话，但拿不定主意，"跟那种……总之，同学们，我不打算再待在这儿了。我的修养太好了，以致要跟这类人去套近乎。"

他趾高气扬地快步向门口走去。

他不得不从普拉托诺夫的紧跟前通过，普拉托诺夫像野兽般用眼梢盯着他的每一个动作。大学生的脑中霎时闪过一念：出其不意地从旁边给普拉托诺夫一拳，随即闪开，当然，同学们可能会把他俩拉开，不让打起来。可是在这当儿，他几乎没有瞧着记者，却凭某种深邃的下意识的本能看到和感觉到自己对手那平静地放在桌上的两只大手，那前额宽大、倔强地低着的脑袋和貌似笨拙、实则机灵的强壮身子，这拱着背的身子虽然很随便地待在椅子上，但却时刻准备发起迅速而猛烈的冲击。于是索巴什尼科夫走到外面走廊上，砰的一声关上了身后的门。

"婆娘下了车，老马轻松得多，"叶尼娅紧接着便讥讽地快嘴说道，"塔玛罗奇卡，再给我倒点白兰地。"

但这时，那颀长的大学生彼得罗夫斯基从座位上站了起来，认为应当为索巴什尼科夫抱不平。

"先生们，随你们的便，这是你们个人的见解，我可是要跟鲍里斯一起离开了。就算他不对，不该这样那样，我们完全可以私下在自己一伙人中间责备他，既然有人欺侮了我们的同学，那我就无法再待在这儿。我走。"

"可你，我的天哪！"利霍宁沮丧而暴躁地搔了搔自己的鬓角，"鲍里斯他总是表现得非常庸俗、粗鲁和愚蠢。这算得了什么小团体的荣誉？集体退出编辑部，退出政治集会，还退出妓院。我们不是军官，要去掩饰每个同学的愚蠢行为。"

"反正都一样，随你们的便，不过我出于维护团结，我要离开这里！"彼得罗夫斯基傲气地说罢，走了出去。

"愿你舒服地安息吧！"叶尼娅紧跟着给了他一句。

然而人的心灵道路是多么曲折和晦暗啊！他们俩，索巴什尼科夫和彼得罗夫斯基，虽然义愤填膺，看来颇为认真，其实认真程度前者只有一半，而后者仅四分之一。索巴什尼科夫尽管喝得烂醉，怒气冲冲，但一个诱人的念头依然在脑中跳动着，他觉得眼下当着同学们的面可以更方便、更容易地悄悄把叶尼娅叫出来，跟她单独相处。而彼得罗夫斯基呢，怀着同样的目的，想的也是叶尼娅，他跟随鲍里斯出来，是要问他借三个卢布。在客厅里他们俩商量一番后达成了协议，十分钟后，管家佐霞从小客房半掩着的门缝里探进她那有点斜眼的、红通通的、狡猾的脸。

"叶尼奇卡，"她招呼道，"出来，你的衬衣送来了，去数一数。还有你，纽拉，那位演员请你去一下，喝香槟酒。他现在跟亨里埃塔和'大'玛尼娅在一起。"

普拉托诺夫与鲍里斯的这场短促和荒唐的口角久久成为大家的话题。每逢这种场合，记者总是觉得羞耻、困窘、抱憾和内疚。虽然留下来的一些人都站在他这一边，他还是带着苦闷的声调说道：

"先生们，真的，还是我离开为好。我干吗要破坏你们这个集体的情绪呢？我们俩都有错。我走。结账的事你们不用操心，我刚才去找帕莎时已经全部付给西梅翁了。"

利霍宁忽然把头发乱搔一通，毅然地站了起来。

"哦不，见鬼，我去把他拉回来。说实话，鲍里斯和瓦西卡①，他们俩都是很好的小伙子。只是他们还年轻，容易冲动。我去找他们，我保证鲍里斯会赔礼道歉的。"

他走了，可是过了五分钟就回来了。

"他们'安息'了，"他阴郁地说，无望地挥了一下手，"他们俩。"

11

这时，西梅翁手持托盘走进了客房，托盘里有两杯冒着泡的金色的酒，还有一张大名片。

"请问，这儿哪一位是加夫里拉·彼得罗夫斯基·亚尔琴科先生？"他说，一边环视着在座的人。

"我！"亚尔琴科应声答道。

"请。演员先生让我送给您的。"

---

① 即彼得罗夫斯基。

亚尔琴科拿起顶上饰有侯爵巨大王冠的名片，扬声念道。

京都剧院戏剧演员

叶夫梅尼·波卢埃克托维奇
埃格蒙特-拉夫列茨基

"真奇怪，"沃洛佳·帕夫洛夫说道，"所有俄国的加里克[①]都叫这么古怪的名字，什么赫里桑福夫啊，费季索夫啊，马曼托夫和叶皮马霍夫啊。"

"另外，他们中最有名的一些人，说话时一定要装出有些字母发音不清，或者结结巴巴的样子。"记者补充道。

"是的，不过最奇怪的是我完全没有那种荣幸认识这位京都剧院的演员。哦，这儿背面还写着点什么。从笔迹看来，这人喝得酩酊大醉，而且文化水平不高。"

---

① 加里克·达维尔德（1717—1779）：英国名演员。

"'我渴'——不是'喝',而写成'渴'了,"亚尔琴科解释道,"'我渴一杯酒,祝俄国科学巨擘加夫里拉·彼得罗维奇·亚尔琴科健康,我路过走廊时偶然看到了您。我希望能亲自跟您碰碰杯。如果您不记得我,那么请回忆一下大众剧院上演的《贫非罪》,和扮演非洲人的那个微不足道的演员。'"

"是啊,说得不错,"亚尔琴科说道,"有一回,他们硬要我在大众剧院安排这出募捐性的戏。影影绰绰记得有那么一张胡子刮得干净的骄傲的面孔,可是……怎么办呢,先生们?"

利霍宁和善地回答说:

"把他拉来吧。说不定他很滑稽呢。"

"您说呢?"副教授转向普拉托诺夫,问道。

"我怎么都行。我有点了解他。一开始他会喊:'茶房,拿香槟来!'然后就哭他的老婆,说她是天使,后来就发表爱国演说,末了为算账的事而吵架,不过吵得不太厉害。哦,没关系,他这个人很有趣。"

"让他来吧,"沃洛佳·帕夫洛夫从卡佳肩膀后面伸出头来说。卡佳这时坐在他膝头上,晃动着大腿。

"你呢,韦尔特曼?"

"什么？"大学生猝然一振。他背朝同学们坐在沙发上，在躺着的帕莎身旁，他俯身向着她，早已带着友好和同情的神情时而抚摩她的肩，时而抚摩她脑后的头发，她呢，透过半垂下的颤动的睫毛向他露出又腼腆又不害臊的、无法理解的那种热情的微笑。

"什么？什么事啊？哦，对，是否可以让演员到这儿来，我不反对。请吧……"

亚尔琴科打发西梅翁去请他。那个演员来了，立即开始惯常的表演。他停在门口，身穿常礼服，绸布翻领闪闪发光，左手靠在胸前正中央，拿着一顶发亮的高筒帽，就像在剧中扮演上了年纪的大社交家或银行经理的演员那样。他内心想象的大致也是这一类角色。

"先生们，我可以打扰你们亲密的小集体吗？"他用圆润而和婉的嗓音问道，微微一鞠躬，鞠躬时头稍为向一边歪。

大家请他进来，他开始跟大家握手。他握手时臂肘向前凸起，而且抬得很高，因而手就显得很低。现在这已不是银行经理，而是一个潇洒、矫健的男子，运动员，纨绔青年中的纵酒作乐者。但是他的脸是典型的那种嗜酒成癖的、贪淫好色的和卑鄙心狠的人的粗俗、严峻和低贱的脸，眉毛蓬乱而古怪，眼睑光光的，没有睫毛。跟他同来的是他的两个女伴：亨里埃塔和"大"曼卡，或叫"鳄鱼"曼卡。亨里埃塔是安娜·马尔科夫娜妓院中年岁最大、经验丰富的姑娘，她见多识广，对一切已惯于逆来顺受，就像一匹套在脱粒机上的老马，有浑厚的低音嗓子，但仍不失当年的风姿。亨里埃塔从上一夜起就一直没离开那演员，他把她带到妓院外的旅馆去了。

他在亚尔琴科身旁坐下后，立即又扮演一个新的角色，他装成一个心地善良的老地主，曾经在大学念过书，现在不能不带着默默的慈父般的同情心望着大学生们。

"先生们，请相信，跟青年人在一起，心就可以排遣尘世的一切忧闷和口角，"他说着，使自己那呆板而丑陋的脸显出夸张做作和难以置信的感动表情，"这是对神圣理想的信念，诚实的激动！……有什么能比我们俄国大学生更高尚、更纯洁呢？……茶房！香槟——！"他突然声震屋宇地叫了起来，用拳头猛敲了一下桌子。

利霍宁和亚尔琴科不愿意欠他的情。于是大家开怀畅饮。天晓得歌唱家米什卡和账房先生科利卡怎么很快也进了小客房,他们一来就用跳跃式的嗓音唱了起来:

> 他们感——到了实——情,
>
> 你原本是霞——光,快……

"不倒翁"睡醒后也来了。他可怜巴巴地向一边垂下头,在满是皱纹的苍老的脸上装出堂·吉诃德式的细小的、泪汪汪的谄媚的眼睛,用恳切请求的口吻说道:

"大学生先生们……请请我这老头子吧……真的,我很爱教育……答应我吧!"

利霍宁对来客们都很热情,但亚尔琴科在香槟酒尚未涌上他的头时,起初只是扬起他那短短的黑眉,现出畏惧、惊异和天真的神情。小客房里一下子变得拥挤、烟雾腾腾、喧哗和闷热。西梅翁咔嗒一声从外面用螺栓闩上护窗板。刚刚敷衍完客人或者跳完一曲舞正在休息的姑娘们走进房间,随便坐在男人的膝头上，抽烟，不协调地唱歌，喝酒，接吻，接着又走出去，又回来。克列什科夫斯基鱼店的伙计们抱怨姑娘们喜欢往小客房跑，很少来客厅，便想大闹一场，企图挑衅性地去找大学生们解释清楚，但西梅翁随便讲了两三句威吓的话，霎时把他们镇服了。

纽拉从自己房间回来，隔不多久彼得罗夫斯基也随之回来了。彼得罗夫斯基带着极其严肃的表情声称，他刚才一直在街上溜达，思考着发生的事情，最终他得出结论，确实是鲍里斯同学不对，不过他的过错也情有可原，因为他喝醉了。后来叶尼娅也来了，但只她一个人，索巴什尼科夫在她房里睡着了。

原来那位演员有很多方面的才能。他学一只苍蝇在窗玻璃上被一个喝醉酒的人捕捉时发出的嗡嗡声，还学拉锯声，都学得很逼真；他还把脸藏到角落里，滑稽地模仿一个神经质的女人打电话，又模仿留声机唱片的歌唱声，末了惟妙惟肖地表演一个波斯男孩带一只受过训练的猴子。他手里抓着一根假想中的链子，同时龇牙咧嘴，像长尾猴那样蹲着，不时眨巴眼皮，时而搔搔屁股，时而抓抓头皮，嘴里瓮声瓮气地、单调而哀怨地唱着走了样的歌词：

年经（轻）的基（哥）萨克已上前线打江（仗），

年经（轻）的小结（姐）在墙根下现（闲）躺，

哎呀呀，哎呀呀，哎呀呀呀，哎呀呀呀呀。

结尾时，他搂着"小白"玛尼娅，用常礼服的衣襟把她裹起来，接着伸出手，装出哭丧的面容，侧着脑袋摇起头来，这副模样跟穿着长而旧的军大衣、祖露着青铜色胸脯、怀抱一只脱了毛的咳嗽着的小猴子、逛遍全俄国的那些黑不溜秋的、肮脏的东方孩子一样。

"你是什么人？"胖卡佳严厉地问道，实际上她是懂得和喜欢这种玩笑的。

"我是塞尔维亚人，小姐——"演员鼻子里哼哼叽叽呻吟道，"给我吃点什么吧，小姐。"

"你那小猴子叫什么名字？"

"马特廖什卡……小姐，它很饿……它想吃东西。"

"你有护照吗？"

"我们是塞尔维亚人。给点什么吃吧，小姐……"

事实证明演员完全不是一个多余的人。他立刻掀起了热闹的场面，使大家业已低落的情绪重新高涨起来。他不时高声喊道："茶房！香槟——！"尽管对他的举止态度已习惯了的西梅翁很少理睬这种喊叫。

真正俄罗斯式的、喧腾而莫名其妙的乱哄哄场面开始了。面颊绯红、淡黄发、讨人喜欢的托尔佩金在钢琴前弹奏《卡门》里的赛吉迪利亚舞①，"不倒翁"伴着它的节拍跳着喀马林农夫舞。他耸起瘦削的肩胛，身子整个儿歪到一边，胳臂垂下，五指张开，两条细长的腿奇妙地在原地来回跳动，后来他蓦地尖叫起来，向上跳动，合着自己狂舞着的节拍高声喊道：

> 嘿！跳吧，马特维，
> 别舍不得你那双鞋！……

"哎，跳一个精彩的特别花样，二十五卢布不够！"他一边甩动着长长的斑白头发一边说。

"他们感——到了实——情！"两个朋友吼着唱

———————————

① 西班牙民间的一种快步舞蹈。

起来，费劲地睁开显得沉重的眼皮，两眼浑浊，无精打采。

演员开始讲述淫秽的逸事，一件接一件，有如从袋子里倒出来似的，女人高兴得尖叫起来，笑得前仰后合。韦尔特曼跟帕莎一直在低声交谈，这时在一片喧闹声中他悄悄地溜出客房，几分钟后帕莎也随之出去了，脸上露出安详的、疯癫而腼腆的微笑。

剩下的大学生，除了利霍宁，有的悄没声儿地，有的找某种借口，一个个地也都离开了客房，久久不回。沃洛佳·帕夫洛夫想去看看跳舞。托尔佩金头疼得厉害，他请求塔玛拉带他去洗洗脸。彼得罗夫斯基偷偷向利霍宁借了三个卢布，来到外面走廊上，打发管家佐霞去叫"小白"曼卡。连颇有理智和洁身自好的拉姆泽斯也抵不住今天叶尼娅那病态的、奇异的、如花似玉的美貌在他心中撩拨起的那种春情。他忽然说这个早晨他有一件重要紧迫的事情要办，所以得回家去睡一会儿，哪怕睡两小时也好。可是他跟同学们告辞后，在离开客房前，意味深长地迅速用眼向叶尼娅示意了一下门口。她懂了，几乎不易察觉地慢慢垂下睫毛，以示同意。普拉托诺夫几乎没有瞧他们，却见到了这一无声的对话，当叶尼娅重又抬起睫毛时，他看见她眼睛里露出一种凶狠和威胁的表情，目送着离去的拉姆泽斯的背影，他感到震惊。等了五分钟，她站了起来，说了声"对不起，我一会儿就来"，便摆动着她那橙黄色的短裙，走出去了。

"怎么样？现在轮到你啦，利霍宁？"记者嘲笑地问道。

"不，老兄，你错了！"利霍宁说着，咂了一下舌头，"并不是我出于信念和原则才……不！作为一个无政府主义者，我信奉的是，什么事越糟就越好……不过幸而我是一个赌徒，我的全部热情都耗费在赌博上了，因此我对这种事的通常的厌恶远远胜过飘飘然的情欲。但说也奇怪，咱们俩的想法竟不谋而合。我刚才想问你的也是这个。"

"我——不。有时候，如果我实在太累，我也在这儿过夜。我向伊赛·萨维奇要他小房间的钥匙，睡在那儿的沙发上。不过姑娘们都早已习惯了，知道我是个第三性别的人。"

"难道真的……从没干过？……"

"从来没有。"

"不错，是没有过！"纽拉喊道，"谢尔盖·伊万内奇像个虔诚的苦行僧。"

"以前，大约五年前，我也尝试过这种事，"普拉托诺夫接着说，"不过你知道，这种事很无聊，很叫人厌恶。就跟演员先生方才表演的那些苍蝇一样。它们在窗台上嗡嗡地贴在一起，一转眼，出于某种愚蠢的惊奇，它们用后腿搔搔背，便各飞东西，一去不返。能说在这儿闹起了恋爱吗？……为此我不能成为她们钟爱的对象。我长得不漂亮，跟女人在一起就胆怯，不好意思，客客气气。可她们呢，渴望的是狂热的情欲、血腥的嫉妒、眼泪、毒害、殴打、牺牲——一句话，歇斯底里的浪漫主义。当然，这也是可以理解的。女人的心永远希望得到爱情，而每天对她们谈的尽是各种酸溜溜的、流着口涎的情话。不知不觉地她们便想在情爱里加点胡椒。她们需要的已不是热情的话语，而是悲剧式的性行为。正因为如此，她们的情人往往都是些窃贼、凶犯、靠妓女混日子的人和其他败类。而更主要的是，"普拉托诺夫补充道，"这样做会立刻破坏我跟她们之间已经建立起来的友好关系。"

"你别开玩笑啦！"利霍宁不相信地说，"那你白天晚上老在这儿干什么？你要是个作家，那就另当别论了。这就很容易解释，喏，要搜集典型素材啊，还有……观察生活啊……就有点像那个德国教授，为了研究猴子的语言和性格，跟猴子一起生活了三年。不过你不是自己说过你不以写作消遣吗？"

"不是我不想写，而只不过是不会写，没有能力写。"

"我们记上一笔。现在我们再做个假定，你来这儿是作为一个传教士，宣传美好、正直的生活，有如一位拯救者，拯救正在沉沦的灵魂。你知道，在耶稣教产生初期，有的神父并不是三十年都高居柱头进行苦修，或者身居老林，而是跑市场，逛娱乐场所，找淫妇和艺人。不过你不是这样吧？"

"不是这样。"

"那么，真见鬼，你究竟干吗要在这儿晃悠呢？我看得非常清楚，你自己对很多事情就感到厌恶，心情沉重痛苦。比如，你跟鲍里斯的这场愚蠢的口角，这个打女人的茶房，总之是经常能观察到的种种龌龊行为、淫欲、兽性、鄙俗、酗酒等。好，既然你这么说，我相信你不放荡淫乱。不过这样一来，我越发弄不明白，如用社论的风格来表示，就是不明白你的生活方式①。

记者没有立即回答。

"你要知道，"他抑扬顿挫地慢慢说着，仿佛第一次在谛听自己的想法和对它们斟酌着，"你要知道，把我吸引到这种生活中来和使我对此发生兴趣的是它的……怎么说好呢？……是生活可怕的、赤裸裸的真实性。你明白吗，生活的一切传统的外衣仿佛统统都被扯了下来。没有虚假，没有伪善，没有假仁假义，不顾及社会舆论，不顾及祖先经久保持的声望，不顾及违背良心。唉，没有幻想，没有夸张！这就是说，'我，一个公共的女人，一个公用的器具，一个城市过剩淫欲的排泄器。谁要上我这儿来就来吧——你不会遭到拒绝，这正是我的职务。可是为了这仓促中的短暂的性欲冲动，你得付出金钱、厌恶、脏病和耻辱的代价'。如此而已。人类生活中没有一处基本的重要真实闪耀着这样一种骇人的、不成体统

---

① 原文为拉丁语。

的、赤裸裸的光亮，没有一点人的撒谎和自我辩白的影子。"

"好，就算这样！可这些女人跟绿色母马一样撒谎。你去试试跟她谈一谈她第一次堕落的情况吧，她就给你瞎编一通。"

"你别问啊。跟你有什么相干？她们即使撒谎，也完全像小孩那样撒谎。你也是知道的，孩子是头等的最可爱的撒谎者，同时又是世界上最真诚的人。可奇怪的是，他们二者，也就是妓女和孩子，只是对我们男人和成年人撒谎。他们彼此之间并不撒谎——他们仅仅即兴说说而已。她们之所以要对我们撒谎，是因为我们自己要求她们这样做；是因为我们用愚蠢的方式和盘问想钻进她们那对我们来说全然是陌生的心灵，末了，是因为她们背地里把我们视为大傻瓜和糊涂的伪君子。喏，要是你愿意，我可以给你屈指数一数妓女必然要撒谎或作假的一切情况，这样你自己就会相信，是男人迫使她们撒谎和作假的。"

"好，好，咱们来看看吧。"

"第一，她们狠命地涂脂抹粉，有时甚至对自己有所损害。为什么这么做？因为每个满脸粉刺、为性的成熟而苦恼的、像春天里一只发情的乌鸡似的发糊涂的军校学生，或某个教区管理局的一个小官僚、老婆怀了孕的丈夫和有九个孩子的父亲——须知他们这两类人到这儿来完全不是为了发泄他们过剩的性欲这一不过分的和单纯的目的。他，这混蛋，是来寻欢作乐的，你知道不，他——这样一个追求形式美的家伙！——需要的是美人儿。可是所有这些姑娘，朴实、单纯、伟大的俄罗斯人民的女儿们，是怎么看待美不美的呢？'凡是甜的，好吃，凡是红的，就好看。'于是乎，喏，就请接受一位由锑粉、白粉及胭脂涂抹成的美人儿吧。

"这是一。第二，这位美妙无比的男子，光有了美人儿还不够，他啊，还要求姑娘给予他类似爱的表示，证明由于他的亲热使姑娘心中燃起了在愚蠢的浪漫歌曲里常唱的那种'疯——狂——的欲——火'！啊！你要这个吗？好，给你吧！于是女人便使用面容、声音、叹息、呻吟、身体的动作等来对他装假。其实他在内心深处知道这是一种职业性的欺骗，可是怪不怪呢，他仍然自我陶醉：'啊，我是多么英俊的男子！啊，女人们多么爱我！啊，我把她们搞得欣喜若

狂！……'你知道，有时候女人当面向他谄媚，那种
丑态无耻至极，不堪入目，他自己看得很清楚，也非
常明白，可是，见鬼！一种甜滋滋的感觉还是在他
心头升起。这儿也一样。试问：究竟谁是这些作假的
祸首？

"你瞧，利霍宁，还有第三点。这一点你自己已
经提醒过了。她们撒谎撒得最多的时候是，当问到她
们：'你怎么会落到这般地步？'但你有什么权力打听
她这个呢？岂有此理！她可没有过问你的私生活，不
是吗？她可没有想知道你的'神圣的'初恋，或者你
的姐妹和你的新娘的贞洁。啊哈！你付钱了？妙哉！
老鸨、打手、警察、医务部门、市参议会都维护你的
利益。好极了！保证你所雇用的妓女会对你彬彬有
礼，服服帖帖，你的人身也不会受到侵犯……纵然，
说实在的，为了你那无目的的，也许甚至是折磨人的
盘问，你应该挨一个嘴巴才对。但你为了自己花的那
些钱还想听到真情？这你永远也盘问不出来，也控制
不了。她们要对你讲的正是你最容易领会的那种模式
化的故事，要知道你自己就是模式化的凡夫俗子哟。
因为生活本身对你来说或者太平淡无聊，或者太荒诞

无稽，简直到了令人难以置信的地步。你看，她们老是给你讲这些普普通通的经历，什么军官啊，商店伙计啊，婴儿啊，还有远在外省的年迈父亲为他误入歧途的女儿哭泣和恳求她回来啊。不过你别在意，我说的这些都跟你无关。说实话，我觉得你有一颗真诚而伟大的心……为你健康咱们干一杯吧？"

他们干了一杯。

"还接着说吗？"普拉托诺夫犹豫地说，"听烦了吧？"

"不，不，求求你，讲下去吧。"

"谁要在她们面前炫耀自己的政治观点，她们就撒谎，而且撒得特别天真。你说什么，她们全同意。今天我对她说：'打倒现代资产阶级制度！用炸弹和匕首消灭资本家、地主和官僚！'她会热烈地表示赞成。可是第二天粮店老板诺兹德鲁诺夫高喊：'绞死一切社会党人，扒学生的皮，消灭用基督的血进圣餐的一切犹太人。'她也会高兴地赞成他。而如果除此之外，你还点燃她的想象力，使她钟情于你本身，那么她将会随你走遍天南海北，去屠杀犹太人，去打街垒战，去偷盗，去杀人，什么都行。而孩子呢，他们同样是很顺从的。她们实在就是一些孩子，我亲爱的利霍宁……

"十四岁她就被人奸污，十六岁她成为地道的妓女，领到一张妓女身份证，染上了花柳病。于是，她的全部生活便局限在一个小圈子里，好像有一道离奇的、无门无窗的围墙把她跟世界隔绝。请注意一下她日常所用的词儿最多三四十个，完全跟小孩或野蛮人一样：吃、喝、睡觉、男人、床、老板娘、卢布、情人、医生、医院、内衣、警察——就是这些。因此她的智力发展，她的阅历，她的兴趣直到死也停留在孩子的水平上，就跟一个从十岁起未曾跨出过校门的白发苍苍而又天真的女教师或一个从小被送进修道院当修女的女人的情况完全一样。总之，你想象一下，犹如一棵高大的地道品种的树，被栽在玻璃罩内或果酱罐里。我正是把她们的迫不得已的撒谎归咎于她们生活的这一幼稚方面，这种撒谎是那么天真、漫无目的和习以为常……然而生活的某些真实情况多么令人触目惊心，暴露得多么淋漓尽致，比如跟嫖客谈过夜的价钱；一个姑娘一夜接十个客人；市政当局颁布印行关于使用硼酸液和关于保持个人清洁卫生的种种规定，医生每周一次的检查；一些恶疾被看得跟一般伤风那样无所谓，那样简单和没有痛苦；这些女人对男人的深恶痛绝，以致她们无一例外地用同性恋的方式来补偿这种憎恶，甚至毫不加以掩饰。你瞧，她们的全部荒诞生活，加上这生活中厚颜无耻的一切表现和怪诞粗野的不公道，我都了如指掌，可是在她们自己的生活圈子里却没有那种哄骗全人类，即哄骗从上到下各阶层人的谎言和虚伪。真难以想象，亲爱的利霍宁，百分之九十九的夫妻生活中充满着令人生厌的长久的欺骗，充满着憎恨。在神圣的母性的感情中有着多少盲目无情的残忍，不是兽性的，正是人类的、有理智有远见的、谨慎的残忍，你看，何等娇艳的花朵装饰着这一母性的感情！而有识之士为了保护自己的窝、自己吃的一块肉、自己的女人、自己的孩子，所臆造出来的这一切无用的、丑角似的职业，诸如监督官、检查员、视察员、法官、检察官、狱吏、律师、主任、官吏、将军、士兵以及其他成千上万的名称——它们都服务于人的贪婪、怯懦、恶行、奴役、合法化的性欲、懒惰——赤贫！是的，确切的字眼就是：人类的赤贫！可是还有多么漂亮的字眼啊！什么献身祖国啊，对人要有基督式的恻隐之心啊，进步啊，神圣的天职啊，神圣的财产啊，神圣的爱情啊。呸！我现在一个漂亮的字眼也不信，我厌恶这些个撒谎者、懦夫和贪得无厌的人！赤贫的女人！……人生下来是为了无上的幸福，为了不停地创造，而在创造中，人就是上帝；还为了博大、自由、不受任何约束的爱，对天地万物的爱：爱树木，爱蓝天，爱人类，爱狗，爱绚丽悦目而温顺的大地，咳，尤其要爱大地，要爱它那无上幸福的母性，它那清晨和夜晚，它那日新月异的美妙奇迹。可是人却这么惯于撒谎，这么死乞白赖地央求，这么不顾脸面！……唉，利霍宁，苦闷哪！"

"作为一个无政府主义者，我多少有点理解你。"利霍宁若有所思地说，对记者的讲话仿佛似听非听。他头脑中好像第一次吃力地萌生出一个念头。"不过有一点我无法理解。既然对你来说人是如此臭不可闻，那你怎么能够忍受，而且这么久地忍受人类所能想出来的最卑鄙龌龊的这一切呢？"利霍宁说到这里，用手在桌上画了一个圈。

"连我自己也不知道，"普拉托诺夫坦率地说，

"你看，我是一个流浪汉，酷爱生活。我当过车工、排字工人，种过和卖过烟草、黄花烟草，在亚速海航行时，当过司炉，在黑海，在杜比宁渔场当过渔夫，在第聂伯河上装运过西瓜和砖头，跟马戏团一起周游四方，当过演员——其他不全记得了。我这样做绝非迫于生计。不是的，只是出于对生活的无限渴望和按捺不住的好奇心。我真想当几天马，当几天植物或鱼，做一回女人，生一次孩子；我真想钻到我所遇见的每一个人的心灵中去，亲眼看一看他们的内心世界。就这样，我无忧无虑、无牵无挂地辗转城市和乡村，熟悉和爱上了几十种手艺，命运把我的风帆吹向哪里，我就飘游到哪里……我就是这样来到了妓院，我越是深入观察，心中就越是激起惶恐不安、疑惑不解和极度的愤恨。不过这也会很快结束的。等到秋天，我又远走高飞啰！我要到一家钢轨轧制厂去。我有一个朋友，是他给我安排的……等一等，等一等利霍宁……听听那个演员……这是第三幕了。"

埃格蒙特-拉夫列茨基在这之前时而学一头被塞进口袋的小猪的叫声，时而学猫跟狗吵架的声音，学得都很像，这时却渐渐变得无精打采和软弱无力。他

忽自产生了惯常的自我揭露的心情，在情绪猝然激动
的时刻，他几次企图吻亚尔琴科的手。他的眼睑发
红，在胡子刮净而尚留有刺人的须根的嘴唇周围添了
几道哭丧的皱纹，从他说话的声音可以听出，他的鼻
子和喉咙里已盈满了泪水。

"我演滑稽剧！"他说，一面用拳头敲着胸脯，
"我穿着花条衬裤扭来扭去，为了让那些饱食终日的
人取乐！我毁灭了自己光辉灿烂的前程，埋没了才
能，跟一个懒惰的奴仆一样！可是以——前，"他悲
戚地叫了起来，像咩咩的羊叫声，"以前——哪！您
可以去诺沃契尔卡斯克打听打听，去特韦尔、乌斯丘
日那、兹维尼戈罗德卡、克雷若波尔打听打听。我演
扎多夫①和别卢金②演得多好，演马克斯③演得多像，
我创造韦利季谢夫④这一角色多么成功——这是我的
拿手角色。纳丁－佩列科普斯基最初是在苏姆别科夫
剧院跟我一起合作的！我还跟尼基福罗夫－帕夫连科

① 亚·奥斯特罗夫斯基（1823—1886）的剧本《肥缺》（1856）中的主人公。
② 亚·奥斯特罗夫斯基与尼·索洛维约夫的剧本《别卢金的婚礼》（1878）
  中的主人公。
③ 列·安特罗波夫（1843—1884）的剧本《鬼火》中的一个人物。
④ 亚·苏姆巴托夫（1857—1927）的剧本《久经锻炼》中的人物之一。

合演过戏。是谁使列古诺夫–波柴宁名声大噪的？是我！可是现——在……"

他鼻子抽搭了一声就去吻副教授。

"是啊！瞧不起我吧，责骂我吧，正直的人们。我像小丑，我酗酒……我卖掉了和倒掉了神圣的橄榄油！我跟卖淫的货色一起坐在魔窟里。可我的老婆……那么神圣、纯洁，我的小鸽子啊！……噢，要是她知道我这样，要是她一旦知道我这样，该如何是好！她在工作，她开一爿时装店，她那手指，天使般的手指，被针扎了好多眼儿，而我呢？啊，圣洁的女人！可我——混蛋一个！——我上哪儿去找像你这样的女人哟！啊，可怕！"演员突然抓住自己的头发。"教授，让我吻一下您学者的手。唯有您才理解我。走吧，去认识一下她，您会看到她是多么可爱的安琪儿！……她等着我，她整夜不睡，她把我那些小宝宝的手合在一起，跟他们一块儿低声祈祷：'主啊，救救爸爸，保佑爸爸。'"

"你全是胡说八道，演员！"醉醺醺的"小白"曼卡突然插嘴说，憎恨地瞅着埃格蒙特–拉夫列茨基，"她祷告什么呀，她跟一个男人正安安稳稳地在你床上睡觉呢。"

"住口,烂……!"演员气愤若狂地号叫起来,随即抓起一个酒瓶,高高举过头顶,"放老实点儿,要不然我就把你这死鬼的脑袋打得粉碎。不许你用脏舌头玷污……"

"我的舌头并不脏,我吃圣餐呢,"女人粗鲁地回答,"可你呢,笨蛋,王八。你自己嫖妓女,哼,还要你老婆不偷汉子。糊涂虫,你可找到地方放任自己流唾涎了。你干吗要把孩子拉扯上,你这倒霉的爸爸!你用不着对我瞪眼,对我咬牙切齿。你吓不倒我!你自己才烂……!"

亚尔琴科费了很大劲和很多口舌,才使演员和"小白"曼卡的争吵平息下来,"小白"曼卡喝了别尼迪克丁酒后总是要寻衅滋事。末了,演员像老年人那样很不雅观地号啕大哭,泣涕涟涟,瘫软无力,于是亨里埃塔把他领到自己房里去了。

这时大家都已经疲乏不堪。学生们相继从卧室回来,他们的一时得宠的情妇带着淡漠的神情也回来了,只是没有跟学生们走在一起。说真的,他们和她们活像一群刚刚从窗玻璃上飞散开的苍蝇,有雌的,有雄的。他们打呵欠，伸懒腰，那由于缺少睡眠而变苍白的、不健康地发亮的脸上，一种不由自主的烦闷和嫌恶的神色久久没有消退。在他们离开前，相互道别的时候，他们的眼睛里闪现着一种敌意，恰似参与同一桩肮脏而又不必要的罪行的同谋犯。

"你现在上哪儿去？"利霍宁低声问记者。

"哦，说真的，我自己也不知道。我倒是想在伊赛·萨维奇的小房间里睡一觉，但又可惜浪费掉这么一个美妙的早晨。我想洗个澡，然后乘轮船到利普斯基寺院去，到那儿找一个我认识的、常常喝得醉醺醺的修士。你有什么事吗？"

"我想请你稍等一会儿，让别人先走。我要跟你谈几句很重要的话。"

"好吧。"

最后一个离开的是亚尔琴科。他推说头痛和疲乏。可是他刚一出楼门，记者便抓住利霍宁的手，快步把他拉到门口穿堂的玻璃窗跟前。

"你瞧！"他指着外面街上说。

隔着带色小窗上橙黄色的玻璃，利霍宁看见副教授正在特列佩利亚妓院门前按门铃。不一会儿门开了，亚尔琴科随即消失在门里。

"你怎么会猜到的呢？"利霍宁惊奇地问道。

"这不足为奇。我看见他的脸色，还看到他的手抚摩韦尔卡的紧身裤。其他人都没怎么不好意思，可这个人很害羞。"

"得啦，我们走吧，"利霍宁说，"我不会耽搁你很久的。"

12

客房里只剩下两个姑娘：叶尼娅和柳芭，叶尼娅进来时穿着睡衣，柳芭在长毛绒的大圈椅里缩成一团，在大家的谈话声中早已睡熟了。柳芭那绯红的、有雀斑的脸现出温顺的、几乎是孩子气的表情，嘴唇保留着睡梦中微笑过的淡影，那么和悦、安详和温柔。房间里由于烟雾弥漫而略呈蓝色，并有一股刺鼻的气味；枝形烛台里的蜡烛上像长满疣子似的一缕缕淌下的烛油凝固着；桌子上洒满了咖啡和酒，还有扔下的橘子皮，看上去实在不像样子。

叶尼娅两手抱膝，蜷缩着坐进沙发里。她那两条黑眉紧锁一起，威严地往下面鼻梁处贴近，眉毛下面仿佛塌陷进去的一双深邃的眼睛，燃着阴郁的火焰，使普拉托诺夫见了又一次感到震惊。

"我把蜡烛熄了吧。"利霍宁说。

朦胧的、淡淡的熹微晨光透过护窗板的缝隙，溢满了房间。熄灭了的烛芯冒着缕缕轻烟。烟草的烟雾徐徐飘动，像一层层蓝色的雾幕，然而一束阳光从护窗板上一个鸡心孔中射进来，犹如一把逗乐的、落满尘土的金色宝剑，斜刺进客房里，像灼热的金液泼洒在糊墙纸上。

"这样好一些，"利霍宁说着，坐了下来，"我的话不长，不过……鬼知道……从哪儿说起呢。"

他茫然地瞧了瞧叶尼娅。

"那我就出去吧？"她冷漠地说。

"不，你坐一会儿吧。"记者替利霍宁回答。"她不妨碍我们，"他转向大学生说，淡然一笑，"你要谈的不是关于卖淫问题吗？是这样吗？"

"哦，是的……好像……"

"那好极了。你注意听她说吧。她的见解固然常常带有露骨的无耻性质,但有时是很有分量的。"

利霍宁用手掌使劲揉擦自己的脸,然后把手指交叉在一起,有两次还神经质地把它们扭得咯吱作响。显然,他局促不安,不好意思说出准备要说的话。

"咳,有什么关系呢!"他突然气愤地喊了一声,"你看,你今天谈到这些女人……我听了……说真的,你并没有对我谈什么新的东西。可是——使我奇怪的是——不知为什么,仿佛我在自己整个的放荡生活中还是第一次睁开眼睛见到这个问题……我问你,究竟卖淫是怎么回事呢?它是什么现象?大城市的胡作妄为呢,还是永恒的历史现象?有朝一日它会终止吗?还是它要等全人类灭亡才消灭?谁能替我回答这些问题?"

普拉托诺夫凝神地望着他,习惯地微微眯起眼睛。他想知道,是什么重要的念头如此深深地折磨着利霍宁。

"谁也说不清楚它什么时候会终止。或许要等到社会党人和无政府主义者的美好的理想国度实现之后,到那时候,土地属于公有,而不属于某个私人所有；爱情绝对自由，只听从自己无约束的愿望的支配；人类融合成一个幸福的大家庭，无你我之分；人间变成了天堂，人们又赤身裸体，安乐自在和无罪无恶。难道那时候……"

"那现在，现在呢？"利霍宁问道，声音越来越激动，"袖手旁观吗？这与我无关？像对待不可避免的恶事那样，容忍吗？挥手妥协吗？表示赞同吗？"

"恶事，这不是不可避免，而是无法克服的。对你来说，还不都一样？"普拉托诺夫带着冷漠的惊奇表情问道，"你不是无政府主义者吗？"

"我算个什么鬼无政府主义者。不过说得也不错，我是个无政府主义者，因为每当我思考生活时，我的理智总是合乎逻辑地将我引到无政府主义的原则上去。我自己有这样的看法：听任人们去互相殴打、蒙骗和掠夺，像一群羊那样——由他们去吧！——暴力迟早会孕育出仇恨。听任他们去蹂躏儿童，听任他们去践踏富有开拓意义的思想，听任奴役，听任卖淫，听任他们去偷窃，嘲弄，流血……由他们去！越糟越好，离完蛋也就越近。我认为，有这样一条伟大的定律，它既适用于无生命物体，也适用于整个广大的、历史悠久的、亿万人民的生活，那就是：作用力等于反作用力。愈糟，就愈好。听任憎恨和报仇之心在人类中积聚，听任这种情绪滋长、成熟，像一个可怕的大脓疱——全地球那么大的大脓疱。要知道总有一天它会破裂的！到那时就听任恐怖和惨痛笼罩大地。听任脓液淹没全球。而人类呢，或者在其中憋死，或者久病痊愈，重新建立美好的新生活。"

利霍宁贪婪地喝下一杯凉的清咖啡，满怀热情地接着说：

"不错，我和其他许多人正是这样，坐在自己房间里喝着茶，就着面包和煮香肠，高谈阔论，再说，每个个人生活的价值——这算不了什么，只是数学公式中的一个无穷小的数。但我看到有人欺侮孩子时，我就义愤填膺，热血涌上脑袋。当我看着工人或农民在劳动，我就为我那代数的计算羞得歇斯底里般地叫闹。人有一种——见鬼！——有一种荒谬的、完全不合逻辑的东西，可是这一次它却比人类智慧强。就说今天吧……为什么现在我仿佛觉得自己偷了一个熟睡人的财物，或者欺骗了一个三岁的孩子，或者打了一个被捆住的人？为什么我今天仿佛觉得自己在卖淫这件恶事中有罪——我的沉默，我的漠不关心，我间接的纵容，这就是我的罪过？我怎么办哪，普拉托诺夫？"大学生喊道，声音里带着悲痛。

普拉托诺夫眯起眼睛望着他，沉默了一会儿。突然，叶尼娅出乎意料地用挖苦的语气说道：

"那你就照那个英国女人的样子去做吧……一次，一个火红头发的无耻的老婆娘到我们这儿来。大概是来头不小的，因为跟着一大帮随员……都是一些当官的……而警察所所长的助手和警察分局局长克尔别什在她到来之前就来了。那个助手直截了当地警告说：'要是你们，骚货们，瞎说八道，哪怕说出一句粗鲁的话或别的什么，我就让你们的窑子片瓦不留，还要把你们统统拉到分局去鞭打一顿，长期监禁在狱中！'不一会儿，这个老唠叨鬼就来了。她用外国话叽里呱啦地说个没完，不时用手指指天，后来她发给我们每人一本五戈比的福音书，便上车走了。你也照这样做好了，亲爱的。"

普拉托诺夫哈哈大笑。可是，当他看到利霍宁那天真和忧郁的面容，发觉他似乎没有理解，甚至没有疑心这是开玩笑，便收敛了笑容，认真地说：

"没什么办法可想，利霍宁。只要存在私有制，就会有贫穷。婚姻存在一天，卖淫也就一天不会消灭。你知道是谁一直在支持和供养卖淫这一职业的？这都是所谓的上等人，高贵的家长，清白的丈夫，慈爱的弟兄。他们总会找到冠冕堂皇的口实来使这种花钱嫖妓的行为合法化、正规化和贴上完税的标签，因为他们深知，若不这样，这种淫乱行为将如同潮涌，进入他们的卧室和儿童住房。对他们来说，卖淫制度正是把别人的淫欲从他们个人的合法睡房里拉开的牵索。就是尊贵的家长本身，也不反对私下干些偷香窃玉的事儿。老婆、侍女和姘妇——若是老一个样儿，实在令人腻烦。实际上，人是多偶的，甚至是极其多偶的动物。他那公鸡般求爱的本能在特列佩利亚或安娜·马尔科夫娜妓院那样华美的苗圃里总能得到遂心如意的舒展。哦，当然，不偏颇的丈人或有六个成年的女儿的幸福父亲，总是大声疾呼卖淫现象的可怕。他甚至借助抽彩和业余演戏活动来成立拯救堕落女子的协会，或打着圣玛格达林娜旗号的收容所。可是对卖淫制度的存在，他却赞同和支持。"

"玛格达林娜收容所！"叶尼娅重复了一遍，轻声一笑，那笑声里饱含着积聚已久而至今未熄的憎恨之火。

"不错，我知道所有这些虚伪的措施全是一派胡言，纯粹是污辱人的嘲弄，"利霍宁插嘴道，"不过就算我可笑和愚蠢，我也不愿成为一个仅表同情的旁观者，坐在土台上，一边望着燃起的大火一边说：'哟，天哪，着起来了……真的着起来了！没准儿人被烧着了哩！'可他自己呢，光是哭诉着，拍着大腿。"

"这么说，"普拉托诺夫威严地说，"你想拿小孩的喷壶跑去灭火吗？"

"不！"利霍宁急忙喊道，"也许，——怎么知道呢？也许我能拯救哪怕一个人……我要向你请教的正是这个，普拉托诺夫，你一定得帮帮我的忙……只是我恳求你，别取笑我，别让我扫兴……"

"你想从这儿领走一个姑娘？救出她？"普拉托诺夫凝视着他，问道。他现在领悟了整个这场谈话的用意所在。

"是的……我不知道……我想试试。"利霍宁犹豫不决地回答。

"她会再回来的。"普拉托诺夫说。

"会回来的。"叶尼娅肯定地重复道。

利霍宁走到她跟前，握住她的手，声音颤抖地低语：

"叶尼奇卡……或许，您……嗯？要知道我不会称您是情妇……而是称为朋友……没关系，休息他半年……我们再学一点手艺……念点书……"

叶尼娅懊恼地抽回了自己的手。

"滚你的！"她几乎是叫喊地说，"我了解你们！给你补袜子？给你在煤油炉上做饭？你夜晚跟那些短发的朋友聊天，我也不能睡觉？可你一旦成为医生或者律师，或者当上了官儿，你便一脚把我踢开：'滚出去吧，公共的肉体，你毁了我的青春。我要娶个体面的，娶个贞洁清白的女子……'"

"我是作为哥哥……我没有这个……"利霍宁不好意思地嗫嚅道。

"我知道这些个哥哥。第一夜之前……得啦，别跟我胡扯！我听烦了。"

"别急，利霍宁，"记者一本正经地说了起来，"你这不是在把力不胜任的重担往自己身上压吗？我认识几个理想主义的民粹派人士，他们同纯朴的农家姑娘正式结了婚。他们是这样想的：她们好比大自然，沃土，未经动用的力量……然而，这沃土一年后就变成了一个胖女人，成天躺在床上啃饼干，或者伸开戴满廉价戒指的手指，欣赏不已。要不就坐在厨房里跟马车夫一起喝甜酒，搞起了恋爱。你知道，这儿的情况会更糟！"

三个人都默不作声。利霍宁脸色苍白，用手绢擦着汗涔涔的额头。

"不，见鬼！"他突然执拗地喊道，"我不相信您！我不想相信！柳芭！"他大声呼唤那睡着的姑娘："柳布奇卡！"

姑娘醒了，用手掌先往这一边，后往那一边擦自己的嘴唇，打了个呵欠，滑稽地、如孩子似的莞尔一笑。

"我没有睡，我全听见了，"她说，"只是稍微打了个盹儿。"

"柳芭，你愿意跟我离开这儿吗？"利霍宁问道，拉起她的手，"这可是永远彻底地离开，再也不回到妓院，不回到街上了。"

　　柳芭满腹狐疑地望着叶尼娅，仿佛默默地从她那儿寻找着对这一玩笑的解释。

　　"够了，"她调皮地说，"您自己还在学习。您把姑娘带到哪儿去养起来。"

　　"不是养起来，柳芭……我只不过是想帮助你……在这儿妓院里你总归是不愉快的吧！"

　　"当然不愉快！要是我能像叶尼奇卡那样高傲，或者像帕莎那样迷人……可我怎么也习惯不了这儿的生活……"

　　"那我们就走，跟我走吧！……"利霍宁劝说道，"你大概会做一些针线活儿，喏，缝个什么啦，刺绣啦，绣个名字什么的，不是吗？"

　　"我什么也不会！"柳芭羞怯地回答，咯咯笑了起来，满面通红，用一只臂肘捂住嘴，"我们乡下的一套我还会做，别的我什么都不会。做饭会一点……我在神父那里待过，做过饭。"

　　"那妙极了！太好啦！"利霍宁心花怒放地说，"我帮你开个饭馆……你知道不，开个便宜的饭馆……我替你做广告……大学生们会去吃饭的！棒极了！……"

"会笑话我的！"柳芭有点抱怨地说，又斜眼疑惑地看了看叶尼娅。

"他不是开玩笑，"叶尼娅答道，声音奇怪地颤抖着，"他说的是实话，一本正经的。"

"我对你说的确实是真话，正经话！我可以对天发誓！"大学生热烈地附和道，不知为什么竟对着空荡的墙角画起十字来了。

"说实在的，"叶尼娅说道，"您就带柳布卡走吧。这跟带我走不一样。我像一匹龙骑兵的老马，脾气倔强。不管用饲料，还是用鞭子都改造不了我了。而柳布卡呢，是个朴实善良的姑娘。对我们这儿的生活也还没有习惯。你干吗还瞪着眼睛看我，糊涂虫？快回答，人家在问你呢。嗯？愿不愿意？"

"那有什么？要是他们不是取笑我，而是当真……你怎么，叶尼奇卡，给我出个主意？……"

"唉，真是木头一块！"叶尼娅怒形于色，"依你看，哪样好呢：是带着烂鼻子烂死在稻草上呢，还是像狗一样死在墙根下？抑或改邪归正？傻瓜，你本该去吻他的手，可是你却固执不肯。"

天真的柳芭果真把嘴唇贴向利霍宁的手，这一动作逗得大家都笑了，也微微感动了在座的人。

"好极了！真妙啊！"喜笑颜开的利霍宁忙乱起来，"你现在就去告诉老板娘，说你要离开这里，永远不回来了。带上你最需要的一些行李。如今跟过去不同了，如今姑娘什么时候愿意，就可以离开妓院。"

"不，这样不行，"叶尼娅止住他，"她可以离开这儿，是这样，这是对的，可是你免不了要遇到许多不愉快，受到数不清的呵斥。听着，大学生，你该这么去做。你舍得花十个卢布吗？"

"当然，当然……请说吧。"

"让柳芭去对管家说，你今天要把她带到自己寓所里去。这十个卢布是规定的价格。然后，就算明天吧，再来取她的黄票和行李。没关系，这事儿我们会办妥的。再等以后，你得带上她的黄票到警察局去，声明有这么个柳布卡受你雇用当侍女，你希望把她的那张单子换成正式的身份证。好吧，柳布卡，快收拾！带上钱就开路。哦，当心，跟管家说话得要机灵一些，不然她这狗养的，会从你眼睛里看出名堂来。还有，"她已是在追着柳芭喊了，"别忘记擦掉脸上的胭脂。否则马车夫会对你指指点点的。"

过了半个小时，柳芭和利霍宁在大门口坐上了马车。叶尼娅和记者站在人行道上。

"你干了一件大傻事，利霍宁，"普拉托诺夫懒洋洋地说，"不过我尊重你这光荣的热情举动。想到做到。你是个勇敢的好小伙子。"

"上路吧！"叶尼娅笑着说，"注意，给孩子举行洗礼时别忘了叫我。"

"不会有那一天的！"利霍宁挥动着帽子，哈哈大笑。

他们走了。记者瞧了一下叶尼娅，惊奇地看到她那温柔的眼睛里噙着泪水。

"上帝保佑，上帝保佑。"她喃喃地说。

"你今天怎么啦，叶尼娅？"他亲切地问道，"怎么回事？你很难过？我能帮助你做些什么吗？"

她背过身去，俯向门廊的雕花栏杆。

"如果需要的话，该怎么给你写信？"她闷声闷气地问道。

"这很简单。写到《回声报》编辑部。某某人收。他们会很快转给我的。"

"我……我……我……"叶尼娅开口想说，但突然失声痛哭了起来，并且两手捂住脸，"我会给你写信的……"

接着，她没有放下捂住脸的两手，颤动着肩膀跑进门廊，砰的一声关上了身后的大门，消失在楼内。

第二部

1

十年之后的今天，过去的一些亚玛居民，还经常回忆那发生过许多悲惨、肮脏、血腥事件的一年。起初只是发生了一些不值一提的小小丑事，而最终却导致了这样的结果：在一个美好的日子里，行政当局一举把它亲自创建的年代久远的、合法卖淫的魔窟彻底摧毁，把老巢的残余统统扫进医院、监狱和大城市的街道上去了。直到今天，为数不多的几个活下来的老态龙钟的先前的老鸨和肥胖、嗓音嘶哑、衰老的似哈巴狗的昔日的女管家，还经常怀着悲痛、恐怖和愚蠢的困惑莫解的心情，回忆起这场共同的灾难。

斗殴、抢劫、疾病、凶杀和自杀恰似布袋里倒出的土豆，接踵而起，并且，在这一点上似乎谁也没有罪。只不过所有的灾祸自然而然地多了起来，互相粘连、扩大和增长，正像顽童用脚踢的一个小小的雪球，会由于沾在它身上的融雪自然而然地越变越大，直大到比人的个头还高，最后，只要稍稍使劲一踢，它也就跌进沟壑，往下直滚，变成大的雪崩。自然，年迈的老鸨和女管家们从来也没听说过什么叫劫运，但是她们内心深处却常常感觉到它神秘地存在于那可怕的年头不可避免的灾难之中。

的确，生活中凡是人们被共同利益、血缘、出身或者职业利益联结为紧密的独立集团的地方，就必然能够观察到事件突然接二连三地发生这一神秘的规律，观察到事件的流行性，它们奇异的继承性和关联性，它们不可思议的持续性。正如人民的智慧早已指出的那样，这是常有的事，即在个别家庭里，疾病或者死亡会突然不可避免地、莫名其妙地依次降临到亲近的人们身上。"祸不单行""灾难到来——把门打开"。这同样出现在寺院、银行、政府部门、军队、学校和其他社会机关里，那里的生活历久不变，似乎几十年都像沼泽地的溪水那么平稳地流着，可是突然间，在发生某种完全不值一提的意外事件之后，调任、搬迁、开除公职、失败、疾病就会接踵而来。那一团体中的成员，就像商量好了似的，一个个死去、变疯、盗窃、自杀或自缢，于是职位一个个空缺，又一个个高升，新的成员源源注入，于是你瞧，过了两年，位子上没有一个是原来的，全是新人，如果这个机关还没有完全解体，还没有彻底崩溃的话。不正是这奇特的命运降临到庞大的社会的、世界的组织——城市、国家、民族、地区的头上了吗？怎么知道呢，也许连整个行星世界也是如此？

类似这不可思议的劫运一样的东西，笼罩在亚玛镇上空，将它引向可耻的迅速灭亡。如今剩下的不是繁荣的亚玛，而是安宁、平凡的一个郊区，住的是菜园主、捕猫为生的人、鞣靼人、养猪户和在屠宰场卖肉的人。经这些令人敬重的人的申请，连"亚玛镇"这一由于自己的过去而使居民蒙受耻辱的称呼，也改名为"戈鲁别夫卡"，为的是纪念一个叫"戈鲁别夫"的商人，他是一家殖民地商品和美味食品店的店主，又是地方教堂的教会长老。

这场灾难的地下震动始于盛夏，适逢一年一度的夏季集市。这年的集市盛况空前。它的非凡的成功、人数的众多和成交买卖的数量之大，有赖于许多客观情况：附近三家新糖厂的建立，以及粮食，特别是制糖用甜菜的空前大丰收；电车轨道和排水管道工程的动工；一条长达七百五十俄里的新的道路的修筑；而主要的是全城、所有的银行和其他财政机构，以及所有的房产主，都卷入了一股建设的热潮。城郊砖厂的发展有如雨后春笋。一个规模庞大的农业展览会已经开幕。出现了两家新的轮船公司，它们在运载货物和朝圣者方面，同先前的几家古老的公司之间展开了你死我活的竞争。它们竞争到了如此地步：将三等船票的价钱从七十五戈比降到五个，三个，两个，甚至一个戈比。最后，有一家轮船公司在力不能及的竞争中虽然财力枯竭，却表示愿意让所有三等船舱的乘客免费乘坐。这时，它的竞争对手马上又宣布，除了免费乘坐，还给每位乘客外加半个小白面包。然而，修筑宽阔的河港乃是这一年最大和最重要的工程，它吸引了数十万工人，天晓得花费了多少资金。

还应当提到的是，这座城市此时正为自己那大名鼎鼎的大寺院举行建院一千周年的纪念活动。这寺院是全俄著名寺院中最受人景仰、最富丽堂皇的一座。从俄国四面八方，从西伯利亚，从北冰洋海岸，从南方边疆，从黑海和里海之滨，无数朝圣者云集到这儿，向本地的圣地、长眠于地下深处石灰洞里的大寺院的一些圣徒膜拜。足以说明问题的一点是：寺院每天提供四万人的食宿，而那些没有找到地方栖身的人，夜间就像圆木一样，随便躺在大寺院宽阔的院子里和街上。

这是一个神话般的夏天。各种外来人的流入使城市人口几乎增加了两倍。石匠，木匠，油漆匠，工程师，技术员，外国人，庄稼人，经纪人，手段不正当的生意人，老海员，游手好闲者，旅行者，小偷，赌棍——他们充斥了整个城市，就连最肮脏、最可疑的旅馆里也没有一个空位子。住宿费非常昂贵。证券交易所的买卖极其活跃，不论在这个夏天之前还是之后都从未有过。成百万的钞票就像流水一样，从一些人手里流到另一些人手里，又从另一些人手里流到第三者手里。一小时之内就会出现大富豪，然而许多先前的商行却纷纷倒闭，昨天的富翁变成了今日的乞丐。最普通的工人们也在这黄金之流里洗过澡，取过暖。码头搬运工、载重马车工人、平板大车工人、手推车搬运工、运砖工人和挖土工人们至今还记得，在这疯狂的夏天他们一昼夜能挣多少钱。任何一个流浪人到船上卸西瓜，一昼夜的收入都不会少于四个或五个卢布。这帮乱乱哄哄的外来人，被轻易得来的金钱弄得心醉神迷，沉浸在这古老而诱人的城市的色情美中，陶醉在充满了白槐幽香的南方夜晚那令人惬意的温暖里，于是，这些个成千成万的男人模样的食不餍足、放荡不羁的野兽，集中全体的意志喊叫："给我们女人！"

仅在一个月之内，城里便出现了几十家娱乐场所——漂亮的"梯沃里""花宫""奥林匹亚""阿里卡扎罗夫"等，都带有合唱队和轻歌剧；在大兴土木的码头附近还开设了许多带夏天小花园的饭店、啤酒馆以及普通的小酒店。每一个十字路口，天天都有"紫罗兰店"开业，其实这是一些小小的木板棚，以卖克瓦斯①为幌子卖淫，每一家都以薄木板做成间壁，由两三个老妓女接客。这个夏天对许多父母来说是痛心和难忘的，因为自己的儿子——中学生和军校学生染上了花柳病。为了接待外来的过往客人，用人的需求量大大增加，在此情况下，成千上万的农家姑

---

① 一种清凉饮料。

娘从郊区农村拥进了城里。自然，对卖淫的需求也就变得空前高涨。于是，从华沙①、罗兹②、敖德萨、莫斯科乃至彼得堡和国外，拥来了无数外国女郎、标着"俄国造"的娼妓、最普通的职业妓女和漂亮的法国女郎以及维也纳女郎。轻而易举赚来的亿万金钱产生了极其恶劣的影响。整个城市仿佛都受到这一黄金瀑布的冲击，旋转起来，并被它淹没。盗窃案与凶杀案以惊人的速度增长着。警察的编制不断扩大，但依然张皇失措，手忙脚乱，不过后来，当他们饱受贿赂之后，也就像填满了肚皮的蟒蛇，不由得终日昏昏欲睡，无精打采。杀人当儿戏，无缘无故。有时，流氓们大白天就会在某个偏僻的街道上向行人走上前去问道："你姓什么？"对方回答说："费奥多罗夫。""嘿，费奥多罗夫？那就看刀！"说罢他们就用刀乱捅他的肚子。就这样，城里人把这批无赖叫作"刺客"，其中包括本城新闻栏似乎引为骄傲的一些人物：波利修克兄弟（米季卡和杜达斯）、沃洛季卡·格列克、费奥多尔·米勒、德米特里耶夫上尉、西沃霍、多布罗

---

①② 十九世纪的华沙和罗兹属于俄国版图。

沃利斯基、什帕切克以及其他许多人。

不论是白天还是夜晚，这座疯狂般的城市的主要大街上，总有闲待着的、前拥后挤的或又喊又叫的人群，就像在火灾现场似的。亚玛当时的情景，简直非笔墨所能形容。尽管老板娘们把自己的妓女名额扩大了一倍以上，把嫖价增加了两倍以上，她们那些可怜的、变得疯狂的姑娘，也满足不了那些醉醺醺的挥金如土和神魂颠倒的嫖客的需要。有时会出现这样的场面：客厅里就像市场上那样，挤挤插插，熙熙攘攘，每个姑娘都有七个、八个乃至十个嫖客在等着她。那真是一个疯狂的、陶醉的、歇斯底里的时代！

导致亚玛走向毁灭的一切灾难正是从它开始的。我们所熟悉的那个肥胖、年迈、灰眼睛的安娜·马尔科夫娜的妓院也随同亚玛一起完蛋了。

2

客车从南方欢快地奔向北方，穿过金色的田野和美丽的橡树林，带着隆隆的轰响驰过架在明亮河水上方的座座铁桥，车后留下团团飞舞的烟雾。

在二等车厢里，即使打开了车窗也闷热得令人窒息。硫烟的气味使人嗓子眼里发痒。颠簸和闷热搞得乘客们疲惫不堪，只有那精力充沛、眉开眼笑而又好动的犹太人是个例外。他衣着华美，殷勤好客且健谈。跟他同行的是一位少女。一望而知，他们是新婚夫妇，尤其是根据女方的表情：每次她丈夫对她表示哪怕是最微小的温存，她的脸上就常常突然泛起红晕。而当她抬起自己的睫毛瞟他一眼的时候，她的双眸就像星星一样晶莹闪亮，变得水汪汪的。她的脸蛋儿很美，只有堕入情网的年轻犹太姑娘才有这样的美貌：整个儿脸显出妩媚的粉红色，一双轮廓分明的红红的嘴唇纯洁迷人，一对眼睛那么乌黑，简直难以把瞳孔与虹膜区分开来。

当着三个外人的面，他也没有感到不好意思，不时对自己的伴侣表示亲昵，应当说，这种亲昵是相当粗俗的。此人仿佛以主人的傲慢无礼，以恋人独特的自私，向全世界宣称："瞧，我们多么幸福——这也使你们幸福，不对吗——？"他时而抚摩她那从

连衫裙底下明显凸出的富有弹性的大腿，时而捏捏
她的面颊，时而又让自己那又黑又硬、向上翘的小
胡子去使她的脖颈发痒……但是，尽管他兴高采烈，
在他那时常眨巴的眼睛里，在他上唇的抽动中，和
刮得光光的向前突出、中央微凹的方下巴的清晰轮
廓里，还是闪现出一种贪婪的、提心吊胆的不安神
情。

　　这对恋人的对面坐着三位乘客：一个退役将军，
是个清瘦、整洁的老头儿，头上抹了发蜡，头发梳到
鬓角；一个胖胖的地主，他虽然摘下了自己那浆硬的
领子，但还是热得气喘吁吁，不时用湿手帕擦汗涔涔
的脸；还有一个是年轻的步兵军官。谢苗·雅科夫列
维奇（年轻人早已告诉邻座的人，他叫谢苗·雅科夫
列维奇·戈里宗特）滔滔不绝的谈话，恰似炎热的夏
日一只苍蝇在门窗紧闭的窒闷房间里有节奏地碰撞窗
玻璃时发出的嗡嗡声，使乘客们有点疲劳和心烦。但
他毕竟会想办法活跃大家的情绪：他变戏法，讲犹太
笑话，充满了微妙、独特的幽默。当他妻子到月台上
呼吸新鲜空气的时候，他讲述这样一些东西，致使那
位将军的脸上泛起了满意的笑容，使那位地主粗鲁地

纵声大笑，他的便便大腹不停地抖动，而那刚刚从军校毕业的少尉，一个嘴上没毛的孩子，好不容易才抑制住自己的笑和好奇心，把脸转向一边，为的是不叫邻人看到他脸红。

戈里宗特的妻子对自己丈夫表现出令人感动的纯真的体贴与关心，她时常用手绢给他擦脸，给他扇扇子，不时给他整整领带。每逢这种时刻，他的面部表情总是可笑而傲慢，愚蠢而得意。

"噢，请问，"清瘦的将军一面咳嗽一面客气地问道，"请问，老兄，您从事什么工作？"

"啊，我的天哪！"谢苗·雅科夫列维奇以其讨人喜欢的坦率说道，"一个可怜的犹太人，在我们这年月能干点什么呢？我只不过让自己干点商品推销员和经纪人的工作而已。眼下我可一点儿没有干这些工作。嘻！嘻！嘻！你们自己明白，先生们。我们在度蜜月——别脸红，萨萝奇卡——这可不是一年之内能重复三次的事情。不过随后我就得使劲跑买卖和工作了。这会儿我跟萨萝奇卡进城，去探望一下她的亲戚，之后再上路。我是想带着妻子做第一次旅行。就是说，有点像新婚旅行。我是'席德里斯'公司和两家英国商行的代表。你们愿不愿意看看我随身带着的货样……"

他十分迅速地从一只漂亮的小黄皮箱里取出几本长长的硬纸板折子，并以一个裁缝的灵巧动作抓住一头，将其打开，它们的页扇随之迅速向下伸展开，发出微弱的哒哒声。

"你们瞧，多好的货样：一点也不比外国的差。你们仔细看看。譬如说，瞧，这是俄国的，那是英国的花呢，或者瞧这哔叽。你们比一比，用手摸摸，你们一定会相信，俄国货并不比外国的差。而这就说明了进步，说明文化的发展。因此，欧洲把我们俄国人看成是落后的野蛮人，纯属无稽之谈。

"话说回来，我们去拜访一下我们的亲戚，看看集市，也到'花官'去瞧瞧，遛一遛，逛一逛，然后就去伏尔加，顺流而下到察里津，去黑海，度完了假再回自己的老家敖德萨。"

"这是美好的旅行。"少尉谦恭地说。

"不消说，是挺美好的，"谢苗·雅科夫列维奇表示同意，"但是不带刺的玫瑰是没有的。推销员这一行当是极其艰苦的，而且要多方面的知识，不仅要求懂得业务，而且要懂……这怎么说呢……要懂人心。别人并不想订你的货，可你得说服他，就像说服大象那样，苦口婆心，直至他感到你的话确有道理为止。因为我推销的东西完全是货真价实的，不弄虚作假。假货或者劣等货生意我是不干的，哪怕给我几百万卢布的好处我也不干。无论什么地方，你们随便到哪家卖呢绒或者卖'格卢阿尔'吊袜带——我也是这家商行的代表——或者卖'格利奥斯'纽扣的商店，只要问一问，谢苗·雅科夫列维奇为人怎样，那么，每一个人都会回答你们：'谢苗·雅科夫列维奇——这人好极了，简直是金子，这是一个大公无私的像钻石一样诚实的人。'"此时，戈里宗特已经掀开了装有地道的吊袜带的长纸盒，并且又给大家看那些漂亮的硬纸板片，上面整整齐齐钉着一排排各种颜色的纽扣。

"有时候也会碰上很不愉快的事情，比如地盘被占啦，在你之前已经去了不少推销员。那你简直毫无办法：你的话他们连听都不听，只是一个劲儿地摆手。不过，这只是对别人这样。我是戈里宗特！我能够把他说得心服口服，使他像法尔茨法因先生的诺瓦·阿斯卡尼亚动物园①里的骆驼那么听话。然而，更不愉快的事情是，在同一个城市里做同样生意的两个竞争对手遇到一起。比这还糟的情况也有，某个蠢蛋自己一无所成，还把你的生意给破坏了。这时你就要施展各种妙计啰，比如把他灌醉，或者把他引到错误的路上去。这职业可不轻松！除此之外，我还有一个行当，就是推销假眼和义齿。不过这生意无利可图。我想洗手不干。就连整个这种工作我都想放弃。我知道，人年轻力壮的时候，像螟蛾一样飞来飞去，然而，一旦有了老婆，而且还可能有儿女成群的家庭……"他笑嘻嘻地拍了一下那女子的大腿，对方立刻满脸绯红，显得异常妩媚动人，"正由于我们犹太人多灾多难，上帝才赐予了我们旺盛的生殖力……因此才希望有某种自己的事业，你们是理解的，希望在什么地方定居下来，有自己的茅屋，有自己的家具，有自己的寝室和厨房。是不是这样呢，阁下？"

"是的……是的……嗯，嗯……是的，当然，当然。"将军宽容地答道。

---

① 十月革命前赫尔松省的私人动物园。

"正因为如此，我才接受了萨萝奇卡的一份不大的嫁妆。什么叫'一份不大的嫁妆'呢?! 就是说，那点钱罗特什里德①是不屑一顾的，可在我手里却算是一大笔资本了。不过还应当说的是，我也有一些积蓄。熟悉的商行还会向我提供信贷。如果上帝保佑的话，我们是能够吃上面包和黄油的，逢安息日还可以吃上美味的鱼呢。"

"在犹太人看来，梭鱼是最好的鱼! "气喘吁吁的地主说道。

"我们自己要开设一家'戈里宗特父子'商行。你说对吗，萨萝奇卡，也包括儿子? 而你们，先生们，我相信你们会赏给我生意做的，对吗? 只要你们一看到'戈里宗特父子'这块招牌，你们马上就会想起，有一次你们同一个年轻人一起坐过火车，那人由于爱情和幸福简直都变傻了。"

"一──一定! "地主说。

谢苗·雅科夫列维奇马上转向他说:

"不过，我也干经纪人的事情。买卖地产啊，代

---

① 犹太人中的大富豪。

办典契啊，你找不出比我更高明的行家了，而且佣金
极低。什么时候你需要，我一定为你效劳。"他俯首
将自己的一张名片递给了地主，顺便也向他邻座的二
位各赠送了一张。

地主从侧面的衣袋里也掏出一张名片。

"约瑟夫·伊万诺维奇·文格热诺夫斯基，"谢
苗·雅科夫列维奇出声地念道，"久仰，久仰！那好
吧，要是您需要我为您效劳……"

"怎么？也许……"地主若有所思地说，"嘿，也
许，良机结良缘嘛！我这次刚好是去 K 城，想出售一
座林中别墅。看来得烦劳您，您来看看我好啦。我总
是在格兰德旅馆下榻。也许我们能做成什么交易。"

"噢！我几乎已相信能做成交易，最亲爱的约瑟
夫·伊万诺维奇，"喜形于色的戈里宗特大声说道，
他轻轻地用指尖在文格热诺夫斯基膝盖上点了点，
"您尽管放心吧，要是戈里宗特做什么事情，那您事
后一定会感激他的，就像感激自己的生身父亲那样，
一点不错！"

半个小时以后，谢苗·雅科夫列维奇同嘴上没有
髭须的少尉站在车厢平台上抽烟。

"少尉先生，您经常去 K 城吗？"戈里宗特问道。

"您想想，我还是头一次呢。我们团是在契尔诺鲍勃驻防。我是在莫斯科出生。"

"哎呀呀！您怎么跑这么远啊？"

"是啊，没办法。军校毕业时没有别的空缺。"

"要知道，契尔诺鲍勃①可是个黑洞！在整个波多里亚省它是最龌龊的一个小城。"

"不错，但是没办法啊。"

"就是说，眼下年轻的军官先生是去 K 城消遣消遣？"

"是的。我想在那里停留两三天。其实我是要到莫斯科去。我有两个月的假期，不过顺路观赏一下这座城市，倒也很有意思。听说它很美。"

"嗬！那还用说吗？绝妙的城市！喏，完全是欧洲式的城市。要是您能知道，那里都有什么样的大街、电灯、有轨电车、戏院！要是您能知道，那里都有什么样的夜酒店！您自己就会入迷的。我劝您，年轻人，一定，一定去逛逛'花宫'和'梯沃里'，也

---

① 该地名的含义是"黑豆子"。

到岛上去看看。这是一个很有特色的地方。那里有怎——怎样的女人啊！"

少尉脸红了，他移开视线，声音颤抖地问道：

"是啊，我听说过。难道她们真长得那么美？"

"哎呀！皇天在上！您要相信我的话，那里根本没有一般的漂亮的女人。"

"这话是什么意思？"

"就是这个意思：那里全是绝色美人儿。您明白，那是多么有意思的血统混合啊：有波兰女人、小俄罗斯①女人和犹太女人。我多么羡慕您，年轻人，您是个光棍，是个自由的人。假若是我的话，我一定会让自己大出风头！而最令人惬意的是，她们都是极其热情的女人。简直像团火！还有哩，您知道吗？"他突然意味深长地悄声问道。

"什么？"少尉怯生生地问。

"相信我，这是那些逛遍天南海北的人讲给我听的：最来劲儿的是，不论在哪儿，在巴黎也好，在伦敦也好，任何地方、任何时候都不会像在这个城市里

---

① 十月革命前对乌克兰的鄙称。

那样，遇到如此讲究的恋爱方式。照我们犹太人的说法，这是一种别出心裁的花样。这种玩意儿，是任何幻想家也想象不出来的。简直让人神魂颠倒！"

"这是真的吗？"少尉悄声地问，他呼吸变得急促。

"噢，皇天在上！不过，请允许我继续说，年轻人！您自己明白，我也曾经是个单身汉，当然，这您也明白，人无完人……如今，自然跟从前不一样了。可以说我已经进入了残废者的行列。但是，先前我保留了一份极好的珍藏品。您等一等，我马上拿给您看看。不过，请您在看的时候当心点。"

戈里宗特畏惧地向左右看了看，从衣袋里取出一个类似通常用来装桥牌的那种窄长的精制山羊皮小盒子，把它递给少尉。

"拿去，您瞧一眼好啦。只是请您当心点。"

少尉开始一张接一张地看那些黑白的和彩色的照片。这些照片以各种各样的姿势表现那些不堪入目的性爱方式，这些性爱方式有时把人变得比狒狒还卑鄙下贱得多。戈里宗特从他肩头向他望了望，用臂肘碰了碰他，低声说道：

"您说，难道这不是时髦？这可是真正巴黎式的和维也纳式的时髦！"

少尉把全套照片从头到尾看了一遍。当他把小盒子还回去的时候，他的手在发抖，鬓角和额头都汗湿了，眼睛模糊起来，面颊上泛起红晕，一块红一块白。

"您知道吗？"戈里宗特突然脸上堆笑地扬声说道，"一切我都觉得无所谓了：我什么都经历过和见识过。我，就像古时候所说的那样，烧毁了自己的船……烧毁了自己所崇拜的一切。我早就想找个机会把这些照片卖给别人。钱多钱少我不怎么在乎。我只要它们实际价钱的一半。您不想留下它们吗，军官先生？"

"那有什么……就是说我……为什么不呢？……好吧……"

"太好啦！既然我们是这样愉快地相识，我每张就收您五十戈比吧。怎么，太贵了？那就让上帝保佑您！看得出来，您是个出门在外的人，我不想敲您的竹杠，就按三十戈比一张吧。什么？还不便宜?！喏，击掌为定，每张二十五戈比！哎呀！您可真是个不爽快的人！就算二十戈比好了！以后您会感激我的！另外，您知道吗？我每次到 K 城去，总是在'爱尔米达日'旅馆下榻。您一清早或者晚上八点钟左右会很容易在那里见到我。我认识很多绝顶漂亮的女人。我会介绍给您。您要知道，她们可不是为了钱。噢，不是为了钱。只不过，她们跟您这样年轻体壮的美男子一起消磨时光感到惬意和快活罢了。绝对不需要花钱。有什么可客气的！她们自己乐意付葡萄酒和香槟酒钱。如此说来，您记住：'爱尔米达日'，戈里宗特。如果不是为这件事，那您也记住！……说不定我对您还有用处。至于照片，这种东西永远也不会在您那儿束之高阁的。爱好者会出三个卢布买一张。不消说，这当然是那些有钱的老头儿。此外，您要知道，"戈里宗特俯身贴向军官的耳朵，眯起一只眼睛，狡猾地悄声说，"您要知道，许多女人都喜欢这种照片。而您既年轻又漂亮，您会有多少风流韵事啊！"

戈里宗特收下钱，仔细地数了数，还厚颜无耻地把手伸过去，握了握少尉的手，少尉连眼睛也没敢抬起来。他把少尉留在平台上，自己返回车厢过道，像什么事情也没有发生似的。

这是一个特别爱好交际的人物。在返回自己车厢房间的路上，他在一个十分漂亮的三岁小姑娘面前停了下来，他从远处就已开始逗她，对她做种种可笑的鬼脸。他蹲了下来，开始为她扮演山羊，并且模仿小孩说话的声调问个不停：

"请问这位少（小）姐坐车到西（什）么地方去呀？噢，噢，噢！这么大的一个库（姑）娘！是一个人出门，没跟妈妈在一起吗？是自个儿买的车票，自个儿坐车吗？哎呀呀！这样的小姑娘可不好呀。可这小姑娘的妈妈在哪儿呀？"

正在这时，从车厢房间里走出一位高高的、漂亮的、胸有成竹的妇女，她平静地说：

"请不要惹这孩子。缠别人家的孩子多不好！"

戈里宗特一跃而起，茫然不知所措：

"夫人！我真是按捺不住……多么聪明可爱、多么高贵漂亮的小孩儿！真正的爱神！请您谅解，夫人，我自己也是父亲，我本人也有孩子……我抑制不住自己的高兴！……"

可是那位夫人已转过身去，拉着小姑娘的手向车厢房间走去，把戈里宗特撇在背后，毫不理会他的奉承和喃喃的恭维与道歉。

一昼夜中戈里宗特去过三等车厢好几回。三等车厢有两节，这两节车厢离得很远，几乎被整列火车隔开。一节车厢里坐着三个漂亮的女子，旁边是一个黑胡子男人，他默然不语，阴沉着脸。戈里宗特用一种特殊的行话同他说了几句莫名其妙的话。三个女子不安地望着他，仿佛要问他什么，却又下不了决心。只有一回，傍中午时分，她们当中有一个壮了壮胆子怯生生地问：

"这是真的吗？您说的那个地方是真的吗？……您知道，我的心不知怎么总感到不安！"

"哎呀！您怎么啦，玛加丽塔·伊万诺夫娜！既然我说过了，那就没有错，就像国家银行那么有信用。您听着，拉泽尔，"他转过脸对那个黑胡子的人说，"马上就要到站啦。您去给小姐们买各种夹肉面包，她们想吃什么就买什么。火车要停二十五分钟。"

"我倒是想要点肉汤。"一个娇小的金发女郎怯生生地说，她的头发像熟了的燕麦，眼睛像矢车菊。

"亲爱的贝拉，您要什么都行！到了车站，我就去叫人给您送肉汤来，甚至还送炸包子来。用不着您操心了，拉泽尔，这事都由我自己去办。"

在另一节车厢里，他安置了一帮女子，大约有十二个或者十五个人，由一个年老的胖胖的女人带领着，她的两道又粗又黑的大眉毛令人望而生畏。她讲话声音低沉，而她那肉乎乎的下巴和宽大长衣底下的乳房和肚子，随着车厢的震荡，就像苹果冻似的颤动着。无论是这个老妇，还是那些年轻的女子，她们所从事的是什么职业，是不言而喻的。

女子们在座位上东倒西歪，抽烟，打牌，玩"六十六点"，喝啤酒。车厢里普通的男乘客经常过来调戏她们，她们就扯着嘶哑的嗓子用粗野的话谩骂他们。青年人请她们抽烟，喝酒。

戈里宗特在这里完全判若两人：他变得庄严而满不在乎，居高临下而又谈笑风生。然而，他的女客们在对他讲的每一句话里都流露出奴颜婢膝和巴结奉承的意味。他呢，对所有这些人——罗马尼亚女子、犹太女子、波兰女子和俄罗斯女子这一奇特的混合体审视了一遍，确信一切平安无事，把有关夹肉面包的事安排了一下便昂然离去。在这种时刻，他真像一个用车皮把牲畜运往屠宰场的牲口贩子，到了站就去查看一下，添点草料。在这之后，他便返回自己的车厢房间，又同妻子肉麻地亲热起来，犹太笑话像豆子一样从他嘴里源源倾出。

车到大站的时候，他就要去一趟小卖部，处理一下女客们的事情。可他却对邻座的人说：

"您知道，对我来说，什么是教规禁食的，什么是不禁食的，一切都无所谓。我不承认它们有什么区别。不过，我对我的胃能有什么办法呢！在这些站上，鬼知道有时候会供应多么肮脏的食物。你付出三四个卢布的饭钱，可是随后得花一百卢布请医生治病。""噢，要不，你，萨萝奇卡，"他对妻子说，"要不，你也到站上去吃点东西？不然我给你带来？"

萨萝奇卡因他的关心而感到高兴，脸红了起来，眼睛里闪射出对他无比感激的光彩，她表示不到站上去。

"你真好，谢尼亚[①]，只是我不想吃。我还很饱。"

这时，戈里宗特便从旅途用的小篮子里取出烧鸡、炖肉、黄瓜和一瓶巴勒斯坦葡萄酒，慢条斯理地、津津有味地吃了起来，他也不停地让妻子吃。他

————————

① 小名，即戈里宗特。

妻子吃起来很是拿腔作势，翘起她那美丽、白皙的手的小指头，之后把剩下的吃食仔细地用纸包了起来，不慌不忙地、细心地放回他们的篮子里。

远处，在火车头的前方，钟楼的圆顶已开始闪烁着金色的光焰。一个列车员从车厢房间门前走过，他对戈里宗特做了一个不易觉察的暗示。戈里宗特马上走了出来，跟在列车员后头来到平台上。

"马上就要查票了，"列车员说，"因此只好请您和您的夫人在三等车厢的平台上站一会儿了。"

"那是，那是，那是！"戈里宗特表示同意。

"而现在，按照商定，请给我钱吧。"

"给你多少呢？"

"按商定的数目给：补收款的一半，两卢布八十戈比。"

"什么？！"戈里宗特突然火了，"两卢布八十戈比？！你把我当疯子了吗？给你一个卢布，这你也得感谢上帝！"

"对不起，先生！这简直不能理解：我们不是讲好了的吗？"

"讲好了，讲好了！……再给你半个卢布，多一点儿也没有。简直是无赖！要不然我就到查票员那里去揭发，说你让没票的人乘车。你，老弟，甭想敲竹杠！你遇到的不是一个傻瓜！"

列车员的眼睛忽然睁得很大，充满了血。

"哼，你这犹太佬！"他号叫起来，"就该把你这个卑鄙的家伙抓起来，扔到车底下去！"

但是戈里宗特顿时像一只好斗的公鸡冲到了他跟前：

"你说什么?！扔到车底下去?！可你知道这样的话会带来什么后果吗?！这是一种暴力的威胁！好吧，我现在就去，马上喊'救命'，并且扳动紧急刹车的信号把手。"他抓住了门把手，面部表情是那么坚决，以致列车员只是挥了一下手，啐了一口唾沫。

"让我的钱卡在你喉咙里把你卡死，癞皮的犹太人！"

戈里宗特把妻子叫了出来：

"萨萝奇卡！走吧，我们去看看月台，站在那边看得清楚些。那里真美，简直跟画上一样！"

萨拉①顺从地走在他后面，用一只不太灵巧的手

---

① 即萨萝奇卡。

提起那件想必是第一次穿在身上的新的连衣裙，微微弯着腰，似乎担心碰到门上或墙上。

远处，金色的圆顶和十字架在晚霞的喜气洋洋的粉红色雾霭中熠熠闪亮。那高高耸立在山坡上的匀称的白色教堂，仿佛在这五色缤纷的仙境般的海市蜃楼中漂浮。矮树林和灌木丛从高处一直延伸到峡谷。而底部沐浴在湛蓝河水中的白色悬崖峭壁，上面嶙峋不平，稀疏地长着刚萌芽的幼树，宛如绿色的一条条血管和一个个赘疣。这座神话般美丽的古城，仿佛亲自前来迎接火车似的。

当火车停下来时，戈里宗特吩咐几个搬运工把东西送到头等旅馆，并让妻子跟在他们后面。他本人则守在出口处，以便让自己的两帮人马先走过去。路上，他对照看十二位女子的那个老妇简短地说了一句：

"那您记住啦，贝尔曼太太！'美洲'旅馆，伊万纽科夫斯卡亚大街，二十二号！"

而对黑胡子男人，他说道：

"您别忘了，拉泽尔，让姑娘们好好吃一顿午饭，再带她们去看场电影。晚上十一点钟左右等着我。那

时我来谈一谈。如果有谁急着找我，那您是知道我的
地址的：'爱尔米达日'，打电话给我。如果我临时有
事不在那里，那您就到雷曼咖啡店或者它对面的犹太
食堂跑一趟。我会在那里吃梭鱼呢。喏，祝您一路
顺风！"

3

戈里宗特讲的关于推销商品的所有故事，纯粹
是他编造的厚颜无耻和耸人听闻的谎话。所有这些衣
料货样，"格卢阿尔"的吊袜带和"格利奥斯"的纽
扣，假眼和义齿，只不过是一种招牌，以掩饰他的
真正行业，即贩卖女子的活动罢了。不错，大约十年
前他曾经代表一家不知名的商行推销质量可疑的葡
萄酒而跑遍了俄国，这一行业养成了他信口开河的
习惯，一般来说，商品推销员都有这一特点。正是这
过去的行业促成了他现在的职业。有一回，在去顿河
流域的罗斯托夫城的路上，他竟使一个年轻的女裁缝

爱上了自己。这个姑娘还没在警察局的正式名单里挂上号，但她对爱情和对自己的肉体却抱着轻狂和无所谓的态度。戈里宗特当时是个稚嫩的青年，多情而又轻浮。他带着她，让她跟自己一起去过那种充满了冒险和奇遇的漂泊生活。半年以后，他对她感到十分厌倦。她像一个沉重的包袱，像一个磨盘，吊在这个精力充沛、勇往直前的人的脖子上。况且还加上没完没了的嫉妒啦，不信任啦，经常性的监视和眼泪啊……长期同居不可避免的后果……这样一来，他也就渐渐动手打自己的伴侣。第一次挨打的时候，她感到十分惊讶，而从第二次开始，她也就默不作声，变得十分温顺了。人所共知，在爱情方面，"钟情的女人"任何时候都不会懂得什么叫作中庸之道。她们要么是歇斯底里的说谎者、欺骗者、伪君子，有着堕落、冷酷的头脑和诡计多端的黑暗心灵，要么是无限屈从的、盲目信赖的、愚蠢而幼稚的动物，在让步和有失个人尊严方面不知道分寸。这女裁缝属于第二类。戈里宗特没有费多大力气就顺利地说服了她到大街上去揽卖身的生意。从他情妇屈从他的旨意，第一次把赚得的五卢布带回家来的那天晚上起，戈里宗特便对她感到无限厌恶。引人注意的是，戈里宗特此后不管遇到多少女人——经过他手的就有好几百——这种厌恶和男性对她们的鄙视感情从来也没有离开过他。他千方百计地嘲弄这可怜的女人，精神上残酷折磨她，刺激她最伤心的痛处。她只是沉默、叹气、哭泣，跪在他的面前，吻他的双手。这种毫无怨言的屈从使戈里宗特更为气恼。他赶她走，可她不肯离开。他把她推出门外，可过了一两个小时她又回来，冻得浑身发抖，帽子湿淋淋的，雨水在翘起的帽檐上流淌，宛如在斜槽里那样。临了，一个居心叵测的朋友给谢苗·雅科夫列维奇出了个阴险毒辣的主意——把情妇卖到妓院里去。这个主意对他此后的整个生涯产生了重大影响。

说真的，开始干这一行当的时候，戈里宗特心里几乎还不相信自己能够成功。但是，出乎意料，事情办得可谓天衣无缝。妓院的老板娘（那是在哈尔科夫）心甘情愿地接受他的提议。她早就熟悉谢苗·雅科夫列维奇，他钢琴弹得很有趣，舞跳得很好，还会以自己的乖常举动逗得满堂的人哄笑，而主要的是，他能够以非常恬不知耻的狡猾手段使任何的结伙寻欢作乐的客人们"出大钱"。余下的只是对他的生活伴侣做说服工作了，而这却是最困难的事情。她无论如何也不肯跟自己心爱的人分开，她以自杀来威胁，赌咒要用硫酸烧瞎他的眼睛，声称要告到警察局局长那里——她的确了解谢苗·雅科夫列维奇一些与刑事案件有牵连的罪恶勾当。于是戈里宗特改变了策略。他忽然摇身一变，成了一个温柔体贴的朋友，永不厌倦的情夫。然后他又突然变得郁郁寡欢。对这个女人忐忑不安的盘问，他只是沉默不语，起初仿佛是无意中说漏了嘴似的，暗示他生活中出了问题，然后他就开始极尽所能、绘声绘色地说起谎来。他说警察局正在监视他，说他免不了要去坐牢，也或许要去服苦役和上绞架，说他必须到国外去躲几个月。而主要的是，他特别强调指出，有一笔巨大的离奇的生意要做，几十万卢布等着他去赚。女裁缝信以为真，并带着无私的、女性的、近乎神圣的不安心情为他担心着，每个女人在这种不安中都有许多母性的东西。现在要说服她便不很困难了，就说她跟戈里宗特一起走会给他带来很大风险，说她在她情人的事情尚未化险为夷之前，最好还是留下来，等一段时间。在这之后，再劝她躲进最可靠的地方，躲进她可以摆脱警察和侦探而十分安全地生活的妓院，便是轻而易举的事情了。一天早晨，戈里宗特吩咐她穿得漂亮些，做做发鬈，脸上擦点粉，面颊上稍涂点胭脂，便把她领到窑子里，去见自己的那位熟人。姑娘给那里留下了很好的印象，当天她的身份证便在警察局里被换成了所谓的黄票。久久地拥抱和泪水涟涟地分别之后，戈里宗特便走进老板娘的房间，收到她付给的五十卢布（尽管他要价二百）。但他并没因为价钱低而特别懊丧，重要的是，他终于使自己找到了自己的志向，并且为自己的美好未来奠定了基石。

不消说，被他卖掉的这个女人从此也就永远落入妓院的魔爪。戈里宗特将她忘得干干净净，以至一年之后连她的容貌也回忆不起来了。然而，谁能知道呢……也许他是佯装？

如今，在俄国的整个南方，他是贩卖女人的最主要的投机商之一。他同君士坦丁堡和阿根廷都有生意往来，他把敖德萨的妓女成批地转运到基辅，把基辅的转运到哈尔科夫，而哈尔科夫的则转运到敖德萨。他还把大城市里的那些被剔除的或者实在看腻的"商品"塞到各个二流的省城和比较富裕的县城里去。他的周围形成了一个极其庞大的顾客群，在自己的主顾之中，戈里宗特是能够列举不少社会地位很高的人物的：副省长，宪兵上校，杰出的律师，有名的医生，万贯家产的地主，饮酒作乐的商人。整个那黑暗的世界——妓院老板娘，私娼，拉皮条的人，窑子里的老鸨，靠妓女为生的人，卖艺的女伶和歌女——他统统熟悉，就像天文学家熟悉繁星密布的天空那样。他惊人的记忆力使他得以明智地避免利用记事本，头脑里牢记着几千人的姓名、绰号、地址和性格特征。他对自己所有身居高位的顾主的嗜好了解得一清二楚：有些人喜欢奇特的、别出心裁的淫荡行为，有的人愿出大钱玩处女，还有一些人非要年幼的少女不可。他得满足自己顾主们施虐淫狂和受虐淫狂的癖好，有时还得满足那些完全属于反自然的倒错的性欲，尽管，须要说明的是，最后一种事情他只是难得干一回，那无疑会得到一大笔好处。他曾蹲过两三次监狱，但这几次坐牢对他反而有利：他不仅没有丧失事业上的凶猛狂妄和旺盛精力，而且逐年变得更大胆、更机巧和更精明。随着年岁的增长，他那无耻的奋斗精神又增添了大量处世秘诀。

在这一期间，他大约结过十五次婚，每一次他都巧妙地得到相当可观的一份嫁妆。把妻子的钱拿到手以后，他就在一个美好的日子里突然销声匿迹，而如果有机会的话，他还有利可图，把妻子卖到暗地开设的窑子或者富丽堂皇的妓院里去。常有这种情况：受骗者的父母通过警察局搜捕他。然而，当到处在查询这个施皮尔林格时，他已改用罗森布吕姆这一姓从这城迁到那城去了。在从事自己的活动期间，尽管他有令人赞羡的好记性，但由于如此频繁地换姓，他不仅记不清哪一年他是纳塔纳艾里索恩，哪一年是巴卡里亚尔，就连他本来的姓，他也开始觉得是假的了。

奇怪的是，他在自己的职业里从未发现有犯罪或者不道德的地方。他对待这种职业就跟对待贩卖小鲱鱼、石灰浆、面粉、牛肉或者林木一样。在他自己看来，他是信奉上帝的。如果时间允许的话，逢星期五他总是热心地去犹太教教堂祈祷。不论命运把他抛到哪里，他总是按规矩虔敬地过赎罪节、逾越节、结茅节。他的老母和驼背的妹妹留在敖德萨，他总是不断给她们寄钱，有时数目很大，有时很小，虽然不是定期寄，但却寄得很勤，几乎从所有的城市寄：从库尔斯克到敖德萨，从华沙到萨马拉。他在里昂银行里已经积累了数目可观的一笔存款，而且还在逐渐扩大它们，从未取过利息。但他可以说完全不是一个贪婪或者悭吝的人。他更爱好的是事业上的灵敏、冒险和职业上的自重。对于女人，他十分冷漠，尽管他了解她们，也善于器重她们，在这一方面他就像一个好的厨师，随着业务的精通，食欲却渐渐减退。要说服、勾引女人，迫使她按他的旨意行事，在他，是不需要花费任何力气的：她们会主动响应他的召唤，在他手中变得服服帖帖，百依百顺。他对她们采取了一种坚定的、毫不动摇的、过于自信的态度，对此她们也同样顺从，就像一匹执拗的烈马本能地依从有经验的骑手的声音、眼神和抚摩似的。

他喝酒很有节制，没有伙伴他滴酒不沾。对于吃食，他是完全无所谓的。不过，他跟所有的人一样，自然也有他自己小小的弱点：他特别讲究穿戴，并为自己的装饰花了不少的钱。各种时兴样式的衣领、领带、钻石袖扣、表坠、漂亮的内衣、阔气的皮鞋——这些成为他最喜爱的东西。

从火车站他直接驶往"爱尔米达日"旅馆。身穿蓝色短衫、头戴制帽的旅馆搬运工人，把他的东西搬到了前厅里。他挽着自己妻子的胳膊跟在他们后面走了进来，两人都打扮得很漂亮，仪表堂堂，而他简直可以说是风度翩翩：身穿一件钟形的宽大的英国大衣，头戴一顶新的巴拿马宽檐草帽，手中落落大方地拿着一根带有裸体女人模样的银镶头的手杖。

"未经地方当局许可，您住这里是不可以的。"一个高大粗壮的守门人将他从上到下打量了一番说道，他的脸上保留着没有睡醒的和无动于衷的冷漠表情。

"啊哈，扎哈尔！又是'不可以'！"戈里宗特快活地大声说道，并且拍了拍那巨人的肩膀，"什么叫作'不可以'？您每回都是用这'不可以'的话来跟我纠缠。我总共只待两天。只要跟伊帕季耶夫伯爵签订好租赁契约，我马上就走。上帝保佑您！您就一个人去住所有的房间吧。只是您瞧，扎哈尔，我从敖德萨给您带了一个多好的玩具！您一定会满意！"

他以一个小心翼翼的灵活的习惯动作，把一枚金币塞到守门人手里，对方早就把弯成小舟似的手放在背后等着了。

他们在一间带壁龛的宽敞房间里安置好了以后，戈里宗特所做的第一件事情，就是把六双非常漂亮的皮鞋放在房间门口的走廊上，对听见铃声跑来的服务员说道：

"马上把这些鞋擦干净！让它们像镜子那样亮！你好像叫季莫费吧？那么，你该了解我：为我做事，从来不会白做。要擦得像镜子那样亮。"

4

戈里宗特住在"爱尔米达日"旅馆没有超过三昼夜，在这一段时间里，他竟来得及会见了三百人。他的到来仿佛使这个喜气洋洋的大港埠更有了生气。前来同他见面的，有荐头店的老板，有小妓馆的老板娘，也有在贩卖女人方面老资格的富有经验的拉皮条的老妇人。戈里宗特在卖出女人时，千方百计多提成，在买进女人时，则尽量压低价钱，这与其说是他贪财，毋宁说是出于职业上的骄傲。当然，他倒并不是想多赚十至十五卢布，可是一想到竞争对手扬波利斯基出售时会赚得比他多，他就气得发疯。

抵达本城的第二天，他就带上贝拉这个商品女郎去摄影师梅泽尔那里，同她拍了种种姿势的照片，每张底片他能得三个卢布，可他只付给那女子一个卢布。总共拍了二十张。在这之后，他便乘车去见巴尔苏科娃了。

这个女人，说得确切些，是一个退职的妓女。这样的人只在俄罗斯南方才有。不知她是波兰人，还是小俄罗斯人，已经有了相当年纪，很富裕，足以豁出钱去养活一个丈夫（同他一起还有一个夜酒店），那丈夫是个英俊和善的波兰人。戈里宗特与巴尔苏科娃相见像老相识一样。看来，在相互交谈的时候，他们既没有感到畏惧，又没有感到羞耻，也没有感到良心上的谴责。

"巴尔苏科娃太太！我可以向您提供一种特殊的货色！三个女子：一个是高个子黑发姑娘，非常文静；另一个是娇小的金发女郎，您知道，这样的女子干什么都情愿；第三个是一位神秘的女人，只是向你微笑，什么话也不说,可她很有希望,是个美人儿!"

巴尔苏科娃太太望着他,狐疑地摇了摇头。

"戈里宗特先生!您干吗拿我开心?您还想跟上回一样愚弄我吗?"

"上帝保佑我这样活着,我怎么会欺骗您呢!不过,主要的不在这里。我还要给您提供一个地地道道的有知识的女人。您拿她怎么办都行。大概您那里会有主顾的。"

巴尔苏科娃含蓄地笑笑,问道:

"又是您的太太?"

"不,是个贵族小姐。"

"这就是说,又要跟警察局闹得不愉快?"

"哎呀!我的天哪!我不会跟您要大钱的,这四个人您总共给一千可恶的卢布好了。"

"喏,让我们开诚布公地说吧:五百。我不想买装在布袋里的猫。"

"巴尔苏科娃太太,我同您似乎不是头一次打交道。我不会骗您,我马上把她带到这里来。只是请您不要忘记,您是我的姑妈,在这一方面还请您照应。我待在这个城市里不会超过三天。"

巴尔苏科娃太太笑得整个胸部、肚子和下巴都抖了起来。

"我们别为这点小事斤斤计较啦。何况您我谁也不会欺骗谁。如今对女人的需求量很大。我想请您喝点葡萄酒,戈里宗特先生,您愿意吗?"

"谢谢您,巴尔苏科娃太太,我很高兴。"

"让我们像老朋友那样聊聊,请问您一年能挣多少钱?"

"哎呀,太太,这叫我怎么说呢?大约一万二到两万。不过,您想想,经常在外奔波开销有多大哟。"

"您存了不少钱吧?"

"哦,只是一点点:一年有那么两三千。"

"我以为有一两万……"

戈里宗特警惕了起来。他感到她在摸他的底,于是就奉承地问道:

"您为什么对这事感兴趣呢?"

安娜·米哈依洛夫娜按了一下电铃,吩咐衣着入时的女仆送牛奶咖啡和一瓶"沙姆别尔泰"[1]来。她

---

[1]　一种葡萄酒。

了解戈里宗特的口味。随后她问道：

"您知道舍普舍罗维奇先生吗？"

戈里宗特使劲叫了起来：

"天哪！谁还不知道舍普舍罗维奇啊！这人是神，是天才！"

他活跃了起来，忘记别人在引他上圈套，于是就兴致勃勃地说了起来：

"您想想，去年舍普舍罗维奇做了什么买卖啊！他把三十个女人从科夫诺①、纽尔诺②和日托米尔③运到阿根廷。每一个卖一千卢布，总共，您算算，太太，得了三万！您以为舍普舍罗维奇到此就为止了吗？为了支付轮船上的开销，他拿这笔钱买了几个黑人姑娘分别塞到莫斯科、彼得堡、基辅、敖德萨和哈尔科夫去。但是您知道，太太，这不是个人，而是一头鹰。瞧，谁会做买卖！"

巴尔苏科娃亲热地把手放在他膝盖上。她等的就是这种时刻，于是就和颜悦色地说：

"所以我要向您提议，先生……不过，现在我不

———————

①②③ 俄国城市名。

知道该怎么称呼您……"

"就叫戈里宗特吧……"

"所以我向您提议，戈里宗特先生，您那里能不能找到些处女？现在这可是紧俏货。我跟您玩明的。先不谈钱。如今玩处女已成为一种时髦了。请注意，戈里宗特，您提供的处女，日后还会原人原样奉还给您。您明白，这是一种小小的淫风，我不懂这是怎么兴起来的……"

戈里宗特垂下了眼睛，揉揉脑袋，说道：

"您知道，我有一个妻子……方才您险些儿猜出来了。"

"是这样。可为什么是险些儿呢？"

"说出来我真难为情，她，怎么说好呢……她还是我的新娘……"

巴尔苏科娃高兴地咯咯大笑了起来。

"您知道，戈里宗特，我真没有料到您是如此之坏！那就把您的妻子带来吧，反正一样。不过，难道您真的没有破她的身吗？"

"一千卢布吗？"戈里宗特郑重地问。

"啊呀！这算得了什么：一千就一千吧。不过，您说说，我能对付得了她吗？"

"不费吹灰之力！"戈里宗特自信地说道，"我们讲好，您还是当我的姑妈，我是把妻子留在您这里。您要知道，巴尔苏科娃太太，这个女人像猫一样迷恋我。要是您对她说，为了我平安无事，她应该这样做那样做，那她就必然会照办！"

看来，他们再没有什么事情要谈了。巴尔苏科娃太太拿出一张期票来，吃力地写上了自己的名字、父名和姓。当然，那期票是十分玄妙的，但却成为一种联系，一种结合，一种像苦役犯人之间的信用。在这种事情上人们是不会欺骗的，否则就有死亡的威胁。不论在哪里，在监狱里，在大街上或者在妓院里，统统如此。

之后，仿佛从地洞里钻出一个幽灵似的，突然出现了她知心的朋友，一个小胡子翘得高高的年轻的波兰人，夜酒店的主人。他们一起喝酒，谈起集市、展览会，多少也抱怨了一阵生意的不景气。后来，戈里宗特给自己旅馆里打了个电话，把他妻子叫来了。他给她引见他的姑妈和姑妈的表弟，并且说由于有一些秘密的政治上的事情，他得离开这座城市。他温存地拥抱了一下萨拉，落了几滴眼泪也就走了。

5

随着戈里宗特（不过，天晓得他叫什么：戈戈列维奇、吉达列维奇、奥库涅夫、罗兹米塔尔斯基）的到来，一句话：随着这个人的到来，亚玛大街的一切都变了样子。开始了人员大调换。特列佩利亚妓院的姑娘转到安娜·马尔科夫娜妓院，安娜·马尔科夫娜妓院的姑娘转到一卢布的妓院，一卢布妓院的姑娘转到半卢布的妓院。没有升，只有降。每调换一次，戈里宗特就赚五到一百卢布。真的，他那充沛的精力几乎跟伊玛特拉大瀑布一样！有一天，他在安娜·马尔科夫娜那里闲坐着抽烟，香烟冒出的烟使他眯起了眼睛，他抖动着二郎腿说道：

"请问……您留着这么个松卡干吗？她已不便待在上等妓院里了。要是我们把她脱手，那您可赚一百卢布，我自己赚二十五。请您坦率地告诉我，她是不是没什么主顾？"

"哎呀，沙茨基先生！您总是善于说服人！可您要知道，我可怜她。多么温顺的姑娘……"

戈里宗特沉思了一会儿。他在寻找恰当的引文，忽然迸出一句话来：

"'对堕落者，要猛力一推！'我相信，沙伊别斯太太，这里没有客人要她了。"

伊赛·萨维奇，一个病病歪歪的多疑的小老头子，可是在必要的时刻又很果断，他支持戈里宗特：

"这很简单。的确没有任何客人要她了。你想一想吧，安涅奇卡①，给她这废物五十卢布，沙茨基先生得二十五卢布，你我能剩五十卢布。感谢上帝，我们摆脱了她！至少她不会再使我们妓院的名誉受到影响。"

就这样，"方向盘"松卡被越过一卢布的妓院，转到半卢布的妓院，在那里，任何恶棍都可随心所欲，通宵地拿姑娘们开心。那里的姑娘必须有强壮的身体和坚韧的神经。有一天夜里，松卡吓得浑身发抖，她看见菲奥克拉，一个将近六普特重的女人跑到

----

① 昵称，即安娜。

院子里去解手，对走过她身旁的小管家大声说道：

"小管家！您听我说：这是第三十六个客人了！……别忘了。"

幸运的是，折腾松卡的人并不多：即使在这个妓院里，她也属于相当丑的。谁也没有去注意她那美丽的眼睛，只是在手头没有别的姑娘时，嫖客才肯要她。那个药房小伙计找到了她，每天晚上都去见她。然而，不知是胆怯，还是犹太人的那种独特的安分守己，或者，也许就是对性关系的厌恶，妨碍他把这个姑娘接出妓院。他常常整夜整夜地坐在她身旁，一如既往地耐心等着她从嫖客那里返回。当她返回时，他又吃醋，不过他还是爱她，白天他待在自己药房的柜台里面，卷包一些散发着臭味的药丸子，心里时时思念着她，愁绪满怀。

6

城郊一家夜酒店的门口，一个由电灯泡代替花朵的假造的花坛，放射出五颜六色的光芒，从这儿开始，一条带有由宽阔渐次缩小的半圆形拱顶，同样是灯火辉煌的林荫道，通到花园的深处。再往前便是一个铺着黄沙的小广场：左面是一个露天舞台、一个剧场和一个小靶场，正面是贝壳状的军乐台和卖鲜花、啤酒的临时售货棚，右面是饭店的长长的凉台。那高高电杆上的电灯射出明亮、惨白的光照耀着小广场。成群的夜蛾碰撞着用铁丝网罩起来的灯泡的毛玻璃，它们又黑又大的影子，在底下的地面上飞翔。饥肠辘辘的女人三三两两拖着疲惫不堪的沉重步伐走来走去，她们穿得很单薄，但奇巧怪异，花枝招展，脸上保持着无忧无虑的快活表情，或是一种抱怨的不可接近的傲慢神态。

餐厅里座无虚席，刀叉杯盘碰撞的叮当声和一阵阵嘈杂的说话声在饭桌上空回荡。厨房里散发出浓重、刺鼻的油烟味儿。餐厅中间的舞台上，身穿红色燕尾服的罗马尼亚人在演奏，他们一个个都皮肤黝黑、牙齿洁白，面孔像那种把自己又密又长的小胡子舔得光光的猴子一样。乐队指挥向前弯着腰，矫揉造作地摇来晃去，拉着小提琴，时不时向听众下流地抛媚眼——男妓的媚眼。所有这一切——这令人厌烦的无以数计的电灯光、太太小姐们的浓妆艳抹、时髦辛香的香水气息，这响声大作的音乐，它随意放慢速度，在转折的地方淫荡地静下来，在狂放的地方又猛然激昂起来——这一切统统汇集一起，组成一幅疯狂和愚蠢的奢华的大图画，形成一个淫秽的狂饮作乐的仿造场面。

上面，整个大厅的四周，是一圈敞廊，一间间包厢的门朝着敞廊，像朝向阳台似的。其中的一间包厢里坐着四个人，两男两女：全俄罗斯闻名的女演员——女歌手罗温斯卡娅，一个高大漂亮的女人，长着碧绿的埃及式的大眼睛和红红的性感的大嘴，两个嘴角凶恶地耷拉下来；男爵夫人捷夫廷格，一个娇小玲珑、脸色苍白的女人，人们到处都能见到她跟这个女演员在一起；大名鼎鼎的律师梁赞诺夫，以及沃洛佳·恰普林斯基，一个富有的上流社会的年轻人，略识门径的作曲家，几支小曲和许多轰动一时、流传全城的俏皮话的作者。

室内的墙壁是红色的，带金色的花纹。桌子上，点着蜡烛的两只大烛台中间放着一个白铜的托盘，由于寒冷上面蒙上了水汽，从托盘里露出两个白色漆封的瓶颈，液体般颤动的金光在盛葡萄酒的浅高脚杯里闪耀。门外，仆人贴墙站着等候差遣，而那肥胖、高大、严肃的侍者头目，时不时停在这些房间的门旁，侧耳倾听室内的动静，此人右手老是翘着的小指上闪烁着一颗大宝石。

脸色苍白、显得忧烦的男爵夫人，透过长柄眼镜无精打采地朝下观望那闹哄哄的、大吃大嚼的、蠕动不停的人群。混在红的、白的、蓝的和淡黄的女人衣服中间的那些清一色的男人身影，酷似巨大而壮实的黑甲虫。罗温斯卡娅心不在焉，但同时又目光专注地向下凝视着舞台和观众，她的脸浮现出倦怠和寂寥，也许还浮现出对所有这些场面的厌腻，对名流来说，那是很自然的。她左手那纤美的手指，放在深红色的天鹅绒座椅上。几颗美得出奇的绿宝石是那么随便地搁在手指上，仿佛马上就会滚落下来似的。她突然失声笑了起来。

"你们看，"她说，"多么可笑的姿势，或者说得确切些，多么可笑的职业。瞧，就是那个吹'七筒芦笛'的人。"

所有的人都朝她指的方向望去。那情景着实是很好笑的。罗马尼亚乐队的后面，坐着一个留着上髭的大胖子，他大概是个人口众多的家庭的父亲，甚至祖父。他正在全力以赴地吹奏那粘在一起的木制七簧管。看来，在两唇中间移动这一乐器对他来说很困难，所以他才那么迅速地将脑袋左右转动。

"这真是一种惊人的职业，"罗温斯卡娅说道，"那么，恰普林斯基，您来试试这么晃动脑袋吧。"

偷偷地但却无望地爱上了女演员的沃洛佳·恰普林斯基，立刻顺从而认真地照办，但过了半分钟也就停了。

"这简直不行，"他说，"这需要长期的训练，不然，就可能要有遗传的才能。头真晕哟。"

男爵夫人此时在扯自己玫瑰花的花瓣，把它们扔进酒杯里，后来，她好不容易抑制住呵欠，微微皱了皱眉说道：

"天哪，在你们 K 城，人们的消遣是多么乏味啊！瞧瞧：没有笑声，没有歌唱，没有跳舞。就像一群乌合之众特意被赶到这里来开心似的！"

梁赞诺夫懒洋洋地拿起酒杯，抿了一口，用他那动人的嗓音冷淡地答道：

"哦，难道说在你们那里，在巴黎或者在尼斯①会更愉快吗？岂不应当意识到：欢乐、青春和笑声，已经从人类生活中永远消逝了，而且未必还能返回人间。我觉得，对待人们应当耐心一点。怎能知道呢，也许，对坐在下面的这些人来说，今天晚上是休息，是节日？"

"多好的辩词。"恰普林斯基带着自己那泰然的姿态插了一句。

然而罗温斯卡娅迅速转向了男人们，她那绿宝石般的长眼睛眯缝了起来。而这就是她愤怒的一种征兆。在这种情况下，就连皇上一类人物也往往会做出蠢事来。不过，她马上控制住了自己，颓丧地继续说道：

"我不明白您说什么。我甚至不知道我们干吗要到这儿来。要知道，如今值得一看的美景，世上一点也没有。比方说，我就曾经在塞维利亚②、马德里③

① 法国东南部一省中心。
② 西班牙一省中心。
③ 西班牙首都。

和马赛^①看过斗牛，那种表演，除了引起厌恶，没有别的。我也看过拳击和摔跤——粗野，惹人讨厌。我还有机会参加过猎虎，而且我是坐在一头聪明的大白象的背上，头顶上有华丽的篷盖……一句话，这你们都很熟悉。正由于我这整个五光十色、热闹非凡的生活，我才变老了……"

"噢，您说什么呀，叶莲娜·维克托罗夫娜！"恰普林斯基温情脉脉地嗔怪道。

"算了吧，沃洛佳，别说恭维话啦！我自己知道，躯体还年轻，还美丽，不过，真的，我有时觉得自己已经九十岁了。心灵完全衰老了。我接着说吧。我常讲，在我整个一生中，只有三件事深深印在我的心里。第一次——在我还是个小姑娘的时候，我看到过猫怎样偷偷地捕捉麻雀，当时我惊恐而又好奇地注视着猫的每一个动作和麻雀那机警的目光。至今我也弄不明白，我更同情什么：是同情猫的机敏，还是麻雀的躲闪？结果表明，麻雀更敏捷。它刹那间飞到了树上，从那里用麻雀的语言对猫大骂起来，要是我能懂

——————————

① 法国一大城市。

得它骂的哪怕一句话，我定会羞得脸红的。可是猫呢，它没趣地翘起了尾巴，像烟囱一样，竭力装得若无其事，仿佛什么事情也没有发生似的。第二次是我同一位大演员在一个歌剧中唱二部合唱的时候……"

"同谁？"男爵夫人马上问道。

"同谁反正还不是一样？何必说出名字呢？好啦，当我同他一起唱的时候，我整个身心感到自己处在一位天才的控制之中。我们的声音是多么妙不可言，多么和谐地融汇在一起！啊！这种感受是无法转述的。大概一生中只会有这么一次。按角色的要求我应当哭，我真的哭了，由衷地流出了真挚的眼泪。幕落之后，他走到我跟前，并用自己那很热的大手抚摩我的头发，带着明朗、迷人的笑容说：'太好了！我这样唱还是平生第一次。'……可我呢——我本是非常高傲的——我吻了一下他的手，眼睛里还饱含着泪水……"

"而第三次呢？"男爵夫人问道，她的眼睛燃烧着妒火。

"唉，第三次，"女演员阴郁地说，"第三次再简单不过了。去年有个季节我住在尼斯，在弗雷茹斯露天剧场看了谢西里·凯蒂①演出的《卡门》，如今，"女演员虔诚地在胸前画十字，"她已经去世了……我真的不知道，这在她是幸运还是不幸？"

瞬间，她那漂亮的眼睛忽然噙满了泪水，闪烁着如此奇异的绿光，宛如温馨的夏日黄昏天空熠熠闪耀的星光。她的脸转向了舞台，一段时间里她那纤长的痉挛的手指，不安地攥住厢座栏杆的布套。然而，当她再次把脸转向自己的朋友们时，泪水已消失不见了，那迷蛊的、肉感的和威严的嘴唇上浮现出自然的微笑。

这时，梁赞诺夫用温柔的但却是故作镇静的语气彬彬有礼地问道：

"不过，叶莲娜·维克托罗夫娜，您的盛名，您的崇拜者，观众的喝彩，鲜花，荣华富贵……乃至您给自己观众带来的那种狂喜呢？莫非连这也无法使您的神经兴奋吗？"

"不，梁赞诺夫，"她回答说，声音显得很疲惫，"这有什么价值，您自己了解得并不比我差。厚颜无

---

① 谢西里·凯蒂（死于 1912 年），法国女歌剧演员。

耻的访问记者，为他的熟人来要免费入场证，顺便说说，还得在信封里装二十五卢布给他。男女中学生，高等学校的男女学生，来要带签名的照片。某个将军头衔的老糊涂虫在我唱咏叹调时大声为我伴唱。不论走到哪里，背后总有悄声耳语：'瞧她，就是那个大名鼎鼎的女人！'一封封的匿名信，后台常客的厚颜无耻……这一切是说也说不尽的！大概您也是常常被法庭上的那些心理变态的女疯子包围吧？"

"不错。"梁赞诺夫果断地说。

"这就没有可说的了。可是除此之外，最可怕的事情是，每逢自己感到富有灵感的时候，我立即痛苦地意识到，自己是在观众面前装假和做作……而害怕竞争对手取得成功呢？而无止境地担心损害和失去嗓音，或者担心感冒呢？围绕着声带的那种折磨人的忙碌呢？真的，别提了，肩负盛名是很累人的。"

"可是演员的荣耀呢？"律师反驳道，"天才的权威！这才是真正的精神权威，它高于世上任何帝王的权威！"

"是的，是的，您说的当然很对，我亲爱的。可是荣耀啊，名气啊，只有在远处，当你梦寐以求的时候，它们才是甜蜜的。而一旦你得到了它们，那你只会感到它们都是有刺的东西。因而你会多么痛苦地感觉到它们在怎样渐渐地下落。还有一点我忘记说了。要知道，我们演员们所承受的是苦役般的劳动。早晨要练功，白天要排演，刚刚吃罢晚饭，马上就到上场的时候了。只有靠奇迹才能抽出个把小时看点书或者像你我现在这样消遣消遣。再说……这种消遣完全是平凡无奇的……"

她不在意地和疲惫地将放在厢座栏杆上的手指挥动了一下。

这场谈话使沃洛佳·恰普林斯基十分激动，他突然问道：

"喏，请您告诉我，叶莲娜·维克托罗夫娜，您的愿望是什么，怎样才能使您散心和排遣愁怀？"

她那神秘的眼睛望了望他，甚至有点羞怯似的悄声答道：

"过去，人们过得比较愉快，也不知道什么是偏见。我觉得我要是活在那个时候，我一定会找到自己应有的位子，并且会生活得很有意义。啊，古罗马！"

除了梁赞诺夫，谁也不明白她说的话。梁赞诺夫没有看她，他用自己那圆润的、演员般的嗓音慢吞吞地朗诵了一句众所周知的古典的拉丁话：

"恺撒万岁，迎着死亡走去的人们向您致敬！"①

"正是这样！我很喜欢您，梁赞诺夫，因为您很聪明。您善于捕捉一闪即逝的思想，尽管应当说，这并非一种素质很高的智慧。事实的确如此，聚在一起的两个人昨天还是朋友，在一起谈心，一起进餐，而今天他们之中的一个应当死去。您知道，这里指的是永远从生活中消失。不过他们既没有怨恨，也没有恐惧。这就是我所能够想象出来的真正美好的场景！"

"你有多么残酷啊。"男爵夫人犹豫地说道。

"是啊，有什么办法呢！我的祖先是骑士和强盗。不过，先生们，我们是不是该动身了？"

他们全都走出了花园。沃洛佳·恰普林斯基吩咐他人把自己的汽车开过来。叶莲娜·维克托罗夫娜倚在他臂上。她忽然问道：

"请告诉我，沃洛佳，通常您跟所谓上流社会的

----

① 原文为拉丁语。

女人分手之后，都上哪儿去？"

沃洛佳不知所措了。但他明确知道，要对罗温斯卡娅撒谎是不可能的。

"嗯，嗯……我担心您很不愿意听。嗯，嗯……到茨冈人那里去，比如说……到夜酒店去……"

"还到哪儿去？去更坏的地方吗？"

"说真的，您使我很尴尬。自从我疯狂地爱上了您以来……"

"别来浪漫主义的那一套啦！"

"那好吧，怎么说呢……"沃洛佳低声说道，他感觉到自己不仅仅是脸红，连身体和脊背都红了，"喏，自然是到女人那里去。如今，不用说，我不会有这种事了……"

罗温斯卡娅恶狠狠地将恰普林斯基的臂肘贴向自己。

"是到妓院去吧？"

沃洛佳没有作答。于是她说道：

"那好吧，现在您用汽车把我们送到那里，让我们领略一下这种对我来说是完全陌生的生活。但您要记住，我指望您的庇护。"

其他两人大概是勉强同意了，要想反对叶莲娜·维克托罗夫娜的意见是没有任何余地的。她永远是想做什么就做什么。此外，他们都听说过也都知道，在彼得堡，上流社会的那些寻欢作乐的太太甚至小姐，会放任自己做出比罗温斯卡娅的建议还坏的那种时兴的势利的乖常行为。

7

在去亚玛大街的途中，罗温斯卡娅对沃洛佳说：

"您先把我带到最奢华的妓院，然后带到中等的，最后带到最肮脏的地方。"

"亲爱的叶莲娜·维克托罗夫娜，"恰普林斯基激烈反对，"我准备随时为您效劳。我不是空夸海口，只要是您的命令，我甘愿献出生命，只要是您的一个暗示，我甘愿毁掉自己的事业和地位……可是我却不敢把您带到这些地方去。俄罗斯人的习惯是很粗鲁的，有时简直是没有人性的。我担心您会受到激烈的淫秽脏话的侮辱，或者某个嫖客会当着您的面做出某种荒唐的事情……"

"啊，我的天哪，"罗温斯卡娅不耐烦地打断了他的话，"我在伦敦演唱的时候，总是有许多人向我献殷勤，我挑选了一些伙伴一起去参观'白教堂'①那最肮脏的巢穴时，并没有感到难为情。可以告诉您，那里对我非常客气，很关心。还可以告诉您，当时跟我在一起的有两个英国贵族勋爵，两人都是运动员，都身强力壮，不消说，他们从来也没有让一个女人受到侮辱。不过，也许您，沃洛佳，属于懦夫之类吧？……"

恰普林斯基顿时面红耳赤：

"噢，不，不，叶莲娜·维克托罗夫娜，我只是出于对您的爱才提醒您。不过要是您下命令，那我愿意陪您去任何地方。不仅是去这可疑的地方，就是去死也在所不惜。"

这时，他们的车已经到了亚玛最奢华的特列佩利亚妓院门前。律师梁赞诺夫，面带通常的那种嘲讽的

---

① "白教堂"：伦敦的一条街，妓女聚居之地。

笑容说道：

"就是说，对动物园的视察现在开始啦。"

他们被领进一间糊着深红色墙纸的客房，墙纸上按"帝国"风格重复着一个个小小桂冠式的金色图案。罗温斯卡娅凭借自己那演员的敏锐记忆力立刻认出，这样的壁纸与他们四人适才待过的那个房间的壁纸全然相同。

四个来自波罗的海东部沿海地区的日耳曼女子走了出来。全都是腰身粗壮、乳房丰满的金发女郎，她们满脸脂粉，自命不凡而又毕恭毕敬。起初，大家聊不起来。姑娘们坐着不动，宛如石像，她们竭力装出正经女人的样子。梁赞诺夫要来了香槟酒，但连这也未能改变气氛。罗温斯卡娅首先出来帮大家的忙，她跟那个最胖的、像白面包一样的金发日耳曼女郎搭话。她客气地用德语问道：

"请告诉我，您是哪儿人？大概是德国吧？"

"不，夫人①，我是里加人。"

"是什么逼得您到这里来服务？我想不会是由于

_____

① 原文为德语。

贫困吧？"

"当然不是，夫人。可是您知道，我的未婚夫汉斯在一家自助餐厅里当侍役，我们现在要结婚的话，还太穷。我把自己的钱存在银行，他也这样做。等我们积攒起我们所需要的一万卢布，我们就开一家啤酒店，要是上帝保佑，我们就养儿育女。要两个孩子，一男一女。"

"可是您听我说，姑娘①，"罗温斯卡娅吃惊地说，"您年轻漂亮，懂两种语言……"

"懂三种，夫人，"日耳曼女子骄傲地插嘴说，"我还懂爱沙尼亚语。城市小学毕业，还念了三年中学。"

"您看，您看……"罗温斯卡娅激动起来，"受过这样的教育，您满可以找到一个净挣三十卢布的工作岗位。喏，比方说，当个管家、侍女、好商店的高级职员、出纳……要是您的未婚夫……弗利茨……"

"是汉斯，夫人……"

"要是汉斯是个勤恳而又节俭的人，那么三四年

---

① 原文为德语。

后，你们就完全能够立得住脚。您认为是这样吗？"

"哎呀，夫人，您说得还不完全对。您忽略了一点，就是即使我找到了一个最好的差事，而且自己一个钱也不花，那我一个月也积不了十五到二十卢布，可在这里，只要精打细算，我就能省出一百卢布，马上拿到储蓄所去存到存折上。除此之外，您想想看，夫人，给人家当女佣，地位是多么低贱！时时得看主人们的脸色行事，得受他们的支使！而男主人又老是死乞白赖地缠着你。呸！……女主人嘛，吃醋，找碴儿，骂骂咧咧。"

"不……我不懂……"罗温斯卡娅沉思地拖长了声调，她没有看那日耳曼女郎的脸，而是垂下眼睛望着地板。"我听到过很多关于你们这里，这……叫什么来着？……这妓院里的生活。人们似乎说得很可怕。说你们被迫去喜欢令人讨厌透顶的一些又老又丑的男人，说你们遭到最残酷的掠夺和剥削……"

"噢，从来也没有，夫人……我们每个人手里都有自己的一个记账本，上面一清二楚地记着自己的收入和支出。上个月我挣了五百卢布多一点。照例，三分之二给了老板娘，作为伙食费、住宿费、取暖费、电灯费、内衣费……我还能剩下一百五十卢布左右，对不对？做衣服和各种零用我花去五十卢布。把一百卢布存了起来……我问您，夫人，这怎能说是剥削呢？要是哪个男人我一点儿也不喜欢——不错，有的着实丑陋——我永远可以说我身体不适，让某个新来的姑娘替我去……"

"可是，要知道……请原谅，我不知该怎么称呼您……"

"艾尔扎。"

"听说，艾尔扎，对你们很粗暴……有时还打你们……逼你们做你们不愿意和你们厌恶的事情？"

"从来也没有，夫人！"艾尔扎高傲地说，"我们大家在这里就像在自己和睦的家庭里一样。我们都是同乡或亲戚，请上帝保佑，让同姓同宗的许多人都能像我们这里那么相处。不错，亚玛大街上确实经常发生斗殴，闹各种纠纷和误会争执。但这是在那里……在那些……一卢布的妓院里。俄国姑娘爱喝酒，老是有自己的情人。她们丝毫不考虑自己的前途。"

"您很明事理，艾尔扎，"罗温斯卡娅说道，语气很沉痛，"这一切都很好。可是，一旦染上了那种病呢？传染吧？要知道，这可是致命的！可又怎么能料到呢？"

"我还是要说不会，夫人。在我没对男人进行仔细的医学检查之前，我是不许他上我的床的……我至少有百分之七十五的把握。"

"见鬼！"罗温斯卡娅突然激动地喊了起来，而且用拳头敲了一下桌子，"可是，您那阿尔贝特……"

"是汉斯……"日耳曼女郎和婉地纠正说。

"请原谅……大概您那汉斯对于您住在这里和每天对他不忠，不会很高兴吧？"

艾尔扎望了望她，流露出由衷的明显的惊讶。

"不过，夫人……我从来没有对他不忠！那是别的堕落的姑娘，尤其是俄罗斯姑娘，她们有自己的情人，把自己辛苦得来的钱花在他们身上。可是，我会让自己这么去干吗？呸！"

"我不曾想过还有比这更堕落的了！"罗温斯卡娅站起身来，厌恶而大声地说道，"付钱吧，先生们，让我们离开这里再往前走。"

当他们来到街上，沃洛佳挽着她的胳膊，以恳求的声音说道：

"看在上帝的分上，取这一次经验还不够吗？"

"啊，多么鄙俗！多么鄙俗！"

"正因为这样，我才说别去下一个地方啦。"

"不，不管怎样我也要走到底。带我去看简朴些的，中等的妓院。"

沃洛佳·恰普林斯基始终在替叶莲娜·维克托罗夫娜担心，只好建议到只有十步远的最合适的安娜·马尔科夫娜妓院去。

然而，强烈的印象正是在这儿等待着他们。起初，西梅翁不肯放他们进去，只是在梁赞诺夫给了他几个卢布之后，他才软了下来。他们来到一个与特列佩利亚妓院类似的客房，只是比那里稍稍破旧一点，稍稍逊色一些。按照埃玛·爱德华多夫娜的命令，姑娘们一个个被赶了进来。可是这就像把苏打跟酸液掺混起来一样。而主要的错误在于，把叶妮卡这个厉害的、气冲冲的、眼睛里闪着好斗怒火的姑娘放了进来。最后进来的是温雅文静的塔玛拉，脸上带着蒙娜丽莎式的羞怯的、迷人的微笑。最后，几乎所有的妓女都聚集在这里了。罗温斯卡娅并不冒昧地问："你是怎么落到这般地步的？"但是应当说，表面上看来，妓院的主人们对她还是热情的。叶莲娜·维克托罗夫娜请她们唱几首她们通常所唱的歌曲，她们欣然唱了起来：

> 今天正好礼拜一，
> 原本该我出院去，
> 克拉索夫医生却不许，
> 唉，让魔鬼跟他过不去。

接着又唱：

> 可怜哟，可怜的我呀——
> 酒店已经打烊，
> 脑袋可痛得真要炸……

> 爱，偷儿的爱，
> 热呀么似火烫呀，
> 可妓女噢妓女，
> 冷呀么似冰霜呀……
> 哈——哈——哈！

他俩结合最相当，

一个半斤一个八两：

女的是娼妓，

男的是扒手⋯⋯

哈——哈——哈！

瞧，黎明已来到，

他正张罗着偷盗，

她却躺在床上呀，

躺在床上大声笑⋯⋯

哈——哈——哈！

正巧在大清早，

他被送进了牢，

可她这妓女哟，

一堆相好的在等候⋯⋯

哈——哈——哈！

再接下去便唱起了犯人之歌：

我虽年轻命已完，

永远毁灭难相见，

人间岁月如流水——

一年过后又一年。

还有：

不要哭呀，玛鲁霞，

你一定会属于我，

服完兵役就回来，

马上娶你到我家。

唱到这里，一向沉默寡言的胖卡季卡突然哈哈大笑起来，使大家莫名其妙。她是敖德萨人。

"请允许我也来唱支歌儿。这歌儿是我们那里的摩尔达万卡和彼列绥皮的酒店里小偷和歌女唱的。"

于是她用可怕的低音，用嘶哑而生硬的嗓音唱了起来，做出极为怪诞的姿势，分明是在模仿她曾见过的专唱轻佻小曲的三流歌女：

啊，我要去"杜科夫卡"，

就在那儿桌前坐下，

摘下自己的帽子

就往桌下一丢呀。

我问我心爱的美人儿，

你想喝什么酒呀？

可她对我回答：

脑袋痛得很呀。

我并没有问你，

身体哪儿不适，

我是在问你，

对什么酒感兴趣。

是啤酒还是葡萄酒，

是紫罗兰，还是什么也不要？

如果不是只穿一件内衣和白色花边短裤的"小白"曼卡突然闯进房来，一切本来都会很顺利的。头天晚上，有个商人安排了一个天堂之夜，同她一起纵酒狂饮，倒霉的别尼迪克丁酒一向对这姑娘有着炸药似的快速作用，使得她发酒疯的老毛病又犯了。她已不再是"小"曼卡，也不是"小白"曼卡，而成了"闹事的"曼卡了。跑进房间之后，她立刻出其不意地倒在地上，仰面朝天，哈哈大笑，笑得如此由衷，以至其他人也跟着笑了起来。的确是这样。不过，这笑并没有持续多久……曼卡忽然坐了起来，嚷道：

"好啊，我们这里又来了新的姐妹！"

这真是完全出乎意料。男爵夫人做了一件更没有分寸的事。她说：

"我是收容堕落女孩的寺院慈善机构的女施主，因此，根据我的职责，我应当收集和了解一下你们的情况。"

但说到这里，叶妮卡即刻火冒三丈：

"马上从这里滚出去，你这老混蛋！你这破布！你这擦地板的拖把！……你们那玛格达林娜收容所还不如监狱。你们的那些管事人，就像恶狗吃鸟兽尸体一样利用我们。你们的父亲、丈夫、弟兄们到我们这里来，我们把各种疾病传染给他们……故意这样！……而他们再传染给你们。你们那些女管家跟那些车夫、扫院子的人、警士私通，可就因为我们笑了一阵或者在自己人中间开开玩笑，便把我们关进禁闭室。喏，既然你们来到了这里，像上剧院似的，那你们就应该当面听听真实情况。"

然而，塔玛拉镇静地止住了她：

"行啦，叶尼娅，我来……男爵夫人，莫非您真的认为我们比所谓的上流社会的女人坏吗？有人来我这里，嫖一次付给我两个卢布，或者住宿给五卢布，这我对世上的任何人都毫不隐瞒……可是您告诉我，男爵夫人，难道您见过已婚的有丈夫的太太当中，有谁不为了情欲而暗地委身于年轻人，或者不为了金钱而委身于老头儿？我了解得很清楚，你们当中有百分之五十是靠情夫来供养，而其余的百分之五十，年纪大一些的，则供养着小白脸。我还清楚地了解，你们当中的许多人——啊，多得很！——跟自己的父亲、弟兄甚至儿子私通，可是你们却把这些隐私藏起来。这就是你们与我们之间的区别。我们堕落，可我们不撒谎，也不装假，而你们全都堕落，并且还撒谎。现在请您自己想想，这种区别对谁有利？"

"对，塔玛罗奇卡，就这样揭她们！"曼卡喊道，她依然坐在地板上，披散着淡黄色的鬓发，此时真像一个十三岁的小姑娘。

"说，继续说！"叶妮卡也怂恿道，她眼睛里燃烧着怒火。

"怎么会不说呢，叶尼奇卡！我要说下去。我们一千个人当中，难得有一个人打胎。而你们每人有好几次。怎么？难道这不是事实？你们之所以这样做，并不是由于绝望或者极度的贫困，你们只不过是担心破坏自己的身段和美貌——而这是你们唯一的资本。再不然你们所追求的只是兽性的淫欲，而怀孕和哺乳会妨碍你们的淫欲得到满足！"

罗温斯卡娅感到很窘，她悄声地快速说道：

"注意，男爵夫人，看样子这个姑娘还相当有文化。"

"想想看，我也发现这张面孔不同寻常。但是我在哪儿见过呢……在梦里？……在说胡话的时候？在很早的童年？"

"别去绞尽脑汁了，男爵夫人，我现在就来帮您的忙。"塔玛拉突然粗鲁地用法语插嘴说，"您只要回忆一下哈尔科夫，科尼亚金旅馆，剧院业主索洛韦伊奇克和一个抒情男高音……那时您还没有成为男爵夫

人呢……①

"其实，我们不必说法语了……那时您是个普通的合唱演员，跟我同过事。"

"不过，看在上帝的分上，请告诉我，您是怎么落到这里的，玛加丽塔小姐？"②

"噢，这个问题每天都有人问我们。很简单，说来也就来了……"

接着，她带着无法形容的厚脸皮的口吻问道：

"我相信你们会为我们陪你们消磨的这段时间付钱吧？"

"不，让你们都见鬼去！""小白"曼卡迅速从地毯上一跃而起，忽然喊叫起来。

刹那间，她从袜筒里掏出两个金币，扔在桌子上。

"拿去吧！……这是我赏给你们的车钱。马上坐车走吧，否则我就打碎这里所有的镜子和瓶子……"

罗温斯卡娅站起身来，眼里饱含着诚挚的热泪，

---

① 在原文中，此处女演员和男爵夫人的对话以及塔玛拉的插话作者都是用法语写的。

② 原文为法语。

说道:

"当然,我们就走,玛加丽塔小姐[1]的教诲对我们很有益处。占用你们的时间,自然要付钱——您去关照一下,沃洛佳。不过,你们为我们唱了那么多歌儿,请允许我也为你们唱一支。"

罗温斯卡娅走到钢琴跟前,奏了几下和音,忽然唱起达尔戈梅日斯基[2]美妙的抒情歌曲:

> 我们分离时,各自都很傲气,我
>
> 没有叹息,没有用妒忌话责备你……
>
> 我们永远分手了,不过啊,
>
> 万一我还能够再次同你相遇!……
>
> 啊,要是我还能够再遇见你!
>
> 我拜倒在命运前,没有眼泪,没有怨言……
>
> 一生中你对我做了那么多坏事,
>
> 我不知道,你爱过我没有?不过,
>
> 万一我还能够再次同你相遇!
>
> 啊,要是我还能够再遇见你!

---

[1] 此处称呼原文是法语。
[2] 达尔戈梅日斯基(1813—1869):俄国著名作曲家。

这支情意绵绵的抒情歌曲，由一个伟大的女演员唱来，使得所有这些女人突然想起了初恋；想起了初次失足；想起了后来的别离——那是在春日的黎明，在清晨的寒冷中，草上露水晶莹，红彤彤的天空染红了白桦树顶；想起了最后的拥抱，搂得是那么紧；也想起了自己那未犯过错误的颖悟的心灵如何哀伤地低语："不，这不会重演，不会重演！"当时嘴唇冰冷而干涩，头发上已笼罩着清晨的潮雾。

塔玛拉沉默了，"闹事的"曼卡沉默了，突然间姑娘中最桀骜不驯的叶妮卡跑到女演员跟前，跪了下去，在她脚前号啕痛哭起来。

罗温斯卡娅感动万分，她搂着叶妮卡的头说道：

"我的妹妹，让我吻你一下！"

叶妮卡向她低声耳语。

"噢，这不要紧，"罗温斯卡娅说道，"经过几个月的治疗，就会好的。"

"不，不，不……我要让他们都得这种病。叫他们都去腐烂，都去送命。"

"啊，我亲爱的，"罗温斯卡娅说，"要是我处在您的地位，便不会这样做。"

这时叶妮卡，这个高傲的叶妮卡，便吻女演员的双膝和双手，并且说道：

"那么人们为什么要那么欺侮我？……为什么欺侮我？为什么？为什么？为什么？"

这就是天才的权威！独一无二的权威，它伸出美好双臂所拥抱的不是人的卑贱的理智，而是人的温暖的心灵！自尊心很强的叶妮卡把脸蒙在罗温斯卡娅的衣服里；"小白"曼卡文绉绉地坐在椅子上，用手绢蒙着脸；塔玛拉一个臂肘支在膝头上，手掌托着脑袋，眼睛向下凝视；而守门人西梅翁，原是在门旁窥探是否出了什么乱子，此时惊奇得睁大了眼睛。

罗温斯卡娅紧贴着叶妮卡的耳朵悄声说道：

"任何时候都不要绝望。有时事情很糟，仿佛走到了绝路，可是，你瞧，第二天生活突然发生了转折。我亲爱的，我的妹妹，如今我算是世界名人了。可是，要知道，我曾经跋涉过什么样的屈辱与卑贱的海洋！祝你健康，我亲爱的，要相信自己的命运之星。"

她俯下身去，吻了一下叶妮卡的额头。沃洛

佳·恰普林斯基极其紧张地注视着这一场面，日后他任何时候都不能忘怀这一时刻女演员那绿色的、埃及式的长眼睛里所闪烁的温暖而美好的光辉。

来访者怅然离去，只有梁赞诺夫耽搁了一会儿。

他走到塔玛拉跟前，恭敬而温情地吻了一下她的手，说道：

"如有可能的话，请原谅我们不礼貌的打扰……不消说，这种事再也不会有了。但是，如果您什么时候需要我帮忙的话，请记住，我永远愿意为您效劳。这是我的名片。请不要把它摆在您的五屉柜上，但是您要记住，从今晚起我就是您的朋友。"

说罢，他再次吻了一下塔玛拉的手，便最后一个走下楼梯。

8

星期四那天，一大早就下起了缠绵的细雨，洗刷一新的栗树、槐树和杨树叶子，一下子全绿了。时日似乎突然变得富有幻想而静谧，缓慢而乏味，忧闷而单调。

像往常一样，在这种时候，所有的姑娘都聚集在叶妮卡房间里。但在她身上发生了一种奇怪的变化。她不说俏皮话，不笑，也不像往常那样读那本低级趣味的小说，这本书现在无目的地放在她胸部或者肚子上。但是，她样子很凶，忧心忡忡。她的眼睛里燃烧着表达仇恨的黄色火焰。一向喜欢她的那个"小白"曼卡，"闹事的"曼卡，千方百计去吸引她的注意，但却无济于事——叶妮卡就像没看见她似的，谈话也就根本无法进行。气氛沉闷。也许，一连几周下个不停的绵绵的八月雨对她们大家都产生了影响。

塔玛拉坐到叶妮卡床上，亲热地拥抱她，并且把嘴紧挨着她的耳朵悄声说：

"你怎么啦，叶尼奇卡？我早就发现，你的情绪有点反常。曼卡也有这样的感觉。你看一看，得不到你的宠爱她苦恼成什么样了。告诉我。也许，我能帮你点儿忙？"

叶妮卡闭上了眼睛，否定地摇了摇头。塔玛拉稍稍退后了一点，但仍继续温情地抚摩她的肩膀。

"那是你自己的事情，叶尼奇卡。我不敢钻到你心里。我问你，只不过因为你是唯一……"

叶妮卡突然一下子从床上跳了下来，她抓住塔玛拉的手，不连贯地、命令式地说道：

"好吧！我们出去一会儿。我把什么都告诉你。姑娘们，稍等我们一会儿。"

在明亮的走廊里，叶妮卡的脸猝然变得苍白，非常难看，她把两手搭在女友的肩上，说道：

"喏，那好吧，你就听着：有人传染了我梅毒。"

"哎呀，亲爱的，我可怜的人儿。很久了吗？"

"很久了。那些大学生什么时候来过我们这里，你记得吗？他们还跟普拉托诺夫闹过事？当时我第一次发现得了这种病。是我白天发现的。"

"你知道不，"塔玛拉悄声说道，"这一点我差不多已经猜到了，尤其是当你跪在那个女歌手面前，跟她悄声说话的时候。但是不管怎样，亲爱的叶尼奇卡，那还是得治一治呀。"

叶妮卡愤怒地跺了跺脚，把攥在手里的一方麻纱手绢也撕成了两半。

"不！决不！我不传染给你们之中的任何人。你自己就能发现，最近几个星期我不在公共饭桌上吃饭，我自己洗刷和擦拭自己的餐具。这也是我疏远曼卡的原因，你自己知道，我是由衷地、真心地爱她的。但是我故意要传染给那些两条腿的下流东西，每天晚上我传染十个人、十五个人。让他们去腐烂，让他们把梅毒再传给自己的老婆、情妇、母亲，是的，是的，也传给他们的母亲，他们的父亲，他们的家庭女教师，甚至还有他们的祖奶奶。让他们统统死去，这些'清白'的下流东西！"

塔玛拉小心翼翼地、温柔地抚摩着叶妮卡的头。

"莫非你真要走到底，叶尼奇卡？……"

"是的。毫不留情。不过，你们不用怕我。我自己选择男人。选择最愚蠢的，最漂亮的，最富有的和最有名望的，但是在我之后，我不许他们去接近你们任何人。噢，不许！在他们面前我装得那么热情，要是你看见了，一定会捧腹大笑起来。我咬他们，我抓，我喊，我哆嗦，就像疯子似的。他们，那些蠢货，还相信哩。"

"那是你的事情，你的事情，叶尼奇卡，"塔玛拉踌躇地说道，眼睛望着地，"也许你是对的。怎能知道呢？不过，请告诉我，你是怎么瞒过大夫的？"

叶妮卡猛然掉过身去，背对着她，把脸紧缩在窗框的角落里，出其不意地哭了起来，流出了滚滚的热泪——愤恨与复仇的泪水，与此同时，她一面抽泣、颤动，一面说道：

"因为……因为……因为上帝赐给了我一种特殊的幸福：我染病的部位，大概任何大夫也不会看见。况且，我们的那个大夫，既老又蠢……"

这时，叶妮卡就像适才突然哭了起来那样，忽然以某种不同寻常的毅力一下子止住了泪水。

"走吧，塔玛罗奇卡，到我那儿去，"她说，"当然，你不会声张出去吧？"

"当然不会。"

于是她们回到叶妮卡的房间，两人都镇静而沉着。

西梅翁走进房间。此人虽然秉性暴戾，专横跋扈，对待叶妮卡却向来怀着一丝敬意。他说：

"是这么回事，叶尼奇卡，那位大人来找万达了。让她去十分钟吧。"

万达是一个碧眼金发女郎，嘴又大又红，一张典型立陶宛姑娘的脸，她恳求地望着叶妮卡。要是叶妮卡说"不行",那她就会留在房间里,可是叶妮卡一言不发,甚至还故意闭上了眼睛。万达顺从地走出了房间。

这位将军每隔两星期来一趟,每月不多不少来两次,就跟另一位贵客,在妓院被起了个绰号叫"经理"的人,每天必来找另一个姑娘卓娅似的。

叶妮卡蓦地把那本破书扔到身边另一侧。她那褐色的眼睛迸发出真正金色的火焰。

"你们用不着厌恶这个将军,"她说,"我见过比阿比西尼亚人还坏的家伙。有一个嫖客是个真正的蠢蛋。他不能用别的方式……不能用别的方式表示对我的爱,喏,明说吧,他用针扎我的乳房……而在维尔诺①,有一个天主教教士经常来找我。他给我穿一身白衣服,逼着我擦粉,然后把我放到床上。他在我身边点起三支蜡烛。等到他觉得我完全是个死人的时候,他便扑到我身上来。"

"小白"曼卡突然喊道:

"你说的一点不错,叶妮卡!我也曾有个客

———————————

① 即今之维尔纽斯,立陶宛首都。

人。他老是逼着我装成处女，让我哭和喊。恐怕连你，叶妮卡，我们当中最聪明的人，也猜不出此人是谁……"

"监狱长？"

"消防队总队长。"

突然，卡佳用她的低音呵呵地笑了起来：

"可我有过一个教员。他是教数学的，可是教数学中的哪一种，我不记得了。他老是逼着我把自己当成男的，把他当成女的，让我……强行对他……可真是个混蛋！你们想想，姑娘们，他一个劲儿地嚷嚷：我是你的小心肝儿！我整个儿属于你！要我呀！要我呀！"

"疯子！"眼睛碧蓝、动作灵敏的韦尔卡用斩钉截铁的出人意料的女低音说，"疯子。"

"不，怎么会是疯子呢？"和蔼温雅的塔玛拉忽然表示反对，"根本不是疯子，只不过跟所有的男人一样，是个好色之徒罢了。在家里他觉得无聊，而在这里，他花自己的钱可以得到想要的那种乐趣。这似乎很清楚了吧？"

至今一直沉默的叶尼娅，突然一骨碌从床上爬了起来。

"你们全都是蠢货!"她喊道,"你们为什么要原谅他们这一切呢?从前我也很傻,可现在我逼着他们在我面前爬,逼着他们吻我的脚后跟,他们也美不滋儿地照办……姐妹们,你们都知道,我对金钱不感兴趣,但是我千方百计地搜刮男人。他们,那些臭货,把自己老婆、未婚妻、母亲、女儿们的照片送给我……不过,你们兴许在我们厕所里见到过那些照片吧?你们想想好了,孩子们……女人只爱一次,但忠贞不渝,而男人呢,就像一条公狗……他变心,这算不了什么,可他不论对过去的情妇,还是对新近的情妇,连一点普通的感激之情都没有。我听人们说,现在的青年人当中有很多孩子很纯洁。这我相信,尽管我本人没有见到过,也没有遇到过。然而我所看到过的,却全是流氓、坏蛋、无耻之徒。不久前我读过一本描写我们悲惨生活的小说。这本书里写的跟我现在讲的几乎一样。"

万达回来了。她慢慢地,小心翼翼地坐到叶尼娅床边上,灯伞的影子落在那里。出于被判处死刑的人、苦役犯和妓女所固有的那种讲究的，尽管是被扭曲了的真诚礼貌态度，谁也没有冒昧去问她这一个半钟头她是怎么度过的。她突然把二十五个卢布扔到了桌子上，说道：

"给我来一瓶白酒和一个西瓜。"

于是她双手捂着脸伏在桌子上，不出声地啜泣起来。依然没有人敢向她提出什么问题。唯有叶尼娅，气得脸色刷白，紧咬着下唇，以致后来在下唇上留下了一排白白的牙印。

"是的，"她说，"现在我了解塔玛拉了。你听着，塔玛拉，我向你道歉。我经常取笑你爱上了小偷先卡。可是现在我要说，一切男人中最正派的是小偷或者杀人犯。他不隐瞒自己爱上了一个姑娘，必要的话，他还会为她去犯罪——偷东西或者杀人。可是其余这些人呢？全都撒谎，装假，耍滑头，暗地里贪浮好色。一个混蛋有三个窝，一个老婆和五个孩子。一个家庭女教师和两个孩子在国外。一个大女儿是前妻生的，还有一个孩子是这个老婆生的。这一切，全城的人都知道，除了他那年岁小的孩子们。即使他们，大概也在猜想和背地里议论。你们想想看，他竟是受全世界敬重的大人物……我的孩子们，似乎我们从来也没有机会相互坦诚地倾诉衷肠，可现在我告诉你们，我十岁半的时候，就在日托米尔城被生身母亲卖给了塔拉布金医生。我吻他的手，恳求他饶了我，我对他直喊：'我还小！'可他回答说：'没关系，没关系，你会长大的。'喏，不消说，疼痛，厌恶，肮脏……可他后来却把这当成了笑话张扬出去。这是我的灵魂发出的绝望呼喊。"

"好吧，既然要讲，那我们就讲到底，"卓娅突然镇静地说道，并且无所谓地、悲哀地苦苦一笑，"我是被部属学校的一个教员伊万·彼特罗维奇·苏斯破了身的。他把我叫到他家里，而这一时刻他的老婆到市场上买小猪去了——那天是圣诞节。他请我吃糖果，可后来说两条路由我挑：要么我一切都听他的，要么以品行不端为由马上把我赶出校门。你们也都知道，姑娘们，我们是多么怕老师。在这儿，我们不觉得他们可怕，因为我们可以随心所欲地摆布他们，可是当时啊！要知道，当时我们觉得他比沙皇和上帝还厉害。"

"而我是被一个大学生……他教我们小少爷念书。

我在那里当女仆……"

"不，可是我……"纽拉喊道，她猛然间朝房门口转过身去，就那么目瞪口呆地伫立不动。顺着她的视线望去，叶妮卡两手一拍。门口站着的是柳芭，她明显瘦了，眼睛下面有一道黑圈，就像一个梦游者似的，一只手摸索着寻找支撑身体的门把手。

"柳布卡，笨蛋，你怎么啦?！"叶妮卡大声喊道，"怎么啦?！"

"喏，说什么呢，玩够了又把我赶了出来。"

谁也没有说一句话。叶妮卡两手捂着眼睛，呼吸急促，看得出来，她面颊的皮肤底下，颧骨那紧张的筋肉在迅速地颤动。

"叶尼奇卡，整个希望都寄托在你身上了，"柳布卡带着走投无路的忧郁神情说道，"大家都那么尊重你。去跟安娜·马尔科夫娜或者西梅翁说说吧，宝贝儿……请他们再收留我吧。"

叶妮卡坐在床上直起了腰，一双干涸却又燃着火焰的，哭泣似的眼睛直盯着柳布卡，她断断续续地问道：

"今天你吃过东西吗？"

"没有。昨天和今天都没吃。什么也没吃。"

"喂,叶尼奇卡,"万达悄声问道,"我给她点白酒喝好吗?而韦尔卡暂且可以去厨房拿点肉来。怎么样?"

"就按你说的办吧。这当然很好。可是你们看,姑娘们,她全身都湿透了。啊呀,你真是傻瓜!喏!快点!把衣服脱下来!'小白'曼卡,或者你,塔玛罗奇卡,快给她拿干衬裤、长筒厚袜和鞋来。好,现在,"她转向柳布卡,"你这白痴,把一切经过跟我们讲讲!"

9

利霍宁把柳布卡从安娜·马尔科夫娜那热闹的妓院里带走了,这一突兀的举动大概连他自己也感到意外——那是在夏秋之交的一个清晨。树木依然一片葱绿,但是在空气、树叶和青草的气息里,已经能够隐隐感觉到仿佛从远处飘来的渐渐临近的秋天那柔和

的、凄凉的，同时又是迷人的气息。这大学生惊异地
望着一棵棵绿树，它们是那么清新、纯洁和文静。仿
佛上帝为了人们悄悄地在夜间把它们栽在这里似的，
而那些绿树则惊奇地环顾着周围沼泽里、水沟里以及
横跨小河的木桥底下那仿佛尚未睡醒的平静而湛蓝的
水面，环顾着有如重新洗过的高空，它刚刚在黎明中
苏醒，迷离恍惚，带着玫瑰色的、懒洋洋的、幸福的
微笑，迎接喷薄升起的太阳。

大学生感到心旷神怡：既由于这令人陶醉的早晨
的美丽，又由于生的喜悦，还由于使他在狭小而烟雾
腾腾的房间里度过不眠之夜的肺叶感到清新的那馨
香的空气。但更使他为之感动的是自己行为的美和
崇高。

"是的，他这么做不愧是个男子汉，不愧是个真
正的人，'人'这一字眼在这里，具有崇高的含义！
就是现在，他对自己所做的事情，也没有感到愧悔。
他们（这'他们'指谁，连利霍宁也不十分清楚），
他们只会在品德高尚、富有教养的姑娘的作陪下，围
坐桌旁一面喝茶，吃着面包和香肠，一面侈谈妓女的
悲惨。可自己的同窗之中有谁为拯救一个女子跳出火

坑而迈出过真正的一步？有吗？有时还有这样一种人，他来到这个索涅奇卡·马尔梅拉多娃面前，对她胡诌一通，添枝加叶地大谈各种各样可怕的事情，千方百计探出她的隐私，直到她眼泪夺眶而出，此时他自己也马上哭了起来，并且开始安慰她，拥抱她，抚摩她的头，起初吻她的脸腮，之后便吻她的嘴唇，喏，再往下会怎样便不言自明了！呸！可是瞧瞧这个利霍宁，言行永远是一致的。"

他搂着柳布卡的腰肢，用温存的、几乎是钟情的目光凝望着她，尽管他即刻想到，他像父亲或者兄长那样看待她。

困倦折磨着柳布卡，眼皮沉重得很，但她还是尽力睁着，不让自己睡着，而嘴唇上浮现着天真稚气的疲倦的微笑——还是在妓院的客房里利霍宁就觉察到这种微笑。她的一个嘴角淌出一丝口水。

"柳芭，我亲爱的！心爱的，受尽了苦难的女子！你看，景色多么好！天哪！已经有五年我没有很好地看看日出了。时而是玩牌，时而是醉酒，时而是匆匆赶到大学去。你看，我的心肝宝贝儿，那里是绚烂的朝霞。太阳即将升起！这是你的朝霞，柳布奇卡！这是你新生活的开始。你勇敢振作起来，靠在我强健的臂膀上。我要带你走诚实劳动的道路，走勇敢的、同生活面对面做斗争的道路！”

柳布卡斜眼看了他一下。“瞧他，酒劲儿还在起作用，”她甜蜜地想道，“不过，没关系，是个善良的好人。只是长得不大好看。”于是，她在半睡半醒中嫣然一笑，以娇嗔的语气说道：

“是——呀！恐怕是骗我吧？你们男人都一个样。最初无非是为了达到自己的目的，满足自己的欲望，而后就一点也不关心！”

“我?！噢！我怎么会那样?！”利霍宁激烈地喊叫了起来，甚至还用另一只手拍了一下胸脯，“你啊，还不了解我！我这个人诚实得很，不可能欺骗一个孤立无援的姑娘。不会的！我要竭尽全力和全部心智，去发挥你的聪明才智，去扩大你的视野，迫使你那可怜的、受尽磨难的心忘却生活所带给它的全部创伤和屈辱！我将成为你的父亲和兄长！你的每一步都会受到我的保护！要是你将来怀着纯洁、神圣的爱情真挚地爱上了谁，那我就要祝福我从但丁笔下的地狱将您救出的那个时日！”

在这一热情洋溢而又冗长的谈话过程中，老车夫意味深长地，尽管是不出声地，笑了起来，而且由于这无声的笑，他的脊背也抖动了起来。大凡老车夫，都会听到许多事情，因为他坐在前面，什么都能听得清清楚楚，而且根本不会引起谈天的乘客的怀疑，人们之间所发生的许多事情，老车夫们也都了解。怎么能知道呢，也许他不止一次听到过比这更动听、更崇高的话语？

不知为什么，柳布卡觉得利霍宁有点儿生她的气，或者预先就为想象中的情敌而吃醋。他的演说可真是声音洪亮和激昂慷慨哩。她完全清醒了，把自己的脸转向了利霍宁，眼睛睁得很大，有点困惑，同时又很顺从。她的手指轻轻触及他那放在她腰上的右手。

"别生气，我心爱的。我永远也不会拿您去换别人。真的，这是我对您说的老实话！实实在在的老实话：我永远也不会！难道我没有感觉到您是想使我的生活有保障吗？您以为我会不明白？您是那么讨人喜欢，那么可爱，那么年轻！而倘若您是个老头儿，又不漂亮……"

"哎呀！你别去说那些！"利霍宁大声说道，并且又开始以崇高的辞令对她谈起妇女的平等权利、劳动的神圣、人的正义感、自由以及反对社会丑恶事物等。

他通篇的宏论高见，柳布卡一点儿也没有听懂。她总感觉自己有对不起他的地方，因而整个儿有点瑟缩，有点儿凄切，她低下了头，默然不语。要不了多久，她大概就会在街上痛哭起来，幸好这时他们的车已驶抵利霍宁的住处。

"喏，我们到家啦，"大学生说，"停下，车夫！"

当他付过车费之后，他情不自禁地伸出手，就像演戏似的，把手向前一摊，发出热情激扬的朗朗之声：

你作为有全权的女主人，
尽管从容无畏地走进我的家门！

又是那令人不解的、具有先知之明的微笑使车夫那苍老的褐色面孔缩拢了起来。

10

利霍宁所住的房间在五层半楼。之所以有半层，是因为有一些营利性的五层、六层和七层楼房，住得满满当当，价钱便宜，在它们上面又用铁皮造起一些小小的臭虫窝，颇像阁楼，或者确切些说，像鸟巢，冬天住在里面冷得要死，夏天又热得像在热带一样。柳布卡艰难地往上爬。她仿佛觉得再走那么两步她马上就要倒在楼梯的梯级上，并且马上就会沉睡不醒。不过利霍宁说道：

"我亲爱的！我知道您太累了。不过没关系。您靠在我身上。我们一直往上走！往上再往上！这岂不是人类一切志向的一种象征？我的朋友，我的妹妹，靠在我的臂膀上！"

这样一来，可怜的柳布卡更累了。她一个人往上攀登本来就很勉强，可此时又不得不拖拉着笨重不堪的利霍宁。其实，光是他笨重这一点，倒也算不了什么，但他没完没了的唠叨却渐渐使她恼怒起来。这就像一个吃奶的孩子那持续不断的牙痛似的单调哭声、像金丝雀的尖叫声，或者像隔壁房间里有人不停地吹着变调的口哨声一样，常常令人厌烦。

他们总算到了利霍宁的房间。门上没有锁。这门向来是不上锁的。利霍宁推开门，他们走了进去。房间里很黑，因为窗帘放了下来。能闻到耗子、煤油、隔夜的菜汤、肮脏的破床单和滞留已久的烟雾等的气味。晦暗中，有个看不清的人在打鼾，响声震耳，花样翻新。

利霍宁将窗帘稍稍拉上了一点。房间里是一个清贫单身大学生通常的摆设：一张中间凹陷的破床，床上的被子揉作一团；一张瘸腿的桌子，上面放着一个没有蜡烛的烛台；几本书散扔在地板上和桌子上；到处是烟蒂；床的对面，顺着另一面墙壁是一个破旧不堪的长沙发，此刻沙发上正睡着一个人，他大张着嘴在打鼾，这是一个黑鬈发、黑髭的青年人。他的衬衣领口敞开着，从这敞口看得见他的胸脯及其黑毛，这些黑毛又密又鬈，只有卡腊查耶夫的绵羊身上才有。

"尼热拉捷！喂，尼热拉捷，起来！"利霍宁喊道，从旁边推了一下睡者，"公爵！"

"嗯——嗯……"

"起来，我叫你起来，你这头高加索的毛驴，沃舍梯①白痴！"

"嗯——嗯……"

"让你祖宗后代都受到诅咒！让他们都被赶下那美丽高加索的顶峰！让他们再也见不到那美好无比的格鲁吉亚！起来，你这混蛋！起来，你这阿拉伯单峰骆驼！……"

可是突然间，完全出乎利霍宁的意外，柳布卡来干涉了。她拉起他的手，怯生生地说：

"亲爱的，何必折磨他呢？也许他很想睡觉，也许他累了？就让他睡会儿吧。还是我回去为好。您能给我半个卢布的车钱吗？明天您再到我那儿去。对吗，宝贝？"

利霍宁窘住了。这个沉默的、昏昏欲睡的姑娘的干预，使他觉得那么惊奇。当然他不理解，这是出于她对一个缺觉、少睡的人的本能的、下意识的同情，

_____

① 居住在高加索一带的少数民族。

也许，这还是她职业上养成了对别人睡眠的关顾。但是，惊奇只是一瞬。不知为什么他觉得很难堪。他抬起睡者那耷拉到地板、指间依然夹着熄灭的烟卷的手，使劲摇晃了一下，疾言厉色地郑重说道：

"你倒是听着，尼热拉捷，我郑重地要求你。你要明白，活见鬼，我不光是一个人，而是带着一个女人。你这蠢猪！"

就像出现了奇迹：躺着的人陡然一跃而起，仿佛他身下压着的一个弹力很强的弹簧突然松了绑似的。他在长沙发上坐起，急忙用两只手掌揉揉眼睛、额头、鬓角，等发现了那个女子，顿时感到不好意思，一面匆忙扣着侧面开口衬衫的领纽，一面喃喃地说：

"是你啊，利霍宁？我一直在这里等你，等啊等啊，就睡着了。你请那位不相识的女同学暂时转过身去。"

他连忙穿上那件灰色的大学生制服上衣，用两只手的指头理了理自己那浓密的黑色鬈发。柳布卡带着那种不论处在哪种年龄和哪种情况之下一切女人所固有的娇态，走到挂在墙壁上的一面镜子面前，整理自己的发式。尼热拉捷斜着眼睛看了看她，疑惑地向利霍宁使了个眼色。

"没关系。别在意,"利霍宁出声回答,"不过,让我们出去一会儿。我马上就把一切都告诉你。对不起,柳布奇卡,我只出去一会儿,马上回来。等我把您安顿好了,然后我就像烟一样消逝。"

"哎呀,给您添麻烦了,"柳布卡提出异议,"我在这儿,在沙发上,就挺好的。而您就睡在床上好了。"

"不,这不好,我的安琪儿!我有一个同学。我到他那里去过夜。只一分钟我就回来。"

两个大学生来到走廊上。

"这梦是怎么回事?"尼热拉捷问道,睁大着他那东方人的、有点像绵羊似的眼睛,"这个漂亮的小妞儿,这个穿裙子的同学是从哪儿来的?"

利霍宁意味深长地摇了摇头,皱起了眉头。现在,当马车上这一路之行、新鲜空气、清晨以及这习惯了的日常生活的实际环境几乎完全使他清醒了之后,他内心对自己这出人意料的举动开始产生一种不妥的和没有必要的模糊感觉,与此同时,似乎也开始产生对自己和对自己带回来的这位女子的某种不由自主的恼怒感觉。他已预感到共同生活的重负,列不尽的烦恼、不愉快和开销，同学们含意复杂的微笑乃至直接不客气的询问，还有，在国家考试期间的严重干扰。但是，刚同尼热拉捷谈了个头，他就立刻为自己的畏缩而感到羞愧，因而起初神情颓丧，可谈到最后又骑在英雄的骏马上扬鞭了。

"是这么回事，公爵，"他说，由于窘迫而转动着同学制服上的一个纽扣，眼睛没有看他，"你搞错了。这根本不是什么穿裙子的同学，这……只不过……我刚才跟同学们一起去了……就是说，不是去了，而只是跟同学们一起顺路到亚玛，到安娜·马尔科夫娜妓院去了一会儿。"

"跟谁一起？"尼热拉捷活跃了起来，问道。

"唔，公爵，这对你来说反正还不是一样？有托尔佩金、拉姆泽斯、一个副教授——亚尔琴科、鲍里斯·索巴什尼科夫和其他人……我不记得了。我们整个晚上都在划船，后来钻到酒店里去，而再后来，就像一群猪，去到亚玛。我，你是知道的，是个很守规矩的人。我只是跟一个熟识的记者坐在一起，像海绵似的吮吸着烧酒。唔，而别的人都干了那种有罪的事。傍天亮的时候，不知为什么我的心完全变软了。

望着这些不幸的女子，我的心头泛起了忧伤和怜悯。我还想到，要是我们的姐妹得到我们的关心、我们的爱和我们的保护，要是我们的母亲都处在受恭敬和受爱戴的地位，看谁还敢对她们说一句粗鲁的话，敢碰一碰她们，侮辱她们——要知道，我们准会咬断那人的喉咙！不对吗？"

"嗯——嗯？……"这格鲁吉亚人拖长了声音，不知是表示疑问，还是在等待，他的眼睛向旁边斜望着。

"就这样，我想，如今任何一个无赖，任何一个毛孩子，任何一个弱不禁风的老头子都可以把这些女人中随便哪一个，强占一会儿或一夜，以满足瞬间的古怪要求，并且满不在乎地再一次，第一千零一次，在她身上亵渎和玷污人类至为宝贵的东西——爱情……你明白不，就那么污辱。蹂躏一阵子，付了钱，心安理得地离去，两手插进裤兜里，嘴里打着口哨。而最可怕的是，这一切在他们已成为习惯：她无所谓，他也无所谓。感情已经麻木，心灵已然暗淡无光。不是这样吗？而且，在她们每个人身上都体现出一个美好的姐妹和一个神圣的母亲的毁灭。是不是？

这不是事实吗？"

"哦——噢？……"尼热拉捷哼哼哈哈，眼睛又移向一边。

"我还想到，光感叹和说空话有什么用？历次代表大会上的那些虚伪的讲话岂不见鬼。什么禁止卖淫，什么制定法规（他脑子里不由得突然出现了那位记者前不久说过的话），还有什么在妓院里分发《圣经》和设立收容所之类的论调，统统见鬼去吧！我要像一个真正诚实的人那样去做，我要从泥淖里把一个姑娘拉出来，让她扎根在真正坚实的土壤里，安慰她，鼓励她，让她得到温暖。"

"嗐！"尼热拉捷冷笑了一下。

"哎呀，公爵！你头脑里总是一些淫秽的玩意儿。你是明白的，我不是在讲女人，而是在讲人，不是在讲肉体，而是在讲灵魂。"

"好啦，好啦，我的心肝儿，接着讲吧！"

"而后来，我怎么想就怎么做了。今天我把她从安娜·马尔科夫娜妓院里接了出来，暂且带到自己这里。以后便听上帝的安排。我先教她念书写字，然后给她开个小饭馆，或者比方说，开个食品杂货店。我想同学们不会拒绝帮我的忙。人心，我的老兄，公爵，任何人的心都需要温暖、热忱。等着瞧吧，过一年，过两年，我会把一个会劳动的可敬的很好的成员交还给社会，这个成员会有一颗对任何伟大的希望都敞开的贞洁的心灵……因为她牺牲的只是肉体，而她的灵魂则是纯洁和质朴的。"

"啧，啧，啧。"公爵咂了几下舌头。

"这是什么意思，你这头梯弗里斯的毛驴？"

"那你给她买一架缝纫机吗？"

"为什么非买缝纫机不可呢？我不明白。"

"小说里总是这么写，我的心肝儿。一旦英雄把沉沦的可怜的人儿搭救出来，马上就给她买一架缝纫机。"

"少说蠢话，"利霍宁满不高兴地朝他甩了一下手，"小丑！"

格鲁吉亚人突然变得十分激动，黑黑的眼睛闪射出光芒，从他的声音里马上就能辨别出高加索人的口音。

"不，不是蠢话，我的心肝儿！这里，两者必居其一，而最终是同一种结局。要么你跟她同居，过五个月再把她扔到街上去，她也就重新回到妓院或者到人行道上去拉客。事实如此！要么你不跟她同居，强迫她从事手工劳动或者脑力劳动，并努力使她那愚昧无知的头脑开窍，可她，由于寂寞无聊会从你那里逃走，重又出现在人行道上，或者妓院里。这也是事实！不过，也还有第三种局面。你会像哥哥，像兰车洛特[①]武士那样关心和照顾她，可她背着你偷偷爱上别人。我的心肝儿，你要相信我，女人嘛，女人终归是女人。没有爱也就活不下去。那她就会离开你而投到别人的怀抱里去。而别人呢，稍微玩玩她的肉体，过上三个月就会把她扔到街上或者赶到妓院里去。”

利霍宁长叹一声。不是在头脑里，而是在他意识的某个隐秘的，几乎觉察不出的深处，闪过一个类似的念头，即尼热拉捷是对的。但他很快控制住了自己，抖动了一下脑袋，把手伸给了公爵，喜气洋洋地说：

“我敢向你保证，再过半年你准会收回自己的话，

---

① 兰车洛特：许多欧洲中世纪骑士小说的主人公，描写他作为国王的仆从而与王后恋爱的浪漫史。

而为了表示歉意，你这埃里温的楚赤贺拉①，你这阿尔马维尔②的茄子，准会把一打卡赫齐亚葡萄酒放在我面前。"

"嘿，一言为定！"公爵甩开胳膊，用手掌使劲一击利霍宁的手，"遵命。可是，如果事情像我说的那样，你就得送酒给我。"

"那我就送。那就再见吧，公爵。你在谁家住宿？"

"我就在这儿，在这走廊上的索洛维约夫那里。而你，当然像中世纪骑士那样，会把一把双刃剑放在自己和那个美貌的罗扎蒙达中间吧？是吗？"

"糊涂虫。我自己想在索洛维约夫那里过夜。那现在我到街上去遛遛，顺便到什么人那里去弯一下：到扎伊采维奇那里，或者到施特鲁姆普那里。再见，公爵！"

"等一会儿，等一会儿！"当他已走出几步的时候，尼热拉捷招呼他，"一件最重要的事情我忘记告诉你了，帕尔赞被抓走了！"

"是吗？"利霍宁惊奇地说，即刻打了一个很深

---

① 一种用葡萄汁、胡桃、麦粉等制作的香肠形的甜食。
② 高加索北部的一座城市。

长而舒坦的呵欠。

"是的。但是没什么可怕的，只搜到了几本小册子。顶多坐一年牢。"

"没关系，他这小伙子很结实，不会受不了。"

"很结实。"公爵肯定地说。

"再会！"

"再见，你这格留瓦尔杜斯①骑士。"

"再见，你这卡巴尔达②的公马。"

11

只剩下利霍宁一人。昏暗的走廊上散发着白铁皮煤油灯燃尽的煤油气味和滞留的劣等烟草的气味。朦胧的日光透过走廊篷顶上的两个小玻璃窗投射进来。

利霍宁正处在既软弱无力而又精神亢奋的情绪状态之中。这样的情绪状态是每一个彻夜未眠的人所

---

① 库兹马·普鲁特科夫的讽刺性模拟诗《德国颂歌》(1854) 的主人公。
② 高加索北部的一座城市。

熟悉的。他仿佛脱离了人类日常生活的范畴，对他来
说，这种生活已经是遥远而无关重要的了，但与此同
时，他的思想和感情又变得那么宁静明朗和冷漠清
晰，在这晶莹的涅槃里呈现的是一种迷人的东西，令
人苦闷和烦恼。

他站在自己房门旁，靠在墙上，仿佛感觉到、见
到和听到他的周围和他的下面有几十个人在睡觉，这
是早晨最后的香甜的一觉——张着嘴，呼吸均匀而深
长，由于熟睡而显得光滑的脸上现出憔悴的苍白。这
时，在他的脑海里闪过一个遥远的，自童年就熟悉的
念头：睡梦中的人们是多么可怕，简直比死人还可怕。

后来他想起了柳布卡。他那深处的、地下的、隐
秘的"我"，急速地悄声提醒说：应当进房间里去看看，
姑娘是否舒适，而且也该安排一下早点。可他自己在
自己面前佯装根本没有去想这事，也就到街上去了。

他走着，凡是眼睛所遇到的东西，他都带着那种
对他来说是陌生的、慵懒而视力准确的好奇心，去仔
细加以观察，它们的每一个特征在他看来都是那么活
灵活现，他好像觉得自己用手指摸到了似的……瞧，
那边走过一个农妇。她肩挑一根扁担，扁担的两头各

吊着一只盛牛奶的大桶；她的面容已不年轻，两个鬓角布满了网状的皱纹，鼻孔到嘴角之间延伸着两道深纹，但是她的两腮绯红，摸上去大概会感到很结实，而一双褐色的眼睛闪射出乌克兰人的活泼笑意。随着沉重扁担的晃动，随着从容不迫的步态，她的屁股忽左忽右，有节奏地扭动，在那波浪式的运动中有一种粗犷的肉感美。

"一个厉害女人，经历过各种各样的生活。"利霍宁想道。突然间，出乎自己的意料，他感觉到自己无法抑制地渴望得到这个他完全不认识的女人。她不漂亮，也不年轻，大概还很肮脏而又粗俗，但是他觉得，她毕竟有点像一只安东诺夫卡①大苹果，有点虫蛀，也搁坏了一点点，但是还保持着鲜艳的颜色和馥郁的、酒味的芳香。

一辆运载灵柩的黑色空车从他旁边驶过；车前是两匹套马，车后有两匹马拴在后栏上。持火把的人和掘墓人从清晨起就喝得醉醺醺的，脸红得有如野兽，头上顶着褪成了红褐色的高筒礼帽，这一大堆人胡乱

---

① 俄国产的一种晚熟的冬苹果。

地坐在自己那制服上、网状马披上、灵灯上，扯着沙
哑的嗓子吼唱一首不连贯的歌曲。"他们大概是赶着
去运灵柩的，也或许已经运完了，"利霍宁想道，"一
帮快活的小伙子！"在街心花园，他停了下来，坐到
一个漆成绿色的矮木凳上。两排繁茂的百年栗树向前
延伸，在很远的地方，汇合成一支笔直的绿箭。树上
已经挂满了带刺的大坚果。利霍宁忽然想起，开春的
时候他正是在这座街心花园里坐过，而且就是坐在这
个位子上。那是一个幽静悦目的、带绛红色的烟色的
黄昏，宛如一个含笑的、疲倦的姑娘无声地睡着了似
的。那时，这些枝繁叶茂、叶儿上窄下宽的茁壮栗树
上，布满了一簇簇的花朵，结出光亮、粉红的小小球
果，直向着天空，仿佛有人错把粉红的圣诞枞树上的
蜡烛安在所有的栗树上，就像安在枝形烛架上那样。
突然，利霍宁极其敏锐地感觉到——每一个人，或迟
或早，必然会经历这样一种内心感情的阶段——瞧，
眼前的这些坚果就要熟了，可是当时只是一些粉红色
的、盛开的、蜡烛似的花朵儿，将来还会有很多春天
和很多花盛开，但是已经逝去的那个春天，不论是
谁，不论是什么，都无法使其返回。他悲哀地凝视着

向前延伸的茂密林荫道的深处，忽然发觉，感伤的泪水正刺痛着他的眼睛。

他站了起来，继续往前走，以孜孜不倦的、敏锐的，同时又是平静的注意力仔细观察自己所遇见的一切，仿佛他是第一次观看上帝创造的这个世界。一帮石匠沿着马路从他身旁走过，他们全都极其鲜明而绚烂夺目地反映在他内部的视觉里，就跟反映在照相机暗匣的毛玻璃上一样。一个老工人，有一把红胡须，胡须歪向一边，眼睛碧蓝而威严；一个魁梧的小伙子，左眼眼眶发肿，从额头到颧骨和从鼻子到鬓角有一片乌斑；一个半大不小的孩子，有一副天真的、乡下人的面孔，嘴老是张着，像小雀那样湿润，优柔寡断；一个落在后面的老头子，跨着可笑的山羊式的步子，跟在众人后面跑；他们那沾满石灰的衣服，他们的围裙和他们的凿子——所有这一切像一个没精打采的队列在他的面前一闪而过，就跟闪过五颜六色的但却是死板的电影胶片一样。

他得穿过基什涅夫市场。突然，一股炸东西的油香味迫使他鼓大了鼻孔。利霍宁想起从昨天中午起他再没吃过东西，立刻觉得饥肠辘辘。他转身往右走，进了市场的中心。

在以前挨饿的日子里——而这样的日子他经受过不止一次——他常到这市场来，用自己那来之不易的几枚可怜的小钱，给自己买点面包和油炸香肠。这多半是在冬天。裹着许多衣服的女摊贩通常坐在一个炭罐上取暖，她面前的铁烤盘上很粗的家制香肠嗞嗞地响，香肠是被切成四分之一阿尔申①长的小截，加了很多蒜。一截香肠通常是十个戈比，面包——两个戈比。

今天市场上人很多。当利霍宁向自己所熟悉和喜欢的摊子挤去的时候，从远处就听到音乐声。等他挤进团团围住一个摊子的人群，他看到只有在俄罗斯美好的南方才能看见的那种天真而亲切的情景。十个或者十五个平时喜欢搬弄是非，无休无止地用各种字眼骂街的女摊贩，此时却成为相互奉承和亲热的朋友。显然，她们从昨天傍晚就开始了联欢，通宵纵饮作乐，现在又把自己喧闹的欢乐带到市场上来了。受雇的乐师——两把小提琴，第一小提琴和第二小提琴，

---

① 阿尔申，即俄尺，1 俄尺等于 0.71 米。

一面铃鼓——一个劲儿地奏着单调却又生动、雄赳
赳却又委婉的曲调。一些女人在碰杯、接吻，相互斟
酒；另一些女人往一个个酒杯里斟酒时，酒溢到了桌
子上；还有一些女人一面伴着音乐的节拍在拍手，一
面呐喊、尖叫和在原地蹲着跳舞。在人群的中心，马
路的石头路面上，一个胖女人在旋转和跳踢踏舞，她
四十五岁光景，但还很漂亮，肉乎乎的红嘴唇，水汪
汪的醉酒似的大眼睛，仿佛涂上了一层油，在小俄罗
斯人那高高弯曲的黑而端正的眉毛底下，快活地闪烁
着光芒。她舞蹈的整个迷人之处和全部艺术在于她时
而垂下脑袋，皱着眉挑逗地向外望一望，时而又突然
把脑袋向后一仰，垂下眼睑，摊开两臂；此外，还在
于她那红花布衬衫里面的大乳房随着舞蹈的节奏摆动
和颤抖。她一面跳一面唱，时而用羊皮鞋的脚跟跳，
时而用足尖跳：

　　街上在拉小提琴，

　　响起了那悦耳的低音。

　　妈妈不放我出门哪，

　　可叫我怎去会情人。

这就是利霍宁所认识的那个女人——格里帕，她不仅在他艰难的时日供他吃饭，而且还借钱给他。她蓦地认出了利霍宁，向他跑过去，拥抱他，把他紧紧贴在自己的胸前，用她那湿润、灼热的厚嘴唇直接亲他的嘴。后来她甩开双臂，拍了一下手掌，把两手的手指交叉在一起，甜蜜地（只有波多利亚的女人才会这样）悄声说起了情话：

"我的小少爷，我的心肝宝贝儿，我的爱！您就原谅我这喝醉了酒的女人吧。喏，行吗？我玩得痛快哟！"她凑过去，要吻他的手。"是的，我知道您不像别的老爷，您不骄傲。好吧，我的小乖乖，让我吻吻您的小手！不，不，不！我求求，我求求您！……"

"唉，这真是胡闹，格里帕大婶！"利霍宁打断了她的话，突然活跃了起来，"我们最好还那么亲一次嘴儿吧。你的嘴唇可真够甜的啦！"

"哎呀呀，我的小心肝！我明亮的小太阳，我乐园的小苹果，"格里帕动起情来了，"快把你的嘴唇给我呀！快把你的小嘴唇儿给我呀！……"

她热烈地把他搂在自己丰满的胸脯上，又用她那湿润、灼热、果天托特①人似的嘴唇吻他。接着，她抓住他的袖子，把他拉到人群的中央，围着他跳起了从容细碎的舞步，卖俏地弯着身子，叫喊了起来：

> 哎哟！各人各有所好，
> 而我喜欢的是帕拉斯卡哟，
> 因为我心里有魔鬼作祟，
> 才只看到她身上的裙子哟！

然后她在乐师们的支持下，突然改跳小俄罗斯的极其欢快的果拍克舞②：

> 哎哟！傻瓜，你是那么傻，
> 你甚至弄脏了你的围裙。
> 好啦，普雷斯柯，莫忧愁，
> 用水泡湿吧，洗洗干净！
> 　特拉拉拉，特拉拉拉……

---

① 西南非洲的民族之一。
② 一种乌克兰民间舞蹈。

睡吧，希玛，什么也别想，

不管哥萨克人跟她勾搭。

胡说，希玛，你什么都知道，

只不过自己在欺骗自己哟。

泰伊，泰伊，特拉拉拉拉……

利霍宁自己也没想到，他会这样欢欣鼓舞，他突然像山羊似的在她身旁跳起舞来，就跟一颗卫星围绕着它的行星在转一样。他长腿长胳膊，有点驼背，长得一点也不匀称。他的出场受到了普遍的相当友好的欢迎，响起了马叫似的喝彩声。后来她们请他在桌旁坐下，用伏特加酒和香肠款待他。他呢，则派了一个熟识的赤脚的孩子去买啤酒。他手持酒杯，发表了三条荒谬的言论：其一，是关于乌克兰的独立运动；其二，是关于小俄罗斯香肠的优点，并联系到小俄罗斯妇女的美和家庭生活方式；其三，不知何故，是关于俄罗斯南方的商业和工业。他坐在格里帕身旁，老是想搂她的腰，对此她也并不反对。然而，就连他那两只长臂也搂不过来她那惊人的粗腰。不过，她像火一样灼热的柔软的大手，在桌子底下紧紧握着他的一只手，直握得他疼了起来。

就在这个当口，那些原本一直在亲热接吻的女摊贩，突然又纠缠在旧有的、未曾解决的一些口角和误会之中。两个女人，就像公鸡准备打架似的，手抔着腰，面对面地伸着脖子，用最难听的脏话互相辱骂。

"混种，畜生，狗崽子！"一个喊道，"你还不配吻我这个地方呢，"她转过身去，屁股对着敌手，使劲拍她脊背下面的地方，"就是这儿！这儿！"

另一个则疯狂地尖叫着回答：

"胡说，你这婊子，你才不配呢！"

利霍宁利用了这一时刻。他仿佛想起了什么事情，匆忙从长凳上站起身来，大声说道：

"等我一会儿，格里帕大婶，过三分钟我就回来！"于是挤出了围观的人群。

"少爷！少爷！"他的女伴儿在他身后喊道，"您尽快赶回来！我还有一句话要跟您说。"

转过街角，有一阵子他苦苦地设法回忆着他这会儿必须马上要去做的事情。又跟方才一样，在他内心深处他知道该做什么，但自己却又迟迟不肯承认这一点。这时已经是晴朗明亮的白昼了，九十点钟。清道夫用橡皮管子往街上洒水。卖花姑娘坐在广场上和街心花园的门口，拿着玫瑰花、紫罗兰和水仙花。这喜悦、欢乐、富足的南方之城活跃了起来。载着一个铁笼子的大车沿着大街隆隆驶过，笼子里装满了各种毛色、各种品种的大狗和小狗。车座上坐着两个捕狗人——或者按他们自己敬重的称呼是"皇上的捕狗人"，也就是捕捉野狗的人——带着他们今天早晨的捕获物转回家去。

"她大概已经醒了，"利霍宁的隐秘思想终于形成了，"要是她还没有醒的话，我就悄悄地躺在沙发上睡一会儿。"

走廊上，即将熄灭的煤油灯依然发出昏暗的光和冒着烟，黯淡浑浊的朦胧光线好不容易透进了这狭长的箱子式的走廊。房间的门还是没有锁。利霍宁悄没声地推开门，走了进去。

半明不暗的熹微的蓝光从窗帘和窗户之间的缝隙洒了进来。利霍宁停在房间的中央，怀着敏锐的渴求，听到了柳布卡睡梦中轻声的呼吸。他的嘴唇变得如此灼热而干涩，仿佛使他不得不去连连舔它们似的。他的膝头抖了起来。

"问问她需要什么不。"他脑子里突然闪过这个念头。

他像醉汉一样，呼吸困难，张着嘴，迈着两条颤抖的腿蹒跚地走到床前。

柳布卡仰面睡着，一只裸露的胳膊顺着身子伸在旁边，另一只放在胸上。利霍宁俯下身来，凑近她的脸。她的呼吸均匀而深长。这是一个年轻、健康肉体的呼吸，尽管是在睡梦中，仍然纯洁，甚至有点芳香。他小心翼翼地用手指抚摩她那裸露的手臂，抚摩她那锁骨稍稍下面一点的胸部。"我在做什么?!"他的理智忽然在他内心恐惧地喊道。但是仿佛有另一个人在替利霍宁回答："我没做什么呀。我只是想问问她，睡得是否舒适，想不想喝茶。"

可是柳布卡猛然醒了，睁开眼睛，眯缝了一会儿，又睁了开来。她伸了个长长的懒腰，接着就用她那灼热而结实的胳膊勾住利霍宁的脖颈，脸上带着热情的、暂且还是懵懵懂懂的微笑。

"心肝儿! 亲爱的，"女子娇滴滴地低声说道，由于刚醒，声音有点嘶哑，"我等你来着，等啊等啊，甚至有点生气了。后来我就睡着了，整夜都梦见你。快靠近我，我的小鸟儿，我的小乖乖！"她把他拉向自己，胸贴着胸。

利霍宁几乎没有反抗；他浑身发抖，就像打寒战似的，一面牙齿打战，一面急速地悄声重复着毫无意义的话：

"不能啊，喏，柳芭，不要这样……真的，别这样，柳芭，那……哎呀，让我们不要这样，柳芭……别折磨我。我不能保证自己……放开我，柳芭，看在上帝的分上！……"

"噢，我的小傻瓜！"她用发笑的、快活的声音说道，"贴近我，我亲爱的！"于是，她征服了他最后的、完全不强烈的反抗，使劲把他的嘴压向自己的嘴，猛烈而狂热地吻他，真诚地吻他，也许这是她一生中头一次和最后一次。

"啊，坏蛋，我在做什么？"利霍宁体内有一个诚实、明智和虚假的人有腔有调地说道。

"喏，怎么样？轻松点了吧？"柳布卡热情地问道，最后一次吻了利霍宁的嘴唇，"啊，你呀，我亲爱的大学生！……"

12

怀着内心的痛苦，怀着对自己和对柳布卡，似乎也是对全世界的愤恨与憎恶，利霍宁连衣服也没有脱便倒在偏斜放置的木头沙发上，由于灼人的羞耻，甚至牙齿都咬得咯吱作响。他没有睡意，思想始终围绕着把柳布卡接出来这一自认为愚蠢的行为打转，在这一行为里，一种下流的轻松喜剧与一种意义深邃的悲剧令人厌恶地交织在一起。"不管怎样，"他固执地自己对自己说，"我既然许诺在先，那就一定要把事情做到底。当然，刚才发生的事，永远永远也不能重演！天哪，谁还没有一时糊涂、意志软弱而堕落过？有位哲学家曾说出一个深刻而精辟的真理，他断言，人的灵魂的价值，可根据灵魂堕落的深度和腾飞的高度去认识。但是归根到底，整个这愚蠢糊涂的今天，这记者兼说教家普拉托诺夫，以及他，利霍宁，自己的、荒唐的骑士精神的迸发，都见鬼去吧！真的，事实上这一切不是发生在现实生活里，而是发生在作家车尔尼雪夫斯基的小说《怎么办？》里。那么，活见鬼，明天我怎么对待她呢？”

他的脑袋发烫，眼皮灼痛，嘴唇发干。他烦躁地一支接一支地抽烟，常常从沙发上欠起身子来，从桌子上拿起盛水的长颈玻璃瓶，直接对着瓶嘴，贪婪地喝上几大口。后来，凭着一种偶然的意志力他才得以使自己的思想摆脱开昨晚的事，顿时，没有任何梦境的酣睡像黑棉絮似的裹住了他。

他醒来时已过了中午，约莫两点或者三点钟，起初他久久神志不清，吧嗒着嘴，模糊、发沉的眼睛环顾着房间。夜里所发生的一切，仿佛已从他的记忆里飞走了。但是当他看见柳布卡低着头，两手放在膝头上，安静地、一动不动地坐在床上时，他便由于懊丧和窘迫而呻吟和哼哼起来。此时他想起了一切。就在这一分钟，他亲身体会到，早晨亲眼看到昨夜所做的蠢事的结果，心情是多么沉重。

“你醒啦，我的宝贝？”柳布卡温存地问。

她从床上起来，走到沙发跟前，在利霍宁脚边坐下，轻轻抚摩他那被毯子盖着的腿。

"我早就醒了，一直坐着，怕惊醒你。你睡得那么甜。"

她凑近他，吻他的脸腮。利霍宁皱了一下眉头，轻轻推开她。

"等一等，柳布奇卡！等一等，不要这样。你要知道，绝对，任何时候都不要这样。昨天发生的事，唔，是意外。比方说，是由于我的软弱。甚至还可以说，也许是我一时的卑鄙。但是，真的，请相信我，我绝不是要把你变成我的情妇。我是想把你看作我的朋友、妹妹、同学……不，那也没什么，一切都会正常的，都会习惯的。只是不要丧失信心。而暂时，我亲爱的，请走到窗口，往窗外瞧一会儿，我马上就把衣服穿好。"

柳布卡微微努起了嘴，去到窗前，背对着利霍宁。所有这些关于友谊、兄妹和同学关系的话，她那鸡一样的头脑和农民式的朴直心灵是无法理解的。在她想来，一个大学生——不管怎么说，不是一般人，而是一个有学问的人，能学成一个医生，或者学成一个律师，或者学成一个法官——把她接到自己身边，养活她，这简直使她喜出望外……可是现在，瞧吧，竟是这样，他刚刚实现了自己的古怪念头，该得到的都得到了，马上就要变卦。他们男人都是这样！

利霍宁急匆匆地起了床，捧了一点点水，洗了洗脸，用一条旧餐巾擦干。然后他拉起了窗帘，推开两扇窗子。金色的阳光，蔚蓝的天空，城市的喧嚣，椴树和栗树浓密的绿荫，有轨马车的铃声，灼热多灰的街道那干燥的气息——所有这一切一下子涌进了这小小的阁楼式的房间里。利霍宁走到柳布卡跟前，友善地拍拍她的肩头。

"没什么，我亲爱的……做过的事情是没法纠正的，不过，对以后来说这倒是个教训。您还没有给自己叫过茶吧，柳布奇卡？"

"没有，我一直在等您来着。再说，我也不知道该找谁去叫茶。您可倒真好。我听见您跟同学走了以后又回来了，在门旁站了一会儿。可是竟没有跟我说一声就又走了。这样好吗？"

"家庭的第一次口角。"利霍宁想道，但是想的时候并无恶意，只是开玩笑似的。

漱洗，南方美好迷人的蓝天，柳布卡那半顺从半不满意的天真的脸庞，以及想到自己毕竟是个男子汉，想到自己，而不是她，应当对自己所煮的这锅粥负责——所有这一切，统统使他的神经不安，迫使他控制自己的感情。他打开门，朝着气味难闻的走廊的晦暗处大声喊道：

"亚历——山德——拉！拿——茶炊来！两个——面包，黄——油和香肠！还有一小瓶伏特——加酒！"

走廊里传来了鞋子的啪哒声，从老远就听得见一个老年人含含糊糊的声音：

"你喊什么？你这是叫喊什么呀？哇里哇啦！哇里哇啦！像一匹日久未用的马。想来，你不是个小孩子，已经长大啦，可你的表现却像个街上的野孩子！喏，你要什么呀？"

一个小老太婆走进了房间，她眼皮发红，眼睛窄得像两道缝，脸简直像羊皮纸，一个长而尖的鼻子向下钩着，显得阴沉而凶险。这便是亚历山德拉，大学生"椋鸟巢"的老用人，也是所有大学生的朋友和债主，约有六十五岁，一个爱唠叨、爱发牢骚的女人。

利霍宁重复了一遍自己所点的东西，并且给了她一张一卢布的钞票。但是老太婆并没有离去，她逗留原地，鼻子里发出呼哧呼哧的声音，咬着嘴唇，怀着敬意睥睨那背朝亮处坐着的姑娘。

"你这是怎么啦，亚历山德拉，真的僵硬了吗？"利霍宁笑着问道，"还是欣赏不够？那好吧，让你认识一下：这是我堂妹，也就是叔伯妹妹，柳博芙……"他只踌躇了一秒钟，马上就滔滔不绝地说了起来，"柳博芙·瓦西里耶夫娜，我就叫她'柳布奇卡'。我认识她的时候，她才这么高，"他比了一下比桌子矮四分之一阿尔申的高度，"我还拧过她的耳朵呢，调皮的时候，我就拍拍她打她屁股。嗯，在那里……我还为她抓过各种硬壳虫哩……喏，不过……不过，你走吧，走吧，你这埃及的木乃伊，旧世纪的残余！快走你的吧！"

但是老太婆迟迟不肯离去。她磨蹭了半天才勉强转过身向门口走去，依然斜着眼睛，锐利阴险地盯着柳布卡。与此同时，她那瘪嘴嘟哝道：

"哼，叔伯妹妹！我们可知道这是些什么样的叔伯妹妹！在栗树大街上晃来晃去——她们多得很。哼，贪而无餍的公狗！"

"喏，你这条老帆船！快点走，少啰唆！"利霍宁朝她呵斥道，"不然，我就要像你的朋友——大学生特里亚索夫那样，把你抓起来，关在厕所里二十四小时！"

亚历山德拉走了，走廊上久久响着她那老迈的、啪嗒啪嗒的脚步声和含糊的嘟哝声。出于自己那严峻而爱唠叨的善心，她愿意原谅她为之服务将近四十年的青年学生所做的许多荒唐事情。原谅了喝酒、打牌、闹事、大声唱歌、欠债，可是她，唉，作为一个老处女，她那贞洁的心灵不能容忍的只有一件事情——淫逸。

13

"这太妙啦……又好又合心意，"利霍宁围着瘸腿桌子忙活起来，不必要地把茶具挪来挪去，"我这条老鳄鱼，很长时间没有按基督教的方式在家庭的环境中正式喝过茶了。坐下，柳芭，坐下，亲爱的，就坐在这儿，坐在沙发上，像家庭主妇那样操持吧。伏特加酒，大概你早晨是不喝的，可我，在您许可之下，就喝一点……这会立刻提神的。请给我浓一点的茶，加一块柠檬。啊，什么东西能比可爱的女人之手所斟出来的一杯热茶味道更美呢？"

柳布卡听着他极力要显得自然但却有点过于聒耳的唠叨话，脸上那最初不相信的、警惕的微笑，渐渐和缓并放出了光彩。但是泡茶她却并不十分在行。家里，在僻静的农村，这种饮料仍旧被认为是珍品，是富裕人家喜爱的一种奢侈品，而且，只在招待贵客和逢年过节的时候才泡上一壶，由家中年长的男人虔敬地履行倒茶的任务。后来，柳布卡到一个小县城里去"打杂"，起初在牧师那里，后来在一个保险代理人那里（这是第一个把她推向卖淫之路的人）。这一期间，女主人——无论是那个干瘦、蜡黄、凶险的牧师太太，还是那个又胖又老、皮肤松弛、浑身油污、凶狠、妒忌而又悭吝的代理人老婆，通常留给她的总是些半冷不热的喝淡了的茶和啃过的一小块糖块。因此，泡茶这件简单的小事，现在对她来说就像我们大家小时候学会分辨左手与右手或者打一个绳扣那么困难。忙碌不停的利霍宁只会碍她的事，使她发窘。

"我亲爱的，泡茶也是一门艺术——一门了不起的艺术。这应当在莫斯科学。先把空壶微微加热，然后把茶叶放进壶里，迅速用开水冲烫。第一遍茶水应当马上倒在漱口杯里，这样茶叶才会干净些和香一些。然后应当重新往茶壶里加水，加到四分之一壶，把茶壶放到托盘上，上面盖上毛巾，就那么捂上三分半钟。然后再加开水，加到壶快满了，再盖上泡一会儿，于是，我亲爱的，您的神妙的饮料便制作好了，芳香、提神、健身。"

柳布卡那依然留有雀斑的像杜鹃蛋似的、并不漂亮但却讨人喜欢的脸，多少拉长了一点，变得苍白了一点。

"看在上帝的分上，您可别生我的气⋯⋯您是叫瓦西里·瓦西里奇吧？⋯⋯别生气，亲爱的瓦西里·瓦西里奇⋯⋯真的，我很快就能学会，我还算伶俐。再说，您为什么老是对我说'您'呀'您'呀？看来我们现在并不是生人了吧？"

她含情脉脉地望了他一眼。的确，在自己那整个短短的、被扭曲了的一生中，今天早晨她第一次把自己的肉体献给了一个男人，尽管没什么乐趣，更多是

出于感激和同情，但却是自愿，不是被迫，不是为了
金钱，不是受到惩罚和打骂的威胁。她那女性的心，
永不枯萎，永远像向日葵追随太阳那样向往着爱情，
此刻她纯洁而又无比温柔。

　　然而利霍宁对这个昨天还不相识，今天却跟他成
为露水夫妻的女子感到了一种痛心的可耻的羞赧，甚
至还有一点敌意。"小家的'可爱'开始出现喽。"他
不由得想道，不过他还是从椅子上站起身来，走到
柳布卡面前，拿起她的手，把她拉向自己，抚摩她
的头。

　　"亲爱的，我亲爱的小妹妹，"他动人而又虚伪
地说，"今天所发生的那件事情，永远也不应再重复。
一切都是我一个人不好，要是你愿意的话，我准备跪
在你面前求你原谅。你要明白，明白呀，这一切都是
身不由主，似乎是自然而然、突然而又意外发生的。
我自己也没有想到会这样！你知道，我很长时间……
没有接触过女人……在我身上一只讨厌的、脱缰的野
兽醒来了……于是……我没能顶住。可是，天哪，难
道我的过错就那么大吗？圣贤，隐士，僧人，苦行修
士，柱头苦行僧，隐遁者，殉教的圣徒——就其精神

的坚强来说，我是比不上的——就连他们也在跟魔鬼似的肉体的诱惑做斗争中败下阵来。不过，你要我怎样发誓，我就怎样发誓，这事再也不会重复……对吗？"

柳布卡执拗地把他的手从自己手中推开。她的嘴唇微微努起，垂下的眼睑不时地眨着。

"是——是啊，"她拖长了声音，像一个一心要和解的孩子，"我看出来了，您不喜欢我。那有什么办法呢，您最好对我直说，给我几个车钱……此外，多多少少都行，随您的便……过夜的钱反正您已经付过了，我只要能到那里……就行了。"

利霍宁抓住自己的头发，在房间里踱来踱去，有腔有调地说了起来：

"哎呀，不是那个意思，不是的，不是的！你要理解我，柳芭！早晨的那种事若再继续发生，就……就是猪猡、畜生，不配是一个自重的人。爱情！爱情——这是智慧、思想、心灵、兴趣的充分融合，不单单是肉体的结合。爱是一种伟大丰富的感情，它像世界一样壮阔，而绝不是在床上打滚。我们之间没有这样的爱，柳布奇卡。如果它会到来，这对你和对我都将是无比的幸福。可是眼下，我是你的朋友，生活道路上忠实的同伴。这也就够了，到此为止……虽然我也有人类共有的弱点，但我认为自己是个诚实的人。"

柳布卡仿佛颓丧起来。"他以为我想让他娶我。其实我完全不需要这样，"她哀伤地想道，"就这样过也可以。别人岂不也这样同居。据说，这样比举行仪式好得多。这有什么不好呢？平静、安宁、舒适……我可以替他补袜子，擦地板，做点……普通的饭。当然，将来他会去娶一个大家闺秀。那就让他娶好了，大概，他不会就那么把我赤身裸体地扔到街上去。尽管他是个小傻瓜，唠唠叨叨，可看得出来，人倒是正派。他总能设法养活我。说不定能有一天他当真喜欢我，离不开我？我是个普通的乡下姑娘，老老实实，永远不会对他不忠。听说，事情常常是这样……只是别让他看出来。他还会到我床上来的，而且，今天晚上就会来，这就跟上帝是神圣的一样。"

利霍宁也陷入了沉思，默然不语，郁郁寡欢，他已经感觉到自己所承担的这一力不能及的功勋的重负。因此，听到有人敲门时，他甚至高兴了起来。他叫了一声"请进",两个大学生应声走了进来：索洛维约夫和昨晚在他这里过夜的尼热拉捷。

索洛维约夫，高高的个儿，已经有点发胖，生有伏尔加人红润的大脸盘和浅色的鬈曲的短胡子。他属于善良乐观的老实人，这样的人在任何一所大学里都为数很多。他把自己的空闲时间——而他一昼夜有二十四小时的空闲——消磨在啤酒店里或是在街心花园里的溜达上，消磨在打台球、玩牌、看戏、看报纸和小说，以及欣赏马术表演上；这中间的短短间歇时间，他用来吃饭、睡觉，用针线、纸板、别针、墨水等修补衣服，不然，就是跟厨房里、前厅里或是街道上萍水相逢的女人谈一次简化的、最现实的"恋爱"。他像自己周围所有的青年一样，也自命为革命者，尽管政治辩论、纷争和互相讽刺使他颇为苦恼，尽管他没有耐性去读革命小册子和杂志，对革命事业几乎一无所知。因此，他甚至还没有接触到党组织的边缘，尽管有时也布置给他一些不无危险的任务，那些任务的意义却不对他解释清楚。他的坚定诚实是可以信赖的，因为他总是迅速、准确地完成任务，对革命事业的世界性的重要意义有着勇敢的信念，脸上总是带着无忧无虑的微笑，对死亡的威胁完全抱蔑视的态度。他掩护从事地下工作的同学，保藏查禁的作品和铅字，传递护照和钞票。他很有力气，笃实敦厚，秉性纯朴。他常常收到从家里，从西姆比尔斯克省或者乌法省的什么偏僻的地方寄来的汇款，这些汇款的数目对一个大学生来说是相当大的，但是他带着十七世纪法国达官贵人的那种满不在乎的态度，在两天之内便把汇款挥霍精光，而他只好靠一件制服上衣和用自己的方法修好的靴子过冬。

除了旧时俄罗斯大学生（这些学生正在成为历史的回忆，天晓得他们将来怎么样）的这些天真的、动人的、可笑的、崇高的和乱七八糟的品质，他还具有一种惊人的才能——有办法搞到钱和在小饭馆、小食堂里赊账。当铺和贷款银行的职员，秘密的和公开的高利贷者，旧货商，跟他都有极其密切的交往。

如果由于某些原因他不能求助于他们，那他也能发挥自己高度的应变能力。有时，倘若他手下的一群朋友都变穷了，他自己又由于日常事务的重要性感到苦闷，他刹那间会被内心的灵感照亮，从远处，隔着一条街，向肩头背着包袱的过路的鞑靼人做个暗示，于是他便跟他一起消失在附近的大门里面。没隔一会儿便回来了，然而身上的制服上衣不翼而飞，只穿一件衣襟露在外面的衬衫，腰间束一根细绳。要是在冬天，身上的大衣便没有了，只穿一件薄薄的外套，再不然，刚买的新制帽不见了，他那脑袋瓜儿上奇迹般地顶着一个小得可怜的便帽。

同学，用人，妇女，儿童——所有的人都喜欢他。大家都跟他很熟，很随便。他的鞑靼朋友们待他特别好，看来，他们似乎认为他有点傻气。有时在夏天，他们给他带来大瓶的浓烈而醉人的马乳酒作为礼物，而拜兰节①那天，他们则邀请他去吃小马驹肉。不管这是多么令人难以置信，但索洛维约夫在紧急关头总是把一些书籍和小册子交给鞑靼人保藏。每逢这种时刻，他就带着朴直的和意味深长的神情说道："我交给你的是一部光辉著作。它讲到至高无上的真主及其预言者穆罕默德，讲到世上有很多恶事和穷困，讲到人们应该厚道，彼此间应该宽大和公正相待。"

他还有两个特点：很会朗诵；棋艺很高，简直是

---

① 伊斯兰教的节日。

个名手和天才，说说笑笑就战胜了第一流棋手。他的进攻总是咄咄逼人、杀气腾腾，防守总是聪明而谨慎，多半采用迂回包抄的方针，对敌手的让步充满了微妙而富有远见的暗算和预伏杀机的奸诈。同时，他好像是在内在的本能或灵感的影响下走棋，思索不超过四五秒钟，全然不顾历来的传统下棋方法。

人们不大愿意同他下棋，认为他下棋的风格有点野蛮。尽管如此，有时有人仍然下很大的赌注同他对弈，结果，总归是索洛维约夫赢。他把赢来的钱心甘情愿地用在同学们的需要上面，但是，他一概拒绝参加那些本可以使他成为棋坛明星的比赛。"就天性来说，我对这种无聊的事情既不爱好，也不器重，"他说，"我只不过具有某种机械的聪明的天分，心理上的某种畸形。喏，这就像那些左撇子一样。因此，对这事情我没有职业上的自尊，赢了也不骄傲，输了也不难过。"

身高体壮的索洛维约夫就是这样一个大学生。而尼热拉捷则是他最亲近的同学，不过，这并不妨碍他们从早到晚互相讥讽、争论和咒骂。这位格鲁吉亚公爵靠什么生活和怎样生活，只有上帝才晓得。据他自己说，他有骆驼那种本事，在几个星期之前吃饱喝足，然后可以一个月不吃东西。他很少收到从家里，从他那美好幸福的格鲁吉亚寄来的什么，即使收到，也多半是吃的东西。每逢圣诞节、复活节或者他的生日（在八月），家里必然会托同乡给他带来大篮小篮的宝贝：羊肉、葡萄、楚赤贺拉、香肠、枇杷干、养喉糕①和很好吃的饼，还有一些皮囊，里面装着家酿的美酒，浓烈而醇香，但是略微沾上了一点膻味。这种时刻，公爵便把所有的好朋友和同乡召集到他的哪个同学那里（他从来没有自己的宿舍），举行丰盛的筵宴。按照高加索的说法是"节日庆祝会"，其间把来自富庶的格鲁吉亚的礼物消耗干净；大家唱格鲁吉亚歌曲，当然，首先唱的是"姆拉瓦尔－扎米埃尔"②和"每个客人，不管他是哪一国人，都是上帝对我们的赐予"，不知疲倦地跳列兹金卡舞③，疯狂地在空中挥动餐刀，主席（也许，他被称作"席间提调

---

① 一块块糕状的美味甜食，用蜜糖、淀粉、果子酱、核桃、杏仁等制作而成。
② 宴会上唱的格鲁吉亚歌曲，祝福客人健康长寿。
③ 高加索的一种快速舞蹈。

人"①吧）发表自己的即兴讲话，在大多数情况下是尼热拉捷本人讲。

　　他是一位演讲的能手，激昂慷慨，一分钟能吐出将近三百个单词。他的演讲风格，以富有热情、冠冕堂皇、形象生动而著称。他那高加索口音加上明显的"ц""ч"不分和时而像山鹬咯吐，时而像老鹰鸣叫的喉音，不仅不妨碍他的演说，反倒使他的演说增添了奇异的、别具一格的风采。而且，不论讲什么，他总是把长篇大论最后归结到最美丽、最富饶、最先进、最侠义，同时又是最受欺侮的家乡——格鲁吉亚。他还必然引用格鲁吉亚诗人鲁斯塔维里的《豹皮》②中的诗句，要人们相信这首长诗比整个莎士比亚的著作要高明一千倍，也远远高于荷马长诗的地位。

　　他虽然性情急躁，但容易息怒，举止像女人那样斯文、亲切、殷勤，却不失自尊……他身上只有一点使同学们不喜欢——过分、奇异地爱追求女人。他如此深信不疑地认为自己是个绝世无匹的美男子，简直到了神圣或者愚昧的程度。他觉得所有的男人都在

────────────────

①　按格鲁吉亚风俗，参加酒宴者公推出来向大家劝酒的人。
②　指长篇叙事诗《虎皮骑士》（十二世纪）。

羡慕他，所有的女子都爱上了他，而丈夫们都在嫉妒……对女人的这种爱夸口的、死乞白赖的追逐，无时无刻，甚至在梦中，也没有离开过他。走在街上，他时不时用臂肘碰碰利霍宁、索洛维约夫或者其他同伴，一面回头示意从身旁走过的女子，一面吧嗒着嘴说道："啧，啧，啧……嘿，嘿！好漂亮的娘儿们！她是怎——怎样看了我一眼啊。只要我愿意，她就会成为我的！……"

大家都知道他这一可笑的毛病，好心而恣意嘲笑他这一特点，但也都心甘情愿地加以原谅，那是因为他总是热心帮助朋友和信守对男人们许下的诺言（对女人起的誓不包括在内），而且这一切他处理得又是那么自然。不过，应当提一下的是，在女人方面他确实取得很大成功。女裁缝、时装店女职员、女歌手、糖果店女店员和话务员小姐，都在他那深沉、温柔、苦痛的碧蓝眼睛的逼视下酥软了……

"面对这所房子和所有正直、平静、贞洁地居住在其中的人……"索洛维约夫模仿神父的声调高声说道，可是突然中断了，"主啊，"他惊讶地喃喃了起来，力图把那不得体的玩笑再开下去，"主啊，这不是……这……啊呀，见鬼……这是索尼娅，不，对不起，是娜佳……哦，不错！是安娜·马尔科夫娜那儿的柳芭……"

柳布卡面红耳赤，几乎流下眼泪，她两手捂住了脸。利霍宁察觉了这一点，他明白，他感觉到姑娘内心惶惶不安，便来帮她的忙。他严肃地，近似粗鲁地止住了索洛维约夫。

"一点不错，索洛维约夫。按户口簿上的信息，柳芭是住在亚玛。从前是妓女。甚至还可以说，昨天是妓女。可是今天，便是我的朋友，我的妹妹。任何人，只要他多少还尊重我的话，就应当这样看待她。否则……"

笨重的索洛维约夫连忙诚恳地用力拥抱和捶打利霍宁。

"喏，亲爱的，喏，会这样的……仓促中我做了一件蠢事。以后决不会重犯。您好，我的脸色苍白的妹妹，"他隔着桌子使劲把手伸给柳布卡，紧紧握了握她那无意志力的小手——手指纤细而短，指甲被啃得剩一点点大，"您来到我们这简陋的印第安人小屋，简直是太好了。这会给我们增添生气，会给我们的环境带来安静和文雅的习惯。亚历山德拉！啤——
酒！"他大声喊道，"我们已经养成野蛮粗鲁、满嘴
脏话、酗酒、懒惰和其他恶习。这都是我们缺乏女性
社会那种平心静气的良好影响的缘故。我再一次握您
的手。握您可爱的小手。来啤酒！"

"来啦，"门外响起了亚历山德拉不满的声音，
"我来啦。你喊什么？要多少钱的？"

索洛维约夫去到走廊上做解释。利霍宁感激地望
着他的背影笑了笑，而格鲁吉亚人在他走过身旁时宽
容地拍了拍他肩胛骨之间的背部。两人都明白，都感
激索洛维约夫的这种事后的有点粗俗的殷勤。

"现在，"索洛维约夫返回房间，小心翼翼地坐到
一把椅子上，说道，"现在让我们来排一下我们的议
事日程吧。有没有要我为你们效劳的地方？要是你们
给我半个钟头的工夫，那我立刻就跑到咖啡馆去，收
拾那里最高明的棋手，捞他一把。一句话——我听从
你们吩咐。"

"您可真逗！！"柳布卡不好意思地笑着说。她不
了解这大学生那幽默风趣和不同寻常的谈话风格，但
是某种东西吸引她那朴实的心去接近他。

"根本不需要这样，"利霍宁插话道，"我暂且还阔得很。我想我们还是一起到哪个小饭馆去吧。我要跟你们商量点事情。不管怎么说，你们是我最亲近的人，自然啰，并不像当初第一眼看上去那么愚蠢和幼稚。然后我去试试看，办理一下她的……柳布卡的身份证。你们等等我。这用不了多少时间……一句话，你们明白这件事的意义何在，你们也不会再瞎开玩笑了。"他的嗓音感伤地、虚假地颤抖。"我希望你们也分担一点我的忧虑。可以吗？"

"啊，行啊！"公爵叫道（他把"行"说成了"白痴"①），不知为什么他意味深长地望了望柳布卡，并且捻了捻自己的胡子。利霍宁瞥了他一眼。索洛维约夫则心地忠厚地说道：

"有道理。你在着手做一件伟大而美好的事情，利霍宁。夜里公爵对我说过。喏，是这样，只有做神圣的傻事，才能称其为青年。给我来瓶酒，亚历山德拉，让我自己来开瓶盖吧，否则您会受内伤的，血管也会破。为新的生活，柳布奇卡，对不起……柳博

---

① 俄语"行"与"白痴"读音相近。

芙……柳博芙……”

"尼科诺夫娜。不过，就像通常那样……叫我柳芭好了。"

"那好吧，柳芭。公爵，咱们干一杯！"

"太好啦。"尼热拉捷答道，跟他碰了一下啤酒杯。

"我还要说的是，我非常为你高兴，朋友，利霍宁，"索洛维约夫放下杯子，舐了舐唇髭，继续说道，"我高兴，并向你致敬。只有你才能有这样一种真正的俄罗斯人的英雄气概，朴直，谦虚，不说废话。"

"别提啦……这算是什么英雄气概。"利霍宁皱起了眉头。

"说真的，"尼热拉捷肯定道，"你总是怪我尽说废话，可你自己在胡说八道了。"

"反正一样，"索洛维约夫反驳道，"也许夸大了一点，但是反正一样！作为我们这阁楼公社的社长，我宣布柳芭是享有平等权利和受人尊敬的公民！"

他站了起来，把手一扬，热情奋发地说道："请你作为女主人，勇敢而自由地走进我们的家门！"

利霍宁清晰地记起，今天清晨他像演戏那样说出的也是这样一句话，他羞愧得甚至眯起了眼睛。

"滑稽表演有的是时间。让我们走吧，先生们。穿衣服吧，柳芭。"

<h1 style="text-align:center">14</h1>

"麻雀饭馆"离他们那儿并不太远，仅二百步光景。路上柳布卡不使人注意地扯了扯利霍宁的衣袖，把他拉近自己。因此，他们落在后面几步，索洛维约夫和尼热拉捷走在前头。

"这就是说，我亲爱的瓦西里·瓦西里奇，您当真要那么做啦？"她那含情脉脉的黑眼睛从下往上打量着他，问道，"您不是拿我开玩笑吧？"

"这怎么能开玩笑，柳布奇卡！要是我允许自己开这样的玩笑，我岂不成了最卑鄙的人。我再说一遍，对于你，我不只是朋友，而是你的哥哥，你的同学。这一点我们不必再提了。至于今天早晨发生的那件事，你放心好了，再也不会重演。今天我就为你租一个单间。"

柳布卡叹了口气。这倒不是因为利霍宁那纯洁的决定使她受了委屈（对于这样一种决定，老实说，她并不怎么相信），而是因为她那狭隘、愚昧的头脑，在理论上似乎无法想象男人对于女人除了肉欲还会有什么别的关系。此外，早在安娜·马尔科夫娜妓院里形成的那种以夸耀和竞争形式表现出来的根深蒂固的东西，现在却变成一种对女性得宠或者失宠的压抑和出自内心的不满。不知怎么，她信不过利霍宁，在他的话里无意识地捕捉到许多装腔作势、毫无诚意的东西。可是索洛维约夫就不同，虽然他讲的话她听不太懂，就像她所认识的其他多数大学生在客厅里相互之间或跟姑娘们开玩笑时那样（如果是在单独的房间里，所有的男人，毫无例外，就像一个人一样，也都言行一致），但她倒是宁愿相信索洛维约夫。他那一双分得很开的快活的、神采奕奕的灰色眼睛闪烁着一种质朴的光辉。

利霍宁一向由于彬彬有礼、态度文雅、付账认真而在"麻雀饭馆"受到尊重。因此，他马上就被引进一个小小的单间——这种荣誉只有极少一部分学生能够夸耀。那个地下室小房间里整天点着煤油灯，因为窗户被天花板截断，亮光只能从狭窄的下半截窗子里透射进来，从里往外只能看到人行道上过往行人的靴子、皮鞋、雨伞和手杖。

他们在衣帽间遇到了大学生西马诺夫斯基，不得不让他加入他们一伙儿。"这是干什么，他好像领着我到处去展览似的，"柳布卡想道，"似乎他在他们面前炫耀。"于是，她找了一个机会，对向她俯下身来的利霍宁悄声说道：

"亲爱的，干吗叫这么多人呢？我真怕难为情。我可真不会应酬大伙儿。"

"没关系，没关系，亲爱的柳布奇卡，"利霍宁停在房间的门口，匆匆地小声说道，"没关系，我的妹妹，这都是自己人，全都是好人，好同学。他们会帮助你，帮助我们俩。他们有时会开开玩笑，说些蠢话，你不必介意。他们的心简直跟金子一样。"

"可我真不好意思，难为情。大家都知道你是从哪儿把我领出来的。"

"那也没关系，没关系！就让他们都知道好了，"利霍宁激烈地反驳道，"何必为自己的过去而难为情，何必隐瞒呢？过上一年你就会勇敢地正视每一个人，并且会说：'没有跌过跤的人，就不会站起来。'来吧，来吧，柳布奇卡！"

在端上简单的凉菜和点着正式的饭菜的时候，大家都感到局促不安，仿佛束缚了手脚，只有西马诺夫斯基除外。造成这种局面的部分原因正是西马诺夫斯基本人，他胡子刮得精光，戴着夹鼻眼镜，头发留得很长，高傲地向后昂着脑袋，两个狭窄的、向下耷拉着的嘴角带有一种轻蔑的神情。在同学中间，他没有知心的朋友，但是他的意见和见解却在同学之中有很大的权威。他的这种威信是从哪儿来的，恐怕谁也无法解释清楚：莫不是由于他那从容自信的仪表，莫不是由于他善于理解并用通俗的话语表达大多数人不清楚而又希望得到解释的那种零散和不明确的事情，抑或由于他总是选择最适宜的时刻发表自己的论断。不论在哪一社交界，这样的人是很多的：一种是以诡辩去影响周围的人；另一种是以坚定不移、永不动摇的信仰；第三种是以响亮的高调；第四种是以恶毒的讥讽；第五种只是以其沉默，目的在于让人觉得他蕴藏着深奥的思想；第六种以空洞的、表面上的华丽博学；还有的以辛辣的嘲弄去对待别人所说的一切……许多人则以俄罗斯那可怕的字眼:"胡说!""胡说!"——
他们对那热烈、真诚,也许是正确的但却草率结束的
讲话蔑视地回答。"为什么是胡说?""因为是胡说八
道,瞎编乱造。"他们耸耸肩膀答道,这就像拿一块
石头去打别人脑袋一样。形形色色的这类人物还有很
多,他们操纵温顺羞怯、善良谦虚的人,有时甚至操
纵一些很有智慧的人,西马诺夫斯基正是属于这类
人物。

然而,吃饭吃到一半的时候,除了柳布卡,大家
都谈笑自如了,柳布卡沉默不语,只是回答"是"或
"不",几乎没有动过饭菜。讲话最多的是利霍宁、
索洛维约夫和尼热拉捷。利霍宁果断、认真,力图把
某些真正的、内心的、灼人的和不便讲出来的话隐藏
在表面关怀备至的一些话语后面。索洛维约夫带着稚
气般的兴高采烈,手舞足蹈,用拳头敲打桌子。尼热
拉捷带着一丝狐疑,半吞半吐,仿佛他知道该说什
么,却又瞒着不说似的。不过,这姑娘奇特的命运似
乎吸引了大家,引起了他们的兴趣;每个人在发表自
己的意见时,不知为什么不免会瞧着西马诺夫斯基。
可是他大部分时间却一言不发,只是透过夹鼻眼镜的

玻璃镜片望着每一个讲话的人，为此他把自己的头高高昂起。

"是啊，是啊，是啊，"他手指敲着桌面，终于说道，"利霍宁做的这件事既漂亮又勇敢。公爵和索洛维约夫给予他热情支持，这也很好。从自己这方面来说，我也愿意尽自己所能帮助你们把已经开始了的事情做下去。不过，要是我们领着我们的这位女友，沿着比如说她天赋的志趣和才能的道路去走，岂不更好。告诉我，我亲爱的，"他对柳布卡说，"您熟悉什么？会做什么？喏，比如说，会做什么样的工作。缝纫啦，编织啦，刺绣啦。"

"我什么也不会。"柳布卡小声回答，低低地垂下眼睛，满脸通红，在桌子下面握紧了自己的手指。"这些方面我都不会。"

"可真的，"利霍宁插话道，"要知道，我们一开始就做得不对。当着她的面来谈论她的事，我们只会把她置于难堪的处境。瞧瞧，她茫然无措，连舌头都不会动啦。我们走吧，柳芭，我马上送你回家，十分钟以后我就回来。你不在场，我们可以好好商量一下，想个办法。好吗？"

"我倒没什么，没什么，"柳布卡回答说，声音低得几乎听不见，"我随您的便，瓦西里·瓦西里奇。只是我不大想回家。"

"为什么呢？"

"我一个人在那里不大方便。还不如我在街心花园等您，在入口处的长凳上。"

"哦，是的！"利霍宁恍然大悟，"是亚历山德拉弄得她这么害怕。我会给这条老蜥蜴一点辣椒尝尝的！喏，我们走吧，柳布奇卡。"

她怯生生地，似乎侧着身子把自己那小铲似的手伸给了每一个人，接着由利霍宁陪着走了出去。

几分钟以后，他返了回来，坐在自己的位子上。他觉得他不在时大家谈论过他，于是眼睛不安地扫视了一遍同伴们。随后，他把两手放在桌子上，开始说话。

"先生们，我知道你们大家都是我的知己和好朋友，"他迅速瞥了西马诺夫斯基一眼，"都是富有同情心的人。我衷心地希望你们帮我的忙。这件事我办得很仓促——这我应当承认——但完全受真诚纯洁的心的支使。"

"而这很重要。"索洛维约夫插话道。

"不管熟人和生人说我什么，我全不在乎，可是我决不会违背自己的意向，我要拯救——请原谅我脱口说出了这愚蠢的字眼——不，不是拯救，而是鼓励、扶持这个姑娘。当然，我有能力为她租一间便宜的小房间，开头供她伙食费，可是下一步该怎么办，这使我遇到了困难。当然，这不是钱的问题，如果是钱，那我总能为她解决。可是光叫她吃喝，为她创造饱食终日、无所事事的条件，就意味着使她必然变得懒惰、冷漠、消极，而后会有什么结局是不言而喻的。因此我们应当为她想个职业。这方面正需要我们动动脑筋。先生们，努点力吧，出出主意。"

"应当了解她能干什么，"西马诺夫斯基说道，"她在进妓院之前，想必做过什么事情。"

利霍宁摊开两手，现出了绝望的神情。

"几乎什么也没有做过。跟所有的农村姑娘一样，稍稍会缝一点衣服。要知道，她被一个官吏引入歧途的时候，还不满十五岁。会打扫房间，洗洗衣服，喏，大概还会熬汤和煮粥。大概，其他就什么也不会了。"

"少了一点。"西马诺夫斯基说道，咂巴了一下舌头。

"此外，她还不识字。"

"不过，这倒不要紧！"索洛维约夫热烈地辩护道，"要是我们是跟一个有知识的女郎打交道，或者更糟一点，是跟一个有半拉知识的女郎打交道，那么，我们忙活了半天也是白搭，顶多得到一个肥皂泡，可眼下，在我们面前的是一块处女地，一块未开垦的处女地。"

"嘿——嗬！"尼热拉捷一语双关地嘶叫了起来。

索洛维约夫此时已不是在开玩笑，而是当真发脾气了：

"你听着，公爵！每一个神圣的思想，每一件美好的事情，都可以被你看作卑鄙和下流。你这样做，一点也不聪明，一点也不值得。如果你是那么放肆地对待我们着手做的事情，那么就让上帝同你在一起，这里便是门。请离开我们！"

"可你自己刚才在房间里还……"公爵窘迫地反驳道。

"是的，我也不好……"索洛维约夫立刻缓和冷静了下来，"我也说过蠢话，为此十分后悔。而现在我甘心承认，利霍宁是好样的，是个杰出的人物。从自己方面来说，我准备为他去做一切。我再说一遍，识不识字是次要的。谈笑之间就能轻而易举地教会她。凭这样一颗'未经动用'的头脑去学会读、写、算，尤其是出于自愿的自学，简直就像咬破一个榛子那么容易。至于说到某一行手艺，凭它可以赚钱维持生活，那有几百种，两个星期就能轻松地学会。"

"例子呢？"公爵问道。

"可例子……例子……嗐，比如说，制作纸花，是的，如果能到花店去卖花，那就更好。最称心的职业，又干净又美。"

"这需要有审美力。"西马诺夫斯基不以为然地说道。

"审美力跟才能一样，不是天生的。否则天才只能产生在高雅的上流社会中间，而只有艺术家才会生出艺术家，只有歌唱家才会生出歌唱家，可是这样的事我们没见过。不过，我不想争论。好吧，要是不去卖花，那么做别的事情也可以。比方说，前不久在街上，我看到一家商店的橱窗里坐着一位小姐，她的面前放着一架脚踩的小机器。"

"嗬嘿！又是小机器！"公爵望着利霍宁含笑地说道。

"住嘴，尼热拉捷，"利霍宁悄声然而严肃地答道，"可耻。"

"糊涂虫！"索洛维约夫骂了他一句，又继续说，"是这样的，那小机器前后移动，机器上面有个四方架子，架子上绷着一块薄布，应当说，我不知道那是怎么安装的，只见那位小姐用一个金属的小玩意儿在屏幕上移动，于是出现了一幅五颜六色丝线绣的奇妙的画。你们想象一下，那是一个湖，湖面上满是白冠黄蕊的睡莲，四周是又大又绿的叶子。水面上有两只白天鹅，面对面地游着，背景是带林荫小径的晦暗的公园。这一切都是那么细腻、清晰，宛如一幅水彩风景画。我觉得很有意思，特意走进去问问机器值多少钱。原来，只比普通的缝纫机贵一点点，而且可以分期付款。凡是多少会用普通缝纫机的人，只要一个钟头就能学会这一技术。有许许多多新颖美丽的图案。而主要是，人们都愿意用这种刺绣品做屏帐、画册封面、灯罩、窗帘和其他东西，也愿意出相当多的钱。"

"真的，这也是一种职业，"利霍宁赞同道，若有所思地摸了摸胡须，"而我，坦率地说，原来是这样打算的。我想为她开一个……开一个小饭馆或者食堂，一开始当然规模要很小很小，但是一切食物都要很便宜，很卫生，很可口。因为许多大学生对于在哪儿吃饭和吃什么东西是完全无所谓的。学生食堂里几乎任何时候都座无虚席。就是说，或许我们是能够设法把熟人和朋友拉过来的。"

"这话不错，"公爵表示同意，"但不切合实际：我们在食堂里吃饭一开始是赊账的。而你知道我们是些什么样的认真还账的人。在这行业上需要的是实际能干的精明狡猾的人，要是一个女人，那就得有梭鱼的牙齿，即便是这样，背后也总得跟着一个男人。事实上，总不能让利霍宁站在柜台里面盯着，看有谁吃饱喝足后忽然溜之大吉吧。"

利霍宁使劲地瞪了他一眼，但咬紧牙齿，没有出声。

西马诺夫斯基一面玩弄夹鼻眼镜的镜片，一面以自己那慢条斯理的、不可抗辩的语气开始说道：

"先生们，你们的设想很好，这是没有争议的。

但是你们是否注意到这样一点，即所谓阴暗的一面？
要知道，开办食堂，着手干某种手艺，所有这一切开
头都需要钱，需要别人的帮忙，也就是需要有靠山。
不能不舍得钱，这是对的，我同意利霍宁的意见，可
是，劳动生活的最初阶段，它的每一步都有了保障，
这样会不会导致不可避免的松懈和疏懒，乃至最终对
事业的冷漠藐视？就拿小孩来说，不跌上五十次跤，
是学不会走路的。不，如果你们真心要帮助这个苦命
的姑娘，你们就得给她提供一个自力更生的机会，让
她做一个劳动者，而不是做不劳而食者。不错，这是
个很大的考验，工作的繁重，暂时的穷困，可是，只
要她能战胜这一切，那她必能战胜其他的困难。"

"那么在您看来，她是不是该去洗碗碟？"索洛
维约夫怀疑地问道。

"未尝不可，"西马诺夫斯基镇静地答道，"去洗
碗碟，去洗衣服，去当厨娘。任何一种劳动都能使人
高尚。"

利霍宁摇了摇头。

"真是金玉良言。智慧正是通过您的嘴预言出来
的，西马诺夫斯基。当洗碗碟的女工啦，当厨娘啦，

当女仆啦，当女管家啦……可是，第一，她未必能胜任这样的事情；第二，她已经当过女仆，尝过老爷们当众呵斥和在门外走廊上挨拧的滋味。请问，难道您不知道百分之九十的妓女来自女佣的行列？这就是说，可怜的柳芭一受到委屈，一受到挫折，就很容易心甘情愿地回到我把她带出来的那个地方，如果不是更糟的话，因为那里对她来说已经习惯了，并不那么可怕，而且也有可能，在受到老爷们虐待之后反倒乐意在那里了。况且，既然把人从一种奴役中解救出来，再推到另一种奴役中去，那还值不值得我……这，我是想说，还值不值得我们大家如此奔波、努力、费尽心机？"

"是啊。"索洛维约夫赞同道。

"随您便吧。"西马诺夫斯基带着鄙视的神情傲慢地说。

"至于涉及我，"公爵说道，"我，作为你的朋友和作为一个求知心切的人，愿意参加到这种实验中去。不过今天早晨我就警告过你，这样的实验以前有过，而且总是以可耻的失败告终，至少，有一些是我们亲眼看到过的，至于我们听来的那些是不是属实，就很难说了。但是，你已经开始做这件事了，利霍宁，那就做下去吧。我们当你的帮手。"

利霍宁用手掌拍了一下桌子。

"不！"他固执地喊道，"西马诺夫斯基说，人要是总靠他人帮助而生活是很危险的，这话是有一定道理的。可是我看不到另外的出路。最初阶段，我会帮她解决住房、吃饭问题……找一个不太难做的工作，给她买一些必要的用品。听其自然吧！为了使她的头脑能够多少受点教育，我们会尽力做到一切，而她的心和灵魂是美好的——这我相信。这信念我没有任何根据，但是我相信，几乎可以说我知道。尼热拉捷！别像丑角似的做怪样子了！"他猛然大声说道，脸色苍白，"对你的那些愚蠢的举动，我已经忍让了多少次啦。直到现在我还认为你是个有良心有感情的人。要是你再不知趣，还这样尖酸刻薄，我就会改变对你的看法，而且你要知道，这将是永久的改变。"

"是的，可我没什么……真的，可我……何必发火呢，我的宝贝？既然你不喜欢我这快活的人，那我就闭上自己的嘴。把手伸给我吧，利霍宁，让我们干上一杯！"

"那好吧，别缠我啦。祝你健康！只是别再像孩子似的胡闹，你这沃舍梯山羊。那么，先生们，我继续说下去。如果我们想不出任何办法来实现西马诺夫斯基关于独立自主的、不需要任何支持的劳动的优越性这种正确意见，那我仍然坚持我的一套办法：尽量教柳芭掌握知识，带她去看戏，看展览，听普及知识的讲课，去博物馆，为她朗诵，给她提供听音乐的机会，当然，听易懂的音乐。不消说，我一个人是做不了这么多事情的。我期待你们的帮助，至于以后会怎样，那就听凭上帝的旨意吧。"

"这好哇，"西马诺夫斯基说道，"这倒是新鲜事，也不俗，没经历过的事怎么能知道呢？也许您利霍宁将成为一个好人的真正的精神之父。我也愿意效劳。"

"还有我！还有我！"另外两个也表示赞同，于是就在这里，四个大学生围着桌子，为柳布卡的教育和启蒙拟订了一个十分罕见的庞大计划。

索洛维约夫主动承担教姑娘文法和书写。为了避免枯燥的课程使她厌倦，为了奖励她的成绩，他将为她朗诵俄国的和外国的通俗文艺作品。利霍宁把教授数学、地理和历史的任务留给了自己。

公爵这时一反通常的那种诙谐态度，老老实实地说道：

"诸位老弟，我什么也不会，而我所会的，也都似是而非。不过我可以为她朗诵伟大的格鲁吉亚诗人鲁斯塔维里的杰作，并且逐行地翻译出来。说实在的，当老师我一点也不在行，我曾经试着当过一次家庭教师，可是只教了两课就被人客客气气地撵出来了。不过，要教弹吉他、曼陀林和吹祖尔纳管，谁也不会超过我。"

尼热拉捷讲得十分认真，因而利霍宁同索洛维约夫会意地笑了起来，而完全出乎意料，使大家都吃一惊的是，西马诺夫斯基表示支持他。

"公爵讲的有道理。掌握一种乐器，不管怎么说，能够提高审美力，而且，对于生活有时也有帮助。至于我，先生们……我打算给这个青年人讲马克思的《资本论》和人类文化史。除此之外，还可以教她物理和化学。"

要不是西马诺夫斯基素有权威和他讲话的郑重态度，其余三人准会当他的面哄笑起来。眼下他们只是睁大了眼睛望着他。

"是的，"西马诺夫斯基从容不迫地继续说，"我还要尽可能在家里给她做一系列化学实验和物理实验，这些实验总是很有意思，有利于增长人的智慧，也可以消除偏见。顺便给她讲点世界的构成和物质的性质。至于讲到卡尔·马克思，则请记住，凡是伟大的著作，只要阐述得清楚，学者和不识字的农民同样都能懂。而任何伟大的思想都是简单明了的。"

利霍宁在约定的地方——街心花园的长凳上找到了柳布卡。她很不愿意跟他回家。利霍宁推测，她害怕跟怨声怨气的亚历山德拉见面，因为她早已不习惯那种严峻的、充满了各种不愉快事情的日常生活了；此外，利霍宁不想隐瞒她的身世，这一点使她精神上感到压抑。但是她在安娜·马尔科夫娜妓院时早已失去了自己的意志和个性，随时准备听从任何一个陌生人的召唤，所以她对利霍宁一句话也没说，就跟在他后面走了。

奸诈的亚历山德拉在这段时间里，已经跑到住房管理员那里去告了一状，说什么利霍宁带回来一个女郎，跟她在房间里过夜，至于她是谁，亚历山德拉不知道；说什么据利霍宁自己说，好像是他的堂妹，可又没亮出身份证。这就不得不同管理员进行一番长久的、详细和令人厌倦的解释。此人粗暴无礼，对待房客就像对待沦陷城市的普通居民一样，但他对大学生们多少有点害怕，因为他们偶尔给过他严厉的回击。利霍宁马上为柳布卡租了一个房间，只在这时管理员才心软了下来。那房间与利霍宁住的隔着几个房间，就在房顶的斜坡底下，因此从里面看上去它是一个低矮、四面陡削的小金字塔，有一个小窗子。

"不管怎样，利霍宁先生，明天务必把身份证拿来看看，"在分手时管理员坚持说，"您是有教养的人，工作努力，我跟您早就相识，您付房租又总是很按时，因此，我只对您破例这么办。这年头啊，您自己知道，是多么艰难。要是有人去告上一状，那不只是对我罚款的问题，还会吊销我的城市户口。如今严得很。"

傍晚，利霍宁同柳布卡逛了公爵花园，在贵族俱乐部里听了音乐，很早便返回家来。他把柳布卡送到她的房间门口，立刻向她告辞，而且还温存地、慈父

般地吻了吻她的额头。但是十分钟以后，当他已经脱
了衣服躺在床上读国家法的时候，柳布卡突然像猫似
的搔了搔他的房门，走了进来。

"心爱的，宝贝儿！请原谅，我打搅了您。您有
没有针和线？您别生我的气呀，我一会儿就走。"

"柳芭，不是一会儿，我请你马上走。我不得不
这样要求你！"

"我亲爱的，我的好人儿，"柳布卡滑稽地、抱怨
似的唱吱吱地说道，"您干吗老是对我嚷嚷？"于是，
刹那间她吹灭了蜡烛，在黑暗中贴近了他，又是笑又
是哭。

"不，柳芭，不能这样！再也不能这样。"十分钟
以后，利霍宁站在门口说道，他裹着一条毯子，像西
班牙中世纪的骑士，"明天我在别的楼房里给你租个
房间。总之，为了不再发生这样的事！走吧，上帝保
佑你，晚安！不管怎么说，你得向我保证，我们之间
只能是友谊关系。"

"我保证，亲爱的，保证，保证，保证！"她笑
吟吟地嘟嘟哝哝地说了起来，匆匆地先吻了一下他的
嘴唇，而后吻了一下他的手。

吻手完全是出于本能，也许连柳布卡自己也没有料到。有生以来她从未吻过男人的手，只有牧师除外。大概，她想以此表示对利霍宁的感激和对他的崇拜，就像崇拜最高尚的人那样。

15

正如许多人所察觉的那样，在俄罗斯知识分子中间，有相当数量的怪人，他们是俄罗斯国家文化的真正儿女，富有英雄气概，敢于正视死神而面不改色心不跳；他们能够为了一种理想而忍受不可想象的、有如酷刑似的艰难和困苦，然而，这些人面对守门人的傲慢却不知所措，听到洗衣女工的大声呼唤会蜷缩起来，而迈进警察局的门槛就感到苦闷和胆怯。利霍宁正是这样一个人。第二天（因为头天是假日，加上时间太晚无法办理），利霍宁醒得很早，想到要为柳布卡的身份证去奔波，他的心绪是那么恶劣，就像从前，当他还是个中学生的时候，明知会考不及格却硬着头皮去参加考试一样。他头痛，手脚麻木，好像它们不属于他似的，是没有用处的，加上外面从清晨就落着肮脏的绵绵细雨。"总是这样，每逢要遇到不愉快的事情，必然下雨。"利霍宁一面慢慢地穿衣服，一面想道。

从他这里到亚玛街不算很远，不超过一里^①地。一般来说，那些地方他并没有少去，只是从未在大白天去过，因此，一路上他总觉得每一个过路行人，每一个车夫和警察都好奇地、责备地或憎恶地看着他，仿佛是在猜测他此行的目的。像往常一样，每逢这种淫雨霏霏的早晨，映入他眼帘的每一个人的脸，好像全都那么苍白、难看、丑陋而带有明显的缺陷。他不知想象了多少次，先到妓院去怎么说，后到警察局去怎么说，而每次想象的结果都不一样。有时他埋怨自己这种事先的演习，阻止自己：

"哎呀！不要去想，不要去设想该说什么。通常，这样的事办得干脆，效果反倒更好……"

可是他头脑里立刻又出现了想象中的对话：

---

① 此处指俄里，相当于 1.06 公里。

"您没有权利违背这姑娘的意愿而把她留住不放。"

"好啊，那就让她自己来声明她要走吧。"

"我是受她的委托来办的。"

"好吧，可您拿什么来证明这一点呢？"他又在想象中自己打断了自己的话。

眼前是城郊的一片牧场，牛群在牧场上吃草，顺着栅栏是一条木板的人行便道，一些颤巍巍的小桥架在小溪和水沟上面。后来，他转过弯，向亚玛街走去。安娜·马尔科夫娜妓院的窗户全都上了护窗板，紧紧关闭着，护窗板的中间有个雕刻成鸡心形的孔。街上寂无行人，仿佛经过一场瘟疫变得空空如也似的。这条街上的所有其他的妓院，同样关闭着窗户。利霍宁怀着一颗紧缩的心拉了拉门铃。

一个女仆应声前来开门，她赤着脚，撩起衣服的下摆，手里拿着一块湿抹布，脸上一道道污迹——她适才在擦洗地板。

"我想见叶妮卡。"利霍宁怯生生地请求说。

"哦，叶尼娅小姐那里有客人。他们还没有醒呢。"

"好吧，那就见见塔玛拉。"

女仆狐疑地打量了他一下。

"塔玛拉小姐——我不知道……好像也有客人。您怎么，是找她开房间还是怎么的？"

"唉，还不都一样。喏，就算是开房间吧。"

"不知道，我去看看。请等一等。"

她把利霍宁留在半明不暗的客厅里，随后便走了。从护窗板的孔中射进来的那些蓝色尘雾的光柱，直着和斜着穿透了浓重的晦暗。各种颜色的家具和墙壁上粗劣的猥亵彩色画，像散乱的斑点从灰色的沉渣中显现出来。室内滞留着头天的烟味儿，散发着潮湿、酸臭以及某种特殊的难以形容的、不住人的房间的气味，这种气味每逢清晨在人们临时聚集的那些场所总能闻到，像空的戏院、舞厅、教室。从远处，时而传来城里马车的辘辘声。隔壁墙上的挂钟在单调地嘀嗒作响。利霍宁怀着忐忑不安的心情在客厅里徘徊，时而搓搓，时而揉揉自己那发抖的手，不知为什么他有点伛偻着，觉得发冷。

"真不该演这全部虚假的喜剧，"他愤愤地想道，"不用说，我现在已经成了整个大学的可耻笑料。真是多此一举！即使是昨天白天，她说她打算回去的那个时候，也不算晚。给她几个车钱和少许零用钱，她也就走了，一切就会很美满，此刻我也会无所牵挂，自由自在，更不会感受这种痛苦而可耻的精神状态。可现在打退堂鼓，为时已迟。明天就会更晚，而后天呢——越发晚了。既然干了一件蠢事，就得马上停下手来，如果你不及时停下，那么一件蠢事就会引出另外两件，而两件就会引出新的二十件。也许，现在还不算太晚吧？要知道，她有点愚蠢，不怎么开窍，大概也跟她们之中的大多数人一样，有点神经质。她是个动物，只配吃饭和睡觉！噢！见鬼！"利霍宁用两只手使劲捂住脸腮和额头，闭上了眼睛。"哪怕我抵住了那普通的、粗俗的肉体诱惑也好！瞧，可倒好，这已经发生过两次了，而以后还会，还会……"

但与此同时，也闪过与这类想法完全相反的念头：

"可我是堂堂的男子汉！我说话可得算数。要知道，推动我去这样做的，是一种美好、仁慈和崇高的感情。我清楚地记得，当我的思想化作行动的时候，我是多么喜悦！这是一种纯洁而伟大的感情。莫非这只不过是由于喝多了酒头脑产生的古怪念头，是彻夜不眠、抽烟和长久空谈的后果？"

顿时，柳布卡仿佛出现在他面前，仿佛是从遥远岁月的朦胧深处出现似的；她困窘、羞怯，面孔既难看又可爱，这面孔突然让人觉得无比亲切，早已熟悉，同时它又不公正地、无理由地让人觉得不愉快。

"难道我真的是个懦夫和废物？！"利霍宁内心喊道，他不住地折弯自己的手指，"我怕什么？我在谁的面前要发窘呢？我不是一向以我是自己生活的唯一主人而自豪吗？就算我异想天开，妄想对人的灵魂做一次心理实验，做一次罕见的，百分之九十九不会成功的实验，难道我就得向谁提供这一实验的总结报告或者害怕谁的意见吗？利霍宁！要站到高处俯瞰人类！"

叶尼娅走了过来，她头发蓬乱、睡眼惺忪，里面是白衬裙，外罩一件白睡衣。

"啊——啊！"她把手伸给利霍宁的同时，打了一个呵欠，"您好，亲爱的大学生！您的柳布奇卡在新居感觉怎样？会请我去做客吧。还是你们悄没声儿地在度蜜月？也不要别人当证婚人？"

"别说废话啦，叶尼奇卡。我是为身份证而来的。"

"噢，噢，是为身份证，"叶妮卡沉思起来，"这

就是说，您得去找女管家要那张登记表，而不是身份
证。您晓得不，就是我们普通妓女的那种登记表，
拿到它以后，再到警察局去换正式的身份证。不过
您要知道，亲爱的，在这件事情上我帮不了您什么
忙。要是我往女管家和守门人跟前凑，他们对我不
会有好事，准会把我揍一顿。这件事得这么办。您
最好打发一个女仆去请女管家，让她转告说有一位
客人，一位常客，有事要商量，必须见她本人。而
我，请原谅，我得避开，请您别生气。您自己明
白，人总是先想到自己的利益。您干吗一个人在这
黑咕隆咚的地方晃悠？您还是去客房吧。要是您愿
意，我就叫人给您送啤酒去。或许您想喝咖啡？再
不然，"这时她的眼睛闪出了调皮的光芒，"再不然，
或许来上个姑娘？塔玛拉有客人，那是不是要纽拉
或者韦尔卡？"

"别说啦，叶尼娅！我来是为一件正经的要紧的
事情，可您……"

"喏，喏，我不说啦，我不说！我只不过是说说
而已，看得出来，您是信守忠诚的。这是您的一种美
德。那我们走吧。"

　　她带他走进客房，打开护窗板的内螺栓，推开了窗户。白昼的光线柔和而单调地洒在红金两色的墙壁上，洒到枝形烛台上，洒到柔软的红色绒布家具上。

　　"唉，这事就是在这儿开始的。"利霍宁怀着苦恼的遗憾想道。

　　"我走啦。"叶妮卡说道，"在她面前，您别太唯唯诺诺，在西梅翁面前也一样。要使劲跟他们对骂。现在是白天，他们不敢把您怎么样。万一出什么事，您就直接警告他们，说您马上就去省长那儿告他们。您就说，二十四小时之内就会把他们扣起来，吊销他们的城市户口。对他们使劲嚷嚷，他们就会变得像丝绸一样柔软。好吧，那我祝您成功！"

　　她走了。十分钟以后，身穿蓝色假缎子宽大罩衫的女管家埃玛·爱德华多夫娜走进了客房。她肥肥胖胖，一张板着的脸从额头到面颊渐渐往下加宽，好像一个丑陋的南瓜，整个下巴和乳房都又重又大，一双敏锐、乌黑的小眼睛没有睫毛，薄薄的，凶恶的嘴唇抿得很紧。利霍宁站了起来，握了握伸给他的那只缀满了戒指的胖手。他突然厌恶地想：

"他妈的！要是这个杂种也有灵魂，要是能够看看这个灵魂，那不知这灵魂里隐藏着多少直接和间接的杀人案呢！"

应该提一下的是，利霍宁到亚玛来的时候，除了钞票，还随身带了一支手枪。一路上，他一面走，一面屡屡把手伸进衣袋里去，摸摸那冰凉的铁器。他预料会遇到侮辱、暴力，也就准备了应急措施。但是使他惊奇的是，他所预料和害怕的事情原来是他胆怯和幻想的虚构。事情进行得相当简单、乏味、平淡，同时又很不愉快。

"是啊，我的先生①。"女管家冷漠而又有点居高临下地说，一面抽着烟卷儿，坐到一把低矮的扶手椅上。"您只付了一夜的钱，却把那个姑娘带去多住了一天一夜。那么②，您还应付二十五卢布。把姑娘放出去过夜，我们收十卢布，而一昼夜是二十五卢布。这是定价。您不想抽烟吗，年轻人？"她把烟盒递到他面前，利霍宁似乎身不由己地拿了一根。

"我想跟您谈的完全是另一件事。"

---

① ② 原文为德语。

"噢！尽管说吧，我什么都很清楚。大概您这位年轻人想带走这个姑娘，这个柳布卡，想完全把她接到府上，或者是为了……按俄国人的说法是，为了拯救她吧？是的，是的，这是常有的事。我在妓院里待了二十二年，而且一直待在最好的上等妓院里，我知道，那些傻乎乎的年轻人就会干这种事。不过我敢肯定，这种事不会有什么好结果。"

"有没有好结果，这是我的事情啰。"利霍宁闷声地答道，低头望着自己那在膝盖上微微颤抖的手指。

"哦，当然，那是您的事情，年轻的大学生。"埃玛·爱德华多夫娜那松软的面颊和硕大的下巴由于不出声地发笑而跳动了起来，"我由衷地祝愿你们相亲相爱，不过，麻烦您告诉这个骚货，告诉柳布卡，有朝一日您把她像条狗崽似的扔到街上去，那她休想到这儿来露面。让她饿死在篱笆墙根底下，或者让她到那种为大兵开设的半卢布的妓院去！"

"您放心吧，她不会回来的。我只是请您赶快把她的证件给我。"

"证件？啊，好吧！现在就可以。不过，这得麻烦您先还清她在这儿借的债。您看，这就是她的账本。我特意把它带来了。我早就料到咱们的谈话会怎样结束。"她从宽大罩衫的开口里掏出一个黑硬皮的小本子，在这一瞬间让利霍宁看见了她那肥胖、丰满的黄色胸脯。那小本子的封面上写着：亚玛街，门牌某某号，安娜·马尔科夫娜·沙伊别斯妓院，伊琳娜·沃舍科娃小姐账簿。她隔着桌子把小本子递给了利霍宁。利霍宁翻开第一页，看了印在上面的三四条规则。那里干巴而简短地陈述道，账簿一式两册，一册由老板娘保存，另一册由妓女本人保存；所有的收入和支出都登在两本账簿上；根据协议，妓女可获得膳食、住宿、取暖、照明、床单枕套及洗澡等，为此而把自己不超过三分之二的收入交给老板娘；余下的钱必须用来保证穿着整洁、体面，讲究的衣服不得少于两套。再下面还提到，清账借助于印花，即老板娘收到妓女上交的钱时付给她印花，每月月底结一次账。最后讲到，妓女可以随时离开妓院，即使她负有债务，但是根据民法，她负有还清债务的义务。

利霍宁把账簿转了过去，让它面朝着女管家，指了指最后一条，得意地说道：

"哼！您瞧，有权随时离开妓院。因此，她随便在什么时候都可以抛弃你们这肮脏的卖淫窟，你们这该诅咒的、暴力的、卑鄙的、淫荡的魔窠，正是在这里你们……"利霍宁滔滔不绝地讲了起来，但是女管家平心静气地打断了他的话：

"噢！这我倒并不怀疑。就让她走好了。不过她得把钱付清。"

"给期票行吗？她可以给期票。"

"去吧！什么期票！第一，她不识字；第二，她的期票能顶啥用？呸！一点用也没有。让她找一个信得过的保人好了，要是那样，我就一点也不反对。"

"可是规则里一点也没有说到保人啊。"

"没说到的事情多着哩！规则里也没说到不事先跟主人打招呼就可以把姑娘带走呀。"

"可是不管怎样，您得把她的登记表给我。"

"我决不会做那种傻事！您带上一个有地位的人和一个警察到这儿来好啦，让警察证明您的熟人是有产业的，并且让这个人为您担保。此外，让警察证明您不是把姑娘带去贩卖或者倒手卖到别的妓院去，只有这样才行！人就完全归您！"

"见鬼！"利霍宁大声地说，"可是这保人如果就是我，就是我本人呢！要是我马上给您签一张期票呢……"

"年轻人！我不知道你们那些大学都教了你们些什么，难道您把我看成是这样一个十足的傻瓜？上帝保佑您除了您现在穿的，还会有别的裤子！上帝保佑您哪怕隔一天能从香肠铺子里弄到几截香肠作为午餐，而您还谈什么期票！您干吗愚弄我呢？"

利霍宁勃然大怒。他从衣袋里掏出钱包，啪嗒一声扔在桌子上。

"既然这样，我马上替她付清！"

"唉，这就是另一回事了，"女管家甜滋滋地拖着声音说道，但仍然有点怀疑，"麻烦您翻开账本，看看您心上人欠了多少钱。"

"闭嘴，你这坏蛋！"利霍宁冲着她喊。

"我不说啦，傻瓜。"女管家镇静地答道。

在那些画好了格子的小小账页上，左边标的是收入，右边标的是支出。

"二月十五日，"利霍宁看下去，"收到印花十卢布，十六日——四卢布，十七日——十二卢布，十八日生病，十九日生病，二十日——六卢布，二十一日——二十四卢布。"

"我的天哪！"利霍宁憎恶而恐惧地想道，"十二个人！一夜接客十二个！"

月末处记载着：

"总计三百三十卢布。"

"天哪！这简直是荒诞！一百六十五个嫖客。"利霍宁机械地暗自计算了一下想道，仍旧继续往下翻看。后来他看起右边的栏目了。

"做一件红绸花边连衣裙，八十四卢布，女裁缝叶尔多基莫娃。花边单长衣一件，三十五卢布，女裁缝叶尔多基莫娃。长筒丝袜六双，三十六卢布。"等等，等等。"付车钱，付糖果钱，付香水钱。"等等，等等。"总计二百零五卢布。"然后从三百三十卢布中扣除二百二十卢布——交老板娘的寄宿费部分，得出的数字是一百一十卢布。月终结算：

"总计，收入一百一十卢布，付做衣服费和其他物品费后，伊琳娜·沃舍科娃还欠九十五卢布，加上去年所欠四百一十八卢布，共欠五百一十三卢布。"

利霍宁垂头丧气。他起初试图对账目中所列物件的昂贵价格表示愤慨，但女管家冷静地加以反驳，说这与她无关，说妓院只要求姑娘穿着体面，合乎正派的上流妓院的妓女身份，其他，则与院方无关。妓院只不过借钱给她付她的用项。

"但是，你们的女裁缝简直是个凶恶的女人，是个人形的蜘蛛！"利霍宁发狂似的喊道，"要知道，她是跟你密谋好了的，你这吸血鬼，你这可恶的乌龟！乌贼！你的良心在哪儿?！"

他越是激动，埃玛·爱德华多夫娜就越是镇静，越是嘲笑他。

"我再说一遍，这事与我无关。而您，年轻人，不要骂骂咧咧的，因为我会叫守门人来，他准会把您扔出大门去。"

利霍宁不得不跟这冷酷的女人久久地讨价还价，他暴跳如雷，嗓子都快喊哑了，最后，她总算同意收二百五十卢布现金和二百卢布期票。这还是等利霍宁拿出学期证明，使她确信他本年度即可毕业并成为律师后她才答应的……

女管家去取登记表，利霍宁在客房里走来走去。

他把墙上所有的画都看了一遍：有带天鹅的列达①，有海滨沐浴，有后宫宫女，有怀抱裸体女神②的萨蹄尔③。可是半掩在门帘后面、镶在玻璃镜框里的一张铅印的不太大的告示，突然吸引了他的注意。这是涉及妓院日常生活的规章制度总则。利霍宁是第一次见到它，他这大学生带着惊奇而厌恶的神态读着这些用警察局那死板的官方语言叙述的条款。那里，带着可耻和务实的冷漠讲到预防传染的种种措施，讲到女性的生理卫生，讲到每周的医生检查，讲到对她们适用的所有器具。利霍宁还读到这样的规定：妓院不应设立在教堂、学校、法院方圆一百步之内；妓院只能由女性人士开设；与老板娘迁住一起的只能是她的亲属，而且只限女性亲属，年龄不超过七岁；不论妓院主人、女仆，还是妓女，彼此之间以及对待客人，应保持礼貌、安静、殷勤、文雅，决不允许酗酒、谩骂、斗殴。而且还讲到，妓女醉酒之后或者接待醉酒的男

---

① 古希腊神话中斯巴达王的王后，宙斯被其美色所迷，变作一只天鹅投入列达怀抱，与其结合。这一情节成为15—16世纪许多意大利画家的创作素材。
② 指古希腊神话中的山林水泽女神。
③ 古希腊神话中酒神的淫荡伴侣，呈半人半山羊状。

子，不得有性爱行为，此外，逢有大的宗教节日，同样如此。这告示还严禁妓女打胎。"何其严明而合乎道德的观念！"利霍宁怀着愤恨的讥讽想道。

跟埃玛·爱德华多夫娜商谈的这件事，总算办妥了。利霍宁把钱递到她手里，她收了钱，开了收据，把收据和登记表一并递给利霍宁。在这交接过程中，两人都带着警惕和提防的神情彼此望着对方的眼睛和手。显然他们双方都不怎么相互信任。利霍宁把收据和登记表放进钱包里，准备离去。女管家一直将他送到大门口，等到这大学生已经走到街上，她仍旧站在台阶上，并且探出身子朝他喊道：

"大学生！喂！大学生！"

他停住脚步，回过身来。

"还有什么事？"

"还有一件事。现在我得告诉您，您那柳布卡是个下贱货，是个贼，害梅毒病！我们这里像样的客人谁也不要她，总之，即使您不把她接走，我们明天也会把她赶出去！我还告诉您，她跟守门人，跟警察，跟清道夫和小偷们都鬼混过。祝贺你们正式结婚！"

"呸！你这恶棍！"利霍宁冲着她喊道。

"十足的糊涂虫！"女管家喊道，砰的一声关上了门。

利霍宁是乘马车去警察局的。路上他想起，他还没来得及好好看看登记表，这张他听到过无数回的臭名远扬的"黄票"。这是一张普通的白纸，不过信封那么大。有一面，在相应的栏里写着柳布卡的名字、父名和姓，还有她的职业——妓女；而另一面，印着他方才看到的那张告示的摘要——关于保持举止文雅和内外卫生的种种可耻虚伪的规则。"每个嫖客，"他读道，"有权查看妓女最近一次医生体检的书面证明。"此时利霍宁的心又充满了感伤的怜悯。

"可怜的女人！"他痛心地想道，"在你们像拉磨的瞎马那样尚未习惯于一切之前，你们受到了怎样的蹂躏，怎样的侮辱啊！"

在警察局他受到警察分局局长克尔别什的接见。此人刚值过夜班，没有睡足，因而满不高兴。他那浓密的、扇形的红胡须乱糟糟的。他那绯红的脸有半边由于长时间枕在不舒适的漆面枕头上变得越发红了。可是他那罕见的炯炯碧蓝的眼睛，冷酷而明亮，看人时明晰而又严峻，宛如蓝瓷。他刚对夜里抓到的一群流浪汉进行了审讯、记录，臭骂了他们一顿，让他们醒醒酒，此刻已把这些人遣送回各自所属的警察分局去了。在办完这些事情后，他往沙发背上一靠，两手放在脖子后面，使劲伸展了一下他那庞大的、勇士般的躯体，弄得周身的骨关节都咯吱作响。他瞟了利霍宁一眼，仿佛瞟一件东西似的，问道：

"您有什么事，大学生先生？"

利霍宁简略地陈述了一遍自己的事情。

"因此我想，"他结束道，"把她带到我那里去……这事应该在你们这儿办什么手续？……作为女仆，或者，也可以说是亲戚，总之……这该怎么办理？……"

"喏，譬如说，是作为姘妇或者妻子吧，"克尔别什冷淡地反驳说，手里转动着刻有组合字和小人的银烟盒，"我对您一点儿也帮不上忙……至少现在是这样。如果您想娶她，就得出示你们学校当局相应的许可证明。可是，如果您要带她去姘居，那您想想看，这是一种什么样的逻辑？您从一个堕落的场所把一个姑娘接出来，为的是跟她堕落地同居。"

"不，是当用人。"利霍宁插嘴道。

"即使当用人也罢。那也得麻烦您出示你们房东的证明，我想您本人不会是房产主吧？……是这样，证明您有能力雇用一个女仆，除此之外，还要别的证件，证明您自己的身份，比如说，由您所在地区的警察局和大学开证明书什么的。我相信您是注册登记过户口的吧？或许你是那种人？……属于不合法的？"

"不，我登记过户口！"利霍宁反驳道，他渐渐失去耐性。

"那太好了。可是您为之奔走的那位姑娘呢？"

"没有，她还没有户口。不过我有她的登记表，我想您会把它换成她的正式身份证，那我就可以马上给她上户口。"

克尔别什摊开两手，随后又玩弄起烟盒。

"我一点也帮不了您的忙，大学生先生，真的帮不了，除非您把所有的证明文件都带来。至于那位姑娘，她作为没有居住权的人，必须立即被送到警察局来，拘留在这里，如果她本人不愿意回到您带她出来的那个地方的话。"

利霍宁猛地把帽子低低地拉到额上，向门口走去。但他脑子里突然闪过一个乖巧的念头，不过他本人也很讨厌这个念头。于是，他胸口感到恶心，两手汗湿、冰凉，脚趾有一种很不舒服的夹痛。他又回到桌旁，仿佛是漫不经心地但又脱口而出地说道：

"对不起，分局局长先生。一件最重要的事情我给忘了，我们俩都认识的一位熟人，托我转交给您他的一小笔债款。"

"嗯！熟人？"克尔别什问道，他那漂亮的蓝眼睛睁得很大，"这人是谁呢？"

"巴尔……巴尔巴利索夫。"

"哦，是巴尔巴利索夫吗？对，对，对！我记得，记得！"

"那么，是不是请您收下这十个卢布呢？"

克尔别什摇了摇头，没有拿那张钞票。

"喏，您的这个……也就是说，我们的这个巴尔巴利索夫是头蠢猪。他根本不是欠我十卢布，而是二十五卢布。这个混蛋！二十五卢布，还有一点零头呢。得啦，零头我当然就不跟他计较了。上帝保佑他！您大概知道，这是打台球欠的债。我得说，他是个坏蛋，玩的时候尽捣鬼……好吧，年轻人，那您就再拿十五卢布吧。"

"好吧，您真狡猾，分局局长先生！"利霍宁一面掏钱，一面说道。

"别那么想！"克尔别什说道，口气完全变温和了，"老婆，孩子……您是知道的，我们的薪水有多少……拿去吧，年轻人，这小身份证。请在收据上签个名。祝您……"

怪事！当意识到身份证终于到了自己的口袋里时，不知为什么利霍宁一下子如释重负，甚至又情绪高涨、精神抖擞了。

"好啊！"他想道，快步在街上走着，"事情有了个开端，最困难的事已经做了。现在你要牢牢稳住，利霍宁，不要丧失信心！你所做的事情既美好又高尚。我为了这一举动哪怕牺牲自己，也在所不惜！做一件好事，马上就希望得到奖赏，是可耻的。我不是马戏团的一条小狗，不是一头经过训练的骆驼，也不是上流女子学校第一名优等生。昨天我跟这些大学生——教育界的代表闲扯实属无济于事。事情干得很愚蠢，没有分寸，至少说是时机不到。不过生活中一切事情都是可以补救的。最痛苦、最可耻的事情你也能够忍受，而时间一过，你再回想起它来，就会觉得不值一提……"

使他惊奇的是，当他得意地把身份证拿给柳布卡看的时候，柳布卡并不怎么惊讶，也丝毫没有流露出狂喜。她只是为又见到利霍宁而高兴。这颗未开化的、天真的心灵仿佛已经完全贴到了自己的保护人身上。她扑向他，搂住他的脖子，然而他止住了她，并且悄声地，几乎是贴着耳朵问道：

"柳芭，告诉我……别怕说真话，不管是什么事情……方才在妓院里，她们说你好像得了一种病……你知道，就是那种很不好的病。要是你多少还信任我的话，你就告诉我，亲爱的，告诉我这是真的不是？"

她脸红了起来，双手捂着脸，倒在沙发上，大哭起来。

"我最亲的亲人！瓦西里·瓦西里奇！瓦先卡！我对天发誓！真的，绝对没有这件事！我一向是很当心的。我特别怕这种病。我是那么爱您，要是有这种病，我必然会告诉您的。"她抓住他的两手，将它们贴在自己那泪湿的脸上，带着受冤屈的孩子那种可笑而又感人的真诚表情，继续向他保证。

他内心立刻就相信她了。

"我相信你，我的乖乖，"他一面抚摩她的头发，一面轻声说道，"别着急，别哭。只是我们不要再屈从于自己的弱点了。喏，过去的事情就让它过去吧，我们别再让它重演。"

"随便您怎样都行，"姑娘含含糊糊地说，一会儿吻他的手，一会儿吻他的呢子衣服，"要是您那么不喜欢我，那当然随便您怎样都行。"

然而就在这天晚上，那种罪恶的诱惑又重演了，此后一而再，再而三地重复下去，陷入罪恶的那些时刻，再也引不起利霍宁剧烈的羞耻感了，他已习以为常，吞噬和熄灭了懊悔。

16

对于利霍宁应当说句公道话：为了替柳布卡建立一种恬静和衣食无忧的生活，他竭尽了全力。他知道他俩迟早得搬出他们的阁楼，搬出那耸立在全城最高处的椋鸟巢。这倒不是因为地方狭窄和不方便，而是因为亚历山德拉这老太婆变得愈来愈凶恶、吹毛求疵和爱骂人，所以他决心在城郊的鲍尔夏戈夫卡租下一套包括两个房间和一个厨房的小小住房。他租的这套住房并不算贵，每月九十卢布，但不供应劈柴。虽然利霍宁不得不跑很远的路去听课，但他十分信赖自己的耐力和健康，并且常常说：

"我的腿是我自己的。没什么舍不得的。"

的确，论走路他是个很了不起的能手。有一次，出于好奇，他在坎肩口袋里放了一个计步器，到傍晚时一看，共计走了二十俄里，如果考虑到他那出奇的长腿，那就相当于二十五俄里。他不得不这么奔走很多的路，因为张罗柳布卡的身份证和添置房间的某些家具，已经耗尽了他偶尔打牌所赢得的全部的钱。他曾试着再去赌一下，起初下很小的赌注，可是不久他就确信他现在已开始不走运了。

他跟柳布卡之间的真正关系对他任何一个同学来说，毫无疑问，都已不是什么秘密了，但是当着他们的面，他仍然像演戏似的装同这姑娘是朋友和兄妹关系。不知为什么，他不能或是不愿意明白这样一点，要是他不撒谎、不作假、不佯装，对他来说就会聪明和有利得多。也许因为他尽管明白这一点，但却无法改变已经固定的口吻？而在隐秘关系方面，他始终扮演一个附从的、被动的角色。在温存、爱抚方面，总得由柳布卡主动（她至今还叫柳布卡，利霍宁似乎完全忘记了他在身份证上亲自看到过她的真名——伊琳娜）。她，不久前还冷淡地，或者相反，带着佯装的热情，每天接几十个、每月接几百个嫖客，现在以自己那整个女性的既爱慕又嫉妒的身心热恋着利霍宁，把整个身体、感情、思想都扑在他的身上。她觉得公爵有趣可笑；豪放的索洛维约夫滑稽诙谐、真心待人；对于西马诺夫斯基的那种令人折服的权威性，她感到一种迷信的恐怖；可是利霍宁，对她来说，既是君主又是天神，而且，最可怕的是，他既是她的私有财产，又是她肉体上的欢乐。

有人早就观察出，一个被情欲的牙床啃坏和嚼烂了的、精力耗尽的、玩腻了的男人，就再也不会用强烈专一的，同时又有自我牺牲精神的纯洁狂热的恋情去爱了。可是对于女人来说，在这一方面，既没有规律，也没有限度。这种观察在柳布卡身上尤其能够得到证实。她心甘情愿匍匐在利霍宁面前，成为他的奴隶，但同时她又希望他要比一张桌子、一条狗、一件睡衣还更属于她。这突如其来的爱情，已经由一条不起眼的小溪迅速变成一道河流而溢漫到两岸上来了，利霍宁在这种爱情的冲击下总是站不稳脚跟，总是摇摇摆摆。他常常带着苦涩和嘲讽的心情想道：

"我每天晚上扮演那美好的约瑟①角色，不过，他至少是脱身离去了，把自己的衣服留在那热情的夫人手里，可我呢，最终什么时候才能摆脱自己的枷锁呢？"

对柳布卡产生的一种隐秘的敌意，已经在苦恼着他。他头脑里愈来愈频繁地出现各种各样解脱自己的巧计妙法。其中有些是如此阴险，以致几个钟头之后或者到了第二天，一回想起来，利霍宁不由羞愧得内心痉挛。

"道德上和精神上我都在堕落！"有时他恐怖地想道，"我在哪儿读到过，或者听谁讲过，说一个有教养的男人跟一个没有什么知识的女人结合，永远也

---

① 约瑟：《圣经·创世纪》中雅各之子，在埃及法老内臣波提乏家当管家时，女主人千方百计诱惑他，但他出于对主人之忠而不动心。一次，女主人要约瑟同寝，约瑟不从，她就拉住约瑟的衣服不放，约瑟弃衣而走，后遭女主人诬陷入狱。

不能把她提高到那男人的水平，而且相反，必将在道德上和精神上把他降低到那女人的见识水平，这话是有道理的。"

两个星期以后，她已经完全引不起他的兴致了。他在长时间的爱抚、恳求，有时甚至是怜悯面前，像面对暴力似的，不断退却。

然而，柳布卡休息过来了，感到自己是真正脚踏在实地上，她以惊人的速度变得容光焕发，就像一个花蕾，昨天还奄奄一息，今天在一场饱和的温雨之后猛然绽开了。雀斑从她那温柔的脸上消失了，黑眼睛里也不见了那小穴鸟般的迷茫困惑的神情，它们变得明亮，开始闪闪发光。身体变得结实而丰满，嘴唇也发红了。然而每天都能见到柳布卡的利霍宁，却未觉察到这一点，他也不相信他的朋友们对她说的那些无比热情的恭维话。"只是愚蠢的玩笑罢了，"他皱着眉头想道，"这些毛孩子逗着玩的。"

作为一个女主人，柳布卡显得有点不大高明。不错，她会熬油腻的菜汤，熬得那么浓，简直能立得住汤勺；会做肉饼，但做得很大、很难看，不成形状；在利霍宁的指导下，她很快就掌握了泡茶这门伟大的

技术（用的是七十五戈比一磅的茶叶），但是她没有
进一步再提高它，大概，对每一个人来说，任何一种
技术都有其无法逾越的界限。不过她非常喜欢擦洗地
板，而且是那么频繁、那么认真地做这件事情，以致
房间里很快就变得潮湿起来，甚至还出现了润虫。

有一次，利霍宁受报上广告的诱惑，以分期付款
的方式为她购置了一台织袜机。根据广告的说法，机
器的主人每天可以净赚三个卢布，而这机器的操作技
术，原来一点也不复杂，连利霍宁、索洛维约夫和尼
热拉捷他们都在几小时之内轻而易举地掌握了，利霍
宁甚至独出心裁地织出一只非常结实的长筒袜子，它
的尺码即使对莫斯科红场上米宁①和波扎尔斯基②铜
像的脚来说也会嫌大。只有柳布卡一个人怎么也学不
会这门手艺。每逢织错或者搅乱，她就不得不求男人
们帮忙。可是，做纸花她却很快就学会了；与西马诺
夫斯基的看法相反，她做纸花做得很有艺术性，因此

---

① 库兹马·米宁（卒于1616年）：俄罗斯勇士，1611—1612年间反波兰
武装干涉者的民兵领袖，1612年率兵解放了莫斯科。
② 德米特里·米哈伊洛维奇·波扎尔斯基（1578—1642）：公爵，17世纪
初反波兰、瑞典武装干涉者的俄罗斯人民解放斗争的杰出领袖，领导过
1612年解放莫斯科的运动。

一个月以后，帽店和卖纸花的商店便开始买她的成品。最令人惊奇的是，她总共向一位行家请教过两回，其余都是从一本自修的书上学来的，以那本书的附图为指导。她做一个礼拜纸花赚一个卢布，虽然没有想些巧法多挣一些，但所得的这些钱毕竟是她的骄傲，她用第一次赚来的半个卢布给利霍宁买了个烟嘴。

几年以后，利霍宁带着惭愧和隐隐的忧伤暗自承认，这一时期是他整个大学生活和律师生涯中最安宁、最平静和最舒适的时期。这笨拙，甚至还有点愚蠢的柳布卡具有一种本能的持家本领，一种不引人注意的才能，也就是在自己周围创造一种光明、安适、轻松的静谧环境。正由于这样，她使利霍宁的住所很快成为可爱而安宁的中心，利霍宁所有的同学，跟当时大多数的大学生一样，不得不跟困苦的生活条件进行严酷的斗争，可是到了这个地方，便感到心情舒畅，享受到家庭的温暖，他们的身心在同贫穷、饥饿做艰难的挣扎之后，得到了休息。利霍宁怀着感激的忧伤回忆起他们俩守坐在茶炊旁边，久久交谈、争论、憧憬的那些夜晚，她那亲切的殷勤，她那谦虚而体贴的沉默。

学习一事，进行得很困难。所有这些毛遂自荐的启蒙家，在一起或单独地，都讲到人的智慧的培养和人的灵魂的教育应当从人的主观动因出发，但是实际上他们向柳布卡灌输的恰恰是他们自己认为必须的和不可或缺的东西，并力图帮她克服那些科学上的难题，其实若把这些难题撇置一边，是无碍大局的。

比如说，利霍宁在教她数学的时候，无论如何也不肯向她那古怪的、愚昧的、原始的，或者说得确切一点，幼稚的、自成一体的计数方法妥协。她计数非以一个、两个、三个、五个为单位不可。比方说，在她算来，十二是二乘两个三；十九是三个五加两个二；应该指出的是，她按自己的方法用算盘几乎能够很熟练地演算到一百。超过一百，她没有再算下去，不过在实际应用上，她也没有这个必要。利霍宁竭力教她改用十进位的方法。可是毫无结果，反倒每次都是利霍宁控制不住自己，冲着柳布卡嚷嚷，而她则默然不语地望着他，两只惊愕的、负疚似的眼睛睁得很大，上下睫毛被泪水沾结成黑色的长箭。同样，由于她智能的变化无常的性质，她渐渐比较容易地学会了加法和乘法，可是减法和除法对她来说，则有如一堵穿不透的墙。不过，各种口头的、风趣的、颇费脑筋的谜语，她却能轻而易举地又迅速又灵敏地猜出来，而且，她自己就记得农村中流传千年的很多谜语。对于地理，她一窍不通。诚然，在街上、在花园里、在房间里，论辨别方向，她要比利霍宁高明一百倍——古老的农民的本能在她身上显示了出来——可是她坚决否认地球是圆的，不承认有地平线；而当人们讲给她听地球在空间运转时，她只是咪咪地笑。在她看来，地图永远是几种颜色拼成的、莫名其妙的拙劣图画，但是单独的图形，她能准确而又迅速地记住。"意大利在哪儿？"利霍宁问她。"这就是。一只靴子。"柳布卡说，得意地指指亚平宁半岛。"瑞典和挪威呢？""这是一条在房顶上跳跃的狗。""波罗的海呢？""一个跪着的寡妇。""黑海呢？""一只鞋。""西班牙呢？""一个戴帽的胖子，就是它……"等等。学起历史来，情况也并不见佳。利霍宁没有考虑到她那孩童般的心灵渴望听到的是一些离奇的故事，要是用各种可笑的和富有英雄气概的动人的逸事来讲，她会很容易就记住各种历史事件的，可他，习惯于应付考试，习惯于给四、五年级中学生上实习课，却用各种人名和年代搞得她腻烦极了。除此之外，他还很没有耐性，脾气暴躁，容易发火，教不了多久就会厌倦。而对这姑娘的那种隐秘的，平时遮掩着的却又在不断增长的憎恨，却在教授这些课程中间愈来愈频繁地、毫无道理地爆发出来，他恨她突然间荒唐地搅乱了他的整个生活。

作为一个老师，尼热拉捷却取得了较大的成就。他的吉他和曼陀林总是挂在食堂的墙上，用绦带固定在钉子上。比起曼陀林那刺激性的金属的咩咩声来，吉他柔和温情的声音更吸引柳布卡。每逢尼热拉捷到他们这里来做客（一星期来三四次，总是在傍晚），她就亲自从墙上取下吉他，用她的手绢仔细擦拭干净，然后递给他。他调一阵子琴弦，清清嗓子，把一条腿搭在另一条腿上，很随便地把身子靠在椅背上，开始用有点粗哑但却好听的、正确的中音喉音唱起来：

在夜晚的寂静中，

响起了接吻的轻音，

> 迷惑火热的心儿，
>
> 奉献给成对的恋人。
>
> ……
>
> 为了瞬间的幽会……

　　每逢唱到这儿，他便做出由于自己的歌唱而发呆的样子，眯缝着眼睛，唱到激情昂扬的地方他就摇晃脑袋，或者在停顿的时刻，他让右手离开琴弦，猛然以他那难过的、湿润的、绵羊般的眼睛痴呆呆地直盯着柳布卡的眼睛，望上一会儿。他会唱无数的抒情歌曲、一般歌曲和古老的滑稽小调。柳布卡最喜欢的是关于卡拉彼特的那首人人熟悉的亚美尼亚歌谣：

> 卡拉彼特有一个碗橱呀，
>
> 有一些糖果放在碗橱上。
>
> 糖果的包装纸上呀，
>
> 印着这位卡拉彼特的肖像。

　　这类歌谣（在高加索它们被称作"钦托乌里"——货郎歌）公爵会唱很多，可歌谣那荒谬的重唱词却永远千篇一律：

> 好啊，好啊，卡坚卡，
>
> 卡特琳·彼特罗夫娜，
>
> 别吻我的脸腮啊，
>
> 吻我的后脑勺吧。

　　尼热拉捷唱这些歌谣时，总是压低嗓音，脸上保持着对卡拉彼特真正惊讶的表情，而柳布卡笑得前仰后合，笑出了眼泪，笑得抽搐起来。有一回，她听得入了迷，情不自禁地为他伴唱，结果，他们的合唱十分和谐。渐渐地，在公爵面前她不再感到局促，他们就愈来愈经常地一起唱歌。原来，柳布卡有十分柔和的女低音的嗓子，尽管声音很低、很微弱。她以往生活中的着凉、酗酒，职业性的纵欲，丝毫没有影响她的歌喉。而主要的是——这真是上帝的一种偶然的奇异的馈赠——她具有一种本能的、天赋的才能：十分准确、美妙而且是独具一格地运用她的低音歌喉。在他们交往的后期，甚至出现了这样的时刻，不是柳布卡请求公爵，而是相反，公爵请求柳布卡唱一支她所喜爱的民歌，这类歌曲柳布卡会唱很多。这时她就把臂肘支在桌子上，像农妇那样用手掌托着脸腮，随着谨慎的、细腻而轻声的伴奏唱了起来：

> 啊，离开心上人儿、我的情人，
>
> 这些夜晚实在心烦，独自伤神！
>
> 啊，莫不是我蠢女人，做了傻事，
>
> 对着我的情人儿大发雷霆：
>
> 骂他是酒鬼，恶言恶语一声声！……

"骂他是酒鬼……"公爵同她一起复唱最后的歌词，悲戚地摇晃着偏到一边的满头鬈发的脑袋。他俩尽力这样去结束这歌唱，使歌声渐渐同吉他琴弦微微颤抖的余音一起消逝，让人无法辨别什么时候声音结束，什么时候沉寂已然到来。

可是，公爵尼热拉捷给她讲解著名格鲁吉亚诗人鲁斯塔维里的作品《豹皮》时，却完全失败了。当然，在他看来，这部长诗的美，在于用本民族语言朗诵时的音韵，可是当他用自己那"ч""ц"不分的、咯吐似的喉音刚刚开始拖长声调朗诵的时候，柳布卡按捺不住，咯咯地笑得浑身抖动起来，最后终于爆发出一长串哈哈的大笑声，充溢了整个房间。这时，尼热拉捷便愤怒地合上他所敬仰的那位作家的书，骂柳布卡是蠢驴和骆驼。不过，他们很快就和好了。

也有这种情况：尼热拉捷突然一高兴，像山羊似的调皮起来。他装出想拥抱柳布卡的样子，用无比热情的眼睛瞪着她，像演戏似的、悲戚地悄声说道：

"我的心肝儿！上帝花园里的玫瑰独秀！你嘴唇上是蜂蜜和牛奶，你的呼吸比烤羊肉串还香。让我从你嘴唇的大杯里喝点涅槃的赐福，啊，你，我最好的第比利斯楚赤贺拉！"

可是她咯咯地笑，又是生气，又是打他的手，还恐吓说要告诉利霍宁。

"嗬！"公爵摊开两手，"利霍宁算什么？利霍宁是我的朋友，我的兄弟，我的知己。难道他懂得什么是爱情？难道你们北方人懂得什么是爱情？只有我们格鲁吉亚人才是为爱情而生的。瞧，柳芭！我马上让你瞧瞧什么是爱情！"他握紧两个拳头，俯身向前，野兽般转动着眼珠，牙齿咬得直响，像狮子般地吼叫。柳布卡虽然明知是开玩笑，却仍然像孩子似的吓得撒腿跑到隔壁房间去了。

不过，应当说明的是，这小伙子虽然一贯放纵自己干一些轻率的、偶合的风流韵事，但却信守着独特的、坚定的道德禁条，这些禁条是跟格鲁吉亚女人、母亲的奶汁一起吸食到他身体里的，它们是：对自己朋友的妻子的那些神圣的习惯法①。况且，他大概明白——须要说明的是，这些东方人，尽管使人觉得他们幼稚天真，但也许正因如此，他们在必需的时刻就具有一种细腻的心灵上的敏感——他明白，哪怕仅一分钟使柳布卡成为自己的情妇，他就会永远失去这种夜晚时家庭式的可爱安宁的舒适，对于这种舒适他已那么习惯了。他几乎跟所有的同学都称兄道弟，却仍然感到自己在这陌生的城市里是那么孤独！这个国家对他来说至今还是陌生的。

对索洛维约夫来说，这样的教课是最愉快的事情。这个身高体壮而又粗枝大叶的人，似乎不由自主地，连自己也没有觉察，开始屈服于掩藏着的、不可捉摸的、优雅的女性魅力，这种魅力在最严酷而复杂

---

① 指某些信仰伊斯兰教的民族的习惯法。

的环境中常常潜藏在极粗糙的外壳底下。他的这位女学生指挥起老师来了，而老师也顺从她。就天性来说，柳布卡具有一颗虽幼稚但却生机勃勃的、深邃而奇特的心灵，她不肯听从别人的方法，而是寻求自己独特而奇怪的方法。比如说，她跟许多孩子一样，在学会念字之前先学会了写。她天性温和顺从，所以说，不是她自己，而是她头脑的某种独特的素质，在她念字时偏偏不愿把辅音同母音，或者相反，把母音同辅音接合起来；然而在写字时她接合得一点不错。对于写斜体字，她不像一般初学者那样，而是带着浓厚的兴趣：写字时，她总是把头低低地凑近纸；由于用力而气喘吁吁，呼出的气吹着纸，仿佛要把想象中的灰尘吹掉似的；舐着嘴唇，舌头在嘴里时而顶着这边的腮帮子，时而顶着那边的腮帮子。索洛维约夫并不阻拦她，而且顺着她的本能所铺设的道路走下去。应当说，在这一个半月里，他那整个巨大、宽广、强劲有力的心灵已经依恋于这个与他邂逅、暂时相处的弱女了。这是一种关怀的、可笑的、大度的、稍稍令人惊异的爱情，是一头善良的大象对一只脆弱无援、茸毛黄黄的小鸡的谨慎关怀。

朗读，对他俩来说都是一种享受，至于选什么作品，又是以柳布卡的趣味为转移，索洛维约夫只是随着她趣味的主流和支流漂移。比如说，柳布卡不喜欢堂吉诃德，听得很吃力，终于不要听了，可她很愿意听鲁滨逊的故事，尤其是读到鲁滨逊同亲人相见的这一场面时，她流了许多泪。她喜欢狄更斯，很容易领悟他那明快的幽默，但是英国人的日常生活习惯她却觉得格格不入，不能理解。他们还不止一次地读过契诃夫的作品，柳布卡毫不费力地深入了解了他笔下画面的美，他的微笑和忧愁。儿童故事使她感动，常常感动到让人看来觉得又可笑又高兴的程度。有一回索洛维约夫为她朗诵契诃夫的短篇小说《发作》，众所周知，作品写的是一个大学生首次去逛妓院，事后，第二天，由于内心的极度痛苦和犯罪之感而坐卧不安，像歇斯底里大发作似的。索洛维约夫没有料到这个故事会对她产生那么大的影响。她哭泣、咒骂、拍手，一个劲儿地感叹道：

"天哪！他从哪儿找到这些材料，写得多好！要知道，这跟我们那里完全一样！"

有一次他带来一本书——神甫普列沃著，《玛侬·列斯科与情人德·格里耶的故事》。应当说，索洛维约夫自己也是第一次读这本很有意思的书。但还是柳布卡对它做了更为深刻、更为细致的评价。缺乏连贯的故事情节，叙述的单调，过多的感伤情调，过时的文体——这一切合在一起，使索洛维约夫兴致索然。可是柳布卡呢，不但用耳朵，而且好像用眼睛，用整个天真坦诚的心，接受了这部独具匠心的不朽小说中那些喜怒哀乐和轻佻的情节。

"我们要在圣但尼市举行结婚仪式的打算给忘之脑后了，"索洛维约夫低下那被灯伞映照着的、有着蓬乱的金发的脑袋，念道，"我们没有想起那一点，违背了教规，成了夫妻。"

"他们这是怎么回事？就是说，是他们自己结合啦？不通过神甫？是吗？"柳布卡停下做纸花的活儿，不安地问道。

"当然。这有什么奇怪的？自由恋爱嘛，就是这样。喏，就像您和利霍宁一样。"

"说到我！这完全是另外一回事。您自己知道，他是从哪儿把我接出来的。可她，是个清白的上流社会的小姐。从他那方面来说，这样做是很卑鄙的。您相信我吧，索洛维约夫，他日后一定会抛弃她。唉，可怜的姑娘！喏，喏，喏，请念下去吧！"

可是，念过几页以后，柳布卡所有的好感和同情已从玛侬那里转到受欺骗的情人身上了。

"'不过，b 先生的悄悄来访和悄悄离去，使我困惑不解。我还回想起玛侬买了些东西，而这已超出我们的财力所及。这全都意味着有一个新的情夫在慷慨花钱。可是不，不可能！'我重复说，'玛侬不可能对我负心！她知道我只是为了她而活着，她十分清楚我非常爱她。'"

"唉，小傻瓜，小傻瓜！"柳布卡扬声说道，"难道这还一下子看不出来，她已成了那个富翁的姘妇了。唉，她可真坏！"

小说情节越往下展开，柳布卡越是起劲地、热烈地参与进去。她丝毫不反对玛侬在情夫和兄弟的帮助下敲她一个个靠山的竹杠，德·格里耶正在赌窟里赌钱，但是玛侬每一次新的私通都使柳布卡气得发狂，而情人德·格里耶的痛苦又使得她流泪。有一回她问道：

"索洛维约夫，亲爱的，这个作家是什么人？"

"是法国的一个神甫。"

"他不是俄国人？"

"不是，我说过了，是法国人。你看，他写的小说里的城市是法国的，人名是法国人的姓名。"

"您是说，他是个神甫？他从哪儿知道这些事呢？"

"嗯，他知道。他从前也是个普通的凡人，一个贵族，而后来成为修士。他一生中见过很多事情。后来他又还俗了。噢，顺便说说，这书的前面关于他的情况写得很详细。"

他给她念神甫普列沃的传记。柳布卡悉心谛听，不时意味深长地摇摇头，不明白的几个地方她就反复地问，等他念完之后，她便若有所思地说道：

"哦，原来他是这样一个人！他写得可真好。只是她为什么那么没良心呢？要知道，他是那么爱她，要爱一辈子，可她老是对他不忠实。"

"唉，柳布奇卡，有什么办法呢？她也爱他呀。只不过是个头脑简单的轻佻女子罢了。她需要的只是穿戴，还有自己的马车和首饰。"

柳布卡冒火了，用一个拳头使劲打了一下另一个拳头。

"要是我，就会把这没良心的女人捻成粉末儿。这还能说她是在爱吗！要是你爱一个人，那么他的一切你都应该觉得可爱。他去坐牢，你也就跟他去坐牢。他去做贼，你就去帮他。他是个叫花子，你还是得跟他在一起过。既然相爱，哪怕吃黑面包皮，又算得了什么？她真卑鄙，真卑鄙！要是我处在他的地位，我就会抛弃她，我不但不会哭，还会狠狠揍她一顿，让她这杂种一个月都鼻青眼肿！"

故事的结局，她久久都无法听下去，她老是流下真诚的热泪，以至朗读不得不停下来，最后一章他们分四次才念完。就连念的人在这种情况下也不止一次地唏嘘落泪。

情夫们在狱中的不幸和灾难、玛侬的被押往美洲、德·格里耶自愿跟随她去的自我牺牲精神，如此令柳布卡心驰神往，如此震撼了她的心灵，使她竟然忘记了做出自己的评语。在听关于玛侬在旷野上静静地坦然死去的那段情节时，她一动不动，两手紧紧抱住前胸，凝视着灯光，泪水不断从她那睁大着的眼睛里涌出来，像雨滴似的落到了桌子上。当读到情人德·格里耶在自己亲爱的玛侬的遗体旁躺了两天两夜，一刻也没有让嘴唇离开她的手和脸,最后终于用断了的剑开始挖坟坑的时候,柳布卡失声痛哭了起来,弄得索洛维约夫心慌意乱,急忙跑出去拿水来。可是等稍稍平静下来后,她那颤抖的、微微肿胀的嘴唇还在久久地呜咽,并且声音不甚清楚地说道:

"唉!他们的一生多么悲惨啊!瞧,多苦的命运啊!现在我也不知道,我更可怜谁,是他还是她。亲爱的索洛维约夫,难道事情总是那样,只要一男一女像他们那样相爱,上帝就必然惩罚他们?亲爱的,这到底是为什么?为什么?"

17

如果说,在对柳布卡心灵与智慧的有趣的教育中,格鲁吉亚人和心地善良的索洛维约夫起到了教她处世秘诀的启蒙作用;如果说柳布卡出于对利霍宁初次的、真挚的、深沉无比的爱,原谅了他的学究气,就跟她心甘情愿地原谅他的谩骂、殴打或者严重的罪行一样，那么，西马诺夫斯基的教课对她来说就是真正的折磨和持久的重负。应当指出的是，他仿佛故意刁难似的，在授课时，比任何一个每周按课计酬的学究都严格，都要求高。

他的见解不容辩驳，他的语气专断自信，他的叙述即是训令，他剥夺可怜的柳布卡的意志，麻痹她的心灵，就像有时他在大学会议或群众大会上对胆怯、羞涩的新人产生的影响那样。他常常是群众集会的演说家，他是大学生伙食委员会的头面人物，他参加记录、石印和出版讲稿，他曾当选为年级的级长，末了，他还忙于管理大学生的财务。像他这样的人，离开大学课堂之后，便会成为党派的领导人物，纯洁、无私、良心的最高主宰，在楚赫洛马之类的城市里度过自己政治上的见习期，以引起整个俄罗斯对自己那英雄无用武之地的处境的注意，之后，凭借自己过去的声望，加上有了很好的律师职业，便充任社会团体的代表，或者是娶一个有钱有势的地主家的小姐而使自己官运亨通。接着，在自己没有觉察和别人毫不留意的情况下，他们一点点地转向右倾，或者，确切些说，渐渐失掉锐气，到头来大腹便便，得了痛风和肝病。于是他们抱怨整个世界，说什么人们不理解他们，说什么他们的时代曾是神圣理想的时代。在家庭中，他们则是暴君，而且常常放高利贷。

他觉得，柳布卡心灵与智慧的教育的途径是很清楚的，就跟他觉得任何一件他打算办的事情都是那么清楚、那么无可辩驳一样；他想一开始就使柳布卡对物理实验和化学实验产生兴趣。

"这未开化的女性头脑会大吃一惊，"他暗自想道，"到那时我就把握住她的注意力，开始搞一些不值一提的小戏法，再逐渐将她引导到认识整个世界的中心上来，那儿既无迷信，也无偏见，只有对大自然做试验的广阔天地。"

应当说，他在教课时并未贯彻自己的意图。为了使柳布卡惊奇，他常常随意拿来一些东西。有一回，他给她带来一个自制的大花炮——一个很长的硬纸筒，里面装满火药，弯成手风琴的样子，用细绳横向扎紧。他点着了它，于是花炮在餐室和卧室里噼噼啪啪地跳了好一阵子，弄得满屋是烟和臭味。柳布卡一点也没觉得惊奇，她说这不过是花炮而已，她早已见过，说这玩意儿她不觉得新奇。然而，她请求他同意把窗子打开。后来他拿来一只很大的玻璃瓶、一张铅箔，还有松香和猫尾巴，这样一来，他就做成了一个莱顿瓶①。出现了放电现象，尽管很微弱，但总算成功了。

"哎呀，魔鬼附到你身上啦！"柳布卡觉得小手指头有点麻便喊了起来。

随后，借助一个烧瓶、一个带胶管的有把杯子、一个盛满水的脸盆和一只空果酱瓶，从加热的混着沙子的过氧化锰中收集到氧。烧红的木塞、煤炭、铁丝在瓶子里发出刺眼的亮光。柳布卡高兴得拍手尖叫起来：

"教授先生，再来一次！请再来一次，再来一次！……"

然而，西马诺夫斯基让氢和氧在他拿来的一个香槟酒瓶里混合，并且为了小心起见，将瓶子用毛巾裹起来，随后便叫柳布卡把瓶颈凑近燃着的蜡烛，顿时响起了爆炸声，有如四尊大炮齐鸣，震得天花板直落灰泥。柳布卡吓得魂不附体，好不容易才恢复平静，

---

① 即电容瓶。

嘴唇颤抖但又自尊地说道：

"只好请您原谅我啦，由于这房子是我自己的，我如今已不是妓女，而是一个正派女人，因而我请您不要再在我这里胡闹。我本以为您是个有教养的聪明人，做事一向规矩、高尚，可是您却尽干些无聊的事情。干这种事会被抓去坐牢的。"

事后，过了很久很久，她还经常谈起她所认识的一个大学生如何在她面前制造炸药。

也许，西马诺夫斯基这个谜一样的人物，这个在自己青年人中间惯于高谈阔论而享有声望的人，这个一旦与活人打具体交道便丑态百出的人，归根结底是个十足的傻瓜，只不过他善于掩盖自身的这种唯一的、真正的短处而已。

在应用科学上遭到失败之后，他立即转到形而上学方面来了。有一次，他用不容任何争辩的口气，十分自信地对柳布卡宣称根本不存在上帝，说他在五分钟之内就能够证明这一点。这时柳布卡一下子从座位上跳了起来，明确地对他说，尽管自己过去当过妓女，但却相信上帝，不准别人当着自己的面侮辱上帝，要是他还继续做这类蠢事，那她就要告到瓦西里·瓦西里耶维奇那里去了。

"我还要告诉他，"她哭泣似的补充道，"您不仅不教我功课，反倒对我胡说八道，讲一些难听的话，您还老是把手放在我的膝盖上。这可以说是很不礼貌的。"先前一直腼腆羞涩的她，在他们整个相识的过程中，还是第一次断然地后退，离自己的老师远一点。

不过西马诺夫斯基虽然遭到几次失败，却还是固执地继续启发柳布卡的智力和想象力。他试着向她解释物种起源的原理，从阿米巴开始，直到拿破仑为止。柳布卡悉心倾听，与此同时眼睛里有一种恳求的表情："你到底要到什么时候才结束啊？"她用手绢捂着嘴打了个呵欠，随后便不好意思地解释说："对不起，我这是由于神经紧张的关系。"对马克思的著作，她也听不进去。什么商品啊，剩余价值啊，工厂主啊，工人啊，这些都已变成了数学公式，它们对柳布卡来说，只不过是震荡着空气的那种空泛的声音罢了。所以，当她这个心地纯洁的姑娘，听到锅中的菜汤或者茶炊里的水似乎要开了，她就由衷高兴地从座位上跳起来，欣然跑去。

不能说西马诺夫斯基不受女人们垂青。他那过于自信的态度和有力而果断的口气，素来使那些朴直的人，特别是使那些天真而轻信的人折服。他总是轻而易举摆脱掉持续长久的恋爱关系：要么他负有一种重大的使命，在这使命面前家庭和爱情关系显得极其渺小；要么他装作是个超人，可以为所欲为。（啊，尼采[1]，对中学生来说你早就被可耻地批倒了！）柳布卡那几乎不易觉察但却明显转弯抹角的消极抵抗，使他十分恼火和焦躁。他感到气愤的是，她原先一直是人人可以接近的，每天连续接好几个嫖客，只要每人付给她两个卢布就行，现在竟突然扮演起一个纯洁无私的恋人的角色来了！

"无稽之谈，"他想道，"这不可能。她不过是装模作样罢了，大概也由于我没有找到使她中意的调调。"

于是他日益变得苛刻、好挑剔和严厉。他这样做未必是有意识的，确切地说，是出于习惯，他信赖自己一贯的威望，信赖自己那令人畏惧的念头和征服一

---

[1] 尼采（1844—1900）：德国哲学家，提出了"超人哲学"。

切的意志，这种意志很少违背他的心愿。

有一次柳布卡在利霍宁面前抱怨起来。

"瓦西里·瓦西里耶维奇，他对我可是真凶啊，他讲的东西我一点也听不懂，我不想再听他的课了。"

利霍宁好不容易才勉勉强强说服了她，但终究也跟西马诺夫斯基谈了谈。西马诺夫斯基冷冰冰地答道：

"随您的便，我亲爱的，如果您或者柳布卡不喜欢我教的方法，那我可以不干。我的任务仅仅是，在对她的教育中采用一定的纪律措施。如果她哪一点不懂，我就强迫她死记硬背。随着时间的推移，渐渐就不会这样做了。这是不可避免的。您回想一下，利霍宁，当初我们从算术过渡到代数有多困难，那时逼着我们用字母去代替普通的数字，可我们并不明白，为什么要这样。或者，为什么要教我们学习语法，而不是直接让我们自己去写故事和写诗？"

就在第二天，他把身子低低地弯到灯伞底下，凑近柳布卡，一面嗅着她的胸脯和腋下的气息，一面对她说道：

"请画一个三角形……喏，对啦，就这样，就这样。我在顶上写一个'爱'字。而你写一个'Л'①字母就行了，下边再写一个'М'②和一个'Ж'③。这就是男人和女人相爱。"

他带着祭司般的那种不可动摇而严峻的神情，编造各种色情的瞎话，而且几乎出人意料地结束道：

"好吧，就是这样，柳芭。爱的欲望——这跟吃、喝、呼吸空气的欲望是一样的。"他使劲按她的大腿，按在远远高过膝头的上方。她又窘迫了起来，也不愿意使他生气，便尽量不易察觉地渐渐移开自己的腿。

"您说说，要是您偶尔不在家里吃饭，顺便到一家餐厅或是一家酒店去填饱了肚子，那么对您的姐妹、母亲，或者是对您的丈夫来说，这是一种难堪吗？爱情也是这样。一点不差。是一种生理上的享受。也许，它比任何其他方面的享受更带劲，更突出，但也仅此而已。比如说，此刻你作为一个女人，我想要你。而你……"

"请您别说啦，先生，"柳布卡沮丧地打断了他的

---

① 俄文中"爱"一词的第一个字母。
② 俄文中"男人"一词的第一个字母。
③ 俄文中"女人"一词的第一个字母。

话，"得啦，老是讲这一套，真叫人讨厌。跟您说过了，不行，不行。难道我看不出来您想干什么？只是我永远也不会同意干不忠的事情，因为瓦西里·瓦西里耶维奇是我的恩人，我整个身心爱他……而您，还有您那胡诌八扯，却使我十分讨厌。"

有一次，他搞得柳布卡十分难堪和不快，那都是由于他大谈自己的理论原则而造成的。因为大学里早就议论纷纷，说利霍宁从某某妓院救出一位姑娘，现在正在帮助她，使她在精神道德方面重获新生。这一风声自然也传到了大学生小组里的一些女同学耳朵里。这样一来，正是这位西马诺夫斯基，有一次把几个女同学带来见柳布卡，其中有医学系的两个女生、历史系的一个女生，以及初登诗坛、有时还顺便写点批评文章的一个女诗人。他以极郑重、极愚蠢的方式跟她们介绍。

"喏，"他说，一会儿把手伸向客人，一会儿伸向柳布卡，"喏，同学们，请认识一下吧。您，柳芭，将会觉得她们是您真正的朋友，会在您光明的道路上助您一臂之力。而你们，丽莎、娜佳、萨莎、拉希莉同学，你们要像大姐姐似的对待这个刚从可怕的黑暗中挣脱出来的人，而社会制度往往把一位现代妇女推到那可怕的黑暗中去。"

他也许不是这样说的，可是不管怎样，大致意思是这样的。柳布卡的脸红了，她向这些身穿色彩鲜艳的上衣、腰束宽皮带的小姐一一伸出了五个指头笨拙地并在一起的手；用茶和果酱款待她们；不经心地为她们递烟；可是，尽管她们一再邀请，她还是不肯坐下。她只是说："好的，不用了，请随便吧。"当有一位小姐的手绢掉在地板上，她连忙跑过去为她捡了起来。

其中有一位姑娘面色绯红、体态丰满，讲话用浊音；她的脸似乎只有两个红腮，红腮中间可笑地微微露出一个朝天鼻子；一对黑色的、葡萄干似的小眼睛从深处闪出微光；她不停地从脚到头地打量柳布卡，仿佛透过想象中的夹鼻眼镜，把一种除了轻蔑没有别的含义的眼神投到了她的身上。"我可没有从她那里夺走什么人呀。"柳布卡愧悔地想道。可是另一位竟是那么不懂人情，一开始就问她是怎样走上卖淫道路的，这一发问在她也许是第一次，可对柳布卡来说已经是听了上百次了。这是一个毛手毛脚的小姐，脸色苍白，相貌俏丽，体态轻盈，满头金色的鬈发，带有娇宠惯了的小猫似的神情，甚至脖颈上还像小猫那样打着一个玫瑰色的花结。

"可是，请您告诉我，这坏蛋是谁……谁是第一个……喏，您明白吗？……"

柳布卡的头脑里倏地闪过她先前的姊妹——叶妮卡和塔玛拉的形象，她们是那么傲慢，那么勇敢，那么机智，噢，远比这些小姐聪明。于是，她几乎连自己也感到意外，突然不顾情面地说道：

"他们人很多。我已经记不清了。科利卡，米季卡，沃洛季卡，谢廖日卡，若尔日克，特罗什卡，彼得卡，还有库济卡和古席卡一伙儿。可您为什么对这事感兴趣？"

"哦……不……就是说，我是以一个完全同情您的人的身份问您。"

"那您有没有情夫？"

"请原谅，我不懂您说的是什么意思。诸位，我们该走啦。"

"喂，您这有什么不懂呢？您跟男人睡过觉吗？"

"西马诺夫斯基同学，我没想到您会带我们来见这么一个人。谢谢您。这是您的一番好意！"

对柳布卡来说，迈这第一步是很困难的。她属于这样的人：能够长久地忍耐，但也会很快地发作。她平时是那么胆怯，此时却判若两人。

"可我知道！"她愤恨地叫喊，"我知道您跟我一样！可是您有爸爸，有妈妈，您的生活有保障，而且必要的时候，您还可以打胎——许多人都这样做。您如果处在我的地位，填不饱肚子，又是个什么也不懂的姑娘，没有文化，而周围的男人像些公狗似的朝您爬，那您也会到妓院里去的！像您那么奚落一个穷姑娘，是可耻的，就是这样！"

西马诺夫斯基处于尴尬的境地，他说了几句一般的安慰话，他那审慎的男低音嗓子就像古时喜剧里贵族老爷们说话时那种声调，接着便带那些女人走了。

但是，他注定还要在柳布卡的自由生活中扮演最后一次十分可耻而又可悲的角色。

她早就向利霍宁抱怨过，说西马诺夫斯基在场时她感到很别扭，但是利霍宁对女人家的琐事根本没有在意：在他身上，西马诺夫斯基夸夸其谈的高调依然起着催眠作用。有些影响很难摆脱，几乎是无法摆脱的。另一方面，同柳布卡的同居早就使他感到她是个累赘。他常常暗自想道："她断送了我的生活，我变得庸俗愚蠢，我已跟这种蠢笨的美德打上了交道，到头来我还得娶她为妻，到征收消费税的机关里工作，或者到小衙门去当个芝麻官，或者去当教师，我会受贿，挑拨是非，变成外省的一个令人讨厌的小人。哪里还谈得上我梦寐以求的智慧的权力、生活的美、全人类的爱和功勋呢？"这种想法他有时会说出声来，还会使他揪自己的头发。正因为如此，他不仅不去仔细分析柳布卡的怨诉，反而大发脾气，冲着她嚷嚷，跺脚，而这时温顺忍让的柳布卡便不再说什么，悄悄地离开，到厨房里去痛哭一场。

如今，在家庭口角之后的和解时刻，他愈来愈频繁地对柳布卡说：

"亲爱的柳芭，我们俩合不来，这一点你要明白。喏，这里是一百卢布，你拿着回家去吧。亲属们一定会把你当作自己人来接待。去住住，去看看。过上半年我就去接你，那时你一定会恢复健康，城市带给你的一切肮脏丑恶的东西，无疑会从你身上摒除，消逝无踪。你将开始新的独立的生活，不需要任何人的帮助，独立不羁而又趾高气扬！"

然而，对于一个第一次钟情的女人你又有什么办法呢？难道你能够说服她，使她相信分离的必要？难道她会承认什么逻辑？

利霍宁一向崇拜西马诺夫斯基说话、办事的坚定，但是，他猜测到和隐隐领会到他对柳布卡的真正态度，出于摆脱和甩掉身上那偶遇的和力不能及的重负的愿望，他头脑里竟闪过一个卑鄙的念头："西马诺夫斯基喜欢她，而对她来说，是他还是我，或者是第三者，岂不都一样？我何不跟他开诚布公地谈谈，凭同学的交情，我把柳布卡让给他。可是她这傻瓜一定不肯去的。一定会又哭又闹。"

"要不就设法让他俩单独在一起，然后捉奸，"他进一步想道，"抓住关键时刻……呼叫起来，大闹一场……然后做出一种高尚的姿态……留下点钱……一走了之。"

他现在常常一连几天不回家，每一次回家都要忍受那种女人家盘问、闹腾、流泪，甚至歇斯底里大发作的痛苦时刻。柳布卡有时暗中盯梢，当他从家中走出后，她便跟踪着，然后在他走进去的那个大门的对面停下来，一连几个小时等他出来，以便当街指责他，哭闹一场。她虽然念不下来，却还是扣压了他的一些信件，也不想求助于公爵或是索洛维约夫，而且将它们保藏在小柜子里，跟白糖、茶叶、柠檬以及其他乱七八糟的东西放在一起。她甚至闹到这种地步，在盛怒的当儿用喝硫酸来威胁他。

"真该让她见鬼去，"利霍宁在考虑他的"阴险计划"时想道，"反正得那么做，哪怕他们之间一点瓜葛也没有。不管怎样，我将抓住不放，闹得他和她都下不了台。"

"啊，原来是这样！……我把你揣在怀里让你暖和了过来，可我看到的是什么？你反倒对我以怨报德……而你呢，我的好同学，你剥夺了我唯一的幸福！……噢，算了，算了，你们俩在一起好啦，我含着眼泪走开就是。我看得出来，我在你们中间是多余的！我不想妨碍你们相爱，以及……"

正是这种设想，这种不可告人的，如此偶然地瞬间产生的，就实质来说又是那么卑鄙的计谋（这种计谋人们事后自己也不会承认）竟突然实现了。这天是轮到索洛维约夫教课。使他感到非常高兴的是，柳布卡总算较流畅地念完："米海依的犁很好，瑟索伊的犁也很好……小燕子……秋千……孩子们热爱上帝……"作为对这一成绩的奖励，索洛维约夫为她朗诵了《商人卡拉什尼科夫与禁卫兵基里别耶维奇的故事》[1]。柳布卡高兴得直拍手，在扶手椅子里晃着身子。这部美好的、歌颂英雄主义的、内容极其丰富的作品，紧紧地攫住了她的心。但是她没有机会充分表达自己的印象，因为索洛维约夫急于去赴公务上的约会。就在这时西马诺夫斯基来了，他在门口遇上了索洛维约夫，刚刚来得及互相打个招呼。柳布卡的脸拉得老长，嘴唇也噘了起来。因为近来她特别讨厌这位迂腐的老师和粗俗的好色之徒。

这一次他开始讲课的内容是，对人来说既不存在法律，也不存在权利和义务，既不存在荣誉，也不存在卑鄙；人是独立自在的一个分子，不依赖任何人或任何物。

"人可能成为上帝，可能成为蛔虫和绦虫——这反正都一样。"

---

① 指莱蒙托夫 1838 年发表的长诗《沙皇伊万·瓦西里耶维奇、年轻的禁卫兵和勇敢的商人卡拉什尼科夫之歌》。

他已经打算转到性爱的理论问题上了，但遗憾的是，由于忍耐不住而多少性急了一点儿：他搂住柳布卡，把她贴向自己，开始粗野地压住她。"她会由于这温存而飘飘然的。她会屈从我的！"谨慎的西马诺夫斯基想道。他力图用自己的嘴唇去接触她的嘴，以便吻她，可她大声叫喊，向他吐唾沫。假装彬彬有礼的那种态度从她身上消逝无影了。

"滚，你这可恶的魔鬼，傻瓜，蠢猪，混蛋，我要砸烂你的狗脸！……"

妓院里的全部用语又回到了她的嘴上，但是失落了夹鼻眼镜的西马诺夫斯基，口眼歪斜着，视线模糊地望着她，信口胡说八道：

"我 亲 爱 的……反 正 一 样……只 享 乐 一 会儿！……让我们俩一起来快乐一下！……谁也不会知道！……你就跟我来吧！……"

就在这一瞬间利霍宁闯进了房间。

当然，他心里是不会承认这一刹那他要做一件卑鄙的事情的，他仿佛只是隐隐地想到自己的脸色苍白，想到自己马上要说出的话会变得意味深长并形成悲剧。

"是啊！"他声音沉闷地说，就像一个话剧演员演到第四幕时那样，无力地垂下双手，摇晃着耷拉到胸口的下巴，"我什么都料到了，唯独这事没有料到。我能原谅你，柳芭，因为你是个没见过世面的穴居人，但是您，西马诺夫斯基……我曾把您看作是……不过，即使现在，我也认为您是个正派人。可是我知道，情欲有时能战胜理智。喏，这里是五十卢布，我留给柳芭，日后您西马诺夫斯基自然会还给我，这我一点也不怀疑。您去安排她的命运吧……您是个聪明、善良、诚实的人，而我（'卑鄙的家伙！'他头脑里闪过某人清楚的声音）……我走了，因为我再也受不了折磨。祝你们幸福！"

他从衣袋里掏出了钱包，使劲摔在桌子上，随后两手揪着自己的头发跑出了房间。

对他来说，这毕竟是最好的出路。而且这场戏的演出恰恰跟他原先希望的一样。

第三部

1

柳布卡伏在叶妮卡肩上，一面抽泣，一面断断续续地、久久地讲述了这一切。当然，经她一讲，这个悲喜交集的故事完全不像实际上发生的那样。

按照她的说法，利霍宁之所以把她接了出去，只不过是拐骗她，勾引她，充分利用她的愚蠢来玩弄她，而后再抛弃她。可她这个傻瓜却当真爱上了他。又由于她十分嫉妒那些腰束宽皮带的头发蓬松的女郎，他就做出了一种卑鄙的事情：故意派他的一个同学来，跟他事先商量好了，等那人开始搂抱柳布卡的时候，瓦西卡便走了进来，目睹了这个场面，于是大闹了一场，并且把柳布卡赶了出来。

当然，在她的转述中，有一半是对的，有一半不对，但是，至少在她看来，事情的全部经过就是那样。

她还详详细细地讲到，当她突然失去了男性的供养，或者说失去了任何外来的有力影响之后，怎样在一条僻静街道的一家颇糟糕的小客栈里租了一个房间；讲到从第一天起，客栈的茶房，那个老奸巨猾的江湖骗子，怎样不经她同意就企图拿她卖身；讲到她怎样从这家客栈搬到私人出租的住宅里，但即使在那里她遇到的也是一个有经验的拉皮条的老妇，那些楼里麇集着这类一贫如洗的拉皮条的老媪。

这就是说，即便在生活处于安宁的时候，柳布卡的面容、谈吐和整个姿态，也仍然有某种独特的、不一般的地方。也许没有经验的人完全察觉不到，但是对内行人的嗅觉来说，却像大白天一样明显，不容争辩。

然而，那偶然的、短暂而真挚的爱情，给予了她抵制再次堕落的力量，这力量是她自己也没有料到的。凭着自己那英雄般的勇敢，她竟在报纸上登过找工作的启事，谋求一个"打杂"女仆的职位。可是，没有人给她担保。况且，跟她交涉雇佣事宜的都是些妇女，而这些妇女也是以其内在的某种准确无误的本能，猜测到她是她们老早的敌人——把她们的丈夫、兄弟、父亲和儿子拉下水的女人。

在她看来，回老家去是没有意思的，也是不妥的。她的家乡瓦西里科夫斯基县离省城总共只有十五俄里，关于她进妓院当妓女的传说，早就通过同乡传到乡下了。那些在街上和在安娜·马尔科夫娜妓院里看见过她的乡邻——旅馆的守门人和茶房，小饭馆的堂倌，马车夫，小承包商——已经写信或者口头把这一消息传了回去。她知道要是她回到故乡，这种名声会带来什么样的后果。与其去忍受这样的痛苦，还不如自缢为好。

在金钱方面，她跟五岁的孩子一样，不会精打细算，不会从实际考虑，没过多久便得返回妓院去，她感到既可怕又可耻。然而，街头拉客这种念头自然而然成为诱惑，并且一步步向她进逼。每逢傍晚，在大街上，那些老练的"野鸡"一眼就准确无误地猜测出她先前的职业。她们当中有一个人不时凑到她的身旁，用甜蜜蜜的、巴结的声调说：

"喂，姑娘，您怎么一个人在散步啊？让我们来做伴吧，一起遛。这样总是方便得多。有些男人要跟姑娘们快乐快乐，总喜欢带上四个人一伙儿。"

就这样，这个在招募妓女方面经验丰富而老练的女人，一开始是顺便地，随后却是热心地、全心全意地夸奖起住在自己女主人那里的种种方便——美味的伙食；外出的充分自由；除了交付规定的费用，余下的钱随时都可以背着女房东留存起来。在这期间，她还说了许多有关妓院妓女的尖酸刻薄话，把她们叫作"官方的肉体""公家之女""良家小姐"。柳布卡懂得这些讥讽的真意，因为妓院里的那些妓女也同样十分瞧不起"野鸡"，管她们叫作"流浪淫妇"和"花柳病根子"。

自然，不可避免的事情最终还是发生了。想到一连串饥饿日子的前景，想到渺茫的未来那可怕的黑暗，柳布卡同意了一个体面的小老头儿彬彬有礼的邀请，此人表情严肃，头发灰白，衣冠楚楚，举止端庄。这次的屈辱，柳布卡只得到一个卢布，可又不敢抗议：先前在妓院里的那段生活已经完全磨灭了她的主动精神、活力和生气。后来一连几次，那老头儿连一个钱也没有付。

有一个年轻人，风流英俊，一顶扁檐的制帽斜扣在脑袋上，身穿绸衬衫，腰系一条带穗儿的带子，也领她去开了房间，要了酒和小菜，向柳布卡吹了半天牛，说他是一位伯爵的私生子，说他是全城打台球的第一名高手，说所有的姑娘都爱他，说他也要使她交上"红运"。后来，他说要出去一会儿，仿佛有点私事，从此也就不见踪影了。旅馆那严厉的、斜眼睛的守门人，什么话也不说，一本正经地，一面用一只手将柳芭的嘴捂住，一面呼哧呼哧喘气，把她痛打了好一阵子。但是最后，大概他确信不是她，而是那嫖客的过错，便抢了她那装有一个卢布和几个零钱的钱包，还扣下她的一顶不值几个钱的帽子和一件短外衣作为抵押。

另外一个穿得挺不错的男子，大约四十五岁，折磨了这姑娘约有两个钟头，付了房钱，仅给了她八十个戈比；等到她刚刚开始抱怨的时候，他凶神恶煞地把一个满是红毛的大拳头伸到她鼻子跟前，斩钉截铁地说：

"你要是再抱怨……我就向你发发牢骚……我马上喊警察来，说我睡着了的时候你把我的钱偷得精光。要不要？你好久没在拘留所里待了吧？"

于是他扬长而去。

像这样的情况多得很。

一天，她的房东——一个船夫和他的老婆拒绝再租给她房间，并且把她的东西直接扔到了院子里。她只得彻夜徘徊于街头，淋着雨，躲避着警察，只是在这时，她才怀着厌恶和羞耻的心情决定去求利霍宁帮忙。然而利霍宁已经不在城里了：在蒙受冤屈和羞耻的柳布卡逃离那座住宅的当天，他就胆怯地远走高飞了。直到今天早晨她脑子里才出现最后一个绝望的念头——回到妓院去请求宽恕。

"叶尼奇卡，您是那么聪明，那么勇敢，那么善良，您就替我去向埃玛·爱德华多夫娜求求情吧，这女管家会听您的话的。"她恳求叶妮卡，吻她裸露的肩膀，泪水濡湿了它们。

"她谁的话也不会听的，"叶妮卡阴郁地说，"你不该死乞白赖地跟那个傻瓜和卑鄙的家伙好来着。"

"叶尼奇卡，您自己岂不也劝过我。"柳布卡怯生生地反驳说。

"我劝过你？……我什么也没劝过你。你干吗胡扯到我身上来，把我当成死人似的……那好吧，咱们去一趟。"

埃玛·爱德华多夫娜早就知道柳布卡回来了，当
柳布卡小心翼翼地向四面顾盼着穿过妓院的院子时，
她就看见了她。她心里丝毫不反对收留柳布卡。应当
说明的是，当初她之所以放她走，只是由于受了金钱
的诱惑，总数的一半归她自己。除此之外，她原本指
望在当时新妓女源源而来的时节中，可以有很大的选
择余地，然而这一点她估计错了，因为那个时节陡然
结束了。可是不管怎样，她决心再收留柳布卡。不
过，为保持和提高威望起见，应当好好吓唬吓唬她。

"什——么？"她刚刚听完柳布卡那窘迫而声音
不清楚的话，就冲着她喊叫，"你希望我们再收留
你？鬼才知道你都跟谁在大街上，在篱墙根下胡来
过，现在，你这臭货，居然又想钻到体面的上等妓院
里来！……呸，你这俄罗斯蠢猪，滚！……"

柳布卡抓住她的两手，打算吻它们，但是女管家
粗鲁地把手抽了出来。之后，埃玛突然脸色变白，嘴
歪眼斜，斜咬着颤抖的下唇，处心积虑而准确地狠狠
打了柳布卡一个耳光，打得她一下子跪倒在地上，但
她马上又站了起来，抽泣得喘不过气，说不出话。

"亲……亲人啊，别打我……您是我的亲人，别

打我……"

于是又倒了下去，这回是平躺在地板上。

这种有条不紊的、冷酷狠毒的处分持续了两分钟的光景。叶妮卡起初默默观望，现出自己通常那憎恶、鄙视的神情，这时突然控制不住了：她疯狂地尖叫了起来，扑到女管家身上，抓她的头发，扯掉了她的假发发髻，真正歇斯底里地大喊道：

"你这坏蛋！……凶手！……卑鄙的拉皮条的！……贼！……"

三个女人一起喊了起来，顿时，这激烈的哭号声传遍妓院所有的走廊和房间。这是一种歇斯底里症的总发作，监狱里的囚犯们有时会这样；或者这是那种自发的癫狂，这种病往往会突如其来地、传染性地席卷整个精神病院，就连医术高明的精神病专家也会惊愕失色。

直到一小时以后，才由西梅翁和他的两个前来帮忙的同行恢复了秩序。所有十三个姑娘都挨了一顿毒打，而真正发狂了的叶妮卡，被打得更厉害。挨了毒打的柳布卡始终匍匐在女管家跟前，直到女管家答应再收留她。她知道叶妮卡所闹的这场乱子迟早会使她受到残酷的报复。叶妮卡直到晚上还坐在自己的床上，像土耳其人那样盘着腿，晚饭也不吃，把前来看望她的姐妹们统统赶了出去。她的一只眼眶被打肿了，她用一枚五戈比的铜币小心地贴在上面。从撕破的内衣底下露出了脖颈上一道长长的、红红的、横向的伤痕，像是绳子勒出来的。这是打架时西梅翁抠伤了她的皮肤。她就这样独自坐在那里，黑暗中一双眼睛炯炯闪亮，就跟一头野兽的眼睛一样，鼻孔鼓得很大，颧骨抽搐抖动。她恶狠狠地低声说道：

"等着瞧吧……等着吧，该死的家伙，我会给你们点厉害瞧瞧……你们会明白……哼，你们这些吃人的家伙……"

可是等到灯火通明，小管家佐霞前来敲门说"小姐，该打扮啦！……到客厅去"的时候，她很快就梳洗完毕，穿好了衣裳，往青肿的地方扑了点粉，往抓伤处涂了点白粉和胭脂，去到了客厅，可怜而高傲，虽然被打得厉害，但眼睛里却燃烧着不堪忍受的愤怒和超然的美。

见过濒临死亡的自杀者的许多人，都讲到他们发现自杀者在惨死前的几个钟头里，脸上有一种谜一般

神秘的、不可思议的美。凡是在这天夜里以及在第二
天不多的几个钟头里见到叶妮卡的人，都久久地、惊
异地凝视过她。

最令人觉得离奇（这是命运之神的一种阴森把戏）
的是，让她惨死的间接罪人，那使天平托盘向下沉的
最后一粒沙子，原来不是别人，正是那可爱而又极其
善良的军校学生科利亚·格拉德舍夫……

2

科利亚·格拉德舍夫是个可爱的、快活的、腼腆
的小伙子，他脑袋挺大，脸色红润，上唇上面有一道
可笑的、弯曲的白纹，宛如一条乳印，横在刚刚长出
的茸毛似的上髭下面，一对天真的蓝眼睛分得很开，
头发理得很短，以致从淡黄色的头发下面露出粉红色
的头皮，就跟那纯种的约克郡①小猪一样。去年冬天，

①　英国地名。

叶妮卡正是跟他玩过一阵，不知是把他当儿子看待，还是把他当成了布娃娃，每逢他由于羞愧而佝偻着腰离开妓院的时候，她还塞给他一只苹果或两块糖果在路上吃。

这一次，当他来到这里，人们一下子就感觉出他久居军营之后年岁上的急剧变化，这种变化是那么不易觉察地迅速把一个男孩变成了青年。他已经在军校毕业，并且自豪地认为自己是个贵族士官了，尽管还带着厌恶的心情穿着军校服装。他长高了，变得更匀称，更机灵；军营的生活对他颇有裨益。他讲话的声音变粗了，而最使他骄傲的是，在这几个月里，他的奶头变硬实了，这无疑是男性成熟的最主要的特征，关于这一点他已经知道了。此刻对他来说是最诱人的半自由的时期，过了这个时期就要去过严格的军队生活了。在家里他已经得到正式允许，在大人面前抽烟，甚至他父亲还送给他一个亲自题写了花字的皮烟盒，而且在全家欢庆的高潮时刻，还答应给他每月十五卢布的零花钱。

正是在这儿，在安娜·马尔科夫娜妓院里，他第一次接触了女人，这女人就是叶妮卡。

童男在妓院里堕落，或者嫖野鸡——这种事情比人们通常所料想的要多得多。关于这种微妙的事情，如果询问青春少年或者已五十开外、几乎当了祖父的体面的男人，他们一定会告诉你们古老的千篇一律的谎话，说他们是怎样受到侍女或是家庭女教师的诱惑。但是，这种离奇的谎话延续至今已有几十年的历史。它跟某些其他谎话一样，许久以来几乎没有引起一个职业观察家的注意，至少没有人描写过它。

如果我们每一个人，说得动听一点，试着扪心自问，大胆地总结一下自己的过去，那么每个人都会领悟到这样一点——童年如果有一回胡诌过什么夸耀于人或是动人的故事，而且讲得头头是道，人人相信，因此又重复过两次、五次、十次的话，那么后来就一辈子也摆脱不了它，而且还会极其坚定地反复去讲那个根本不存在的故事，坚定到最终连自己也相信了。科利亚也常常讲给自己的同学们听，说他的表姑，一个上流社会的年轻妇女，曾经勾引过他。不过，应当说，他跟这个高大、黑眼、白脸、香气袭人的南方女人的隐秘的亲昵关系确实存在，不过只存在于科利亚的想象中，只存在于他独自的性享乐的那些凄凉悲切的羞怯时刻的想象中。经历过这种独自的性享乐的男人，如果说不是百分之百，至少也有百分之九十九。

大约从九岁或者九岁半起，科利亚就体验到机械的性兴奋，可对于恋爱和求爱的最终表现形式是什么，却一点概念也没有。这种表现形式，倘若站在一旁目睹，或者给予科学上的解释，是那么可怕。可惜那时他周围没有一个像现在这样的思想进步和有学问的女人，不顾正统偏见，冲破阻力，用讲课的方式，借助于比较和譬喻，把爱情和生殖的伟大秘密，毫无保留地，甚至用近乎图示的方法讲给孩子们听。

应当说明的是，在我们提到的那遥远的时代，寄宿学校——男子寄宿中学与男子专科学校，甚至包括军官学校——简直就像是温室苗圃。它们把男孩子们的智育和德育尽可能托付给那些形式主义的官僚老师去负责，那些老师没有耐心、胡编乱造、喜怒无常，有点歇斯底里，就跟给班级当保姆的老处女一样。现在情况不同了。可是那时候男孩子们的情况是可想而知的。形象地说，他们刚刚脱开娘的怀抱，刚刚脱开忠心耿耿的保姆的照料，脱开清晨和夜晚那恬静而甜蜜的爱抚，他们尽管对各种温存的表示感到难为情，觉得是"娘儿们气"，但却抑制不住地、甜滋滋地想望接吻、抚摩和咬着耳朵说悄悄话。

当然，受到体贴的关怀、游泳、户外运动——不是指体操，而是每人根据自己的爱好自由运动——常常能够抑制这一危险期的到来，或者使其缓和和被正确地理解。

我再说一遍，那时这一切都没有。

对家庭的抚爱——母亲、姊妹、保姆的抚爱的渴望，一旦被粗鲁地意外地中断，那么这种渴望便转变为畸形的追求（与女子专科学校的"交朋友"完全一样），即追求好看的男孩，他们喜欢躲到角落里喁喁私语，挽着手走路或者在晦暗的走廊里搂抱，相互贴着耳朵说些虚无缥缈的艳遇故事。这一方面是童年时代对神话的需求，另一方面又是刚刚醒来的情欲的作祟。往往一个十五岁的胖小子，正当打棒球或者狼吞虎咽荞麦粥的年龄，却在读了乌七八糟的小说之后，信口开河，讲什么每个礼拜六放学以后，他都到一个百万富翁的漂亮遗孀那儿去，讲她怎样炽热地爱上了他，讲他们的床边怎样放满水果和名贵的美酒，讲她怎样发狂似的热恋着他。

顺便说说，这时恰巧赶上了不可避免的爱看书的阶段，当然，这样的阶段每个男孩或女孩都经历过。在这一方面，不管校规多严，青年男女们照样读那些禁书，以前读，现在读，将来也会读。这是一种特殊的狂热，是一种阔气，一种禁果式的奇异的美。早在三年级的时候，就传看过巴尔科夫①著作的手抄本、冒牌普希金作品的手抄本、莱蒙托夫和其他作家青年时代的劣作：《第一夜》《樱桃》《鞍桥》《彼得尔戈夫家的节日》《女枪骑兵》《聪明误》②《神父》等。

可是，不管这使人觉得多么奇怪、虚假或者荒诞，就连这些作品、图片、黄色的照片也未能激起他们愉悦的好奇心。他们把这些东西看成是恶作剧、戏谑、冒违禁危险的一种诱惑力。在军校图书馆里，有精选的普希金和莱蒙托夫的作品，有奥斯特洛夫斯基的逗人发笑的全部作品，还有屠格涅夫的几乎全部作品。屠格涅夫的作品在科利亚的生活中起了重要而又

---

① 伊·巴尔科夫（1732—1768）：俄罗斯诗人兼翻译家，因手抄本的色情诗而声名狼藉。

② 并非指格里鲍耶多夫的名著。

严酷的作用。众所周知，已故的伟大作家屠格涅夫笔下的爱情，总是笼罩着一层撩拨人心的帷幕，一层不可捉摸的、禁止逾越但又十分诱人的薄雾：他笔下的女子往往会预感到爱神的降临，由于爱神的临近而激动，羞得满脸通红，浑身战栗。已婚的女子或者寡妇经历这条痛苦的道路，情况稍有不同：她们久久地跟自己的职责，跟"正派女子"这一观念，跟社会舆论搏斗，最终——啊！——淌出了泪水，或者——啊！——开始轻举妄动，或者在更多情况下，是铁石心肠的命运之神在最紧要的关头——啊！——夺去她或者他的性命，只缺一阵微风，成熟的果子便会落地了。不过，他笔下所有的人物还是渴望这种可耻的爱情，由于它而高兴地哭和快活地笑，这爱情使他们与整个世界隔绝。可是，因为孩子们跟我们成年人思考问题的方法完全不同，因为所有被禁止的事情，所有未讲明的事情，或者是背地里悄悄讲的事情，在他们眼里，都有巨大的，不仅是双倍的，而且是超过双倍的兴趣，所以，他们看过那类书籍之后，便自然而然得出一个模糊的想法：大人们有什么事情瞒着他们。

　　还有一件应当说说的事情是，科利亚跟大多数
与他同龄的孩子一样，有一次他偶然匆匆走进爸爸书
房，岂不看见过那个脸蛋绯红、腰腿结实、脸上总是
挂着微笑的侍女（有时科利亚玩得起劲时就拍她的
背）怎样用围裙蒙着脸，死命地从父亲房间里逃了出
来！他岂不看见过当时父亲满脸通红，红中透青的鼻
子像拉长了似的！他当时岂不想过："爸爸像一只吐绶
鸡！"科利亚，一方面出于所有孩子都有的那种调皮
捣蛋的本性，另一方面出于烦闷无聊，岂不也在这样
一位爸爸的未上锁的写字台抽屉里偶然发现过成套的
画片，上面画的正是奴仆们所说的那种"爱的胜利"，
而上流社会的蠢货们则称之为"超凡的情欲"之类的
东西！

　　他岂不也看到过在某个使馆供职的一个笨小子巴
维尔·爱德华多维奇，每回来访之前，都是穿着衣领
浆得很挺的衬衫，满身香水的气味，仿效彼得堡流行
的散步风气，跟妈妈一起到斯特列尔卡去漫步，一起
乘车到车尔尼戈夫省第聂伯河去观赏河对面的落日；
他岂不也看到过妈妈的胸脯怎样起伏，她那擦了粉的
脸颊怎样变得绯红，他岂不也听到过她的声音怎样与

平时不同，变得像戏子的声音似的，原本暴躁、断断续续、对家人和奴仆冷酷凶狠的声音，等到巴维尔·爱德华多维奇一来，便突然变得像天鹅绒，像阳光底下的绿茵似的那么温柔。唉，要是我们这些通达世故的人，能够了解我们周围的男孩女孩知道得那么多，可以说知道得太多，那就好了。每当谈起他们，我们总是说：

"喏，在沃洛佳（或者彼佳，或者卡嘉）面前有什么不好意思的呢？……他们都还很小。他们什么也不懂！……"

同样，对格拉德舍夫来说，他哥哥的逸事不是没有影响的。他哥哥那时刚从军校毕业，分配在一个著名的掷弹兵团，在远走高飞之前，他在家度假，住着两个单间房间。当时他们家有个侍女纽拉，他们常常开玩笑管她叫阿尼塔小姐。这是个迷人的黑发姑娘，如果给她换上衣服，那么根据外表会错把她当成一名话剧演员，当成公主，视为女政治活动家。科利亚的哥哥半真半假地迷上了这个姑娘，科利亚的母亲对这件事明显持鼓励的态度。当然，她只有一个神圣的、母性的打算：要是命中注定鲍连卡会堕落，那就让他把自己的纯洁、自己的童贞、自己第一次的肉欲，交给这个纯洁的姑娘，而不是交给妓女，不是交给淫妇，不是交给风流娘儿们。当然，她这仅仅是出于一种无私的、非理性的、真正母性感情的考虑。科利亚当时正热衷于侠客小说，喜欢潘帕斯草原①、绿林好汉、惊险探奇、跟踪追击，欣赏书中一个名叫"黑豹"的头领人物。当然，他也密切注意他哥哥的风流韵事，做出自己的推论，有时推论极其正确，有时则是凭空幻想。过了六个月，他在门背后，成为令人气愤的一个场面的见证人，确切地说，旁听者。一向沉着有礼的将军夫人，在自己的卧室里冲着阿尼塔小姐嚷嚷、跺脚，用马车夫的话语咒骂：原来那小姐已怀孕快五个月了。要是她不哭，那大概会给她一些费用，让她体体面面地离去。可她真心爱上了少爷，什么也不要，只是一个劲儿地哭叫，因此他们便叫来警察把她赶走了。

　　上五、六年级的时候，科利亚的许多同学都已经尝过树上那邪恶之果了。那时，只要能够说出一切隐

---

① 位于南美洲。

秘事物的名称，在学校里就被视为一种男子汉的特别值得夸耀的时髦。阿尔卡沙·什卡林染上了一种病，虽然并不危险，但毕竟属于花柳病，于是，整整三个月，他成为全体大年龄同学（那时还没分连队）崇拜的对象。许多人还逛过妓院，不错，他们讲起自己怎样狂饮作乐时，比杰尼斯·达维多夫①时代的骠骑兵们讲得还要漂亮、广泛。这种胡闹的行径，他们认为最能显示成熟和勇敢。

格拉德舍夫禁不住诱惑，有一次，并不是别人劝他，确切地说，是他自己要求别人带他到安娜·马尔科夫娜妓院去。这个晚上，他回忆起来总是又害怕，又憎恶，模模糊糊，就像醉后的一场噩梦。他好不容易想起，为了鼓起勇气他怎样在马车上喝下了那泛着难闻的真正臭虫气味的罗木酒，这酒怎样使他难受，他怎样走进了大厅，那里，枝形灯和烛台上的灯火像火轮似的在墙壁上转动，那里，女人像一些红色、蓝色、紫色的幻影在漂浮，她们那白色的脖颈、胸脯和手臂闪耀着刺激性的、令人眼花缭乱的、得意的光

---

① 杰尼斯·达维多夫（1784—1839）：俄罗斯诗人，1812 年卫国战争英雄。

芒。他的一个同学悄悄对其中一个幻影似的女人说了点什么。她便跑到科利亚跟前，说道：

"喂，漂亮的军校生，你的同学说你还是个童男子呢……我们走吧……我把什么都教会你……"

话说得很甜，但是这话安娜·马尔科夫娜妓院的墙壁已经听过几千次了。后来发生了那件事情，回想起来是那么难过痛心，以致科利亚想到半截便厌倦了，毅然把思路转到别的事情上。他只影影绰绰记得那些飘忽旋转的灯光光圈，死命的接吻和难为情的接触，然后是突如其来的剧疼，弄得他既想在舒服中死去，又想恐怖地叫喊。过后，他惊奇地看到，自己那苍白、发抖的两手怎么也扣不上衣服的纽子。

当然，所有的男人都感受过这种初次接触女人的滋味，但这是一种极大的精神上的疼痛，就其意义和深度来说，是很严重的，那疼很快就过去，但在大多数人那里，却久久保留下来，有时保留一辈子，不过变换了一种形式，即在人所皆知的那种瞬间之后产生的烦闷和难堪。科利亚很快就习惯那种事情了，胆子大了起来，跟女人搞熟了。而且，使他十分高兴的是，每当他走进妓院，所有的姑娘（而首先是韦尔卡）都会大声说：

"叶尼奇卡，你的情人儿来啦！"

把这经历讲给同学们听，一面揪揪想象中的唇髭，是很愉快的。

3

那是八月的一个细雨绵绵的晚上，时候尚早，大约九点钟。安娜·马尔科夫娜妓院灯火辉煌的客厅里几乎空空的。唯有门旁的一把椅子上，坐着一个年轻的电报局职员，他羞怯而笨拙地把两条腿缩到了椅子底下，千方百计跟胖卡季卡搭讪，说那种庸俗的、放肆的话。那种话在上流社交场中遇到跳卡德里尔舞①跳到舞式间停顿时，被认为是很正常的。还有那长腿老"不倒翁"在客厅里走来走去，时而坐到这个姑娘

---

① 一种由四人组成两对，包括六个舞式的舞蹈。

身旁，时而坐到那个姑娘身旁，用自己那娓娓动听的闲话去引起她们的兴趣。

当科利亚·格拉德舍夫走进前厅时，第一个认出他来的是圆眼睛韦尔卡，她跟平常一样，穿那身骑手装。她绕着自己蹦跳着转圈，拍着手，大声说道：

"叶妮卡，叶妮卡，快来，你的小情人儿来找你啦。军校的小学生……可真漂亮啊！"

可是叶妮卡这当儿不在客厅里：一个肥胖的列车长已把她领走了。

那个上了年纪的、庄严而老成持重的人，私卖公家蜡烛的人，是个很好打交道的嫖客，因为他在妓院里待的时间从来不超过四十分钟，唯恐误了自己那趟火车，而且即使这样，他也老是看表。在这段时间里，他不多不少喝四瓶啤酒，临走时必定给姑娘半个卢布的糖果钱，给西梅翁二十个戈比的小费。

科利亚·格拉德舍夫不是一个人来的，而是带着同班同学彼特罗夫，这人顶不住格拉德舍夫的劝诱，第一次迈进妓院的门槛。大概这会儿他正处在那种羞怯的、头脑不清楚的、狂热的状态，就像一年半以前科利亚本人所经历过的那样，他的腿发抖，嘴发干，而灯火像旋转的轮子似的在他眼前飞舞。

西梅翁接过他们的军大衣，单独藏到了一边，为的是不让人看见肩章和衣纽。

应当说，这个严峻的人并不赞同大学生们放肆的戏谑和讲话中夹杂听不懂的词句，同样，也不喜欢这种穿军装的男孩子在妓院里出现。

"喏，这有什么好处？"有时他忧心忡忡地对自己的同行们说，"瞧，这样的毛孩子来了，要是他跟自己的长官面对面地撞上怎么办？那可就会一下子封闭妓院！就像三年前封闭鲁平吉哈妓院那样。当然，封闭了也没什么关系，她马上又换成另一个名字开了业。然而，要是判她蹲一个半月的禁闭，那她就要破费不少钱。仅克尔别什一个人那里，就得奉送四百卢布……而且，还会有这种情况，那猪崽传染上了什么病，他就大声哼哼：'哎呀，爸爸！哎呀，妈妈！我要死啦！''你说，下流坯，你是在哪儿得的？''就在那……'于是乎，他们就又要追究责任啦。噢，不公正的审判者，审判我吧！……"

"请往里走，请往里走。"他严厉地对军校学生说。

军校学生走了进去，由于耀眼的灯光而眯缝起眼睛。为了壮胆而喝过酒的彼特罗夫，跟跟跄跄，脸色苍白。他们在《贵族宴会》这幅画的下面坐了下来，马上就有两个姑娘——韦尔卡和塔玛拉坐到他们两旁。

"好漂亮的黑发郎君，请我抽支烟吧！"韦尔卡望着彼特罗夫说道，仿佛无意似的把自己那结实的、紧绷着白色紧身裤的、热乎乎的大腿贴在他的腿上，"你多么讨人喜欢！……"

"叶尼娅在哪儿呢？"格拉德舍夫问塔玛拉，"她那儿是不是有客人？"

塔玛拉仔细注视着他的眼睛——是那么凝神专注，竟弄得这孩子手足无措，把脸转了过去。

"没有。为什么说有客人呢？只是她今天一整天都头痛：她走在走廊上的时候，恰巧女管家匆匆开门，无意中撞了她的脑门儿，头也就痛了起来。她躺了一整天，这可怜的人儿，脑袋上压着一块敷布。怎么？是不是等不得啦？您再等会儿，过五分钟她就会来的。她一定会使您满意。"

韦尔卡在缠彼特罗夫：

"我的宝贝，亲爱的，你可真是个小娃娃！我就

爱这种黑头发的小白脸儿，他们好吃醋，爱起来又很
热烈。"

她忽然低声唱了起来：

> 不知是黑发的郎君，
>
> 还是我心上的人儿，
>
> 他不会欺骗我，也不会出卖我。
>
> 他能够忍受无限的痛苦，
>
> 为了女人他不惜大衣和裤子——
>
> 他会把自己的一切统统献出。

"你叫什么名字，心肝儿？"

"叫格奥尔吉。"彼特罗夫以军校学生那种嘶哑的
低沉嗓音回答说。

"若尔日克①！若尔罗奇卡②！哎呀，可真好听！"

她突然贴近他的耳朵，带着狡猾的表情悄声说道：
"若尔罗奇卡，走吧，到我那儿去。"

彼特罗夫低下了头，沮丧地说道：

———————————

①② 格奥尔吉的小名。

"我不知道……这要看我的同学怎么说……"

韦尔卡哈哈大笑起来：

"原来是这么回事！你可真是个娃娃！像你这么大的，若尔罗奇卡，在乡下早就娶媳妇了，可你说什么'看我的同学怎么说'！你还应该去问问保姆或者是奶妈子呢！塔玛拉，我的安琪儿，你想想看，我叫他去睡觉，可他却说：'看我的同学怎么说！'你怎么啦，我的学生先生，他是你的家庭教师吗？"

"别瞎闹，鬼东西！"彼特罗夫笨拙地、粗声粗气地说道，真像在军校里要打架似的。

瘦长的、步履蹒跚的"不倒翁"走到了军校学生们跟前。他的头发越发灰白了，他把自己那窄长的脑袋歪向一边，做了一个谄媚的鬼脸，开始哭诉道：

"军校生先生们，受高等教育的年轻人，可以说，知识界的精华，未来的将军，你们是否赏给我这小老头子，这花天酒地的地方的一个常客一根烟抽抽？我是个穷人。我的全部家当都带在身边①。可是我特别喜欢抽烟。"

---

① 原文为拉丁语。

得到一根烟卷以后，他顿时做出放肆和随便的姿态，向前伸出弯曲的右腿，一手叉腰，用假嗓子有气无力地唱了起来：

> 啊，从前我经常请客，
>
> 香槟酒像河水一样流淌，
>
> 如今连面包皮也没有，
>
> 老兄，一滴酒也捞不着尝。
>
> 哦，当我走进"萨拉托夫"餐厅，
>
> 守门人一个箭步跑过来把我轰，
>
> 现在总是打我的脖子往外赶呀，
>
> 哎哟哟，赏点酒钱吧，老兄。

"先生们，""不倒翁"突然停止歌唱，捶打了一下胸脯，悲怆地大声说道，"我看见你们就知道你们是未来的斯科别列夫和古尔科将军，不过，从某一方面来说我也算是军界典型的代表人物啊。想当初，我为了当林务助理员而受训的时候，我们那整个林业部门都是军事机关，因此啊，我来敲你们心灵那缀满了宝石的金门，求求你们破例赏给这个准尉一点点钱，让他能够买一点葡萄酒①吧。"

"'不倒翁'！"胖卡季卡从另一头喊道，"给年轻的军官们表演'闪电'，否则，你瞧，光是白白地拿钱，你这好吃懒做的骆驼！"

"马上就表演！""不倒翁"欣然答应，"显贵的恩人们，请注意看呀。活的画面。夏天，六月的暴风雨。这是一位没有得到公认的剧作家的作品，此人隐去了真名，采用假名'不倒翁'。第一场。

"这是六月里一个晴朗的日子。正午的灼热阳光照耀着姹紫嫣红的繁茂草原和四郊……"

"不倒翁"那堂吉诃德式的难看的脸上泛出了甜蜜的笑容，出现了一道道皱纹，眼睛也眯成了两个半圆。

"可是瞧吧，远在天边那儿，出现了第一批云朵。它们不断增长，层层叠叠，像岩石一样，渐渐遮没蔚蓝的苍穹……"

"不倒翁"脸上的笑容渐渐消失，面容越来越严肃和阴沉。

---

① 原文为拉丁语。

"终于，乌云遮没了太阳……不祥的黑暗降临了……"

"不倒翁"装出一副狰狞的面目。

"……最初的雨点掉落了下来……"

"不倒翁"的手指敲着椅背。

"……远处闪出第一道电光……"

"不倒翁"的右眼迅速一眨，左边的嘴角一抽。

"……接着，大雨倾盆如注，突然耀眼的电光一闪……"

于是，"不倒翁"以非凡的艺术技巧和惊人的速度，接连地动眉毛、动眼睛、动鼻子、动上下嘴唇来表现闪电的曲折轨迹。

"……响起震耳欲聋的惊雷——轰隆隆。古老的橡树就像一根脆弱的芦苇倒在地上……"

刹那间，"不倒翁"膝不弯，腰不躬，光垂下头，像一尊石像似的倒在了地板上，但马上又灵活地站立了起来。就他的年龄来说，谁也想不到他的动作会那么轻松和大胆。

"……可是瞧吧，暴风雨渐渐平息。闪电越来越稀少。雷声渐渐沉闷，好像一头吃饱了的野兽——嗡嗡嗡，嗡嗡嗡……乌云四散奔跑了起来。可爱的太阳透射出最初的光芒……"

"不倒翁"做出了苦笑的面容。

"……终于，日光重又普照着洗刷一新的大地……"

于是幸福而又傻气十足的微笑又浮现在"不倒翁"那苍老的脸上。

两个军校生每人给了他二十个戈比。他把钱放在掌心上，另一只手在空中做了个诱导动作，嘴里念念有词，只见他两指打了个响儿，戈比也就不见了。

"塔玛罗奇卡，这可不老实，"他责备地说，"你拿走一个退休的穷苦尉官最后几枚小钱，难道不害羞吗？你为什么把钱藏在这儿？"

说着他又用两指打了个响儿，从塔玛拉的耳朵里把钱掏了出来。

"我马上就会回来的，我不在时你们不要烦闷，"他安慰年轻人，"不过，要是你们不能等我，我也不会特别介意。我很荣幸！……"

"'不倒翁'！""小白"曼卡追着喊道，"帮我买十五戈比的糖……十五戈比的软糖。喏，接住！"

"不倒翁"利索地接住飞来的一枚十五戈比，做了一个滑稽的请安礼，把歪戴的绿檐军帽向额头拉了拉，走了。

年纪较大的、身材高高的亨里埃塔走到两个军校生面前，也要了一支烟抽，之后她打了个呵欠，说道：

"你们年轻人，哪怕跳跳舞也好，否则，小姐们这么坐啊坐啊，简直无聊得要命。"

"好吧，好吧！"科利亚表示同意，"奏个圆舞曲吧，或者别的什么曲子。"

乐师们奏了起来。姑娘们一对对地翩翩起舞，像平时跳舞一样，规规矩矩，腰板挺直，眼睛羞涩地垂下。

一向喜欢跳舞的科利亚·格拉德舍夫，情不自禁地邀请了塔玛拉：他从去年冬天就知道她跳舞比别的姑娘轻盈、娴熟。当他随着圆舞曲的节拍团团旋转时，那个肥胖的列车长灵巧地从一对对舞伴中间挤过去，不被注意地穿过客厅溜走了。科利亚没有机会瞧见他。

不管韦尔卡怎样缠磨着彼特罗夫，她都未能拉他离开座位。方才的微微醉意此时已经过去，头脑已经清醒，他觉得他来这里的目的似乎越来越可怕，越难以实现，越丑恶。他本可以一走了之，声称这里没有一个姑娘使他满意，或者借口头痛什么的，可是他知道，格拉德舍夫不会放他走，而主要的是，他觉得要从座位上站起身来独自走动几步，似乎难上加难。此外，他觉得跟科利亚谈这事有点难以开口。

跳舞结束了。塔玛拉与格拉德舍夫又并肩坐了下来。

"真的，怎么回事，叶妮卡到现在还不来？"科利亚不耐烦地问道。

塔玛拉迅速瞅了韦尔卡一眼，眼神里带着局外人看不明白的一个问题。韦尔卡很快地垂下眼睑。这意味着：是的，那人走了……

"我马上去叫她。"塔玛拉说。

"你怎么那么喜欢你的叶妮卡呢？"亨里埃塔说道，"要我不也就得了。"

"好吧，下次再说。"科利亚回答说，烦躁地抽起烟来。

叶妮卡还没有开始换装。她坐在镜子前面，正在往脸上擦粉。

"你有什么事，塔玛罗奇卡？"她问。

"你那军校学生找你来了。在等着呢。"

"哦，这是去年来过的那个小娃娃……得啦，他别来捣乱了。"

"是的，一点不错。不过，这小青年长结实了，长漂亮了，长高了……喜气洋洋！要是你不愿意，我就自己去接他了。"

塔玛拉从镜子里看到叶妮卡皱起了眉头。

"不，你等等，塔玛拉，别这样。我要看看他。让他到我这里来好了。告诉他我不舒服，有点头痛。"

"我就是这么跟他说的，说佐霞开门时不巧碰了你的头，说你现在躺着，头上还压了块敷布呢。不过，值得这样做吗，叶尼奇卡？"

"值得不值得，这不是你的事，塔玛拉。"叶妮卡粗鲁地回答说。

塔玛拉小心翼翼地问道：

"难道你一点也不，一点点也不可怜他？"

"那你为什么不可怜我？"她摸了一下她喉头那道横的伤痕，"那你为什么不可怜自己？不可怜这极其不幸的柳布卡呢？不可怜帕什卡①？你简直是酸蔓果子羹，不是人！"

塔玛拉调皮而高傲地一笑：

"不，涉及正经事，我就不是果子羹。这也许你很快就能察觉，叶尼奇卡。不过我们最好还是别吵嘴，就这样我们的日子也过得没有什么味儿。好啦，我马上去叫他来。"

她走了之后，叶妮卡捻小了那盏蓝色挂灯的灯火，穿上了睡衣，躺了下来。过了一会儿，格拉德舍夫进来了，塔玛拉拉着彼特罗夫的手跟在他身后，彼特罗夫垂下头，固执地望着地板。而他们后面，斜眼睛的女管家佐霞那绯红的、尖尖的、狐狸般的脸探了进来。

"瞧，这可真般配，"女管家忙活了起来，"让人看着都舒服：两位英俊的少爷和两位标致的小姐。简直是一束花。我拿什么款待你们，年轻人？是啤酒还是葡萄酒？"

格拉德舍夫口袋里有很多钱，他有生以来身上还

---

① 昵称，即帕莎。

不曾有过这么多——整整二十五卢布，他要快活地消遣一下。他喝啤酒只是为了显示自己勇敢，可他受不了啤酒的苦味，暗自感到纳闷，别人是怎么喝得下去的。正因为这个缘故，他像个纵酒作乐的老手，厌恶地噘起了下嘴唇，将信将疑地说道：

"你们的酒大概都糟糕得很吧？"

"您说什么呀，您说什么呀，美男子！最讲究的老爷们也称赞我们的酒……甜酒，我们有卡戈尔①、教会酒、腾涅立夫②，而法国酒，我们有拉斐特……也可以喝葡萄牙的波尔特温。拉斐特酒加柠檬，姑娘们很喜欢。"

"价钱呢？"

"价钱并不贵。上流妓院里哪儿都一样：一瓶拉斐特——五卢布，四瓶柠檬汽水，每瓶五十戈比，那就是两卢布，总共不过七个卢布……"

"你算了吧，佐霞，"叶妮卡冷漠地止住了她，"欺侮小孩子是可耻的。五个卢布也就足够啦。你看，这是些正人君子，而不是什么别的人……"

---

① 一种葡萄酒。
② 腾涅立夫系西属加那利群岛中的一个岛屿，以盛产葡萄酒闻名。

但是，格拉德舍夫的脸红了，他带着满不在乎的神气把一张十卢布的票子扔在桌子上。

"这有什么好说的。好吧，去拿来。"

"那我顺便也把开房间的钱收了吧。你们怎么打算，年轻人，是待一会儿呢还是在这里过夜？你们自己知道价格：短时间的是两卢布，通宵是五卢布。"

"好啦，好啦。只待一会儿，"叶妮卡冒火了，打断了她的话，"至少你应当相信这一点。"

酒送来了。此外，塔玛拉还死乞白赖地要来了点心。叶妮卡征得两位学生的同意，叫来了"小白"曼卡。叶妮卡自己不喝酒，也没有从床上起来，一直用一条灰色的奥伦堡披肩紧紧裹着上身，尽管房间里很热。她凝神注视着格拉德舍夫那漂亮的、晒黑了的脸，它已经变得如此刚毅有神。

"你怎么啦，宝贝儿？"格拉德舍夫坐到她床上，抚摩着她的手问道。

"没什么……头有点痛。碰了一下。"

"你别老去想它，就会好的。"

"是的，我看见了你，也就觉得好多了。你怎么好久没到我们这儿来？"

"怎么也抽不出工夫来——军营嘛。你自己知道……我们一天得跑二十俄里。成天训练个没完：野战啊，编队啊，警戒啊。而且是全副装备。常常是从早到晚弄得疲惫不堪，到了晚上两条腿简直不听使唤了……军事演习的时候也……不是舒服的……"

"唉，你们这些可怜的人！""小白"曼卡突然拍了一下巴掌，"干吗折磨你们这些天使呢？要是我有一个像你这样的兄弟或儿子，我的心会碎的。为你的健康干杯，亲爱的军校学生！"

他们互相碰杯。叶妮卡依然聚精会神地注视着格拉德舍夫。

"喝一杯吧，叶尼奇卡？"格拉德舍夫把杯子递向她，问道。

"我不想喝，"她懒洋洋地答道，"不过，小姐们，酒喝了，话也说了，时间不早啦。"

"要不，你就在我这儿过夜好不好？"当别人都走了以后，她问格拉德舍夫，"亲爱的，你别害怕，要是你钱不够，我会给你补上。你瞧，你长得多漂亮，为了你连我这样的姑娘都舍得掏钱。"她笑了起来。

格拉德舍夫朝她转过身来：就连他那没有留心听

的耳朵也对叶妮卡那不同寻常的语气感到惊奇——不知是悲哀，是温存，还是嘲弄。

"不，宝贝儿，我倒是很高兴留下，自己想留在这儿，可是绝对不行，因为我答应了十点钟以前回家。"

"没关系，亲爱的，让他们去等好了：你已经完全是个男子汉了。难道你还非听什么人的话不可？……不过，随你的便吧。要不要把灯熄了，还是就这样好？你想躺在外边，还是靠墙？"

"我怎么都行。"他声音颤抖地答道，随即一只胳膊搂住叶妮卡又热又干的身躯，嘴唇凑近她的脸。她轻轻推开他。

"等一等，亲爱的，再忍耐一会儿，我们有的是时间接吻。稍躺一会儿……对，就这样……安安静静……动也别动……"

这些热情而又命令式的话，对格拉德舍夫起了催眠的作用。他听从了她，仰面躺了下来，两手枕在头下。她稍稍抬起身来，用臂肘支着，一只手弯曲着托着头，在微弱的、半明半暗的灯光里默然不语地打量着他的身体——那么白净、强健、肌肉发达，胸廓又高又宽，肋骨匀称，骨盆狭窄，大腿又粗又壮。脸和脖子的上半部晒得黝黑，它们与白白的肩和胸之间有一条明显的界线。

格拉德舍夫眯了眯眼睛。他仿佛觉得自己的脸和整个躯体都已感觉出这种凝神专注的目光，似乎这目光触及他的皮肤，使他感到痒痒，就像一把梳子在呢绒上搓擦一阵后立即碰到他皮肤那样——感觉到一种蛛网般纤细的、没有重量的、活的东西在触及。

他睁开了眼睛，就在离自己很近的地方看见了这女人的一双乌黑而又可怕的大眼睛，他仿佛觉得她此时完全变成了陌生人。

"你在看什么，叶尼娅？"他悄声问，"你在想什么？"

"我心爱的孩子！……你叫科利亚，这是真的吧？"

"真的。"

"别生我的气，请你满足我一个奇怪的要求：再闭上你的眼睛……不，完全闭上，闭得紧一点，紧一点……我要把灯捻亮些，好好看看你。喏，对了，就这样……要是你能够知道现在……这会儿……这一秒钟你多么漂亮，那有多好。往后，你会变得粗鲁，你身上会散发出羊膻味，可是现在你散发的是蜜和奶的馨香……还有一点点野花的香味。喂,你倒是闭上眼睛啊!"

她捻亮了灯光,回到原来的位置上,按自己所喜欢的土耳其人的姿势坐了下来。两人都沉默不语。听得见远处,隔着几个房间,一架破钢琴弹得叮咚乱响,传来某人颤动的笑声,而从另一头,传来歌声和急促而快活的谈话声。谈话的内容听不清。一辆马车在远处的什么地方辘辘而过……

"瞧,现在我马上就会把病传染给他,就像传染给别人一样。"叶妮卡想道。她那深沉的目光掠过科利亚匀称的大腿,掠过他那未来运动健将的美丽身躯,掠过他那枕在头下的手臂——肘弯以上,紧绷绷的肌肉隆起。"可我为什么那么可怜他呢?莫非就因为他漂亮?不。我早就没有这样的感情了。莫非因为他还是孩子?要知道,还在一年多以前,当他夜间从我这儿离去的时候,我还往他口袋里塞过苹果呢。为什么我那时没告诉他我现在能够和敢于说的事情?莫非他反正不会相信我的话?会生我的气?会去找别的姑娘?要知道,这迟早会使每个男人都轮上的……至于他拿钱买我的肉体,难道这是能够宽恕的吗?莫非他也像所有其他的男人那样，盲目行事？……"

"科利亚！"她轻声说，"睁开眼睛。"

他听从地睁开了眼睛，向她侧过身去，搂着她的脖子，稍稍勾向自己，想吻她衬衫开口的那个地方——吻她的胸。她又温柔地，但却命令式地推开他。

"不，等一等，等一会儿，听我说……再等一会儿。告诉我，孩子，你为什么到我们这里来——来找女人？"

科利亚轻声地、嘶哑地笑了起来。

"你怎么那么傻啊！那大家为什么来呢？难道我不是个男人？要知道，我似乎到了成熟的年龄，像每个男人那样……喏，不消说，是需要……女人呗……不过，我没有随便胡搞啊！"

"是需要？仅仅是需要吗？那就是说，像需要我床底下的那个便盆一样？"

"不，怎么会呢？"科利亚笑眯眯地反驳道，"我非常喜欢你……从头一回开始。要是你愿意，我甚至……有点爱上了你……至少，我从来没跟别的女人胡来过。"

"哦，好吧！不过那时你第一次来，难道是出于需要？"

"不，也许还不是什么需要，而似乎是模模糊糊地想要女人……同学们说动了我的心……很多人都在我之前来过这里……于是我也……"

"怎么，你头一回不觉得难为情吗？"

科利亚窘住了：这整个盘问都使他不愉快和觉得难堪。他感到这不是他从自己不多的经验中所熟悉的那种空洞无聊的枕边闲谈，而是某种更有重要意义的谈话。

"即使……不觉得难为情……也总有点不好意思。当时我为了壮胆喝了点酒。"

叶尼娅又侧过身来，用臂肘支着，又贴近他，仔细地朝下打量着。

"可是告诉我，心肝儿，"她问道，声音如此微弱，以致这学生好不容易才明白了她的话，"再告诉我一件事情：你出钱，出了这两个肮脏的卢布——你懂吗？——为了买一点爱，为了让我温存你，吻你，把我的肉体献给你——你花钱去做这件事，没有感到过羞耻？从来没感到过？"

"哎呀，我的天哪！你今天提出了一些多么奇怪的问题！可大家都是出钱的呀！即使不是我，那别人也会出钱的——这对你还不都一样？"

"科利亚，你爱过别人吗？说实话！喏，尽管不是正式地爱，而只是……心里……你追求过谁吗？送过什么鲜花？……月光下挽着手散步？这有过吧？"

"嗯，有过，"科利亚用他那真正的男低音说道，"人年轻的时候什么傻事不会做呢！明摆着的事情……"

"那是一个表妹？一个受过教育的小姐？大学生？中学生？……是这样吗？"

"哦，是的，当然——这每个人都有过。"

"可是，你没有接触过她的肉体吧？……你总会怜悯她吧？好，要是她对你说：'只要付给我两个卢布，我的肉体就属于你。'你会对她说什么呢？"

"我真不明白你，叶妮卡！"格拉德舍夫突然面带愠色，"你在装什么假！你在耍什么花招！真的，我立刻穿上衣服就走。"

"等一等，等一等，科利亚！还有，还有一个，最后的，最后最后的一个问题。"

"得啦，别捣乱了！"科利亚满不高兴地嘟哝了一句。

"你是从来也不会这样去想象的……那好吧，现在你哪怕想象一秒钟……就是说，你们家突然变穷了，破产了……你不得不去挣钱糊口，比方说，给人抄写东西啦，当个木匠或是铁匠啦，而你的妹妹误入歧途，就像我们这里的姐妹们那样……是的，是指你的，你的亲妹妹……被一个什么坏人诱拐……被转手倒卖……那时你会说什么呢？"

"真荒唐！……这样的事决不会有！……"科利亚猛地打断了她的话，"不过，够啦，我要走啦！"

"走吧，请走吧！那里，在镜子旁边的巧克力糖盒里有十个卢布，你拿去吧。我反正用不着了。你用这钱给你妈妈买一个镶金的玳瑁粉盒吧，要是你有小妹妹，给她买个好看的布娃娃也行。跟她说：那是一个死去的妓女留下的纪念品。走吧，孩子！"

科利亚双眉颦蹙，样子很凶，他噌的一下腾起自己那肌肉瓷实的身子，跳下了床，连床边也没有挨着。此时他站在床前的地毯上，赤裸着身体，那么匀称、漂亮，他那青春焕发的年轻躯体的整个的美展露无遗。

"科利亚！"叶妮卡悄声地、坚决地、温存地呼唤他，"科列奇卡^①！"

他应声转过身来，短促地、断续地吸了口气，仿佛哎哟了一声：他有生以来，从没有在任何地方，甚至在画上见到过像此刻他所看到的叶妮卡泪水盈盈的眼睛里所呈现的那种温柔、悲哀和女性默然责备的动人表情。他坐到了床边上，感情冲动地搂住了她那赤裸的黝黑的臂膀。

"我们不要再吵了，叶尼奇卡。"他柔声地说。

她也两手搂抱着他的脖子，把头使劲贴着他的胸口。就这样，他们沉默了一会儿。

"科利亚，"叶尼娅突然声音低沉地问，"你从来都不怕传染吗？"

科利亚打了个冷战。心头泛起和掠过一种不寒而栗的、令人憎恶的恐怖。他没有立刻回答。

"当然，这是可怕的……可怕的……上帝啊，拯救我！可是我只到你一个人这儿来，只到你这儿来！大概你会告诉我的吧？"

---

① 小名，即科利亚。

"是的，我是会告诉你的。"她若有所思地说。随即又迅速地、有意识地补充道，仿佛已掂量过自己话的意思："是的，当然，当然，我是会告诉你的！而你听说过这种叫作梅毒的病是怎么回事吗？"

"当然听说过……鼻子渐渐烂掉……"

"不，科利亚，不只是鼻子！全身都会有病象：他的骨头、血管、脑子都会出现病症……有些医生胡说八道，声称这种病能够治好。纯粹胡说！永远也治不好！那人会烂上十年、二十年、三十年。每一秒钟他都面临着瘫痪的危险，那样他的右脸、右手、右腿也就会失去知觉，活着的不是一个完整的人，而是个半边人。半拉活人半拉死尸。他们之中大多数人都会发疯。他们每个人都明白……每个人……每个得了这种病的人都明白，即使他吃饭、喝酒、接吻，甚至于呼吸，他也没有把握，不知道会不会传染周围的人，传染最亲近的人——姐妹、妻子、儿子……所有梅毒病患者所生的孩子都是畸形儿、早产儿、粗脖子、肺结核、白痴。你瞧，科利亚，这是一种多么可怕的病啊！而现在，"叶妮卡猛然间直起了腰，使劲抓住科利亚赤裸裸的肩膀，转过他的身子，使他脸朝着自己，这样她那悲哀的、忧郁的、不同寻常的眼睛闪出的光芒使他几乎眼睛发花，"而现在，科利亚，我告诉你，我害这种脏病已经一个多月了。这就是为什么我不允许你吻我……"

"你开玩笑！……你是故意逗弄我，叶尼娅！……"格拉德舍夫喃喃地说道，他样子很凶，惊骇而又不知所措。

"我开玩笑？……过来！"

她毅然逼他站了起来，点燃一根火柴，说道：

"现在你仔细瞧瞧我指给你看的地方……"

她张大了嘴，让火光照得见自己的喉头。科利亚一看，急忙闪开。

"你看见这些白点了吗？这就是梅毒，科利亚！你要知道，这梅毒已经到了最可怕、最严重的程度。现在，你穿好衣服，并感谢上帝吧。"

他默默地，没有回头看叶妮卡，开始匆忙地穿衣服，两腿伸不进裤筒。他两手发抖，下巴颤动，上下牙齿磕得直响。叶妮卡低着头说道：

"你要知道，科利亚，你碰到了一个诚实的女人，这是你的大幸，换了另外一个女人，她是不会顾惜你的。这你听见了没有？我们被你们破了身，而后又被赶出了家门，然后每嫖一次就付给我们两个卢布，我们永远……你懂不懂？"她突然抬起头："我们永远恨你们，永远不会怜悯你们！"

刚穿了一半衣服的科利亚，突然住手了，他坐到床上，靠近叶妮卡，两手捂着脸，完全像孩子那样，由衷地哭了起来……

"天哪，天哪，"他低声说道，"要知道，这是真的啊！……这是多么卑鄙啊！……我们家，我们家也有过这种事情：我们有过一个侍女纽莎……这个侍女……还管她叫作阿尼塔小姐……很漂亮……我哥哥跟她睡过……我的哥哥……是个军官……他走了以后，家里发现她已怀孕，于是妈妈把她赶出去了……就那样……把她赶出了家门……像扔出去一块擦地板的抹布一样……她现在在哪儿？还有我父亲……父亲……他也跟一个侍……侍女……"

于是，半裸的叶妮卡，这不信神的叶妮卡，这好骂街、好闹事的女人，突然从床上起来，站在学生面前，慢慢地，可以说是郑重其事地画十字为他祝福。

"愿上帝保佑你，我的孩子！"她带着深沉的温柔与感激的表情说道。

说罢，她即刻跑向门口，打开了门，喊道：

"小管家！"

佐霞应声来到。

"是这么回事，小管家，"叶妮卡支使她道，"请您去看一看，塔玛拉还是'小白'曼卡她俩谁没有接客。叫没有接客的那个到这儿来一下。"

科利亚在背后嘟哝了什么，但叶妮卡故意不听他说。

"请快一点哟，小管家，有劳你了。"

"马上，马上就去，小姐。"

"你，你这是干什么呀，叶尼娅？"格拉德舍夫烦恼地说，"嗐，这又是为了什么呢？……莫非你想告诉她们？……"

"等一等，这与你无关……等一等，我不会做任何使你不愉快的事情。"

过了一会儿，"小白"曼卡来了，穿着那件褐色的、平整的，特意缝制得很素净、很紧身的短短女学生服。

"你叫我做什么，叶尼娅？莫不是你们吵嘴啦？"

"不，我们没有吵嘴，玛涅奇卡，我头痛得厉害，"叶妮卡坦然地答道，"因此，我的小朋友觉得我十分冷淡！有劳你了，玛涅奇卡，替我一下，跟他在一起待会儿！"

"够啦，叶尼娅，别说啦，亲爱的！"科利亚表示反对，声调里充满了真诚的痛苦，"我全都，全都明白了，现在没有必要……不要把我置于死地啊！……"

"我一点也不明白，这到底是怎么回事？"轻浮的曼卡摊开了两手，"也许你们会请一个可怜的小姑娘吃点什么？"

"喏，去吧，去吧！"叶妮卡和蔼地打发她走，"我马上就来。我们只是开了个玩笑。"

他们俩已经穿好了衣服，久久地站在走廊与卧室之间敞开着的门口，默默不语，彼此阴郁地望着对方。科利亚并不是明白了，而是感觉到了此时他心灵里正在发生一种巨大的转折，这转折将有力地影响自己的一生。

之后，他紧紧握了握叶尼娅的手，说道：

"宽恕我！……你肯宽恕我吗，叶尼娅？你肯宽恕吗？……"

"是的，我的孩子！……是的，我的好孩子！……是的……是的……"

她温存地、轻轻地、像慈母般地抚摩着他那头发剪得很短、头发茬儿很硬的脑袋，轻轻地将他向走廊里推了推。

"现在你到哪儿去呢？"她半开着门，追问了一句……

"我马上去找我的同学，然后一起回家。"

"随你！……祝你健康，心爱的！"

"宽恕我！……宽恕我！……"科利亚两手伸向她，再一次重复道。

"我已经说过了，我的好孩子……你也宽恕我吧……要知道，我们再也不会相见了！……"

于是，她闩上了门，独自留在屋里。

格拉德舍夫在走廊里踌躇起来，因为他不知道怎样才能找到彼特罗夫同塔玛拉去的那个房间。不过女管家佐霞帮了他的忙，她正急步从他身旁跑过，面部表情十分焦灼不安。

"哎呀，这会儿我顾不得您！"她听到格拉德舍夫的问话，不耐烦地嚷道，"左边第三个门。"

科利亚走到她指的那个门前，敲了敲。房间里传出一种忙乱和低语的声音。他又敲了敲门。

"凯尔科维乌斯，开门！是我——索利泰罗夫。"

在军校学生中间，每逢去做这类考察，总是先商量好相互用什么假名称呼。这倒不是什么秘密活动，不是对付长官警惕性的一种诡计，也不是害怕自己在偶然遇到的家人面前出丑，而只不过是故作神秘和乔装打扮的一种游戏。这种游戏的发端，还要追溯到青年人迷恋古斯塔夫·艾玛尔[①]、托马斯·曼·里德[②]和密探列科克的时代。

"不能进！"门里传出塔玛拉的声音，"不能进来。我们正忙着呢。"

但是，彼特罗夫那低沉的声音当即打断了她的话：

"没事儿！她胡说。进来吧。可以进！"

科利亚推开了门。

彼特罗夫已穿好了衣服坐在椅子上，但是满脸通红，十分严肃，像孩子似的噘着嘴，垂下了眼睛。

---

① 古·艾玛尔（1818—1883）：法国作家，以传奇小说著称。
② 曼·里德（1818—1883）：英国作家，以传奇小说闻名。

"哎哟，您也算是带来了一位同学！简直没说的！"塔玛拉嘲讽地、气呼呼地说道，"我以为他当真是个男子汉呢，却原来像个小姑娘似的！请您跟他说说吧，他正为自己失去了童贞而惋惜呢。也算是找到了一个宝贝！是啊，拿回去吧，把自己那两个卢布拿回去好了！"她突然冲着彼特罗夫嚷道，把两个钱币丢在桌子上。"这钱你反正可以送给哪个侍女！要不然，你就用来给自己买副手套吧，你这黄皮鼠！"

"你干吗要骂人呢！"彼特罗夫嘟哝道，眼皮也没有抬，"要知道，我可没骂您。您干吗先张口骂人？我有充分的权利想怎么干就怎么干。我既然在您这里待了一些时候，那您还是把钱收下。不过，逼我做什么，我是不愿意的。从你这方面来说，格拉德舍夫……哦，不是，索利泰罗夫，这样做就不太好。我以为她是个正派姑娘，可她老是要亲嘴儿，还有天晓得她做什么……"

塔玛拉尽管很恼恨，却还是咯咯笑了起来。

"唉，你这小傻瓜，小傻瓜！好啦，别生气，我收下你的钱。不过，你等着瞧吧：今天晚上你就会懊悔，会哭的。喏，别生气，别生气，安琪儿，让我们和好吧。把手伸给我，我也伸给你。"

"咱们走吧，凯尔科维乌斯。"格拉德舍夫说，
"再见，塔玛拉！"

塔玛拉按照妓女通常的习惯，把钱放进了袜筒，
然后去送两个大孩子。

在他们经过走廊的时候，格拉德舍夫感到吃惊，
因为他听到客厅里有奇异的、悄悄的、紧张的忙乱
声，混乱的脚步声和众人压低嗓音的急促说话声。

靠近他们方才坐过的、画下面的那个地方，聚集
了安娜·马尔科夫娜妓院所有本院的人以及几个外人。
他们团团地围在一起，俯下身。出于好奇，科利亚走
上前去，往里挤了挤，从人头中间望过去，只见地板
上躺的是"不倒翁"。他侧着身子，似乎很不自然地
蜷缩在那里。"不倒翁"脸色发青，几乎发黑。他动
也不动地躺在那儿，身子显得很小，蜷着腿，缩成一
团。一只胳膊压在胸底下，另一只胳膊甩在背后。

"他怎么啦？"格拉德舍夫惊恐地问。

纽尔卡回答他，用急匆匆的、断断续续的语调悄
声说了起来：

"'不倒翁'刚刚来到这儿……把糖果给了曼卡，

随后就让我们猜亚美尼亚谜语……'颜色发青，挂在客厅，发出啸声……'我们怎么也猜不出来，可他说是'军刀'……忽然他笑了起来，接着就咳嗽，开始向一边倒，然后就砰的一声倒在地上，动也不动了……已经派人去找警察了……天哪，多么可怕！……我最怕死人！……"

"你等一等，"格拉德舍夫止住了她，"应当摸摸他的额头，也许他还活着……"

他往前面挤去，但是西梅翁那铁钳似的手指抓住了他臂肘的上方，将他拖了回来。

"没什么，没什么好看的，"西梅翁严峻地命令道，"你们走吧，少爷，离开这儿！这不是你们待的地方：警察一来，就会叫你们去做证，那你们这些军官学校的学生，嘿，也就糟糕啦！你们还是趁早离开为好！"

他把他们送到前厅，把军大衣塞到他们手里，更为严厉地补充说道：

"喏，现在——快跑吧！……快点！快点离开！要是下次你们还来，我决不放你们进门。哼，也算是聪明人呢！你们给了那条老狗酒钱，瞧，岂不让他伸腿了。"

"喏，你也别太过分了！"格拉德舍夫冲他刺了一句。

"什么别太过分了？……"西梅翁突然疯狂地喊叫起来，他那没有眉毛和睫毛的黑眼睛变得如此可怕，吓得两个学生倒退了几步，"我要狠狠揍你几个耳光，让你喊爹喊妈都不知道怎么喊！我要把你的两腿扭下来。喏，快滚！否则我马上就叫你知道我的厉害！"

两个大孩子走下了台阶。

此时，两个歪戴着帽子、敞着外衣的汉子拾级而上，一个穿蓝衬衣，另一个穿红衬衣，外衣纽扣解开着，衬衣露了出来——显然，他们是西梅翁的同行。

"什么，"其中有一个快活地从下面向西梅翁喊道，"'不倒翁'完蛋啦？"

"是的，大概是完了，"西梅翁答道，"现在，小伙子们，应当把他扔到街上去，要不然鬼魂会来缠个没完。他妈的，让他们认为他是喝醉了酒死在路上的好啦。"

"可他是你……那个的吧？……是打死的吧？"

"唉。真是胡说八道！这怎么会呢。他是个谁都不讨厌的好人。简直像头羊羔儿。就是说，大概是他寿命到时候啦。"

"他死，可真会挑地方！比这再糟的地方他想不出来了吧？"那个穿红衬衫的说。

"这话不错！"另一个赞同道，"活时可笑，死时糟糕。喏，咱们是不是走吧，伙计！"

两个学生竭尽全力地跑。现在，在黑暗中，那脸色发青和蜷缩在地板上的"不倒翁"的形象是那么可怕地浮现在他们面前，就像小时候想象的死人的那副模样，尤其是在夜里，在黑暗中回想起来的话。

4

从清晨起，像尘雾似的蒙蒙细雨就一直令人烦闷地落个不停。普拉托诺夫在码头上干活——卸西瓜。还是在夏天的时候，他就想在一家工厂里安置下来，可他时运不佳：待了一个礼拜就跟工头吵了一架，还

差点儿打了起来，那人对待工人极其粗暴。大约有一
个月，谢尔盖·伊万诺维奇的日子过得很艰苦，住在
泰姆尼科夫斯基街的一个偏僻的地方，时而把记录街
头见闻或民间法庭可笑场面的小文章送到《回声报》
编辑部。但是报社的这种艰苦工作，早已使他厌烦。
他老是向往奇遇，向往新鲜空气中的体力劳动，甚至
向往毫无舒适可言的那种生活，向往无忧无虑的流
浪生活。在那种生活里，人可以不依附于一切外界
环境，过了今天不知道明天的命运。因此，当第一
批运载西瓜的货船从第聂伯河下游驶来时，他就欣
然加入了装卸工人劳动组合。工人们从去年就认识
他，并且由于他性格开朗、待人友好和精通算术而
喜欢他。

　　这活儿以和睦而巧妙的配合进行着。每一条船上
同时有四组工人卸货，每组有五个工人。第一个人从
船舱里拿起西瓜传给站在船边上的第二个人，第二个
人将它扔给站在码头上的第三个人，第三个人抛给第
四个人，第四个人递给站在大车上的第五个人，这第
五个人把西瓜码得整齐而又漂亮。西瓜有墨绿色的，
白色的，花皮的，等等。这活儿干净、快活，又很顺

当，当一组熟练的工人组织好之后，看他们干活是很
有意思的：西瓜从一人手中飞向另一人之手；他们以
杂技表演似的迅速与准确将西瓜接住，一次又一次，
周而复始，西瓜不停地飞，直到大车最终被装满为
止。至于那些新手，还没有掌握那技巧，还没有进入
那特殊的节奏感，做起来常常是很困难的。接西瓜倒
并不难，学会抛出去便不是那么容易了。

普拉托诺夫清楚地记得自己去年最初的那些经
验。当他第三次和第四次由于呆看着而延迟了传递的
时候，他招来了怎样恶毒的讥讽和粗野的咒骂：两个
西瓜抛得不合适，掉在地上，带着响亮的脆裂声跌碎
了，而惶惶不知所措的普拉托诺夫，又把手中拿着的
那个西瓜弄得掉到了地上。头一次对他还算客气，第
二天把他每一次的疏忽算在他账上，每掉一个西瓜从
他工钱总数中扣除五个戈比。之后又出现这种情况的
时候，他们就威胁他，说马上把他从小组里扔出去，
没有任何商量的余地。普拉托诺夫至今还记得，当
时他怎样突然发起狠来："哼，真这样吗？让你们见
鬼去！"他想道："休想再让我珍惜你们的西瓜！那
好吧，拿去吧，拿去吧！……"这怒火仿佛即刻帮

了他的忙。他满不在乎地接西瓜，同样满不在乎地扔出去。于是，出乎自己的意料，他突然感觉到，正是现在他才整个儿，连同自己的肌肉、目光、呼吸，进入了工作的真正脉搏；他领悟到了，最重要的是根本不要去想西瓜是什么值钱的东西，那样一来，一切都会顺利。等到他终于充分掌握了这种技巧，他在很长的时间里都把这工作当成一种独特的愉快而有意思的运动。但是这种感觉后来也消逝了。最终，到了这样的地步，他开始觉得自己是一部总机器上的一只死板的、机械运转的轮子，这部机器由五个人和一条无穷尽的、飞着的西瓜的链条组成。

现在他处于第二号位置上。他有节奏地弯下腰，眼睛看也不看，就两手接过凉丝丝的、有弹性的、沉甸甸的西瓜，将它往右一摆，同样，眼睛几乎看也不看，或者只用眼角一瞥，便抛到下面，立刻又弯下腰去接下一个西瓜。这一期间，他的耳朵只听到西瓜啪嗒、啪嗒落到手中的声音，以及立刻弯下腰去，又抛出去时所发出的"哧……哧……"的喘气声。

目前这工作是很能挣钱的：他们这由四十人组成的包工队，所承包的大部分是急活儿，因而不按天数计酬，而是计件，按装车的数量计酬。工头扎沃罗特内，一个高大魁梧的波尔塔瓦人，极其巧妙地蒙骗了货主，那是一个年轻人，大概还没有什么经验。虽然货主后来恍然醒悟，并且想改变合同，然而经验丰富的一些瓜商及时劝阻了他。"算了吧，会打死你的。"他们坚定而干脆地对他说。正是由于这种好运，现在队里每个成员一昼夜能赚到四个卢布。他们干起活来全都十分认真，甚至带着一种狂热，要是能够用某种仪器测量一下他们每人每天的劳动，那么，就其所完成的负荷量来说，大概会与一匹沃龙涅什高头大马一天的劳动量相当。

然而，这并没使扎沃罗特内感到满足，他总是不停地催促自己的小伙子们快干。他怀有一种职业性的虚荣心：他要使自己这帮工人每人每天都能赚到五个卢布并冒尖儿。绿油油的和白皮的西瓜，转动着，熠熠闪烁着，欢快地和十分轻松地从码头飞到货车，只听到它们碰在娴熟的手掌上发出的响亮的啪啪声。

就在这时，码头的一台挖土机响起了长长的汽笛声。河上回应了第二声、第三声，岸上也有几处响起回声，随后它们一起长鸣，汇合成洪亮的不同声音的大合唱。

"完——工——喽！"扎沃罗特内声音嘶哑而浑厚地吼叫起来，跟船上的汽笛声一模一样。

于是最后啪啪地响了两声，工作立刻停止了。

普拉托诺夫高兴地直起了腰，向后弯了弯，张开了浮肿的两手。他满意地想到全身筋肉最初的酸疼已经过去了：当改变习惯，刚刚着手劳动的最初几天里常常会出现那样的酸疼。而在这天之前，每当早晨在泰姆尼科夫斯基街自己的洞穴里醒来时——也是根据工厂按时长鸣的汽笛声——他在最初几分钟里总感到脖颈、脊背、两手、两腿痛得那么厉害，似乎只有奇迹才能迫使他站起来，走几步路。

"走，走啊，去——吃饭——啦！"扎沃罗特内又吼了起来。

装卸工人们走到水边，跪下来或者趴在跳板上，要不就趴在木排上，用手舀起一点水来洗洗汗湿的红通通的脸和手臂。就在这岸边上，在那还剩下一点青草的地方，他们安排吃饭：把十个最熟的西瓜、黑面包和二十条石斑鱼摆成一圈。"子弹"加夫留什卡已经拿着一个半维德罗①的瓶子向酒店跑去了，一边跑一边唱士兵开饭信号歌：

> 拿起汤勺，端起饭盒，
>
> 没有面包，那就这么吃吧。

一个肮脏的赤脚男孩儿，衣衫如此褴褛，与其说是穿着衣服，不如说是没穿衣服，跑到了这帮工人跟前。

"你们这里谁是普拉托诺夫？"他问道，贼溜溜的眼睛迅速扫视着。

谢尔盖·伊万诺维奇应道：

"我就是普拉托诺夫，怎么，是有人挑唆你吗？"

"那边拐过弯，教堂后面，有个小姐等你……喏，这是给你的字条。"

全体工人哄然大笑起来。

"你们都咧着大嘴干什么呀，蠢驴！"普拉托诺夫镇静地说，"把字条拿来。"

---

① 维德罗：俄国液量名，1维德罗等于12.3升。

这是叶妮卡写的信，是叶妮卡那滚圆的、天真的、孩子式歪歪扭扭的笔迹，还有错别字。

"谢尔盖·伊万内奇。请原谅我打叫（扰）您。我有一件非常重要的事情要跟您谈谈。如果是索（琐）碎小事，我就不会麻烦您了。总共十分钟就行。安娜·马尔科夫娜家您所熟悉的叶妮卡。"

普拉托诺夫站了起来。

"我去一趟，要不了多久就回来，"他对扎沃罗特内说，"你们一开始干我就会到的。"

"算是找到事情做了。"工头懒洋洋地、鄙视地回应道，"这种事本可以晚上干……去吧，去吧，谁还会阻拦你呢。不过，要是我们开始干的时候，你还没来，那你今天的工钱就算吹了。我随便找一个无赖汉。而他打碎多少西瓜，也从你那里扣钱……我没想到，普拉托诺夫，你是那么一条公狗……"

叶妮卡在教堂与码头之间的一个小街心公园里等他，那小公园里总共栽着十棵纤弱的白杨。她身着一件灰色的、整幅无缝的、出门穿的连衫裙，头戴一顶带飘带的朴素的圆草帽。"不管怎么说，即使她穿得很朴素，"普拉托诺夫那习惯于眯缝起来的眼睛从远处望着她，想道，"凡是走过她身旁的男人，也都会看她一眼，而且必定会回过头来再看三四次：立刻感觉到她那独特的风度。"

"你好，叶妮卡！见到你很高兴。"他握着姑娘的手，热情地说道，"我真没料到啊！"

叶妮卡温文尔雅，面带愁容，分明有什么心事。普拉托诺夫立刻明白和感觉到了这一点。

"对不起，叶尼奇卡，我得马上吃饭。"他说，"要不，你跟我一起去，讲给我听听是怎么回事，而与此同时，我可以来得及吃点东西。离这儿不远有个很小的小酒店。这会儿那里没有什么人，而且还有一个小小的、用木板隔开的地方，很像一个单间，对你我来说是很合适的。我们去吧！也许你也吃点什么吧。"

"不，我不吃，"叶妮卡声音嘶哑地答道，"我不会耽搁您很久……只是几分钟。有件事要商量商量，谈一谈，可我不想跟别人谈。"

"很好……那我们去吧！只要是我能够做的，我一定为你尽力。我很喜欢你，叶妮卡。"

她阴郁而感激地看了看他。

"这我知道，谢尔盖·伊万诺维奇，所以我才来找您。"

"也许你需要钱吧？尽管说好了。我手头的钱不多，不过工人们会相信我，借给我的。"

"不，谢谢……完全不是钱的事。等我们到了那儿，我会全都告诉您。"

那昏暗、低矮的小酒馆，通常是小偷聚集的地方，那儿的生意只有到了傍晚才会兴隆起来，直到深夜为止。普拉托诺夫在那里占了个小小的昏暗的斗室。

"给我拿炖肉、酸黄瓜、一大杯伏特加酒和面包。"他吩咐小伙计。

那小伙计是个年轻的小伙子。面孔很脏，翘鼻子，浑身油垢，仿佛刚从污水池里捞出来似的。他抹了抹嘴唇，沙哑地问道：

"要多少戈比的面包？"

"随便多少。"

接着普拉托诺夫笑了起来：

"尽管多拿点来，最后算账好了……还来点克瓦斯！……"

"好，你说吧，叶尼娅，你有什么困难……从你脸上我就看出你碰到了麻烦，或者说是很不愉快的事情……你说说吧！"

叶妮卡久久地揉着自己的手绢，注视着自己的鞋尖，仿佛在聚集力量似的。她很胆怯，她要说的那些要紧的话怎么也到不了嘴边。普拉托诺夫帮了她的忙：

"别不好意思，亲爱的叶尼娅，统统说出来吧！你也知道，我是自己人，什么时候都不会说出去。说不定我还真能给你出点什么好主意。喏，心一狠，开始说吧！"

"可我正是不知道从哪儿说起，"叶妮卡迟疑地说，"是这么回事，谢尔盖·伊万诺维奇，我有病……您懂吗？是一种很不好的病……很脏的病……您知道那是什么病吧？"

"说下去！"普拉托诺夫点了点头，说道。

"这病我早就有了……一个多月了……也许有一个半月……是的，一个多月，因为我是在三一节那天发觉的……"

普拉托诺夫迅速用手抹了一下额头。

"等会儿，我想起来了……就是我跟大学生们一起在那儿待过的那一天吧……是不是？"

"是的，谢尔盖·伊万诺维奇，是那天……"

"哎呀，叶妮卡，"普拉托诺夫责备地、有点抱憾地说道，"你大概知道吧，这之后有两个大学生害了病……是不是从你这儿传染的？"

叶妮卡的眼睛愤怒而鄙视地闪了一下。

"也许是从我这儿传染的……我怎么知道呢？我传染的人很多……我记得有这么个人，他老是想跟您打架……是个高个子，淡黄的头发，戴副夹鼻眼镜……"

"对，对……这是索巴什尼科夫。有人告诉过我……这个人就是他……喏，这个人倒也罢了——一个花花公子！可是另外一个人，我觉得可惜。我尽管早就认识他，可怎么也记不住他姓什么……只记得那姓氏是来源于一个什么城市的名称——波良斯克……兹韦尼哥罗德……同学们管他叫拉姆泽斯……他到好几个医生那里去看过，当医生们确诊并告诉他害的是梅毒时，他回家去开枪自杀了……他留下一份绝命书，里面大致写了这样一些令人惊愕的话：'我认为人生的全部意义，在于精神、美和善的胜利；得了这样一种病，我便不成其为人了，而是废物，腐烂货，死尸，进行性瘫痪的候选人。我的做人的尊严是不能容忍这样的。在所发生的一切事情里，就是说，也包括我的死，仅仅是我一个人的罪过，因为我屈服于一时的兽欲，不是用爱情，而是用金钱去占有一个女人。因此我是罪有应得，自作自受……'我十分惋惜他……"普拉托诺夫轻声补充道。

叶妮卡鼓大了鼻孔。

"可我一点也没有感到惋惜。"

"这是不应该的……小伙子，你现在出去吧。需要的时候我会叫你。"普拉托诺夫对小伙计说，"完全不应该，叶尼奇卡！这是一个极其了不起的和很有毅力的人。这样的人，成千上万个里面才有一个。我并不崇拜自杀。通常这都是些男孩子干的，为了鸡毛蒜皮的事情就开枪自杀和上吊，就像没拿到糖的小娃娃，为了向周围的人示威，用自己的头去撞墙似的。可是对于他的死，我虔诚地、悲痛地低下自己的头。他是个聪明、大度、温柔的人，对大家很关心，于是你瞧，对自己却过分严厉。"

"可对我来说,这是绝对无所谓的。"叶妮卡固执地反驳道,"聪明还是愚蠢,诚实还是虚伪,年老还是年少——我统统恨死他们!因为,您瞧瞧我,我算是什么?简直是个大众的痰盂、污水坑、厕所。您想想,普拉托诺夫,要知道,有成千上万的人嫖过我,抱过我,在我身上哼啊,呼哧啊。所有这些在我床上躺过的人,以及所有那些可能会到我床上来的人,啊,我是多么恨他们!要是我能做到,我就会判他们去受火烧铁烙的酷刑!……我会下这样的命令的……"

"你又狠毒又高傲,叶尼娅。"普拉托诺夫轻声说道。

"我从前不狠毒也不高傲……只是现在才这样。我的生母把我卖给人家的时候,我还不到十岁,从那时起,我便被人卖来卖去……哪怕有一个人把我当人看待也好!没有!……我成了败类,成了渣滓,还不如叫花子,不如小偷,不如杀人犯!……就连刽子手——这样的人也到过我们妓院——也看不起我,厌恶我:我——微不足道,我——一个公共的女人,娼妓!您懂不,谢尔盖·伊万诺维奇?这是多么可怕的字眼! 公——共的女人! ……这就是说, 不是任何某个人的: 既不是自己的, 也不是爸爸的, 不是妈妈的; 既不是梁赞的, 也不是俄罗斯的, 而只是公共的! 从来没有人走到我面前这样想道: 要知道, 这也是个人啊! 她有心灵, 有头脑, 她能思维和感觉, 她可并不是木头做的, 她肚子里装的不是稻草、废物或者树皮啊! 唯有我自己有这种感觉啊! 也许, 我是那些能感觉到自己处境可怕, 感觉到这黑暗的、恶臭的、肮脏的火坑的人中的一个。可是我所遇见的以及现在跟我住在一起的所有的姑娘——您要理解我, 普拉托诺夫, 请理解我! ——她们却什么也没有意识到! ……她们不过是会说话的行尸走肉! 这比我的狠毒还糟! ……"

"你的话是对的! "普拉托诺夫轻声说道, "这种问题是永远也得不到解答的。没有任何人能帮你们的忙……"

"没有任何人, 没有任何人! ……"叶妮卡激烈地说道, "您记得不, 这事您还在场: 有一个大学生把我们的柳布卡接了出去……"

"当然记得, 我记得很清楚! ……嗯, 怎么啦? "

"是这样的，昨天她回来啦，衣服破烂不堪，浑身湿透……哭哭啼啼，那坏蛋扔了她！……装出一副善心，多动听！说什么'你是我妹妹'！说什么'我要拯救你，我要把你造就成真正的人……'。"

"真是这样吗？"

"一点不错！……我只知道一个人，和蔼可亲，豁达大度，不带任何公狗式的私心——这就是您。要知道，您完全是另外一种人。您似乎有点儿怪。您总是在那里徘徊，探寻什么……请您恕我冒昧，谢尔盖·伊万诺维奇，您有点儿古怪！……正因为这样，我才来找您，只找您一个人！……"

"说下去，叶尼奇卡……"

"好吧，当我发觉我得了这病，我差一点气疯了，气得透不过气来……我想，这下完了，再也没什么可怜悯的了，没什么可难过的了，没什么可指望了……完蛋了！……可是，为了我所承受的一切，难道就不应该报复？难道世上就没有公道？难道我不能享受哪怕报复的乐趣？——因为我从来也不知道什么叫作爱情，关于什么是家庭，也只是听人家说过；因为他们把我看作一条下流的小狗，唤到跟前，抚摩抚摩，然后用靴尖当头一踢——滚到一边去！因为他们把我这个跟他们一样的人（一点儿也不比我所遇到的所有的人愚蠢）当作擦地板的抹布，当作他们排泄淫荡乐趣的一种污水管道！呸！……难道说，为了这一切的一切，我还得怀着感激的心情去接受这种脏病？……难道我是奴隶？是件不会说话的东西？……是一匹驮东西的老马？……所以，普拉托诺夫，那时我便决心要传染他们所有的人——年轻的，年老的，穷的，富的，漂亮的，丑陋的——所有的人，所有的人，所有的人！……"

普拉托诺夫早已推开自己面前的盘子，惊讶地，甚至可以说是恐惧地注视着她。他一生见过很多痛苦的、肮脏的事情，有时甚至见过流血的事件，此时他在这郁积于心头的强烈仇恨面前，却感到一种无理性的恐惧和惊骇，等镇定下来后，他说：

"有一个伟大的法国作家讲到过这样一件事。普鲁士人战胜了法国人，千方百计蹂躏他们：枪杀男人，奸淫妇女，抢劫住家，火烧四野……于是有一位得了梅毒的很漂亮的女人，一个法国女郎，便故意让所有落到她怀抱里的德国人统统传染上那病。她传染了好几百，也许有好几千人……当她躺在医院里，临死的时候，曾怀着喜悦和骄傲回忆起这一点……①可是，要知道，那是侵犯她的祖国、杀戮她的同胞的敌人啊……可是你，你呢，叶尼奇卡？……"

"而我传染所有的人，正是所有的人！请告诉我，谢尔盖·伊万诺维奇，请您凭良心讲，假若您在街上遇见一个孩子，这孩子被某个人凌辱、糟蹋了……喏，比方说，剜出了眼睛，割掉了耳朵，而且您知道了这个人此时正从您身边走过，知道只有上帝从天庭注视着您（假如确有上帝的话），您会做什么呢？"

"我不知道。"普拉托诺夫低下头，声音低沉地答道，但他脸色苍白，手指在桌子下面抽搐地握成了拳头。"也许我会打死他……"

"不是'也许'，而是一定！我了解您，我能感觉出来。好吧，那现在您想一想：当我们还是孩子的时候，我们之中的每一个人都受过那样的凌辱！……是的，都还是孩子的时候！"叶妮卡满腔悲愤地呻吟了一声，手掌蒙住了一会儿眼睛。"要知道，关于这一

---

① 此处指莫泊桑的短篇小说《第二十九号病床》（1884）。

点，记得您什么时候在我们那里讲过，似乎就在三一节那天晚上……是的，是些孩子，愚蠢、轻信、盲目、贪婪、空虚……我们也无法挣脱自己的羁绊……上哪儿去？去做什么？……而且，谢尔盖·伊万诺维奇，请您不要以为我满腔的怨恨只是针对那些凌辱过我个人的人……不，总的来说，是针对所有的嫖客，所有这些老老少少的色鬼……就是这样，我决心替自己和替自己的姐妹们复仇。这好还是不好？"

"叶尼奇卡，真的，我不知道……我不能……我什么也不敢说……我不懂。"

"可是主要的问题不在这里……这主要的问题就在于……我传染了他们，却毫无感觉——没感到怜悯，没感到悔恨，没感到在上帝或祖国面前犯罪。我内心只有喜悦，就像一头饿狼享受到鲜血淋淋的捕获物……然而昨天发生了一件连我都不能理解的事情。有一军校学生来找我了，他还完全是个孩子，黄口小儿，傻乎乎的……从去年冬天起，他就常常到我这儿来……可我忽然怜悯起他来了……并不是由于他很漂亮和很年轻，也不是由于他一向很客气，甚至可以说，很温柔……不，这样的人我见得多了，可对他们我并没有留情：我欣然把他们当作牲口，打上火红的烙印……可是对这个人，我却突然怜悯起来了……我自己也不明白，这是为什么。我无法解释清楚。我觉得偷一个傻瓜的和一个白痴的钱，或是殴打一个瞎子，或是杀死一个睡熟的人，这反正都一样……如果他是个恶病体质的虚弱的人，或者是个卑鄙的老色鬼，我都不会怜悯他。可是他健康、强壮，胸脯和手臂跟雕像一样……我也就没能……我还给了他钱，把自己的病指给他看，一句话，我像个傻瓜似的。他从我那儿走了……恸哭不已……于是，从昨天晚上起我就没有睡……如坠五里雾中……就是说——现在我想——就是说，我原想传染他们所有的人，传染他们的父亲、母亲、姐妹、未婚妻，甚至传染整个世界的那种主意，岂不由于我这一怜悯而成为蠢事和空想？……我又什么都糊涂了……谢尔盖·伊万诺维奇，您聪明，您见多识广，现在就请您帮帮我，给我指点指点吧！……"

"我不知道，叶尼奇卡！"普拉托诺夫轻声说道，"并不是我不敢告诉你，或者不敢给你出主意，而是我真的什么也不知道。这超越了我的智力……超越了良心……"

叶尼娅叉起了两手的手指，焦躁地把它们捏得咯吱作响。

"我也不知道……就是说，我原有的打算是不正确的？……就是说，我只有一条路了……这个念头是今天早晨出现在我脑子里的……"

"别这样，别这样做，叶尼奇卡！……叶尼娅！……"普拉托诺夫连忙打断她的话。

"……只有一条路：上吊……"

"不，不，叶尼娅，唯独不能这样！……如果是其他无法克服的困难，请相信，那我就会大胆地对你说：喏，有什么办法呢，叶尼娅，该结束这乱摊子啦……可是你完全没有必要这样……要是你愿意的话，我可以提示你一个办法，那办法不见得不狠毒、不残酷，它也许能百倍地满足你的愤怒……"

"是什么办法？"叶尼娅疲惫地问道，好像激动了一阵以后一下子变得软弱无力了。

"噢，是这样的……你还年轻，我对你说老实话，你很漂亮，就是说，只要你愿意，你就能把人迷住……这里不只是涉及美。可是你从来也没有意识到自己容貌的魅力，而主要的是，你不知道像你这样天赋的美会迷人到什么程度，会怎样有力地把男人们吸引到自己身边，把他们变得比牛马和奴隶还驯顺……你是一个高傲的人，你是一个勇敢的人，你是一个独立不羁的人，你是一个聪明人……我知道：你读过很多书，哪怕是些没用的书吧，但毕竟是读过的，你的谈吐跟别人全然不同。只要你能很好地改变一下生活，你就能治好自己的病，你就可以离开这'火坑'，走向自由。只要你手指一动，你就能看到几百个男人匍匐在你的脚下，无比驯顺，随时准备为你去做坏事，去偷，去盗用公款……你就手执无情的鞭子，用紧紧的缰绳将他们套住！……趁你还有足够的欲望和精力，你就去使他们破产，使他们发疯！……瞧吧，亲爱的叶尼娅，现在主宰生活的不是女人是谁！昨天的侍女、洗衣妇、歌女，今天就会尝到家财万贯的味道，就跟特维尔大街上的婆娘嗑瓜子儿——咬开外壳品尝瓜子儿味道一样。一个勉强会签自己名字的女人有时会通过男人之手影响整个王国的命运。王孙公子会娶昨天的淫妇、姘头……叶尼奇卡，这就是你能够发泄自己不可遏止的复仇怒火的广阔天地，而我会从远处欣赏你……因为你天生就有猛兽般的、捣毁一切的本领……也许不需要这么大的气魄，就能使他们拜倒在你的脚下。"

"不，"叶妮卡淡淡一笑，"我过去曾想到过这一点……但是如今我的精力已经耗尽了。我已经没有力量、没有意志、没有愿望了……我的内部似乎整个儿空了，腐朽了……喏，你知道，有一种蘑菇又白又圆，只要捏一下，它就变成了粉末。我就是这样。除了怒火，生活已吞噬了我内在的一切。我已是软弱无力的了，我的愤恨也变得无力了……我还会遇到哪个男孩子，怜悯他，到头来又惩罚自己。不，还是这样好些……"

她沉默了下来。此时普拉托诺夫也不知道该说什么。两个人都心头沉重而困窘。终于，叶妮卡站了起来，眼睛没有看普拉托诺夫，把自己那冰冷无力的手伸给了他。

"再见啦，谢尔盖·伊万诺维奇！请原谅，我耽搁了您的时间……是啊，我明白，要是您办得到，您是会帮我的忙的……但是，很明显，您也无能为力。再见啦！……"

"不过，你可别做傻事，叶尼奇卡！我求求你！……"

"那好吧！"她说道，疲惫地挥了一下手。

走出那个小公园，他们分手了，可是走了几步以后，叶妮卡突然在后面叫他：

"谢尔盖·伊万诺维奇，喂，谢尔盖·伊万诺维奇！……"

他停住脚步，回转身走到她跟前。

"'不倒翁'昨天晚上在我们客厅里断气了。他跳啊跳啊，后来突然一下子死了……唉，这也不错，至少死得不痛苦！我还忘了问问您，谢尔盖·伊万诺维奇……噢，这是最后一个问题……究竟有没有上帝？"

普拉托诺夫皱起了眉头。

"我能回答你什么呢？我不知道。我想是有的，不过不是我们所想象的那种上帝。他更伟大，更英明，更公正……"

"那么来世的生活呢？死后的生活呢？是不是像人们所说的那样，有天堂和地狱？要不然，什么也没有？统统是空的？是没有梦的长眠？是黑暗的地窖？"

普拉托诺夫沉默不语，尽力不看叶妮卡。

他心情很沉重，也感到可怕。

"我不知道，"他终于勉强地说道，"我不想对你瞎说。"

叶妮卡叹了口气，脸上现出了凄惨的苦笑。

"好啦，谢谢，我亲爱的。就是那样也感谢您……衷心地祝您幸福。喏，再见啦……"

她转过身，缓慢地、步履蹒跚地往山坡上走去。

普拉托诺夫恰好准时回来了。流浪汉们搔着脑袋，打着呵欠，照例伸伸懒腰，各就各位。扎沃罗特内那敏锐的眼睛从远处就看到了普拉托诺夫，他扯着嗓子喊了起来，整个码头都听得见：

"总算来得及时，你这驼背的魔鬼！……我都想抓住你尾巴，把你从我们这一伙里扔出去来着……喏，站到自己的位子上！……"

"你可真是我的一条公狗，谢廖日卡①！……"他温柔地补充说，"何不晚上呢，可是你瞧，大白天你就迷上了……"

---

① 昵称，即谢尔盖。

5

星期六是医生例行检查的日子，这一天，所有的屋子里都在仔细地准备，在忙活着。须知，就连上流社会的夫人们要去医生及专家那里就诊时也是如此：精心地梳洗打扮一番，免不了换上干净的内衣，甚至还尽可能穿得漂亮一些。临街的窗户全都上了护窗板。而朝院子的一个窗户旁边，放着一张桌子，桌子上有一个硬的靠枕。

所有的姑娘都激动不安……"要是突然发现了那病，自己却一点也不知道呢？……那就是说，要送到医院里去，丢脸，在医院里烦闷地打发日子，糟糕的食物，接受治疗的苦……"

只有"大"曼卡（或者叫"鳄鱼"曼卡）、卓娅和亨里埃塔这些三十岁左右的人无动于衷，镇定自若。照亚玛的看法，她们已经是老妓女了，她们老于世故，逆来顺受，对自己的行业已经变得麻木，就跟马戏团那又白又肥的马一样。"鳄鱼"曼卡甚至经常这样谈到自己：

"我是饱经世故的老油子了……什么东西也不会再粘住我了。"

叶妮卡从清晨起就变得温和而若有所思。她送给"小白"曼卡一只金手镯，一个系着细链、镶有自己一幅小照的颈饰和一只套在脖上的小十字架。她求塔玛拉收下两枚戒指留作纪念：一枚是可以拉开的三个银箍，中间是个"心"，它下面是两只"手"，当戒指的三部分合起来的时候，那两"手"便会抱紧；另一枚是金的，细绳状，嵌有一个贵榴石宝石。

"至于我的内衣，塔玛罗奇卡，请你交给女仆安努什卡。让她好好洗一洗，穿穿吧，也算作为对我的纪念。"

她们俩待在塔玛拉房间里。叶妮卡一早就让人送来了白兰地酒，现在正慢悠悠地、仿佛懒洋洋地喝着，一杯接着一杯，时而啃一点柠檬和糖块。塔玛拉第一次见到这情形，感到有点惊奇，因为叶妮卡一向不喜欢喝酒，难得喝一回，也仅仅是由于客人们的相劝，推辞不了。

"你今天为什么把东西都分赠给大家？"塔玛拉问道，"就像你打算去死似的，莫不是你要进修道院？……"

"是的，我要走了，"叶妮卡没精打采地答道，"我觉得一点也没意思，塔玛罗奇卡！……"

"我们当中有谁是愉快的呢？"

"唉，不是指这个！……不是指闷得慌，而是说，我觉得一切，一切都无所谓了……喏，我瞧着你，瞧着桌子，瞧着瓶子，瞧着自己的手和脚，我就想，这一切都是一样的，都没什么用处……没什么意义……这一切仿佛都是在一张破旧不堪的画上似的。你瞧，一名士兵走在街上，可与我毫不相干，仿佛人们给一个木偶上了发条，它就走动起来似的……至于他被雨淋得浑身都湿了，那在我也是无所谓的……至于他会死去，我会死去，还有你，塔玛拉，也会死去——我同样没觉得有什么可怕和惊奇的……对我来说，一切都那么单调乏味……"

叶妮卡沉默了一会儿，又喝了一杯，吮了吮糖块，依然凝视着窗外，突然问道：

"告诉我，塔玛拉，我还从来没有问过你——你是从哪儿来到这里，来到这妓院的？你跟我们大家完全不一样，你什么都懂，在任何情况下你都能找到很聪明、很贴切的话说……瞧，还会讲法语，那次讲得多好啊！可我们当中没有人了解你的任何身世……你到底是做什么的呢？"

"亲爱的叶尼奇卡，真是不值得一提……生活就是生活……我曾经上过大学，当过家庭教师，在合唱团里演出过，后来在消夏公园里开过小靶场，再后来跟一个江湖骗子混在一起，我自己还学会了放来福枪……我在马戏团里巡回演出，扮演美洲的亚马孙女人——女骑手。我枪法很好……后来我进了修道院……在那里大约待了两年……我经历过很多事情……简直让人记不清……我还偷过东西。"

"你的经历真多……真是丰富多彩……"

"我的年龄也不小啦。喏，你看我有多大？"

"二十二，二十四？……"

"不，我的安琪儿！一个礼拜以前刚好满三十二。在安娜·马尔科夫娜妓院里，我的岁数大概比你们大家都大。不过，什么事情都不会使我惊讶，我什么事情都不往心里去。你知道，我从来不喝酒……我非常注意保养自己的身体，而主要是，最主要的是，任何时候也不要让自己对男人感兴趣……"

"那么，你那先卡是怎么回事？……"

"先卡——这是另外一回事：女人的心是愚蠢的，古怪的……难道没有爱情它能够活吗？再说我并不是爱他，而只是……自我欺骗罢了……不过，对我来说，先卡很快就会大有用处的。"

叶妮卡突然活跃了起来，怀着好奇的心情看了女友一眼：

"那你到底是怎么来到这儿，来到这无底深渊的？——你聪明漂亮，又那么文雅……"

"说来话长……也懒得去讲……我来到了这里，是因为爱情：我曾结交过一个年轻人，同他一起干过革命。要知道，我们女人总是那样行事：我们的心上人往哪儿看，我们就往哪儿看；他看见什么，我们也看见什么……我心里并不相信他的事业，却跟着去干。那是一个好谄媚的人，聪明、漂亮、健谈……后来证明，他原来是个卑鄙的家伙，是个叛徒。他假装革命，亲自向宪兵告发同志。他是个内奸。等到他被处死和被揭露了罪状之后，我才头脑清醒过来。可是，我不得不躲起来……我换了一个身份证。那时人们劝我，说用一张黄票做掩护更容易些……于是也就那样做了！……是的，在这里我也是暂时的：时候一到，就是说，一有机会我就会走的！"

"到哪儿去呢？"叶尼娅急不可耐地问道。

"世界很大……而我又热爱生活！……我会像当初在修道院那样，住啊住下去，一应一和地唱唱歌，休养生息，一旦完全休息了过来，而且最终厌倦了那生活，也就一下子跳出去！进了一个夜酒店……那岂不是一次很好的跳跃？同样如此，我会跳出这里……到剧院去，到马戏团去，到芭蕾舞团的集体舞班子里去……可是，你知道吗，叶尼奇卡，更吸引我的还是偷窃这个行当……勇敢，危险，可怕，而又令人陶醉……真诱人！……你别以为我是那么正派和谦虚，让人觉得是个有教养的姑娘，不，完全不是。"

她的眼睛突然愉快而明亮地闪了一下。

"我身上有个魔鬼在作怪！"

"你倒是挺好！"叶尼娅若有所思地和忧郁地说道，"你至少还怀有某种希望，可我的心似乎已经枯萎了……你瞧，我才二十岁，可是心已经跟老太婆的心一样，衰老了，快要入土了……唉，哪怕过过有点意思的生活也好！……压根儿就没有！……走过的全是泥泞的路。"

"别说啦，叶尼娅，你是在说蠢话。你聪明，你超群出众，叶尼娅，你有一种独特的威力，使男人们心甘情愿地伏在你的脚下。你也离开这里好了。当然不是跟我一起——我永远是独来独往——而是去闯自己的路。"

叶妮卡摇了摇头，没有流泪，默默地用两手捂着脸。

"不。"沉默良久之后，她忧郁地说道，"不，这我办不到了，命运已经吞噬了我的一切！……我再不是一个活的人了，而是一种肮脏的反刍出来的东西……算了吧！"她猛然挥了一下手。"叶尼奇卡，还是让我们干一杯白兰地吧，"她自己对自己说，"再呍一点柠檬！……噗——……什么鬼东西！……安努什卡从哪儿老是弄来这种破烂货？要是把它涂在狗身上，狗毛都会褪色的……这卑鄙的家伙总是把余下的半卢布装进自己的腰包。有一回我问过她：'你干吗攒钱呢？’她说：‘我是为结婚攒钱呀。要是我光把自己的童贞带给丈夫，那他有什么可高兴的呢！我得再挣上那么几百卢布。’她是个幸福的姑娘！……我这里还有一点钱，塔玛拉，在镜子底下的小盒子里，请你替我送给她……”

“你怎么啦，傻瓜，打算去死吗？”塔玛拉生硬而嗔怪地说。

“不，我不过是说说而已，万一……你把那钱收起来，收起来！也许他们会把我送进医院……而在那里，怎能知道会发生什么事呢？我身边留了一点零用钱，以防万一……怎么，塔玛罗奇卡，要是我自己真的想做什么事情，难道你会阻拦我吗？”

塔玛拉深沉而镇静地凝视着她。叶妮卡的眼睛显得悲哀，仿佛没有神采。眼睛里那活跃的火光已经熄灭，眼睛看上去很浑浊，仿佛褪了色似的，现出月长石般的白色。

“不，”塔玛拉终于轻声地但却是坚定地说，“如果是由于爱情，那我就会干涉，如果是由于钱，我也会劝阻你，但是也有别人无法干涉的情况。当然，助一臂之力，我是不会的；但是我也不会拉住你，阻拦你。"

这时走廊上迅速走过快腿的女管家佐霞，她一边走一边喊：

"小姐们，把衣服穿好！医生来啦……小姐们，把衣服穿好！……小姐们，快点！……"

"好，你去吧，塔玛拉，去吧！"叶妮卡一边站起身来，一边柔声地说，"我到自己的房间里去一下，我还没换衣服呢，尽管，说实在的，这反正都一样。待会儿要是叫到我，我还没有来得及，那你就喊我一声，跑来叫我一下。"

就这样，在离开塔玛拉的房间时，她似乎无意中搂了一下她的肩头，温存地抚摩了一会儿。

克里缅科大夫，一名市府医生，在客厅里准备着检查身体所不能缺少的东西：升汞溶液、凡士林油和别的东西，这一切都摆在一张单独的小桌子上。那儿还摆着一些代替姑娘们身份证的空白表格，以及一张按字母顺序排列的总名单。姑娘们只穿着内衣、袜子和鞋，在远处站着或坐着。靠近桌子站着的是老板娘安娜·马尔科夫娜，稍稍靠后面一点站着的是埃玛·爱德华多夫娜和佐霞。

这位年迈、颓唐而又不怎么整洁的大夫，是个对什么都漠不关心的人。他歪戴着夹鼻眼镜，看了看名单叫道：

"亚历山德拉·布津斯卡娅！……"

矮小的翘鼻子尼娜皱着眉头走了出来。她面带愠色，笨拙地爬上了桌子，一面由于害羞，由于意识到自己局促不安和用力而呼哧呼哧喘气。大夫透过夹鼻眼镜，眯缝着眼睛进行检查，时不时让夹鼻眼镜掉落下来。

"走吧！……你健康。"

于是他在表格的背面注明："八月二十八日，健康。"并且潦草地签了个名字。当他还没写完的时候，就又叫下一个：

"伊琳娜·沃舍科娃！……"

现在轮到柳布卡了。在度过自己那一个半月比较自由的生活以后，她已经不习惯每周的身体检查了，所以当大夫撩起她胸前的衬衣时，她一下子脸红了，甚至连背和胸都发红——只有极其怕羞的妇女才会这样。

继她之后轮到了卓娅，然后是"小白"曼卡，再往后是塔玛拉和纽尔卡，克里缅科大夫在纽尔卡身上检查出淋病，吩咐将她送到医院去。

大夫做这种身体检查的速度快得惊人。他每个礼拜六用这种方式检查好几百个女郎，这已经有将近二十年的历史了，他早已养成了那种习惯了的技术上的熟练和麻利，动作从容而漫不经心。这种情形在杂技演员，在赌徒，在搬运工和家具包装工，以及在其他职业工人那里是屡见不鲜的。他是如此从容不迫地做着自己这份工作，就像一个牲口贩子或者兽医在一天之内检查好几百头牲口似的；他是如此沉着冷静，就像一个被迫去到刑场的人，目睹执行死刑时也无动于衷那样。

他是否想到过，在他面前的是些活人？是否想到过，他是那条所谓合法卖淫的可怕链条上的最后和最重要的一个环节？……

不！即使他有过这种感觉，那想必也是在他干这一职业的最初时刻。如今在他面前的只是一些赤裸的肚子、赤裸的脊背和张开的嘴巴。在每礼拜六接受检查的这轮廓模糊的一群人中，没有一个成员他事后在街上能够认得出来。重要的是，必须尽快结束在这一妓院的检查，以便转到另一家，转到第三家，第十家，第二十家……

"苏珊娜·赖齐娜！"大夫终于叫道。

没有人走到桌前去。

全院的人都面面相觑，悄声私语。

"叶妮卡……叶妮卡在哪儿？……"

但是姑娘们中间没有她。

这时，塔玛拉刚接受检查完毕，向前走上一步，说道：

"她不在。她还没来得及准备呢。对不起，大夫先生。我马上去叫她。"

她向走廊跑去，但很久没回来。继她之后，起初是埃玛·爱德华多夫娜，然后是佐霞和几个姑娘，甚至安娜·马尔科夫娜本人也去了。

"哼！真不像话！……"庄严的埃玛·爱德华多夫娜满脸怒气地在走廊上说道，"老是这个叶妮卡！……总是这叶妮卡！……看来，我的忍耐已到头了……"

然而哪儿也找不到叶妮卡——既不在她房间里，

也不在塔玛拉房间里。别的卧室、所有僻静的角落都找过了……可哪儿也没有她的身影。

"应当到厕所去看看……也许她在那儿？"佐霞揣测道。

可是这厕所从里面插上了插销。埃玛·爱德华多夫娜用拳头敲了敲门。

"叶尼娅，您倒是出来啊！这是在胡闹什么?！"于是她提高了嗓门，不耐烦地威胁道:

"听见了没有，你这蠢猪? ……马上就去——大夫在等着呢。"

没有任何回音。

大家面面相觑，眼睛里充满了恐惧，脑子里闪过同一个念头。

埃玛·爱德华多夫娜抓住门的铜把手，晃了晃，但门还是开不了。

"去把西梅翁叫来!"安娜·马尔科夫娜吩咐道。

人们呼唤西梅翁……西梅翁来了，像往常一样，睡眼惺忪，皱着眉头。从姑娘们和女管家那惊惶的神色，他已经看出，必是出了什么不愉快的事情，因而需要他那职业性的残酷和膂力。当人们向他说明了事情的原委以后，他默默地用自己那长臂猿式的两手抓住门把手，双脚抵住墙，奋力一拉。

门把手留在他手里，他自己却向后打了个趔趄，差一点仰面朝天地跌倒在地。

"啊，鬼东西！"他闷声闷气地嘟哝道，"给我一把餐刀。"

他用一把餐刀从门缝里触摸到里面的插销，用刀刃把缝隙的两边削了削，把它加宽，以便使刀把能够伸得进去，随后他开始一点一点地向后拨那插销。大家一动不动，屏息凝神地注视着他的两手。只听见金属与金属的摩擦声。

西梅翁终于打开了门。

叶妮卡吊在厕所当中，用的是紧身衣上的带子，系在灯钩上。她咽气不久，尸体却已僵直，在半空中徐徐摇晃，围绕着自己那垂直的轴心几乎觉察不出地左右转动着。她脸色青紫，舌尖从咬紧的、外露的牙齿中间吐了出来。被取下的灯，就扔在这地板上。

有人歇斯底里般地尖叫了一声，于是所有的姑娘，如同受了惊的牲畜群，在狭窄的走廊里推推挤挤，歇斯底里般地号啕大哭，呼号着，哽咽着，四下奔逃。

听到喊声，大夫走来了……是的，他是走来的，而不是跑来的。看到发生的事情以后，他并没惊奇，也没激动：在他做市府医生的生涯中，这种事情他已司空见惯，对于人的痛苦、创伤和死亡他早已变得麻木冷酷。他吩咐西梅翁稍稍向上抱起叶妮卡的尸体，自己则爬到凳子上，割断了带子。为了做做样子，他吩咐把叶妮卡抬回她的房间，仍然在那个西梅翁的帮助之下试着给她做人工呼吸。大约过了五分钟，他挥了一下手，正了正歪到鼻子上的夹鼻眼镜，说道：

"去叫警察来做验尸记录。"

又是克尔别什来了，他又在老板娘的小办公室里跟她嘀咕了好一阵子，一张一百卢布的新票子又在他口袋里发出了一声脆响。

五分钟之内，验尸记录便做好了。叶妮卡还像上吊时那么半露着身体，人们用两个蒲席将她卷起和盖好之后，抬到一辆雇来的大车上，运解剖所去了。

埃玛·爱德华多夫娜首先发现叶妮卡留在床边小桌子上的一张字条。那张纸是从每个妓女必备的收支

簿上扯下来的，字条是用铅笔写的，孩子式的滚圆而
幼稚的字迹，不过根据那字迹可以判断，自杀者的手
在最后几分钟并没有发抖。纸上写的是：

"对于我的死，请不要怪罪任何人。我的死是由
于我传染上了那种病，还由于世人都很卑鄙，活着无
聊。塔玛拉知道我的东西该怎么处理。我已经对她详
细交代过。"

埃玛·爱德华多夫娜转过身来，面对着与其他姑
娘一起在这儿的塔玛拉，眼睛里充满了冷酷而仇恨的
绿光，咬牙切齿地说道：

"原来你知道啊，混蛋，你知道她打算干什么，
是不是？是不是知道，你这贱货？……你明明知道，
却故意不说，是不是？……"

她已经按照自己的习惯挥起了拳头，准备狠狠地
痛打塔玛拉，但是她突然就那么怔住了，张着大嘴，
瞪大着眼睛。她似乎第一次看见塔玛拉以这样坚定、
愤怒和无法抑制的仇恨目光望着她，看见她从下面慢
慢地、慢慢地举起一件闪着金属的白光的东西，一直
举到与女管家的脸齐平的位置上。

6

就在当天晚上，安娜·马尔科夫娜妓院里发生了一件很重要的事情：整个妓院——连同地皮和房子，动产和不动产以及所有的人丁——转到埃玛·爱德华多夫娜手中了。

这件事，妓院里早就在议论了，但是这风声如此出人意料地紧接在叶妮卡死后变成了事实，使姑娘们久久不能从惶恐中恢复过来。她们亲身尝到过那日耳曼女人的厉害，因此清楚地了解她的冷酷、吹毛求疵，她的贪婪、高傲，还有她时而对这个姑娘，时而对那个姑娘的那种变态的、苛求的、令人讨厌的宠爱。此外，还有一个无人不知的秘密：埃玛·爱德华多夫娜为了这块招牌和产业所应支付给先前老板娘的六万卢布当中，有三分之一是属于克尔别什的，此人早就跟肥胖的女管家有着半交情半事务的关系。从这样两个无耻、贪婪、铁石心肠的人的结合，姑娘们能够料到自己未来的种种厄运。

安娜·马尔科夫娜之所以廉价转让这所妓院，不单单是由于克尔别什即使不了解她的一些黑暗勾当，也照样能够在任何时候暗中捣蛋，把她一口吃掉。这样做的理由和借口，每天都能找出上百个，其中有些不仅仅能使妓院关门，而且，大概还会把人送上法庭。

安娜·马尔科夫娜尽管假惺惺地唉声叹气，抱怨自己的贫穷、疾病和孤独，内心却对这一交易感到满意。况且，应该一提的是：她早就感觉到自己面临着年迈体衰和各种疾病的威迫，渴望一种不被任何事物所干扰的恬静和安宁的生活。早在安娜·马尔科夫娜年轻时代当一名普通妓女时所不敢奢望的一切，如今都一个接一个地到来了：令人敬重的老年；阔绰富有的家，差不多就坐落在市中心的一条舒适、宁静的街道上；自己的千金别尔托奇卡不久就会嫁给一个有名望的人，一个工程师或者房产主，要不然一个市自治会议员，会有一份像样的嫁妆和光彩夺目的贵重珠宝……现在可以安安稳稳、不慌不忙、津津有味地享受午餐和晚饭了。安娜·马尔科夫娜一向对午餐后喝一杯美味的家酿烈性樱桃酒有很大的嗜好，晚上则喜欢跟她认识的那些有身份的老夫人玩玩纸牌，以一个戈比的赌注为限。这些老夫人尽管从来也不流露出她们了解这老太婆所从事的真正行业，但实际上了解得一清二楚，她们不仅不谴责她的那种职业，反而对她在那职业中赚来的巨资表示敬佩。这些可爱的熟人——无忧无虑的晚年的喜悦和安慰——她们中有一个是放债的老板娘，另一个是铁路旁一家生意兴隆的客栈的主人，第三个是珠宝商店老板娘，虽然商店门面不大，但遐迩皆知，在大偷盗犯中间颇有名气。关于这些人，安娜·马尔科夫娜也同样可以讲出几桩见不得人的和不那么光彩的笑料，可是在她们中间，谈论发家的来龙去脉是不愉快的——她们所重视的仅仅是机灵、勇敢、成功和风雅。

然而，除此之外，安娜·马尔科夫娜虽然智力极其有限，文化程度也不怎么高，但却有令人惊异的内在嗅觉。在她一生中，这种嗅觉每每使她本能地，然而又是无可指摘地避免了一个个灾难，及时找到了合理解决的途径。现在也是如此，在"不倒翁"猝然死去之后，紧接着叶妮卡又在第二天自杀，她凭自己那无意识的富有洞察力的心灵预感到迄今为止一向厚待她妓院的，指引她摆脱困境、获得成功的命运，现在正准备背过身去。于是她先下手做了退让。

据说，在房子起火或是船沉之前不久，聪明而敏感的老鼠会成群地搬往别处去。安娜·马尔科夫娜便是受这种老鼠般的、动物式的、有预见性的嗅觉的指使。她做对了，叶妮卡死后，仿佛顿时有某种不祥的诅咒笼罩在这原属安娜·马尔科夫娜·沙伊别斯，现归埃玛·爱德华多夫娜·吉茨涅尔的妓院的上空：死亡、不幸、纠纷接踵而来，就像莎士比亚悲剧中的血腥事件那么频繁，不过，这种情形也出现在亚玛其他妓院里。

这桩事务结束之后过了一个礼拜，安娜·马尔科夫娜自己第一个去世了。不过，这种情况对脱离开自己习惯了三十年的生活常轨的人来说，是经常发生的：习惯了戎马生涯的战斗英雄一旦退休，往往便这样死去，尽管他们有铁打的身体和刚强的意志；原先做股票生意的人，一旦歇手退居，坐享清福，失去了冒险和狂热的那种灼人的诱惑，往往也是那么快便退出人生舞台；一些著名的女演员一旦脱离舞台，往往会很快变得衰老、萎靡、老态龙钟……安娜·马尔科夫娜像遵守教规的人那样平平安安地死去了。一次，她坐在那儿打牌，突然感到不舒服，便请人们等一等她，说她一会儿就回来。她回到卧室，躺在床上，深深地吸了口气，就这样走到另一个世界上去了。当时她面容安详，嘴角还留有老年人那种宁静的微笑。伊赛·萨维奇——她生活道路上的忠实伙伴，一个窝窝囊囊、永远扮演次要的附属角色的人——只比她多活了一个月。

别尔托奇卡成为唯一的继承人。她很顺利地把那所舒适的房子和城郊的一块地皮变卖了，正如所料，幸福地嫁了人，并且直到现在还相信她的父亲做过很大的出口生意，通过敖德萨和诺沃罗西斯克把小麦运往小亚细亚。

叶尼娅的尸体被运往解剖所的那天晚上，当亚玛街上连一个嫖客的影子也没有的那一时刻，所有的姑娘，奉埃玛·爱德华多夫娜之命，集合在客厅里。她们之中谁也不敢抱怨说在这沉痛的日子，她们还没有从叶妮卡惨死的印象中恢复过来，却像往常一样，被逼着梳妆打扮，换上艳丽时髦的服装，走进灯火辉煌的客厅，去跳舞唱歌，用自己裸露的身子引诱淫荡的男人。

最后，埃玛·爱德华多夫娜本人也走进了客厅。她比往常任何时候都威严，穿一身黑色的绸衣裳，她那巨大的乳房像两座炮塔似的从衣服底下隆起，两层肥下巴耷拉到胸前；戴着一副露出手指的黑色半截丝手套；一条大金链在脖子上绕了三圈，末端挂着一个沉甸甸的项饰，直垂到腹部。

"小姐们！……"她开始威严地说，"我不得不说……站起来！"她突然命令式地喊道，"我讲话的时候，你们得站着听。"

姑娘们迷惑不解地交换了一下眼色：这样的命令在妓院里是新闻。不过她们还是一个个地站了起来，神情犹豫，眼睛睁得很大，嘴张着。

"你们应该……①从今天起，你们应该在我面前表示出对主人应有的尊敬。"埃玛·爱德华多夫娜开始郑重地、有力地说，"从今天起，这妓院已根据法律

---

① 原文为德语。

手续从我们那善良可敬的安娜·马尔科夫娜手里转给我埃玛·爱德华多夫娜·吉茨涅尔了。我相信，我们将不会吵架，你们会像聪明、听话、受过良好教育的小姐那样安分守己。我要像你们的母亲那样待你们，不过你们可要记住，我决不容许偷懒、酗酒、闹什么新花样或者胡来。应当说，善良的沙伊别斯夫人对你们的管教太松了。噢，我可要严得多。纪律高于一切……①先于一切。非常遗憾，俄国人又懒又脏又蠢，不懂这规矩；不过，你们放心好了，为了你们的利益，我会教会你们的。我之所以说'为了你们的利益'，是因为我的主要想法是压倒特列佩利亚妓院的竞争。我希望我的顾客都是些有社会地位的上流人士，而不是什么骗子和流浪汉，不是什么穷大学生或者臭戏子。我希望我的小姐们都是全城最漂亮、最有教养、最健康和最快活的姑娘。为了使环境显得豪华，我是不会吝惜金钱的，你们的房间将布满丝绒家具和真正漂亮的地毯。你们的客人将不再是要啤酒，而只是要美味的波尔多②葡萄酒、勃艮第③葡萄酒和香槟

---

① 原文为德语。
②③ 法国地名，以盛产葡萄酒闻名。

酒。你们要记住，真正有钱的、庄重的、上了年纪的顾客，决不会喜欢你们那种单调、平庸、粗俗的爱。他需要的是克恩①辣椒；他需要的不是手艺，而是艺术，这你们很快就会学会的。在特列佩利亚妓院那里，开一次房间收三个卢布，过夜收十卢布……我要做到这样：开一次房间你们能拿五个卢布，过夜——二十五卢布。他们会送你们黄金和钻石。我将尽量做到不使你们转到低级妓院，等等②，甚至供大兵逛的那类脏窝。不会的！你们每个人每个月的收入，我都会替你们保存和积攒起来，在银行里存在你们名下，让这些钱在那里利上滚利。那就是说，要是哪个姑娘感到累了，或者想嫁给某个正派人，她手头总会有一笔数目不算太大但却是可靠的资金。里加以及国外各个地方的上等妓院都是这样。到时候谁都不会说我埃玛·爱德华多夫娜是蜘蛛，是泼妇，是吸血鬼。但是，如果你们不听话、偷懒、异想天开、偷养情夫，我就会无情惩罚你们，像拔草那样把你们扔到外面去，或者更糟一些。现在，我要说的话已经说完了。

---

① 南美地名，以产极辣的辣椒闻名。
② 原文为德语。

尼娜，到我这儿来。你们所有的人都挨个儿到我跟前来。"

宁卡犹豫地走到埃玛·爱德华多夫娜跟前，由于惊恐，她竟向后打了个趔趄，因为埃玛·爱德华多夫娜向她伸出了指头下垂的右手，慢慢将它凑近宁卡的嘴唇。

"吻吧！……"埃玛·爱德华多夫娜威严而坚决地说道，她眯缝起眼睛，昂起了头，俨如一位登上宝座的女皇，摆出一副威风凛凛的姿态。

宁卡如此张皇失措，不由得右手抖动了一下，想在自己胸前画个十字，可是她马上纠正了自己，出声地吻了一下那伸过来的手，便走开了。继她之后，卓娅、亨里埃塔、万达和其他人也走上前去。只有塔玛拉一个人依然站在墙边，背对着一面镜子，那镜子，叶妮卡原先是那么喜欢，在客厅里她常常对着镜子向前走走，向后退退，照来照去，自我欣赏。

埃玛·爱德华多夫娜用命令式的、执拗的、蟒蛇般的目光盯着她，可是这催眠术没有起作用。塔玛拉承受住这一目光，头不转，眼不眨，不过脸上毫无表情。于是新老板娘放下了手，脸上做出似笑非笑的表情，声音嘶哑地说道：

"我嘛，得跟您，塔玛拉，个别谈一谈，单独地谈谈。我们走吧！"

"遵命，埃玛·爱德华多夫娜！"塔玛拉镇静地答道。

埃玛·爱德华多夫娜来到一个小办公室，原先安娜·马尔科夫娜常喜欢在这里喝牛奶咖啡；她坐到沙发上，让塔玛拉坐在自己对面的地方。两个女人沉默了一会儿，不信任地相互审视着。

"您做得对，塔玛拉，"埃玛·爱德华多夫娜终于开口道，"您做得很聪明，没有像这些绵羊那样走到我跟前吻我的手。不过，即使您要这样做，我也不会允许的。我本来打算等您走到我跟前的时候，就当众握您的手，提出让您当第一女管家，您明白吗？作为我的主要助手，条件会是很优越的。"

"谢谢您……"

"不，请等一等，别打断我的话。等我说完之后，您再谈自己是同意还是反对。不过，请您对我解释一下，上午您拿手枪瞄准我的时候，原本打算干什么？莫非是要打死我？"

"恰恰相反，埃玛·爱德华多夫娜，"塔玛拉恭敬地答道，"恰恰相反，当时我觉得好像您要打我。"

"哎呀！您说什么呀，塔玛罗奇卡！……难道您没注意到，自从我们相识以来，我不仅从来没有让自己打过您，而且连句粗话也没有说过……您怎么啦？您怎么啦？……我没有把您同这些迟钝的俄国人混为一谈……上帝保佑，我是个有经验的人，很会观察人。我清楚地看到，您是个真正受过教育的小姐，至少远远比我有学问。您清秀、风雅、聪明。您懂好几种外语。我相信，您甚至对音乐也颇为在行。还有，要是说实话的话，我还有点……这怎么对您说呢……一直有点爱您。可您还想用枪打死我呢！打死我这样一个可以成为您好朋友的人！喏，这一点您怎么解释呢？"

"可是……完全没有那回事，埃玛·爱德华多夫娜，"塔玛拉说道，语气极其温顺和近乎情理，"事情很简单。在那之前，我在叶妮卡枕头底下发现了手枪，于是就拿来想交给您。您读她的遗书时，我不想妨碍您来着，等您朝我转过身来，我就把枪拿出来给您，并且想说：'您瞧，埃玛·爱德华多夫娜，我发现了什么。'因为，您要知道，我感到很吃惊，这已故的叶妮卡既然有手枪可用，怎么会选中上吊这种吓人的死法？事情就是这样！"

埃玛·爱德华多夫娜那可怕的浓眉向上扬了起来，眼睛快活地睁大了，真正的、并非做作的微笑浮现在她那河马式的脸颊上。她连忙向塔玛拉伸出两手。

"真是这样吗？噢，我的孩子①，可我以为……天晓得我想到哪儿去了！把您的手给我，塔玛拉，把您那白白的可爱的小手伸给我，请您把它们放在我的心口②，按在我心上，让我吻您一下。"

她吻得那么久，弄得塔玛拉好不容易才从埃玛·爱德华多夫娜的怀抱中解脱了出来。

"喏，现在我们来谈正事。就是说，我的条件是这样：您当女管家，我给您纯利的百分之十五。您仔细听听，塔玛拉：百分之十五。除此之外，还有数目不多的一笔薪水——每月三四十，喏，好吧，五十卢布。条件是优越的，是不是？我深信，正是您，而不是别人，才能帮我真正地提高这妓院的地位，使它不

_____

①② 原文为德语。

仅在本城，而且在整个俄罗斯南方成为最阔气的妓院。您有鉴赏力，明白事理！……此外，您永远有办法应酬和对付那种最挑剔、最难弄的客人。一旦有个很有钱和很有名气的先生——按俄国人的说法是'鲫鱼'，而按我们的说法是'追女人的人'①——被您迷上了——要知道，您是那么漂亮，塔玛罗奇卡（老板娘望着她，眼睛蒙眬、湿润）——那么，我决不阻止您跟他快活地玩一阵子，只是您要时刻记住，就您的职责、您的地位以及其他方面来说，您是没有这种权利的……不过，请告诉我②，您用德语讲不费力吧③？"

"我掌握德语比法语稍稍差点，不过与客人随便聊天，还可以对付。"

"噢，好极啦！……您的里加口音很动听，在各个地方的德语发音中，这是最纯正的一种。那好，我们就用我的家乡话继续谈吧。家乡话——使我感到更亲切。好吗？"

"好！"

---

① ② 原文为德语。
③ 原文中双方以下对话都用德语。

"总而言之，您做这样的让步，仿佛不乐意，仿佛不由自主，仿佛是由于兴趣所致，由于一时忽发奇想，尤其重要的是，要做到仿佛是偷偷地背着我。您懂吗？这样做，那些傻瓜就会出大钱。不过，这事情似乎用不着我教您。"

"是的，夫人。您讲的话很有道理。可这已经不是随便聊天了，而是真正的交谈……①正因为这样，要是您改用俄国话来讲，那在我就会方便些……我愿意聆听您的指教。"

"接着谈！……我刚才讲到情人。我不敢禁止您有这方面的乐趣，但是我们要有理智：别让他在这里出现，或者出现的次数越少越好。我会给您假期的，那时您就会有充分的自由。不过，您最好还是完全摆脱他。这会对您有利。情人是累赘，是枷锁。我对您谈的，都是我自己的经验。您要等一等，过上三四年，我们就会扩大我们的生意，您就会有相当可观的一笔钱，到那时候我就跟您一起经营，您也享受同等的权利。再过十年，您仍然年轻、漂亮，那时，您要

---

① 原文中，以下谈话又转用俄语。

多少男人，您想买多少男人，随您的意。到了那个时候，您脑子里的浪漫主义的傻念头便会完全消失，而且，不是别人来选您，倒是您凭自己的理智和感情去挑选别人了，就像一个行家挑选贵重宝石那样。您同意我的意见吗？"

塔玛拉垂下了眼睛，淡淡一笑，说：

"您讲的全是金玉良言，埃玛·爱德华多夫娜。我会抛弃我的情人的，但眼下做不到。这事我大概需要两周的时间才行。我尽量不让他在这儿出现。我接受您的建议。"

"这就太好啦！"埃玛·爱德华多夫娜一面站起身来，一面说道，"现在让我们好好地、亲热地接一个吻，以表示我们达成了协议。"

说罢她又搂着塔玛拉，死命地吻了起来；塔玛拉垂下眼睛，脸上带着天真、温柔的表情，此刻她看上去真像个小姑娘。可是，等到最终挣脱了老板娘的拥抱之后，她用俄语问道：

"您看，埃玛·爱德华多夫娜，您说的我都同意了，因此我也请您答应我一个要求。对您来说，这要求一点也算不了什么。那就是，我希望您允许我和其他姐妹为已故的叶妮卡送葬。"

埃玛·爱德华多夫娜皱起了眉头,说道:

"哦,要是您愿意,亲爱的塔玛拉,我一点也不反对您那古怪的要求。不过这又何必呢?这对死人来说毫无用处,也不能使死人复活。其结果只不过是一种感伤情调罢了……那好吧!只是,您自己应该知道,按照你们的规矩,寻短见的人是不能下葬的,或者——我不大清楚——好像是,只能把尸体扔进墓地后面的脏坑里去。"

"不,请您允许我按自己的想法去做。就算这是我的一个古怪要求吧,可我得请您宽容我,可爱的、亲爱的、好心的埃玛·爱德华多夫娜!为此我向您保证,这是我最后一个古怪的要求。此后,我会像一个聪明听话的士兵一样服从天才将军的指挥。"

"那好吧①,"埃玛·爱德华多夫娜叹了口气说道,"对您,我的孩子,任何要求我都不能拒绝。让我紧握您的手。为了我们共同的利益,我们将奋力合作。"

说罢,她开了门,朝客厅外面的前厅喊道:"西

---

① 原文为德语。

梅翁！"等到西梅翁出现在办公室里的时候，她郑重而有力地吩咐道：

"给我们拿一瓶半斤装的香槟酒来，来真正的香槟——雷德尔半干葡萄酒①，凉一点的。快去拿来！"守门人瞪大了眼睛望着她。"我跟您干一杯，塔玛拉，为了新的事业，为了我们共同的未来。"

据说，死人会带来好运。如果这种迷信有一定道理的话，那么这个星期六的情形表现得再清楚不过了：嫖客络绎不绝，虽然是星期六，但也比平时这个日子的客人要多得多。诚然，姑娘们在走廊上路过叶妮卡原先房间的门口时，总是加快步子，畏惧地用眼角朝那儿瞥一眼，有些姑娘甚至在胸前画十字，可是到了深夜的时候，对于死亡的恐惧似乎平息了，习惯了。所有的房间都有客人，客厅里不停地奏着乐曲的是一个新来的小提琴手——一个不拘形迹的、胡子刮得光光的年轻人，他是那个眼球上有白翳的钢琴师从什么地方找来的。

塔玛拉被任命为女管家一事，姑娘们报以冷淡、

---

① 原文为德语。

困惑和默然的态度。但是塔玛拉等着了一个机会，悄悄地对"小白"曼卡说道：

"你听着，玛尼娅！你告诉她们大家，我现在当了女管家，让她们不要有戒意。这也是不得已。她们想做什么，就尽管做好了，只是别跟我为难，我还跟先前一样，是她们的朋友和庇护人……以后事情会清楚的。"

7

第二天是礼拜日，塔玛拉有许多事情要忙活。但是笼罩在她心头的是一个坚定不移和不可动摇的念头，那就是要像殡葬至亲骨肉那样安葬自己已故的朋友——按基督教的仪式，要有安葬世人时的一切悲哀而隆重的葬仪。

她属于这样一种性格古怪的人，这种人外表看来慵懒沉静、散漫寡言、自私孤僻，但内心却蕴藏着罕见的精力，他们永远仿佛半睁着眼睛在打盹，不白白地消耗自己的力气，但随时准备着顷刻间振奋起来，不顾任何障碍而勇往直前。

十二点钟，她乘马车下到老城，穿过一条狭窄的街道，便来到集市广场，她在一家颇为肮脏的茶馆附近下了车，吩咐车夫等着她。在茶馆里，她向一个红头发、头发剪成周围垂发式①的、分头上抹了油的男孩打听先卡·沃克扎尔是否来过这里。根据这小堂倌那礼貌周到和文雅态度来看，他早就认得塔玛拉。他回答说："没有，太太，谢苗·伊格纳吉奇他们还没有来，大概一时还来不了，因为昨天他们在特朗斯瓦尔酒馆大吃大喝、打台球来着，直玩到早晨六点钟。现在嘛，他们很有可能在家里，在十字路口公寓，要是太太您吩咐一声，那我马上可以去跑一趟。"

塔玛拉要来了纸和铅笔，当即写了几句话。她把字条交给小堂倌，赏给他半个卢布的小费之后便坐车走了。

她紧接着就去拜访女演员罗温斯卡娅，塔玛拉早已知道她住在全城最豪华的欧罗巴旅馆，她在那里租

---

① 系旧时俄罗斯农民剪发的样式。

了一排房间。

　　同那位女演员见一面并不是很容易的，下面的守门人说叶莲娜·维克托罗夫娜好像不在家，可她的贴身侍女听到塔玛拉的敲门声出来开门时却说：小姐头痛，不会客。塔玛拉只好又写一张字条：

　　"有一位女子在一个不宜明说的场所，听了您唱达尔戈梅日斯基的抒情歌曲后潸然泪下，跪倒在您的面前，我就是从她那里来见您的。当时，您是那么温存地安慰过她。您还记得吗？别害怕，她现在不需要任何人的帮助：她昨天死了。不过为了纪念她，您可以做一件很重要的事情，这事情几乎一点也不会使您为难。至于我嘛，我正是那个对男爵夫人 T.（她当时跟您在一起）说了几句难听的老实话的女人，因为这一点，我至今还感到懊悔和抱歉。"

　　"请把这字条转给她！"她吩咐侍女。

　　两分钟以后侍女回来了：

　　"小姐有请。她说她身体不佳，很抱歉，不能穿戴整齐接见您。"

　　她给塔玛拉带路，推开她面前的一扇门让她进去，随即又轻轻地关上。

那负有盛名的女演员躺在一张大榻上，榻上铺着一条漂亮的帖金①毛毯，还摆着许多缎面枕头和柔软的长筒形毯面靠枕。她的两腿裹着银光闪闪的柔软毛皮。手指上照例戴着许多宝石戒指，那深绿色的柔光很惹人注目。

今天是女演员的一个失意的、不愉快的日子。昨天早晨跟经理处闹得不和，而晚上，观众对她的欢迎不像她所期望的那么热烈，也许，这只是她的感觉而已。今天呢，报纸上刊登了一个糊涂评论家吹捧她的劲敌吉塔诺娃的大块文章，可那评论家对艺术的了解，简直跟一头牛对天文学的了解一样。就这样，叶莲娜·维克托罗夫娜深信自己得了偏头痛病，太阳穴有根神经在抽搐，而心脏有时候仿佛突然停止了跳动。

"您好，我亲爱的！"她略带鼻音地说道，声音微弱、有气无力却又抑扬顿挫，就跟舞台上女主人公由于爱情和肺痨病而濒临死亡时的讲话一样，"请坐在这儿……看到您我很高兴……只是请您不要见怪，

_____

① 土库曼民族之一。

由于偏头痛和心脏的毛病，我差不多快要死了。请原谅——我讲话很吃力。看来我唱得太多了，累坏了嗓子……"

毫无疑问，罗温斯卡娅既回忆起那天晚上狂妄的举动，也回忆起塔玛拉那与众不同的、令人难忘的面孔，但是现在，在恶劣的情绪下，在这枯燥乏味的秋日里，她觉得那次猎奇是毫无必要的逞能，是一种做作的、空想的和极其可耻的事情。但是，不论是那个奇异可怕的晚上，她以天才的威力使高傲的叶妮卡折服在自己的脚下，还是现在，带着疲倦慵懒和艺术家的那种满不在乎回忆起这一点，她同样都是真诚的。像许多优秀艺术家一样，她永远扮演着角色，永远不是自己本人，对自己的话语、行动、举止，仿佛永远是从远处，以观众的眼睛和感情去观察和衡量。

她懒洋洋地从枕头上抬起她那纤细而漂亮的手，放在自己额头上，神奇的深绿色的宝石仿佛动了起来，闪烁着柔和深邃的光辉。

"我刚才在您的便条上看到，这可怜的姑娘……请原谅，我不记得她的名字了……"

"叶尼娅。"

"对，对，谢谢您！现在我想起来了。她死啦？是怎么死的？"

"她上吊了……昨天早晨，正当医生检查身体的时候……"

女演员那褪了色似的没有神采的眼睛，突然睁大了起来，奇迹般恢复了生气，开始闪射绿色的光辉，就像她那绿宝石一样；眼睛里反映出好奇、恐惧和憎恶的神态。

"噢，天哪！那么可爱的，那么独特的、漂亮的，那么感情炽烈的一个姑娘！……唉，这可怜的，可怜的人儿！……这是由于什么呢？……"

"您知道……那病。她对您说起过。"

"是的，是的……我记得，记得……可是上吊！……多可怕！……我当初不是劝她去医治的吗？如今医学能做出很多奇迹。我自己就认识好几个人，他们完全……哪，完全治好了病。这事，在交际场合中大家都知道，照样跟他们交往……唉，这可怜的姑娘，这可怜的姑娘！……"

"所以我来见您，叶莲娜·维克托罗夫娜。我本不敢打扰您，可是我仿佛在森林里迷了路，找不到人指点。记得您那时对我们是那么和蔼，那么恳切关怀，那么温存……我只需要您出出主意，也许，多少还要借助于您的名望，您的情面……"

"哦，请说吧，亲爱的！……凡是我能做到的，我一定尽力……哎呀，我这可怜的脑袋！再加上这可怕的消息……您就说吧，我怎样才能帮助您？"

"说真的，连我自己也不知道，"塔玛拉回答说，"您看，她被送到解剖所去了……不过他们做验尸记录，做完后送到那里，收容时要办手续，这都需要时间。总之，我想，他们还没有来得及解剖……要是有可能的话，我真希望他们没有碰过她的尸体。今天是礼拜天，也许他们会推迟到明天，而在这段时间里，可以为她奔波一下……"

"我没有把握，亲爱的……等一等！……在医学界，我有没有熟悉的教授呢？……等一等，待会儿我去查查我的记事本。说不定我们能搞出点名堂来。"

"除此之外，"塔玛拉继续说，"我想殡葬她……用我自己的钱……她活着的时候，我整个心都跟她连在一起。"

"在物质方面，我是很愿意帮助您的……"

"不，不！……万分感谢您！……一切都由我自己来办。我倒不是不好意思向您这善良的心求援，只不过这……您会了解我的……这似乎是一个人对自己和对朋友的纪念的一种许愿。主要的困难在于我们怎样才能按基督教的仪式来殡葬她。她好像不信教，即使信教也不那么虔诚。我也一样，只是偶尔在额头上画一下十字。但是我不希望人们像埋一条狗那样把她埋在墓地外面的什么地方，不致悼词，不唱挽歌……我不知道是否允许正式为她安葬——有唱诗班，有牧师？因此我才来求您帮助出出主意。或许您会指点我去哪里斡旋？……"

现在这女演员渐渐对这事产生了兴趣，她已经忘却了自己的疲劳和偏头痛，忘却了第四幕里那患肺痨病的奄奄一息的女主人公。她已经在想象中扮演一个庇护者的角色，一个对堕落女人大发慈悲的天才人物的美好形象。这是何等独出心裁的、乖常的，同时又戏剧性地感人的事情啊！跟自己的许多同行一样，罗温斯卡娅没有一天，要是有可能的话，甚至没有一个钟头，不从人群中突出自己，不使人们议论她：今天她参加了假爱国主义的示威游行，而明天她站在舞台上朗诵声援被流放的革命者的充满怒火与复仇心理的激昂的诗句。她喜欢在游园会上、赛马场上卖花，在盛大的舞会上卖香槟酒。她会预先想好一些俏皮的词儿，到第二天就传遍全城。她希望任何时候在任何地方，人们的眼睛都望着她，仅仅望着她一个人，反复提到她的名字，欣赏她那埃及式的绿眼睛、贪婪而富有性感的嘴巴、纤细而敏感的手上的绿宝石。

"我一时无法考虑得很周密，"她沉默了一会儿说道，"不过，有志者事竟成啊，而我愿尽心竭力满足您的愿望。慢来，慢来！……我脑子里似乎产生了一个绝妙的主意……要知道当时，那天晚上，如果我没记错的话，除了我和男爵夫人，还有……"

"我不认识他们……有一个人比你们晚离开客房。他吻了吻我的手，并且说，如果什么时候用得着他，他随时准备为我效劳，还给了我一张名片，可是他请我不要把名片给旁人看……而后来，这一切似乎都变成了往事，我渐渐淡忘了。不知怎，我一直没抽出工夫弄清楚这人是谁，昨天我找这张名片，可怎么也没找到……"

"让我想想，让我想想！……我想起来了！"女演员突然活跃了起来。"啊哈！"她大声叫道，连忙从榻上起身，"这个人就是梁赞诺夫……是的，是的，是的……律师埃拉斯特·安德烈耶维奇·梁赞诺夫。我们马上会把一切安排好的。真是个好主意！"

她转向放着电话机的小桌子，打起电话来：

"劳驾，小姐，一三八五……谢谢您……喂！……请埃拉斯特·安德烈耶维奇接电话……是女演员罗温斯卡娅……谢谢您……喂！……是您吗，埃拉斯特·安德烈耶维奇？好，好，不过现在有一件事情很不顺手。您有空吗？……别胡说啦！……是正经事。您能不能到我这里来一刻钟？……不，不……是的……只不过是作为一个善良而聪明的人。您也把自己说得太一钱不值了……喏，那太好啦！……我没有怎么打扮，不过我倒是有个可以辩解的理由——头痛得厉害……不，是个女人，姑娘……您会看到的，快点来吧……谢谢！再见！……"

"他马上就来，"罗温斯卡娅一边挂上听筒，一边说道，"他很可爱，而且非常聪明。在他什么事情都是能办到的，就连一般人做不到的事情他也能做到……趁现在……请原谅，怎么称呼您？"

　　塔玛拉觉得有点不好说出口，可是接着便自己笑起自己来了：

　　"噢，不值得您操心，叶莲娜·维克托罗夫娜。我的假名字①是塔玛拉，原名是阿纳斯塔西娅·尼古拉耶夫娜。不过，反正一样，就叫我塔玛拉好了……我更习惯于这个名字……"

　　"塔玛拉！……这名字很好听！……那好吧，塔玛拉小姐，也许您不会拒绝同我一起用早点吧？说不定梁赞诺夫也会跟我们一起……"

　　"请原谅，我没有工夫。"

　　"这太遗憾了！……我相信，下一次有机会……不过，您抽烟吗？"她把一个金烟盒推到她的面前，盒盖上也是用她喜欢的那种绿宝石镶着一个很大的字母"E"②。

　　梁赞诺夫很快就来了。

　　塔玛拉那天晚上没有很仔细地看过他，此时他的仪表使她震惊。高高的身材；几乎是运动员式的体格；像贝多芬那样宽宽的额头，被杂有银丝的黑发潇洒而

----

① 原文为法语。
② 即"叶莲娜"一名的首字母。

艺术地衬托着；宽嘴厚唇，洋溢着演说家的那种激情；眼睛明亮、聪颖、富有表情，略带嘲弄；他的仪表是那么惹人注目，即使在一千个人当中他也会马上被人发现，那是一种征服灵魂和征服人心的仪表，那是一个功名心重、尚未餍足生活、在恋爱方面尚富有火热的激情并从不在美妙的胆大妄为面前退缩的人的仪表……"要是命运不曾这样残酷地摧毁我，"塔玛拉想道，一面高兴地注视着他的动作，"那我一定会当成儿戏似的，面带笑容、满怀喜悦地向他献出自己的生命，就像人们把摘下来的一朵玫瑰抛给心爱的人那样……"

梁赞诺夫吻了一下罗温斯卡娅的手，然后带着毫无拘束的很随和的态度向塔玛拉问候，并且说道：

"我们还是在那个昏头昏脑的晚上相识的，那时您那一口流利的法语使我们大家为之震惊。您讲的话曾使我们觉得十分离奇，但是您表达得多么精彩！……至今我还记得您的声调，是那么炽烈，那么富有表达力……那么……叶莲娜·维克托罗夫娜……"他又转向罗温斯卡娅，一面坐到一张低矮的无靠背的沙发椅上。"我如何为您效劳呢？请您吩咐吧。"

罗温斯卡娅又带着懒洋洋的神态，把指尖按在鬓角上。

"哎呀，我真是那么伤心，我亲爱的梁赞诺夫，"她说道，故意熄灭自己那漂亮眼睛里的闪光，"还有我这可怜的脑袋……劳驾您把那小桌上的去痛片递给我……让塔玛拉小姐把事情讲给您听吧。我不能，我不会……这事是那么可怕！……"

塔玛拉简单明了地向梁赞诺夫叙述了叶妮卡死亡的悲惨经过，也提起律师留给她的那张名片，说她怎样虔诚地保存着这张名片，并且顺便提起他曾许下必要时给予帮助的诺言。

"当然，当然。"梁赞诺夫等她说完之后大声说道，并且马上迈着大步在房间里前后走动，习惯性地把自己美丽的头发弄松，甩向后面。"您在做一件很有意义的、热忱的、富有情谊的事情！这很好！……这太好了！……我一定帮忙……您是说，要得到殡葬的许可……嗯！……怎么就想不起来！……"

他用手抹了一下额头。

"嗯……嗯……要是我没记错的话，那是《宗教法规》第一百七十……第一百七十……八条……我似

乎还能把这一条背出来，对不起……对不起！……是
的，就是这样！'因自杀而身亡者，不得为其唱挽
歌，亦不得行安灵祭，如因精神错乱，则除外。'……
嗯……再看圣季莫菲·亚历山德里依斯基那一章
吧……这就是说，亲爱的小姐，首先要做的事情
是……您是说她是被你们的医生从绳套上解下来的，
也就是那个市府医生……他姓什么？……"

"克里缅科。"

"我好像在哪儿见过他……好吧！……你们那个
地段的警察分局局长是谁？"

"克尔别什。"

"嗬，我认得……一个结实、蛮勇的家伙，留着
扇形的火红胡子……是吗？"

"是的，就是他。"

"我了解他的底细！服苦役的地方早就等着这个
家伙呢！……他不下十次落到了我的手里，可这坏
蛋，不知怎么每次都溜掉了。滑得很，跟江鳕鱼差不
多……不得不贿赂他。那好吧！这之后，解剖所也
就……您打算什么时候为她殡葬？"

"说真的，我也不知道……只希望能够快点……

要是有可能的话，那就今天。"

"嗯……今天……我不敢担保……我们未必来得及……不过您瞧，这是我的记事本。您就在'Ｔ'①字头姓名的这一页上写上'塔玛拉'以及您的地址。大约过两个小时我给您答复。您看这样行不行？不过我再重复一下，看来您得把葬礼推迟到明天……还有，恕我无礼，也许您需要钱？"

"不需要，谢谢您！"塔玛拉拒绝道，"我有钱。谢谢您的关心！……我该走了。衷心感谢您，叶莲娜·维克托罗夫娜！……"

"那您两个小时以后等回音吧。"梁赞诺夫送她到门口时又说了一遍。

塔玛拉并没有马上坐车回妓院。她顺路弯到托利切斯卡亚街的一家小咖啡馆里去了。先卡·沃克扎尔在那里等她。先卡是个快活的小伙子，模样像个漂亮的茨冈人；头发不是发黑，而是发蓝；乌黑的眼珠，淡黄的眼白；他做事果断而大胆，是本地盗贼的骄傲，是他们那个圈子里赫赫有名的人物——发明家、鼓舞

---

① 俄文"塔玛拉"这一名字的开头字母。

者和头领。

他把手伸给她，没有从座位上站起来。但是，根据他体贴地、有点硬性地拉她坐到椅子上这一点，可以看出一种宽厚的好心肠的亲热。

"你好，塔玛尔卡！好久没见到你了，很想你……要喝咖啡吗？"

"不！有件事……明天我们要安葬叶妮卡……她上吊了……"

"是啊，我在报纸上看到了，"先卡漫不经心地挤出了一句，"反正一样！……"

"马上给我五十卢布。"

"塔玛罗奇卡，我的乖乖，我一个戈比也没有呀！……"

"我跟你说的是，马上拿来！"塔玛拉命令道，语气坚定但是并没有生气。

"哎呀，天哪！……你的钱我动也没动，这我答应过，但是你要知道，今天是礼拜天啊……银行不开门……"

"管它呢！……拿存折去抵押！总之，你爱怎样就怎样！……"

"你要钱做什么，我亲爱的？"

"对你还不反正都一样，你这傻瓜？……为了殡葬。"

"噢！那好吧！"先卡叹了一口气，"那我最好晚上亲自给你送去……行吗，塔玛罗奇卡？……没有你，这日子我简直无法忍受下去了！我亲爱的，我是那么想好好吻你啊，眼睛也不想让你闭一会儿！……让我来吗？……"

"不，不！……谢尼奇卡①，你要照我说的去做！……答应我。可是你不能来——我现在是女管家了。"

"原来是这么一回事！……"震惊的先卡拖长了声调说道，甚至还打了个口哨。

"真的。你暂时别来找我……不过以后，以后，宝贝儿，你要怎样都行……很快一切就会结束的！"

"唉，但愿你别再折磨我啦！快点脱身吧！"

"我会解脱的！再等个把礼拜，亲爱的！弄到那药粉了吗？"

---

① 昵称，即先卡。

"弄到药粉，还不是小事一桩！"先卡满不高兴地答道，"再说，那不是药粉，而是药丸。"

"你说它们入水就化是真的吗？"

"真的。我亲眼看到过。"

"可是会不会药死人呢？你听着，谢尼亚①，不会药死人吧？这是真的吗？……"

"什么危险也没有……只不过昏睡一阵子……啊，塔玛尔卡！"他热情地悄声感叹道，甚至还由于抑制不住的感情而突然使劲伸了个懒腰，弄得骨关节也响了起来，"看在上帝的面上，快点结束吧！……办完这事，我们就远走高飞！你想到哪儿去都行，宝贝儿！一切听从你安排：要是你愿意，我们就去敖德萨；要是你愿意，我们就出国。快点结束吧！……"

"快啦，快啦……"

"只要你给我递个眼色，我就会准备好……药粉啊，工具啊，身份证啊……然后我们就——嘟嘟！汽车开啦！塔玛罗奇卡！我的安琪儿！……我的宝贝，我的金刚钻儿！……"

---

① 昵称，即先卡。

他一向很矜持，此时却忘了会被旁人看见，已经打算把塔玛拉搂在自己怀里了。

"别，别这样！……"塔玛拉连忙说道，像猫一样迅速灵活地从椅子上一下子站了起来，"以后……以后，谢尼奇卡，以后，亲爱的！……我将完全属于你——既不会拒绝，也不会禁止。我会弄得你腻烦的……再见，我的小傻瓜！"

说罢她蓦地一伸手把他那黑色的鬈发弄乱，匆匆走出了咖啡馆。

8

第二天，礼拜一，上午十时许，几乎所有原属沙伊别斯夫人，现在属于埃玛·爱德华多夫娜的妓院妓女，都坐上马车到城中心的解剖所去了。没有去的只有那目光远大、富有经验的亨里埃塔，那胆小、冷漠的宁卡和痴呆的帕什卡。帕什卡已经有两天没有起床了，一声不吭，人们问她什么，她只是报以得意而痴呆的微笑和某种听不清楚的动物般的哼哼声。要是不给她东西吃，她也不要，但要是拿给她吃食，她就贪婪地大吃起来，甚至直接用手抓着吃。她变得邋遢而好忘事，连大小便也得有人提醒她，免得发生不愉快的事情。埃玛·爱德华多夫娜并没打发帕什卡去接她的常客，那些人天天来找她。她过去也有过意识不清的时候，不过持续时间都不长，所以埃玛·爱德华多夫娜决定不管怎样也要等到她恢复正常。帕什卡是这妓院的真正宝贝，也是这妓院真正可怕的牺牲品。

解剖所是一排很长的暗灰色的平房，门窗都镶有白色框子。房子的外观，给人一种很低矮、仿佛被压缩到地里去似的感觉，几乎令人望而生畏。姑娘们一个个在大门口停了下来，怯生生地穿过院子，走进院子另一头的小教堂，这小教堂荫蔽在一个角落里，也是涂成同样的暗灰色，门窗也同样镶有白色框子。

门是锁着的。不得不去找看守人。塔玛拉好不容易才找到一个秃顶的老头儿，此人身上尽是凌乱的灰毛，像长了青苔似的；还长着一对泪汪汪的小眼睛和一个饼状的、有许多疙瘩的红得发青的大鼻子。

他打开了一把很大的挂锁，移开闩扣，推开了那生锈的、吱轧作响的门。一股混杂着石头潮气和神香、尸体等气味的阴湿的冷气向姑娘们扑鼻而来。她们禁不住往后倒退了几步，怯生生地挤成一团。唯有塔玛拉一人毫无动摇地跟在看守人后面走进去。

小教堂里几乎一片黑暗。秋天的日光微弱地透进像监狱般狭小的、安着铁栅栏的窗子。两三个没穿修士袍的、模糊得面目难辨的神像挂在墙上。几口普通的木板棺材直接停放在地板上，棺材底下依然垫着抬棺材用的木杠。中间的一口棺材是空的，打开的棺盖放在旁边。

"您要找的那口棺材是啥样子的？"看守人声音嘶哑地问道，嗅了嗅鼻烟。"看到脸，认得不？"

"认得。"

"喏，那就看吧！我都掀给你看看。也许是这个？……"

他掀开其中一口棺材的盖子，那棺盖还没有钉死。里面躺着一个衣不蔽体、满脸皱纹的老太婆。她脸色浮肿发青，左眼紧闭着，右眼圆睁，一动不动地恐怖地注视着，它已经失去了自己的光泽，酷似一片放久了的云母。

"你是说，这个不是？喏，你看好了……这里还有，你看吧！"看守人说道，接着打开一个又一个棺盖，让她看那些死人。所有的死人看来都是赤贫者：有从街上收罗来的，有醉死的、轧死的，残缺不全的以及面目全非、开始腐烂的。有几具尸体的脸上和胳膊上已经出现了蓝绿的斑点，像发霉似的，这是腐烂的标记。有一具男尸，没有鼻子，上唇是个分成两瓣的兔唇，一些小小的、白点点似的蛆虫在他那腐烂的脸上蠕动。一个害水肿病死去的妇女，像一座小山似的从棺材里隆起，顶开了棺盖。

所有这些尸体在解剖之后立即由那个仿佛长满青苔似的看守人和他的同事缝好、修补好和冲洗净。如果有时把脑子装到了胃里，把肝填满脑壳，并用黏性硬膏草草把头盖骨胶上，那与他们又有什么相干？！这些看守人在自己那噩梦般的、不堪想象的酗酒生活中，对这一切已经习以为常了，顺便说说，他们的那些无声的顾客，几乎从来没有亲属或熟人来过……

小教堂里弥漫着死尸的恶臭味，它是那么浓重、强烈和黏腻，致使塔玛拉仿佛觉得全身的毛孔都被糨糊封住了似的。

"喂，看守人，"塔玛拉问道，"是什么东西老在我脚底下咯吱咯吱地响？"

"咯吱咯吱地响？"看守人反问了一句，搔了搔脑袋。"噢，大概是虱子吧，"他冷漠地说，"这种野东西在尸体上繁殖得特别快！……你到底找谁呀，是男人还是女人？"

"女人。"塔玛拉答道。

"就是说，所有这些都不是你要找的？"

"都不是。"

"真有你的！……这就是说，我得带你们去停尸间。她是什么时候运来的？"

"是礼拜六，老大爷，"讲到这里塔玛拉掏出了小钱包，"礼拜六的白天。拿去，老大爷，给你买点烟！"

"这才对啦！你是说，礼拜六白天？她穿的是什么衣服呢？"

"嗯，几乎没穿什么：一件短睡衣，一条衬裙……两件都是白的。"

"哦！那大概是二百一十七号……叫什么名字？……"

"苏姗娜·赖齐娜。"

"我去看看，也许会有。喏，小姐们，"他转向怯怯地挤在门口、挡住了亮光的姑娘们，问道，"你们谁的胆子大些？因为，既然你们的熟人是前天抬来的，那就是说，她现在按照上帝所创造的人的那种模样躺在那里，这意思就是，她赤条条地……喏，你们当中谁胆子大一些呢？你们哪两个人去？得给她穿上衣服……"

"那就你去吧，曼卡。"塔玛拉吩咐她的女友。由于恐惧和厌恶，曼卡这时浑身发冷、脸色苍白，她睁大了闪亮的眼睛盯着死人。"别害怕，你这傻瓜，我跟你一起去！你不去谁去呢?！"

"我怎么啦？……我怎么啦？""小白"曼卡喃喃地说，嘴唇几乎没有动弹，"我们走吧。我无所谓……"

停尸间就在这小教堂的后面。这是一个低矮的漆黑的地下室，下到里面要走六步台阶。

看守人不知从哪里取来了一个蜡烛头和一个破本子。当他点亮了蜡烛的时候，姑娘们看见，约有二十具尸体直接摆在石板地上，整整齐齐地排列着——直挺挺的，有点发黄，脸上呈现出死前挣扎的痛苦，脑壳已被打开，脸上有凝血，龇着牙。

"马上……马上就能找到……"看守人说道，一面用手指头点着本子上的栏目，"前天……那就是说……礼拜六……礼拜六……你说她姓什么来着？"

"赖齐娜，苏姗娜。"塔玛拉答道。

"赖——齐娜，苏姗娜……"看守人像唱歌似的念道，"赖齐娜，苏姗娜。是的，不错，二百一十七号。"

他俯身凑近死人，用流着油滴的蜡烛头一个挨一个地照他们。最终，他停在一具尸体跟前，那尸体的脚上用墨水写着很大的数目字：217。

"瞧，这就是她！让我把她搬到过道里去，然后我去找她的破衣服……你们等一会儿！……"

他呼哧着，但就他的年纪来说毕竟是出人意料地不太费力，抓住叶妮卡的两腿，将她头朝下地背在背上，仿佛这是一扇肉或一袋马铃薯。

过道里稍为亮一点，等到看守人把那可怕的重负放在地上时，塔玛拉顿时用两手捂住了脸，曼卡则转过身去哭了起来。

"你们需要什么，就尽管说好了，"看守人开导她们说，"要是你们想把死人打扮得像样一点，那我们可以弄到所需要的一切东西——锦缎，花圈，神像，白色殓衣，薄纱——我们这儿都有……穿戴方面可以买一些……鞋也能买到……"

塔玛拉给了他钱，便让曼卡走在自己前面，一同来到了外面。

过了片刻，拿来了两个花圈。一个是塔玛拉送的翠菊和天竺牡丹花圈，白飘带上题着黑字："献给叶尼娅——你的女友敬上。"另一个花圈是梁赞诺夫送的，全是红花，它的红飘带上题着金字："苦难使我们变得纯洁。"他还派人带来一个便条，一方面表示吊唁，另一方面对他不能亲临凭吊表示歉意，因为他有一个紧急的业务上的约会。

随后，塔玛拉邀请的歌手——本城最好的唱诗班的十五个人来了。

合唱指挥者身穿灰大衣，头戴灰帽子，浑身上下似乎都是灰色，仿佛落满了灰尘似的，但是他蓄着像军人一样又长又直的胡子。他认出了韦尔卡，惊奇地睁大了眼睛，淡淡一笑，向她递了个眼神。他每月总有两三次，有时次数还多些，带着熟悉的教友或跟他一样的合唱指挥者或一些诵经士去逛亚玛街，通常，总是先周游一下所有的妓院，最后在安娜·马尔科夫娜妓院停下，每次都挑选韦尔卡。

他是个快活好动的人，跳舞时很活跃，很疯狂，而且在跳舞过程中往往扭出一些怪相，惹得在场的人哄笑不已。

继歌手之后，塔玛拉雇的双马柩车也来了。柩车是黑色的，马头上缀着白色的饰缨，有五个手擎火把的人随车而来。就是他们，运来了一口用锦缎覆饰的白色棺材和用黑细棉布包着的棺垫。他们不慌不忙地，以习惯的灵敏动作将死人放进了棺材，用薄纱蒙住她的脸，用锦缎盖上身子，点起了蜡烛：头前放一支，脚后放两支。

此时，在摇曳的黄色烛光中，叶妮卡的脸看上去清楚了些。青色几乎消逝了，只是鬓角上、鼻子上和两眼中间的个别地方，还留有大小不一的、花花搭搭的、曲折的斑点。在启开的两片发黑的嘴唇中间，微微闪出牙齿的白色，咬住的舌尖依然看得见一点。从敞开的衣领里，看得见她那旧羊皮纸颜色的脖颈上有两条纹路：一条发黑——绳索的印痕，另一条发红——先前打架时被西梅翁抓出来的伤痕，它们像两条可怕的项链。塔玛拉走上前去，用一枚英国别针把叶妮卡下巴底下那领口的花边别好。

神职人员来了：一个戴金边眼镜的、矮小的、花白头发的神父，头顶一个修士帽；一个头发稀疏的瘦高挑儿的助祭，有一张病态的、暗得出奇的黄脸，宛如出土的陶器；还有一个动作敏捷、衣裙很长的诵经士，一路上他跟自己熟悉的一些歌手频繁地交换某些快活而神秘的眼神。

塔玛拉走到神父跟前。

"神父，"她问，"你们将怎样举行教堂葬仪？大家一起呢，还是分头举行？"

"大家一起举行，"神父回答说，一面吻着项巾，把扎进项巾里的胡须和头发抽出来，"通常就是这样。但是按特殊要求和特殊协议，也可以分头举行。这长眠的人是怎样死的呢？"

"她是自杀的，神父。"

"嗯……自杀？……可是您知道吗，年轻的姑娘，按教会的规矩是不能为自杀者举行教堂葬仪的……不应该做。当然，也有例外——经过特别的申请……"

"您瞧，神父，我这里有警察局和医生的证明……她是由于精神错乱……在失去理智的情况之下……"

塔玛拉递给神父两份信件，那是头天晚上梁赞诺夫派人送给她的。除此之外，她还附上了三张十卢布的钞票。"我请求您，神父，一切都按正规来办，按基督教的方式。她是一个非常好的女人，生前吃过不少苦。还要再劳您驾送她到墓地，在那里再做一回祭祷……"

"送到墓地我倒是可以，可是在那里我没有权利追荐——那里另有神父……不过，您瞧，年轻的姑娘，由于我还得为了其他事情来回跑一趟，那您，也就是说……还得添上十个卢布。"

从塔玛拉手里接过钱之后，神父就用诵经士递给他的手提香炉行祝福仪式，他一边绕着尸体行走，一边摇炉使香烟散播出来。然后，神父在她头边停了下来，用温顺的、习惯了的悲哀声调高声宣布：

"感谢我们的上帝，现在和将来，永远都感谢！"

诵经士加快了拍子唱道"神圣的上帝""万般神圣的圣父圣子圣灵""我们的在天之父"，像竹筒倒豆子似的滔滔不绝。

歌手们轻声地，像信任某种深奥的、悲哀的隐秘似的，用急速而动听的宣叙调开始唱道：

"请拯救和安抚您的奴仆的灵魂，这亡灵是虔诚的，保佑她生活幸福安乐，因为您大慈大悲。"

诵经士分发了蜡烛，于是这些蜡烛在阴沉晦暗的露天里被一支支地点燃了起来，它们那温暖、柔和、活跃的火光，清澈而淡淡地照亮了这些女子的脸。

哀伤的曲调和谐起伏；响起了宏伟的唱词，宛如天使那悲戚的叹息：

"啊，上帝，让您这奴仆安息吧，让她进入天堂吧，圣主和圣徒的脸像明星那样闪耀；让您这已故的奴仆安息吧，宽恕她的一切罪过。"

塔玛拉细心倾听这些早已熟悉但许久不曾听过的唱词，情不自禁地苦笑了起来。她回想起叶妮卡的那些激烈疯狂的话语，它们充满了绝望和不信任……那大慈大悲的、赐福人类的上帝会不会宽恕她那污秽、放纵、怨恨、不洁的一生？无所不知的主啊，莫非你会拒绝她这可怜的反叛者，这身不由己的堕落者，这亵渎你那光辉圣名的孩子吗？你是慈悲的化身，你是我们的安慰！

一种闷在心里的、压抑着的哭泣突然变成了号哭声，响彻小教堂："哎呀，叶尼奇卡！"这是"小白"曼卡跪在那里，用手绢捂着嘴，泪流满面地痛哭。于是，其他姐妹也跟着她跪了下来，小教堂里一片叹息声、压低的痛哭声和呜咽声……

"只有你是唯一长存的，你创造了人，制造了人，你用泥土创造了我们，最终还让我们回到泥土里去；你创造了我，你对我说：你是泥土，你日后回到泥土里去。"

塔玛拉一动不动地站在那里，严峻的面孔像石头一样冷酷。像螺旋状金丝般的烛光照耀着她那青铜般的棕色头发，她的双眼始终盯着叶妮卡湿润的黄色额头的轮廓和她的鼻尖，从塔玛拉站的地方，只能看到这些。

"你是泥土，你日后回到泥土里去……"她脑子里重复了一下这赞美歌里的歌词。"难道真的是那样，一入泥土也就什么都没有了？哪样好些？什么也没有了好呢，还是不管怎样，只要能够活着，饱受苦难也无妨？"

而唱诗班，仿佛是在肯定她的思想，仿佛是在剥夺她最后的慰藉，无望地唱道："而我们所有的人都要去的……"

唱完了《永久的思念》，吹灭了蜡烛，蓝色的烟缕在弥漫着神香烟雾的蓝空中袅袅上升。神父念完了告别祷词，随后，在一片鸦雀无声中，他用诵经士递过来的小铲子挖起一点泥土，在尸体的薄纱表面撒成十字状。他一面撒着泥土，一面念着那些伟大的词句。这些词句充满了神秘的普遍法则那严酷、悲哀的不可避免性："大地属于上帝，全世界以及所有生活在大地上的人都要服从上帝的意志。"

姑娘们把自己的亡友护送到墓地。那条路正好经过亚玛街的街口。本来可以向左拐，使路程几乎缩短一倍，但是人们运死人通常不走亚玛街。

虽然这样，几乎所有的大门里都跑出一些姑娘，汇集在十字街口，有的光脚穿着鞋，有的穿着睡衣，有的头上扎着手帕；她们在胸前画十字，叹气，用手绢和衣角擦着眼睛。

天空放晴……它闪着冷冷的碧蓝珐琅色的光辉，冷冷的太阳明亮地照耀着，最后的野草现出绿色，树上枯萎的叶子有的金黄，有的粉红，有的鲜红……在清澈寒冷的空气中，隆重、庄严而又悲壮地响起了和谐的声音："神圣的上帝，坚强的圣人，永生的圣人，宽恕我们！"这约翰·达马斯金古老的曲调里响彻着对生活的热切而又无法满足的渴望，响彻着对如梦一般转瞬即逝的现实的欢乐和美的惆怅，响彻着在死亡的永久沉默面前的恐惧！

然后，在墓穴上进行了短暂的祈祷，随之传出泥土碰击棺盖的沉闷的响声……一座不大的新坟……

"现在，一切都结束啦！"等只剩下姑娘们的时候，塔玛拉对姐妹们说道，"那有什么，姑娘们，不过是晚去一会儿，早去一会儿罢了！……我为叶妮卡感到怜惜！……非常怜惜！……我们再也找不到她这样的人了。可是不管怎么说，我的孩子们，她躺在这坑里远比我们活在那火坑里强……好吧，我们最后画一次十字，就回家去！……"

当她们都快到家的时候，塔玛拉突然若有所思地说出了令人奇怪的不吉利的话：

"没有她，我们在一起的日子也不会长久了：过不多时一阵风就会把我们大家吹得四散。生活是美好的！……你们瞧：那太阳，那蔚蓝的天空……空气是那么纯净……蛛网在飘浮——晴和的初秋……世上多美好！……只有我们妓女，是路旁的垃圾。"

姑娘们又上路了。可是突然从旁边的石碑后面，闪出一个高大强壮的大学生。他追上了柳布卡，轻轻扯了扯她的衣袖。她回过身来，看到是索洛维约夫。她的脸霎时变白，眼睛睁得很大，嘴唇发抖。

"走开！"她悄声说道，怀着无比的憎恨。

"柳芭……柳布奇卡……"索洛维约夫喃喃地说，"我一直在找你……找你……我……真的，我不像那个……不像利霍宁那样……我是一片诚心……哪怕现在，哪怕今天……"

"走开！"柳布卡声音更轻地说道。

"我是一本正经……我是一本正经……我不是胡来，我是想娶……"

"哼，畜生！"柳布卡突然尖叫了起来，并且狠狠地、像男人一样打了索洛维约夫一个耳光。

索洛维约夫身子微微晃了一下，站立片刻。他的眼睛流露出无限的痛苦……嘴半张着，两边嘴角现出悲伤的皱纹。

"走开！走开！我不愿看见所有你们那些人！"

柳布卡疯狂地喊道，"刽子手！臭猪猡！"

索洛维约夫突然两手捂住脸，猛地转过身去，不辨道路地往回走，踉踉跄跄，像醉汉一样。

9

塔玛拉的话果然成了预言：从叶尼娅下葬的那天起虽然过了还不到两个礼拜，但在这短短的时期内，埃玛·爱德华多夫娜妓院里不幸事件接踵而来，有时甚至整整五年之中也不会发生这么多事。

就在第二天，不得不把可怜的帕什卡送到一个慈善机构——疯人院去，她最终完全痴呆了。医生们都说她没有任何痊愈的希望。实际上，她自从被送进医院，安置在地板上一个草垫子上以后，就再也没有起身。她愈来愈陷入默默痴呆的那黑暗的无底深渊，但她直到半年之后才死于褥疮和败血病。

紧接着轮到了塔玛拉。

半个月来，她履行着自己女管家的职责，一直非常活跃卖力，但内心有某种不寻常的抑制不住的激动。有一天傍晚她失踪了，从此再也没有回到妓院里来……

　　事情是这样的，她在城里跟一个公证人有一段很长的罗曼史。那人已上了年纪，非常有钱，可又相当吝啬。他们是在一年以前相识的，当时他们偶然同乘一条轮船到城郊的一所寺院去，于是便攀谈了起来。聪明美丽的塔玛拉，她那谜一般淫荡的微笑，她那娓娓动听的谈吐，她那文雅的举止，迷住了那公证人。她当时就看准了这个美丽如画、有一头漂亮的银白头发和贵族风度的老人；他从前做过法官，出身世家。关于自己的职业，她并没有告诉他——她宁愿愚弄他。她只是在寥寥数语中隐约暗示她是个中层社会的已婚妇人，家庭生活很不幸，因为她的丈夫是个赌徒和暴君，命运连儿女都没有赐给她作为安慰。临别时，她没有答应跟公证人去消磨那个夜晚，也不想再跟他会面，然而她允许他用假名字给她写信，留局待领。他们便通起信来，那公证人在信中卖弄自己的文笔和炽烈的感情，简直比得上保罗·布

尔热①笔下的主人公。她则保持那种故步自封的神秘
口气。

后来，被公证人关于会面的多次恳求所感动，她
约他在亲王公园相见：她楚楚动人，机智灵敏，略带
淡淡的哀愁，可是不肯跟他到别的地方去。

她就这样折磨她的崇拜者，巧妙地点燃他晚年的
情火，这情火有时比初恋还炽烈，还危险。终于，在
今年夏天，公证人的家人全出国去了，她才下决心到
他家里去拜访。在那里她头一次委身于他，她泪水滚
滚，感到良心有愧，与此同时，她是那么火热与温
柔，弄得可怜的公证人完全昏了头脑：他整个身心堕
入老年的情网，这种爱情使人忘记什么是理智和顾
忌，逼得人失去最后的东西——对陷入可笑境地的畏
惧感。

塔玛拉难得跟他幽会。这就更加扇旺了她那急不
可耐的密友的情火。她同意接受他送的鲜花，陪他一
起在城郊的饭店吃一点普通的早餐，但是气愤地拒绝
一切昂贵的礼品，她的举止是那么老练而有分寸，使

---

① 保罗·布尔热（1852—1935），法国作家。

得那公证人从来不敢提起要送给她钱。有一次，他结结巴巴地提起单独公寓以及其他种种便利时，她是那么傲慢、严厉地瞪着他，弄得他像个孩子似的，脸直红到他那美丽的银白头发。他吻她的手，嘟嘟哝哝地说些不连贯的道歉话。

塔玛拉就这样玩弄他，觉得自己愈来愈有把握。她现在已经知道公证人在什么日子把巨额钞票放进他那不怕火的铁皮保险柜里。然而，她并不操之过急，怕考虑不周或者时机不到而乱了大谋。

正是现在，这盼望已久的时刻来到了：订合同的大交易会刚刚结束，所有的公证所每天都在进行巨款交易。塔玛拉知道公证人通常是在礼拜六把现款送到银行去存，为的是礼拜天可以完全空闲。正因为如此，礼拜五的白天，公证人收到塔玛拉寄来的一封信：

"我心爱的，我所崇拜的皇帝所罗门！你的苏拉米菲，你葡萄园的姑娘以火热的吻向你表示问候……心爱的，今天是我的节日，我无限幸福。今天我像你一样自由自在。他已经到戈麦尔去了——因公出差二十四小时，我想今天在你那儿跟你共度良宵。啊，

我的爱！我愿意一辈子都拜倒在你的面前！我哪儿也
不想去。城郊的小酒店和咖啡馆早就使我腻味了。我
要你，只想要你……要你一个人！晚上等着我，我亲
爱的，大约十到十一点钟！多预备些冰镇的白葡萄
酒、香瓜和糖炒栗子。我在燃烧，我渴望得要命！我
仿佛感觉，我会使你疲惫不堪！我不能再等了！我头
晕，脸发烧，两手冰冷。拥抱你。你的瓦莲丁娜。"

就在那天晚上，将近十一点钟，她巧妙地扭转了
话题，利用公证人那独特的金钱上的虚荣心，让他带
她去看看他那不怕火的保险柜。塔玛拉迅速瞟了一眼
保险柜的搁架和可移动的抽屉，一面佯装着打呵欠，
一面转过身去说道：

"咳，没什么意思！"

说罢，她搂着公证人的脖子，几乎是嘴唇对着嘴
唇，一面用灼热的呼吸烫着他，一面悄声地说：

"锁上这讨厌的东西，我的宝贝！咱们走
吧！……咱们走吧！……"

她首先走了出去，来到餐室。

"到这儿来，沃洛佳！"她从那里招呼道，"快
来！我想喝酒，然后就跟你亲热……无尽无休地亲

热……不！你得干杯，喝尽！就像我们今天要把我们的爱情一饮而尽那样！"

公证人跟她碰杯，一口喝干了自己杯中的酒。随后他吧嗒了一下嘴，说道：

"奇怪。今天的酒好像有点苦味。"

"是的！"塔玛拉表示同意，并仔细地瞧了一眼她的情人，"这种酒总是带一点点苦味。这才是莱茵河的酒的特点呢……"

"可是今天特别厉害，"公证人说道，"不，谢谢，亲爱的，我不想再喝啦！"

五分钟之后，他坐在沙发椅上睡着了，头靠在椅背上，下巴耷拉下来。塔玛拉等了一会儿，试着把他叫醒。他动也不动。于是，她拿起点燃的蜡烛，把它放在临街的窗台上，然后走到前厅，开始侧耳倾听，直到她听见楼梯上有轻轻的脚步声。她几乎没出声地开了门，把先卡放了进来。先卡打扮得像个十足的老爷，手中提着一个崭新的旅行皮包。

"准备好了吗？"这窃贼悄声问道。

"他睡着了，"塔玛拉同样低声答道，"你瞧，钥匙在这里。"

他们一起走进书房，来到那不怕火的保险柜跟前。先卡用手电筒照了照锁，低声骂道：

"见他妈的鬼，这老畜生！……我知道，这锁会是带密码的。需要知道字母才行……看来得通电把它化开，可鬼知道这要花多少时间。"

"不必，"塔玛拉连忙答道，"我知道密码……我偷看过。拨吧：3-е-н-и-т。不带硬音符号。"

十分钟之后，他俩下了楼梯，来到街上，故意走折线地穿过几条大街，只是到了老城他们才雇了一辆马车，驶抵火车站，遂带着名为斯塔夫尼茨基贵族地主夫妇的无懈可击的身份证，离开了本城。此后很长时间都听不到他们的任何消息，直到一年以后，先卡在莫斯科因一起大盗窃案被捕，并在审讯中供出了塔玛拉为止。他俩双双受审，被判监禁。

继塔玛拉之后，轮到了那天真、轻信和多情的韦尔卡。她早就爱上了一个自称是军事机关的文职官员的半军人。此人姓季列克托尔斯基。在他们的关系中，韦尔卡站在崇拜者的地位，而他却像个威严的偶像，屈尊地接受膜拜和贡礼。还是从夏末起，韦尔卡就发现她的情人日渐冷淡和心不在焉，跟她说话的时候，思想却分明飞到了很远很远的地方……她苦恼，嫉妒，盘问，但得到的总是一些含糊其词的答复，一些对灾难临头、过早送命的不祥之兆的暗示……

九月初他终于向她承认，说他挥霍了数目很大的一笔公款，大约有三千卢布；说他约莫再过五天就会被查出来，说他季列克托尔斯基面临身败名裂、受审和最终被判徒刑的危险……这时，那位军事机关的文职官员号啕痛哭了起来，两手捧着脑袋叫了起来：

"我可怜的妈妈哟！……她可怎么办呀？她一定受不了这种屈辱……受不了！宁愿去死，也比一个毫无罪过的人受地狱般的折磨强十万倍。"

尽管他像往常一样，用低级趣味小说的风格来表现自己（他主要就是靠这种方式迷住了轻信的韦尔卡），但是，关于自杀的戏剧性念头一经产生出来，就再也没有离开过他。

一天白天，他跟韦尔卡在亲王公园里久久地散步。这美好的古老公园虽然被寒秋劫掠一空，却仍然闪耀着和洋溢着各种树叶的五光十色：深红色、紫红色、柠檬色、橙黄色、陈年老酒般的深樱桃色。而且，仿佛觉得寒冷的空气中散溢着香气，就像珍贵名酒的香味儿似的。不过，从灌木丛中，从青草中，从树木中，毕竟还是飘逸出死亡的细微征象和死亡的馨香。

季列克托尔斯基动了感情，心软了，为自己难过，于是失声而哭。韦尔卡也跟着他一起流泪。

"今天我一定要自杀！"季列克托尔斯基终于说道，"一切都完啦！……"

"我亲爱的，别这样！……我的宝贝，别这样！……"

"不行啊，"季列克托尔斯基阴郁地答道，"这些该诅咒的金钱哪！……什么更宝贵呢——名誉还是生命？"

"我亲爱的……"

"别说啦，别说啦，阿涅塔！（不知为什么，他认为自己想出来的阿涅塔这个贵族小姐式的名字比韦尔卡这个普通的名字好。）别说啦。这已经是决定了的事情！"

"唉，要是我能够帮上你的忙，那有多好！"韦尔卡痛苦地叹息道，"我宁愿献出自己的生命！……献出每一滴血！……"

"献出生命?！"季列克托尔斯基带着演员式的沮丧神情摇了摇头，"别了，阿涅塔！……别了！……"

姑娘绝望地摇着头：

"我不要这样！……我不要这样！……我不要这样！……把我带走吧！……我也跟你一起去！……"

深夜，季列克托尔斯基在一家华贵的旅馆里开了一个房间。他知道，几个钟头之后，也许几分钟之后，他和韦尔卡都将成为死尸，因此，尽管他衣袋里总共只有十一个戈比，却还像一个真正的纵酒行乐的老手那样，阔气地要这要那：他点了鲟鱼汤、鹬肉和水果，此外还要了咖啡、甜酒和两瓶冰镇香槟。他的确相信他会自杀，但他却像闹着玩儿似的，仿佛是在一旁欣赏自己这种悲剧的角色，是在预先为亲属们的绝望和同事们的惊愕而感到欢喜。而韦尔卡自从突然说出了要跟自己的情人一起去自杀，这念头便立即一成不变了。韦尔卡对即将来临的死亡毫不惧怕。"那有什么，难道躺在篱墙根下咽气就更好些？眼前可是跟心上人一起去死！至少这样死是美满的！……"于是她疯狂地连连吻这个文职官员，还不停地笑；满头的鬈发蓬乱不堪，眼睛闪光，她从来没有这么妩媚动人。

最后的壮丽时刻终于到来了。

"你我已经享受够了，阿涅塔……我们已经喝得酒杯见了底，按普希金的说法，现在我们应当把杯子打碎！"季列克托尔斯基说道，"噢，你不会后悔吧，我亲爱的？……"

"不会，不会！……"

"你准备好了吗？"

"是的！"她低声说道，微微一笑。

"那你就朝墙转过身去，闭上眼睛！"

"不，不，亲爱的，我不想那样！……我不想那样！你到我这儿来！对了，就这样！靠近点，靠近点！……把你的眼睛对着我，我要瞧瞧它们。把你的嘴唇贴近我，我要吻你，而你……我不怕！……大胆些！……使劲吻我！……"

他杀死了她；当他看到自己亲手干下的这一可怕事情时，突然感到了一种厌恶的、可憎的、卑鄙的恐惧。韦尔卡那半裸露的躯体还在床上颤动。季列克托尔斯基吓得腿都发软了，但是，作为一个伪君子、懦夫和无耻之尤者，他的理性却没有睡觉，他还有足够的勇气，朝一侧的肋骨顶上开了一枪。他由于疼痛，由于惊骇和由于枪响而发狂似的叫喊了一声，随后缓缓倒下，这时韦尔卡也停止了抽搐。

韦尔卡死后两个礼拜，那天真的、惹人发笑的、温顺而又爱闹事的"小白"曼卡也死了。那是在亚玛通常所见的一次又喊又叫的打群架的大混战中，有人用一个沉重的空酒瓶打了她的脑袋而使她丧命。凶手始终没有查出来。

在亚玛，在埃玛·爱德华多夫娜妓院，一件件事故发生得如此之快，可以说几乎没有一个人幸免于血腥的、倒霉的或者耻辱的命运。

最后的、规模最大同时也是流血最多的一次灾难，是士兵们在亚玛的一场全面的捣毁。

两个骑兵在一卢布的妓院里被扣了下来，遭到毒打，夜里被扔到街上。他们衣服被撕烂，鲜血淋漓地回到兵营；他们的同伴从早晨起就在消度自己兵团的假日。于是，不到半个钟头，就有上百个大兵冲进亚玛，开始捣毁一家一家的妓院。一路上源源不断的人群跑来助纣为虐，其中有流浪汉，有叫花子，有流氓扒手和靠妓女混日子的人，所有妓院的窗玻璃都被打碎，钢琴被砸烂。鸭绒被褥给割破，鸭绒抛撒在街上，此后很久——大约有两天的光景——亚玛上空还飞旋着无数的绒毛，像雪片一样。妓女们没戴头巾，赤身露体，被赶到了街上。三个守门人被活活打死。特列佩利亚妓院所有丝绸的和长毛绒的家具统统被捣毁、弄脏和扯烂。这场灾难，就连邻近的饭馆和酒店也未能幸免。

疯狂的、血腥的、乱杀乱砍的大血战持续了三个小时之久，直到荷枪实弹的军队同救火队一起赶来，才最终击退和驱散了暴徒们。两家下等的、半卢布的妓院起火，但是大火很快就被扑灭。不过到第二天，骚乱又爆发了，这次骚乱波及全城和整个城郊。完全出乎意料，这场骚乱带有屠杀犹太人的暴行性质，恐怖的屠杀和灾难整整持续了三天。

一个礼拜以后，总督下令立即关闭亚玛及本城其他街道上的妓院。只给老板娘们一个礼拜的时间处理自己的财产事务。

那些年老衰萎的老板娘和满脸肥肉、声音嘶哑的女管家，赶紧收拾自己的行李。她们一个个尴尬窘迫、灰心沮丧、被劫一空，失去了昔日的威严气派，

显得可笑而又可怜。一个月之后，只有亚玛这个名字
让人回想起这条欢乐的街道，回想起那儿发生的狂暴
而可怕的丑事。

不过，连街道的名称也很快被别的比较文雅的名
字所代替，为的是冲淡人们对往昔那蛮横强暴时代的
记忆。

所有这些"大马"亨里埃塔、胖卡季卡、"黄鼬"
列里卡和别的女人——大多数是受骗上当，误入歧途
的孩子，她们永远天真而又愚蠢，常常使人感动而又
令人开心——各奔东西，消散在这座大城市里。从她
们那里产生出一个新的社会阶层——街头单身野鸡阶
层。她们的生活同样可怜与荒诞，不过却带有另外的
情趣和习惯，这本毕竟是献给青年们和母亲们的小说
的作者，日后还要加以叙述。

译后记

"伟大愤怒之书"

——库普林及其小说《火坑》

姜明河

在世界文学发展史上，一批俄罗斯批判现实主义作家以其不朽的名著而占有光辉的席位。小说《火坑》的作者库普林就是其中之一。

亚历山大·伊万诺维奇·库普林（1870—1938）生于奔萨省的一个小职员家庭，早年丧父，生活困苦，在莫斯科度过童年和军校的学生时代。自1890年起，在驻波多利斯克省步兵团服务，1894年退伍，成为职业作家。他的第一本作品集《微型小说》于1897年出版，其中多以爱情、友谊、死亡为基本主题，艺术手法则以细腻的心理描写著称。1901年迁居彼得堡，1902 年与高尔基相识，在高尔基的进步思想影响下，创作了一系列优秀短篇小说:《在马戏团里》(1902)、《胆小鬼》(1903)、《平静的生活》(1904)，等等。1905 年，库普林的长篇小说《决斗》问世。这部对沙皇军队的腐败给予了无情揭露的作品，使作者赢得了广泛的声誉，跻身于第一流作家的行列。第一次俄国革命失败后，库普林的一些短篇小说反映出悲观失望的情绪，但是，在十月革命前的十年里他也创作了一系列脍炙人口的作品，如《绿宝石》(1907)、《婚礼》(1908)、《电报员》(1911)、《石榴石手镯》(1911)、《黑色的闪电》(1913)、《火坑》(1909—1915)，等等。对十月革命，库普林的态度是矛盾的。1917 年—1918 年，他的许多文章都流露出对革命领袖及其大无畏的英雄主义精神的赞赏，但与此同时，又为"文化的命运"而担忧，批评新政府的一些措施。1918 年—1919 年，他在高尔基创办的"世界文学"出版社工作。1919 年秋，库普林在加特奇纳市时，被白匪军队切断了同彼得堡的联系，他携家出走，侨居巴黎，逐渐脱离了政治。直到 1937 年秋天，由于疾病缠身和对故土的思念而返回祖国，受到苏联社会各界的热情欢迎，翌年不幸病逝。

库普林是位伟大的作家，同时又是一位真诚的艺术家，他敢于触及资本主义世界最可怕的恶疮——卖淫制度。他并不由于嫌恶而止笔，没有怕被视为"色情"而胆怯，他"不带偏见、不唱高调"，把资本主义世界人们习以为常的肮脏的一角淋漓尽致地暴露在光天化日之下。小说《火坑》通过对不同阶层的纯朴姑娘如何沦为娼妓、走上自我毁灭道路的描述，无情地揭露和鞭挞了上流社会的无耻、虚伪和没有人性。作者在题头词中写道："我知道，许多人会认为这部小说是色情的和伤风败俗的，然而我还是诚心诚意地把它献给母亲们和青年们。"

1909 年 3 月 25 日，《火坑》的第一部在《大地》丛书第三卷上刊出，立即引起了轰动。"整个莫斯科都在谈论《火坑》"——蒲宁于当年 5 月 22 日在信中这样告诉库普林。整个俄国各大报刊都发表了有关这部小说的评论文章，称它是"撼人心弦"和"震动了社会根基的作品"。与此同时，也有一些文人持不同的看法，极力贬低它的社会意义。《火坑》的第二部于 1914 年发表在《大地》丛书的第十五卷上，第三部于 1915 年发表在该丛书的第十六卷上。此时正值第一次世界大战之际，反响不像第一部那么强烈。

小说《火坑》是一部公认的"伟大愤怒之书"（K.楚柯夫斯基语）。它的素材是库普林于十九世纪九十年代在基辅搜集的，但小说的故事情节既以基辅，又以敖德萨和彼得堡为背景。从这一方面来说，它对整个俄国，乃至对整个资本主义世界，都是具有普遍意义的。库普林认为，妓院是"大都市腐烂的脓疱"，"卖淫，这是比战争和瘟疫还可怕的现象"。随着小说故事情节的展开，出现在读者面前的是一些不幸的女子：尚未失去人的尊严的叶尼娅，濒临精神错乱的帕莎，心直口快而天真幼稚的尼娜……她们都怀着追求幸福的愿望，挣扎在水深火热的妓院之中，最终被标志着道德沦丧的肉体买卖和充斥着暴力与兽欲的旧社会所吞噬。作为一个人道主义者，库普林不仅描述了妓女们的悲惨遭遇，而且还怀着无限的怜悯和同情展示了她们朴素的内心美。作者明确指出："我只是想把妓女们的生活真实地反映出来，并向人们指出，再也不能那么对待她们了，她们也是人啊……"不能把妓院当成"排泄淫荡乐趣的污水管道"，不能把妓女视为"路旁的垃圾"，不能再让她们在妓院这火坑里受煎熬了……

通过一系列人物性格的塑造，小说明确体现出作者这样一种创作思想：在资本主义社会里，卖淫现象是无法医治的恶疮，任何改良主义的措施都必将以失败告终。例如，反对夸夸其谈、空喊高调的大学生利霍宁，曾以自己的实际行动把妓女柳芭"救出"了火坑，教她学文化和从事力所能及的"自食其力"的工作，但是他的这种良好的愿望和行动最终成为泡影。在腐朽透顶的官僚统治面前，在愚昧、守旧、传统的资本主义道德观念基础上所形成的"铁板"似的舆论面前，在自身思想、感情、志向、毅力等方面的所有缺陷面前，从事"伟大试验"的主人公利霍宁，必然碰得头破血流，声名狼藉，变成一个可悲而又可耻的人物。那么，有没有根治这一恶疾的灵丹妙药呢？或者说，怎样才能从火坑里把妓女们拯救出来呢？小说作者面对资本主义的残酷现实，束手无策，无能为力，甚至连"药方"也开不出来。这倒不是这位富有哲学头脑的杰出作家的哲学思想的枯竭，恰恰相反，作者精辟、深邃的思想——"拿小孩的喷壶是浇不灭大火的！"——会迫使读者去思考更多、更重要的问题。实际上，作者在小说中已经涉及产生卖淫现象的根源，追溯到"私有制"和"上等人"那里。正是那些所谓高贵的"上等人"才总是以冠冕堂皇的口实使卖淫制度合法化和正规化。正是那些道貌岸然的伪君子，才不满足于光有"老婆、侍女和娇妇"，私下里还去"偷香窃玉"，甚至到妓院里去发泄兽欲。作者从社会学、历史学、心理学和道德伦理学的角度，通过广泛观察、深入思考、辩证分析的方法，科学地阐述了卖淫现象产生的社会根源和人的灵魂堕落、精神毁灭的可怕后果。但是，由于作者世界观的局限，当时还看不到解决这一矛盾的真正途径。书中体现出作者寄希望于乌托邦式的理想国度："或许要等到社会党人和无政府主义者的美好的理想国度实现之后，到那时候，土地属于公有，而不属于某个私人所有；爱情绝对自由，只听从自己无约束的愿望的支配；人类融合成一个幸福的大家庭，无你我之分；人间变成了天堂……安乐自在和无罪无恶……"应当说，在俄国最黑暗的历史时期，库普林敢于把自己的羽毛之笔当成锋利的手术刀去解剖卖淫这一"脓疮"的恶根，并寄希望于未来的"理想国度"，已是难能可贵的了。历史的发展已明确告诉读者，在俄罗斯这片国土上，卖淫合法化并不是"永恒的历史现象"，作为一种社会通病，它早已随着沙皇专制和资产阶级统治的崩溃而消灭了。

细腻的心理描写是《火坑》的突出特点，这跟作者体现在小说里的"想钻到我所遇见的每一个人的心灵中去，亲眼看一看他们的内心世界"的指导思想有着直接联系。库普林的心理描写特点，即使对当今的作家，也有创作上的借鉴意义。

就艺术结构来说，细心的读者一定会感觉出小说中有个别场面的描述，如女摊贩们在市场上喝酒跳舞和主人公普拉托诺夫在码头上装卸西瓜的情景，似乎与书中的主要故事情节联系不紧，这是因为，作家本打算把《火坑》纳入自己的长篇巨著《穷人》之中，还有几条情节线索有待进一步展开。可惜的是，《穷人》这部构思丰宏的大部头作品，库普林生前未能来得及完成。

半个多世纪以来,《火坑》在世界许多国家翻译出版,如英国、美国、德国、法国、西班牙、瑞典、保加利亚、捷克斯洛伐克等。在我国,四十年代的时候汝龙先生曾根据英文版本转译过来(《亚玛》),介绍给中国读者。

本译本《火坑》是根据苏联国立哈尔科夫大学"高校"联合出版社 1981 年出版的《库普林选集》译出的。

1985 年 12 月于北京

图书在版编目（CIP）数据

火坑/（俄罗斯）库普林著；姜明河译.—— 桂林：
漓江出版社，2024.8
　　（旅伴文库. 锦囊旧书）
　　ISBN 978-7-5407-9761-4

　　Ⅰ.①火… Ⅱ.①库…②姜… Ⅲ.①长篇小说 – 俄
罗斯 – 现代 Ⅳ.① I512.45

中国国家版本馆 CIP 数据核字（2024）第 064539 号

HUOKENG

火坑

[俄] 库普林　著

姜明河　译

出版人：刘迪才
丛书策划：张谦
责任编辑：黄彦
书籍设计：石绍康
责任监印：张璐

出版发行：漓江出版社有限公司
社址：广西桂林市南环路 22 号　邮编：541002
发行电话：010-85891290　0773-2582200
邮购热线：0773-2582200
网址：www.lijiangbooks.com
微信公众号：lijiangpress
印制：北京中科印刷有限公司
　　　[北京市通州区宋庄工业区 1 号楼 101 号　邮编：101118]
开本：880mm × 1230mm　1/32
印张：19　字数：271 千字　插页：16
版次：2024 年 8 月第 1 版
印次：2024 年 8 月第 1 次印刷
书号：ISBN 978-7-5407-9761-4
定价：72.00 元

请记下你与日子的美好相遇

请记下你与日子的美好相遇

请记下你与日子的美好相遇

请记下你与日子的美好相遇

请记下你与日子的美好相遇

请记下你与日子的美好相遇

请记下你与日子的美好相遇

请记下你与日子的美好相遇

请记下你与日子的美好相遇

请记下你与日子的美好相遇

请记下你与日子的美好相遇

请记下你与日子的美好相遇

请记下你与日子的美好相遇

请记下你与日子的美好相遇

请记下你与日子的美好相遇

请记下你与日子的美好相遇